KB057687

川丁 사랑들

IIT 사람들

산디판 데브 지음 | 차영준 옮김

문이당

THE IITIANS
by
by Sandipan Deb

IIT가 없었다면 지금의 나는 없을 것이다

이 책은 일종의 '종합 선물 세트'이다. 상당수의 국민이 아직도 자기 이름조차 쓸 줄 모르는, 인도라는 나라에서 세계 유수의 대학들과 견줄 만한 공과대학을 어떻게 하여 설립할 수 있었는가를 탐구한다. 아울러 IIT(Indian Institute of Technology : 인도공과대학) 출신들이 4, 5년 동안 캠퍼스 생활을 하며 어떻게 특별한 인재로 성장할 수 있었는가를 들여다본다.

그들 대부분은 IIT 시절을 인생에서 가장 행복하고 교육적이었던 시기로 꼽는다. 여기서 '교육적'이라 함은 비단 학과 수업만을 가리키지 않는다. 학생들의 감수성과 인성, 그리고 졸업 후 인생의 궤적에 영향을 미치는 요소가 캠퍼스 안에는 무궁무진하다. 이 책을 집필하는 데 필요한 자료를 조사하는 과정에서 인도와 미국에서 만났던 저명한 IIT인들이 한결같이 고백한 얘기가 있다.

"IIT가 없었다면 지금의 나는 없을 것이다."

'이 책에서 언급하는 IIT 출신들이 모두 대단한 성공을 거두었거나 엄청난 부와 명예를 확보한 사람들은 아니다. IIT 출신 유명 인사들에 대해서는 최근 몇 년간 여러 언론을 통해 상당히 알려져 왔다. 따라서 이 책에서는 그들에 대한 별도의 프로필은 제시하지 않는다. 그러나 상당수가 특정 사안에 대한 자신의 견해를 밝히기 위해 등장한다. 개인적인 프로필은 무언가 새롭고 흥미로운 얘깃거리가 있거나 IIT인들이 이룩해 온 기왕의 성과를 대표적으로 보여 주는 인물들을 위주로 제시했다.

성공한 IIT인의 활동 영역은 비단 기술 분야만이 아니다. 나는 이 책에서 IIT가 단지 세계 수준의 과학기술 교육만을 제공하는 데 그치지 않고 학생들이 어느 분야에서건 성공할 수 있도록 포괄적인 교육을 실시한다는 사실을 밝히고자 한다. IIT 출신이자 하버드 경영대학원 교수인 내 친구의 말처럼 IIT는 '인도공과대학'일 뿐만 아니라 '인도교육대학'이기도 하다.

이 책에서는 이렇듯 우수한 대학이 국가 발전에 얼마나 기여했는가에 대해 평가해 본다. 국가가 지원하는 교육 과정을 이수한 최고의 IIT인 상당수가 고국을 떠나 미국 경제에 기여하는 현실, 즉 '두뇌 유출'의 문제도 다룬다.

아울러 이 책에서는 급변하는 상황에서 IIT라는 교육 제도의 미래를 모색하고자 한다. 'IIT'라는 브랜드가 그 어느 때보다 강력해졌지만 21세기로 들어서면서 갖가지 문제가 발생했기 때문이다. IIT는 현재 대단히 중요한 기로에 있다고 해도 과언이 아니다. 올바른 길을 신속하고 적극적으로 선택하지 못한다면 영락의 길을 걷게 될지도 모른다.

의도하지는 않았지만 이 책에는 IIT에 대한 개인적인 추억, 그리고 자료 조사와 집필 과정에서 겪었던 경험이 녹아들어 있다. 어쩔 수 없는 일이다. 이 책을 쓰는 일 자체가 일종의 자아 발견 과정이었기 때문이다. '내' 삶과 '내' 기억을 바탕으로 '고향'을 찾아가는 길이었기 때문이다.

차례 / IIT 사람들

1
IIT(인도공과대학)

"세상을 변화시킬 거대한 잠재력을 지닌 학교."
— 빌 게이츠

이 책의 첫째 장은 정말 쓰기 어려웠다. 하지만 이것은 말이 안 되는 소리이다. 빠듯한 마감 시한에 맞추어 정신없이 키보드를 두드려 대는, 말하자면 글쓰기가 내 직업이기 때문이다. 나는 주간지의 기자로 일하고 있다. 일주일마다 기사나 논평을 써 내려면 어떤 주제에 관해서도 청산유수처럼 얘기할 수 있어야 한다.

그러나 자기 정체성과 세계관, 그리고 평생의 명함을 만들어 준 곳에 대해 써야 한다면 과연 어디서부터 시작해야 하는가? 그곳에 들어간 청소년들은 성인이 돼 나온다. 아울러 그곳에서의 경험은 지극히 강렬해 무의식에 뚜렷한 흔적을 남기고 사람을 근본적으로 변화시킨다.

물론 이는 감상적이고 과장 섞인 표현이다. 그러나 수천 명의 IIT 졸업생들에게 물어보라. 이렇듯 진부한 표현에 대부분 고개를 끄덕일 것이다.

간단히 말해 IIT는 개발도상국에서 가장 거대하고 성공적인 고등 교육 기관이다. IIT처럼 입학하기 힘든 공과대학도 없다. 응시생 1백 명 당 한 명만이 캠퍼스에 들어갈 자격을 얻는다. 이에 비해 하버드대학의 입시 경쟁률은 8:1이다.

실리콘밸리에서 성공한 한 동문이 나에게 다음과 같은 얘기를 들려준 적이 있다. 몇 년 전 MIT에서 신학기가 시작했을 때, 어느 교수가 1학년 공학 수업 시간에 한 인도인 학생에게 물었다.

"자네는 왜 여기에 있나? 자네 나라에는 IIT가 있는데 왜 이곳으로 왔나?"

그러자 학생은 IIT에 입학하지 못했기 때문에 MIT로 왔다고 대답했다. 물론 진위가 의심스러운 이야기이다. 그러나 적확한 사실을 담고 있다. 실제로 IIT보다는 MIT에 들어가기가 훨씬 쉽다.

그렇기에 IIT를 졸업하여 세상에 나온 이들이 스스로를 특별한 부류라고 여기는 것도 당연하다. 그들은 '선택받은 백성들'인 셈이다. 그들은 자신이 선택한 분야에서 세계 최고의 인재들과 경쟁하기를 원한다. 아울러 미국과 유럽 지역을 제외한 다른 대학 출신보다 훨씬 많은 수가 자신의 꿈을 이룬다.

그들은 일종의 사교도(邪敎徒)이자 부족이며, 17, 8세부터 평생토록 그 자격을 유지한다. 서로 잘 모르는 사이라도 어느 낯선 나라의 공항 라운지에서 우연히 마주치면 순식간에 친해진다. IIT 출신이라는 자격은 허위로 날조하거나 추천으로 만들지 못한다. 스스로의 노력으로만 자격을 얻을 따름이다.

낯선 나라의 공항 라운지에서 마주치는 IIT 출신들은 다양한 차원에서 유대 관계를 맺게 된다. 첫 번째 차원은 IIT 전 캠퍼스를 모두 망라한 관계이다. 예컨대 한 명은 IIT-뭄바이 출신이고 다른 한 명은 IIT-마드라스 출신이다. 하지만 그들은 모두 IIT 출신이다. 두 번째 차원은 좀 더

끈끈한 유대 관계로서, 두 사람 모두 같은 캠퍼스 출신인 경우이다. 마지막으로 가장 강력한 유대 관계이자 완벽한 '원자가(原子價) 결합'은 두 사람이 같은 캠퍼스 출신일 뿐만 아니라 같은 기숙사에서 생활한 경우이다. 그러나 어떤 차원에서 만나든 간에 공통의 신념과 가치, 추억, 그리고 변치 않는 행동 규범 등으로 묶일 수 있다. IIT라는 배경을 공유한다는 것은 같은 수도회에 속하는 것과 같다.

지난 50여 년 동안 IIT라는 수도회에서 가르침을 받은 수천 명이 카라그푸르·뭄바이·마드라스·칸푸르·델리 캠퍼스, 그리고 최근에는 구와하티와 루르키 캠퍼스를 나섰다. 이들 졸업생 상당수가 현재 전 세계 대기업들을 이끌고 있다. 일부는 세계 최고의 과학자나 교수가 되었다. 아울러 수십 명이 실리콘밸리 신화의 주역이다.

마이클 루이스의 《뉴뉴싱 : 세상을 변화시키는 힘(The New New Thing)》은 넷스케이프를 설립하여 인터넷 붐의 신기원을 이뤘던 짐 클라크에 관한 전기이다. 이 책에 따르면 클라크가 인터넷 기반 보건 서비스 네트워크인 헬시온/웹엠디(Healtheon/WebMD)의 구축 과정에서 채택한 방식은 이례적으로 단순했다고 한다. 클라크는 기업의 성공 확률과 고용 가능한 IIT 출신의 수가 정비례 관계에 있다고 판단했다. IIT 출신들은 실리콘밸리에서 가장 재능 있는 엔지니어들이고, 발바닥에 불이 날 정도로 부지런하게 일하기 때문이다.

세계 유수의 컨설팅 업체인 매킨지(McKinsey)는 최근까지 IIT 출신이 대표를 맡았다. 대형 항공사인 유나이티드 항공(United Airlines)과 유에스 항공(US Airways)도 마찬가지이다. 세계적으로 영향력이 가장 큰 벤처 캐피털리스트도 IIT 출신이다. 아울러 그 캐피털리스트는 세계적인 IT(정보기술) 업체인 선 마이크로시스템스(Sun Microsystems)를 설립하여 CEO를 역임하기도 했다. 대형 금융 업체인 시티그룹

(Citigroup)의 부회장 역시 IIT 출신이다. 세계 최대의 이동통신 업체인 보더폰(Vodafone)의 CEO도 마찬가지이다. 트랜지스터에서 레이저에 이르기까지, 스테레오 녹음 기술에서 이동통신 기술에 이르기까지, 그리고 유성 영화에서 통신 위성에 이르기까지 지난 75년간 기술 발전을 주도하면서 전자 공학 연구의 메카로 자리 잡은 루슨트 테크놀로지(Lucent Technology) 벨 연구소(Bell Labs)는 1999년부터 2001년까지 IIT 출신이 소장으로 재임했다. 그는 지금도 벨 연구소의 수석 연구원으로 근무하고 있다. 갈색 왜성(褐色矮星 : 태양이 되려다 질량이 모자라 실패한 별)을 최초로 발견한 사람도 IIT 출신이다.

〈포춘(Fortune)〉지가 선정한 5백 대 기업 가운데 IIT 출신이 중역으로 근무하지 않는 업체는 거의 없다. 아울러 월 스트리트 투자 은행들의 상층부에도 포진하고 있다. 경영 분야에서도 IIT 출신들이 증가하는 추세이다. 세계은행(World Bank)·국제통화기금(IMF)·미국항공우주국(NASA) 등에서도 IIT 출신을 발견할 수 있다. 아울러 로봇 공학에서 고체 물리학에 이르기까지, 그리고 야금 공정에서 수학에 이르기까지 지식의 영역을 확대하려는 곳이라면 어디든지 존재한다. 인도의 경우 규모와 명성을 자랑하는 기업의 대다수는 IIT 출신이 이끌고 있다. 실제로 IIT 출신들이 업계와 학계에서 발휘하는 영향력은 대영 제국이 전성기를 누리던 시절의 옥스퍼드대학이나 케임브리지대학 출신들에 맞먹는다.

유명한 인터넷 잡지인 〈살롱닷컴(Salon.com)〉에서는 IIT를 "이론(異論)의 여지가 있지만, 지구상에서 가장 무섭고 막강한 영향력을 발휘하는 공과대학"이라고 표현한 바 있다.

이제부터는 화려한 성공 신화의 주역들을 일부 열거해 보고자 한다.

- 아베이 부샨(Abhay Bhushan)

  포톨라 커뮤니케이션스(Portola Communications) · 일드업 인터내셔널
  (YieldUP International) 공동 설립자. 모바일 웹서프(Mobile
  WebSurf) · 어스퀘어(Asquare) 회장.

- 아지트 싱(Ajit Singh)

  전(前) 인도 농업부 장관.

- 아르준 말호트라(Arjun Malhotra)

  HCL 그룹 공동 설립자. 테크스팬(TechSpan) 회장.

- 아룬 피로디아(Arun Firodia)

  키네틱 엔지니어링(Kinetic Engineering) 회장.

- 아룬 네트라발리(Arun Netravali)

  벨 연구소 전(前) 소장, 현(現) 수석 연구원.

- 아룬 사린(Arun Sarin)

  보더폰 CEO.

- 아슈 굽타(Ash Gupta)

  아메리칸 익스프레스(American Express) 최고신용담당자(CCO). 센
  추리온 은행(Centurion Bank) 회장.

- 아비나슈 마누다네(Avinash Manudhane)

  골드만 삭스(Goldman Sachs) 상무이사 겸 파트너.

- B. 무투라만(Muthuraman)

  타타 철강(Tata Iron and Steel Co.) 상무이사.

- B. K. 신갈(Syngal)

전(前) VSNL 회장. BPL 이노비전(Innovision) 부회장.

- 바라트 데사이(Bharat Desai)
  신텔(Syntel) 회장.

- 디팍 바가트(Deepak Bhagat)
  전(前) 선 마이크로시스템스 엔지니어링 담당 수석 이사. 센트라타
  (Centrata) CEO.

- 디팍 사트왈레카르(Deepak Satwalekar)
  HDFC 생명보험 상무이사.

- 데브 굽타(Dev Gupta)
  나라드 네트워크스(Narad Networks) 회장.

- 두누 로이(Dunu Roy)
  환경 운동가.

- 구루라즈 데시 데슈판데(Gururaj Desh Deshpande)
  시카모어 네트워크스(Sycamore Networks) 회장.

- 자그모한 문드라(Jagmohan Mundhra)
  영화 제작자.

- 자이람 라메시(Jairam Ramesh)
  인도 국민회의당 경제분과위원장.

- 칸왈 레키(Kanwal Rekhi)
  엑셀란(Excelan) 공동 설립자. 벤처 캐피털리스트.

- M. S. 방가(Banga)

힌두스탄 레버(Hindustan Lever) 회장.

- 마노하르 파리카르(Manohar Parrikar)
  고아 주(州) 수상.

- 무크테시 판트(Muktesh Pant)
  리복(Reebok) 최고마케팅담당자(CMO).

- N. R. 나라얀 무르티(Narayana Murthy)
  인포시스 테크놀로지스(Infosys Technologies) 회장.

- 난단 닐레카니(Nandan Nilekani)
  인포시스 테크놀로지스 사장.

- 나렌 굽타(Naren Gupta)
  인터그레이티드 시스템스(Integrated Systems Inc.) 공동 설립자. 윈드
  리버 시스템스(Wind River Systems) 부회장.

- 나렌드라 카르마카르(Narendra Karmarkar)
  선형 계획법의 비용 절감 및 효율성 향상 알고리즘의 개발자.

- 파라그 렐레(Parag Rele)
  애프랩(Aplab) 상무이사.

- 파반 니감(Pavan Nigam)
  헬시온/웹엠디 공동 설립자.

- 프라바 칸트 신하(Prabha Kant Sinha)
  ZS 어소시에이츠(ZS Associates) 상무이사.

- 프라딥 신두(Pradeep Sindhu)

주니퍼 네트워크스(Juniper Networks) 설립자.

- 푸르넨두 차테르지(Purnendu Chatterjee)
  차테르지 그룹 회장.

- R. 고팔라크리슈난(Gopalakrishnan)
  전(前) 힌두스탄 레버 부회장. 타타 선스(Tata Sons) 전무이사.

- 라구람 라잔(Raghuram Rajan)
  IMF 수석 이코노미스트.

- 라즈 마슈루왈라(Raj Mashruwala)
  컨실리엄(Consilium) 및 일드업 인터내셔널 공동 설립자. 팁코 소프트웨어(TIBCO Software) 최고운영담당자(COO).

- 라자트 굽타(Rajat Gupta)
  전(前) 매킨지 월드와이드 상무이사.

- 라젠드라 S. 파와르(Rajendra S. Pawar), 비자이 타다니(Vijay Thadani), P. 라젠드란(Rajendran)
  NIIT 공동 설립자.

- 라지브 굽타(Rajiv Gupta)
  롬 앤드 하스(Rohm & Haas) 회장.

- 라케시 카울(Rakesh Kaul)
  전(前) 하노버 디렉트(Hanover Direct) CEO. 스피어노믹스(Spherenomics) 회장.

- 라케시 마투르(Rakesh Mathur)
  정글리 닷컴(Junglee.com) 공동 설립자. 스트래터파이닷컴

(Stratify.com) 설립자.

- 라마니 아예르(Ramani Ayer)
  하트퍼드 파이낸셜 서비스 그룹(Hartford Financial Services Group)
  회장.

- 라메시 방갈(Ramesh Vangal)
  스캔덴트 그룹(Scandent Group) 설립자 겸 CEO.

- 라비 세티(Ravi Sethi)
  전(前) 벨 연구소 전산·수리과학 연구국장. 어바이어 랩스(Avaya
  Labs) 사장.

- 로메시 와드와니(Romesh Wadhwani)
  애스펙트 디벨럽먼트(Aspect Development) 회장.

- 로노 더타(Rono Dutta)
  전(前) 유나이티드 항공 사장.

- 사티시 카우라(Satish Kaura)
  샘텔 그룹(Samtel Group) 회장.

- 사우라브 스리바스타바(Saurabh Srivastava)
  샨사 그룹(Xansa Group) 회장..

- 샤일레시 J. 메흐타(Shailesh J. Mehta)
  전(前) 프로비디언 파이낸셜 그룹(Providian Financial Group) 회장.

- 시브 나라인 마투르(Shiv Narain Mathur)
  IBP 회장.

- 슈리니바스 쿨카르니(Shrinivas Kulkarni)
  갈색 왜성을 발견한 천체물리학자.

- 수닐 와드와니(Sunil Wadhwani)
  아이게이트(iGATE) 공동 설립자 겸 CEO.

- 수다카르 셰노이(Sudhakar Shenoy)
  인포메이션 매니지먼트 컨설턴츠(Information Management
  Consultants) 사장.

- 수하스 파틸(Suhas Patil)
  사이러스 로직(Cirrus Logic) 공동 설립자. 앤젤투자가.

- 라케시 강왈(Rakesh Gangwal)
  전(前) 유에스 항공 사장.

- T. T. 자그나탄(Jagannathan)
  TTK 그룹 회장.

- 우망 굽타(Umang Gupta)
  굽타 코퍼레이션(Gupta Corporation) 설립자. 키노트 시스템스(Keynote
  Systems) 회장.

- 빅터 메네제스(Victor Menezes)
  시티그룹 부회장.

- 비크람 라자드야크샤(Vikram Rajadhyakshya)
  DLZ 코퍼레이션 회장.

- 비노드 굽타(Vinod Gupta)
  인포유에스에이(InfoUSA) 회장.

- 비노드 코슬라(Vinod Khosla)
  선 마이크로시스템스 공동 설립자. 클라이너 퍼킨스 콜필드 앤드 바이어스(Kleiner Perkins Caulfield & Byers) 파트너.

- Y. C. 데베슈와르(Deveshwar)
  ITC 회장.

비노드 굽타·수하스 파틸·비노드 코슬라 등 여러 IIT 출신 기업가들이 1970년대와 1980년대 많은 돈을 벌었지만, IIT 출신이 업계의 중심축으로 급부상한 시기는 1990년대이다. 그전까지는 주로 미국의 학계에서만 알려져 있었다. IIT 출신들이 일체의 장벽을 뚫게 된 계기는 1990년대의 '기술 붐'이었다.

존 케네스 갤브레이스 전(前) 주인도 미국 대사는 미국 9개 대학과 협력하여 IIT-칸푸르를 설립하는 데 핵심적인 역할을 한 인물이다. 그는 2001년 1월 한 인터뷰에서 IIT의 설립이 미국에 '실리콘밸리'라는 인도 식민지를 만드는 결과를 초래하리라고는 상상조차 못했다고 언급했다. 1990년대 말 IIT 출신들은 '닷컴(dot.com)'과 'IT'라는 바다에서 거의 신의 경지에 이르는 파도타기 실력을 보여 주었다. 이력서에 IIT 출신이라고 적혀 있기만 하면 벤처 캐피털리스트들이 줄줄 따라다녔다는 말이 있을 정도로 대단한 위세를 자랑하던 시기였다. 2000년 5월 기술 전문지 〈비즈니스 2.0(*Business 2.0*)〉은 "인도인들이 없었다면 실리콘밸리는 지금과 같은 모습이 아닐 것이다"라고 언급했다. 최근 통계에 따르면 실리콘밸리라는 첨단 기술의 지상 낙원에는 대략 20만 명의 인도인이 있다. 물론 대다수가 IIT 출신이다.

아울러 IIT 출신들은 미국과 인도의 일부 대기업에서 고위급 간부로 성장하기 시작했다. 전통적으로 와스프(WASP : White Anglo-Saxon

Protestant, 앵글로 색슨계 백인 신교도)만을 선호하는 일부 미국 기업에서 라자트 굽타·로노 더타·빅터 메네제스 같은 IIT 출신들은 차별이라는 장벽을 뚫고 근사한 사무실에 자리 잡았다. 인도에서는 데베슈와르와 방가가 인도 굴지의 거대 기업인 ITC와 힌두스탄 레버의 최연소 회장으로 각각 취임했다.

IIT 출신들은 마침내 목적지에 도달했다. 인도 중산층의 원대한 꿈이 실현된 것이다.

교육받은 중산층에 속하는 인도의 봉급 생활자들은 전통적으로 자녀들이 부와 명성을 얻는 유일한 수단으로 교육을 꼽았다. 최근까지도 사업은 명예로운 선택이 아니라고 여겼다. 사업가는 공부를 잘하지 못해서 안정적인 직업을 얻지 못한 사람들이라고 치부했다. 대안이 없는 경우를 제외하고는 딸을 사업가에게 시집보내지 않을 정도였다. 아울러 봉급 생활자들은 인구 증가율이 취직률을 훨씬 웃도는 나라에서 안정적인 직업을 얻기가 쉽지 않다는 사실을 인식했다. 독립 이후 인도에서 끊임없이 대중적으로 제기된 문제는 대졸자의 취업난이었다. '연줄'이 없는 이들에게는 취업의 문이 닫혀 있었다. 봉급 생활자들은 자녀들이 제대로 먹고살려면 학업 성적이 뛰어나고 시험을 잘 치러 '연줄'의 부재를 극복하는 것이라고 믿었다. IIT 입학시험인 JEE(Joint Entrance Examination)는 가장 어렵기로 정평이 나 있다. 'IIT'라는 간판만 있다면 연줄은 신경 쓰지 않아도 됐다.

1999년 파반 니감은 한 인터뷰에서 다음과 같이 말했다.

"IIT 입학생들은 평생이 보장된 셈입니다. 학과 성적이 하위 5퍼센트에 머물더라도 평생이 보장됩니다."

아울러 인도의 중산층에게는 자녀들의 '미국행'도 간절한 희망이었다. 나와 같은 세대라면 미국으로 유학 간 자식 자랑을 한없이 늘어놓던 친척이나 이웃 어른들이 생각날 것이다. 기숙사에 있는 사진이며 어느 이름 모를 거리에서 웃고 있는 사진이며 배낭을 메고 등산하는 사진 수십 장을 보여 주면서 듣는 이를 지루하게 만들던 광경이 떠오를 것이다. IIT는 저렴하고 수월하게 미국으로 갈 수 있는 수단이었다.

1990년대는 IIT가 설립 초기의 공약을 모두 이행한 시기였다. 이제 독립 국가인 인도가 만들어 낸 가장 강력한 브랜드가 'IIT'라는 사실에 이의를 제기하는 사람은 없다.

2003년 1월 17~18일, 전 세계 IIT 동문 2천여 명이 실리콘밸리에 모여 IIT 설립 50주년을 축하했다. 정확히 말하자면 51년 6개월이 지나서였으므로 조금 늦게 모인 셈이었다. 그러나 아무도 개의치 않았다. 행사는 유례 없이 큰 규모로 열렸다. 시티그룹의 수석 부회장인 빅터 메네제스와 매킨지 회장인 라자트 굽타에서 미국에 갓 도착한 새내기들에 이르기까지 모두가 시끌벅적하게 자랑스러워했다.

빌 게이츠는 기조연설을 통해 "IIT는 세상을 변화시킬 거대한 잠재력을 지닌 학교"라고 언급했다. 아울러 대학 관련 모임의 초청은 대부분 거절하는 편이지만, IIT 출신들의 위대한 업적과 인도의 잠재력을 이끌어 내는 과정에서 IIT가 담당하는 역할을 인정하기 때문에 예외적으로 이번 행사에 참석했다고 밝혔다. 그는 놀라울 만큼 재능이 뛰어난 청중과 함께 있으니 과학기술의 미래는 밝고 선진국만이 아니라 전 세계가 결실을 맛보게 될 것이라는 확신이 든다고 말했다.

뒤이어 세계 유수의 라우터(router) 제조 업체인 시스코 시스템스의 존 체임버스 회장과 전자 상거래 분야의 거대 기업인 아마존닷컴의 제프 베조스의 사전 녹화 메시지가 청중을 맞았다. 체임버스 회장은 IIT가 세계적인 교육 기관이며, "시스코 직원 중 IIT 출신이 1천 명에 이른다는 사실에 감사한다"고 말했다. 베조스는 한술 더 떴다. 그는 IIT 출신 엔지니어들이 회사에 기여한 바를 치하하면서 IIT는 세계적인 보물이라고 말했다.

압둘 칼람 인도 대통령과 무를리 마노하르 조시 인적자원개발부 장관은 특별 메시지를 보냈다. 한편 라자트 굽타의 다음과 같은 발언에는 아무도 이의를 제기하지 않을 것이다.

"50여 년 동안 이렇게 엄청난 성과를 거둔 교육 기관도 없습니다……. 위대한 성과에 걸맞은 브랜드 이미지를 창출해 냈습니다."

실리콘밸리에서 행사가 개최되기 며칠 전, 미국 CBS 방송사의 인기 뉴스 프로그램인 〈60분〉에서도 IIT를 다루었다. 공동 진행자인 레슬리 스탈은 IIT를 "아마도 시청자가 아직 들어 보지 못한 대학 중 가장 중요한 대학"이라고 소개하면서 1천만 명의 시청자들에게 다음과 같이 설명했다.

"미국에 온 대단히 똑똑하고 성공적이며 영향력이 있는 인도인들에게는 공통점이 있습니다. IIT 출신이라는 사실입니다. 하버드와 MIT와 프린스턴대학을 하나로 합친 대학을 상상해 보십시오. 그러면 인도에서 IIT가 어떤 위치에 있는지 감이 잡힐 것입니다."

아울러 스탈은 다음과 같이 말했다.

"과학기술 분야에서 IIT 학생들에 비해 미국 학생들은 부끄러운 수준입니다. IIT 출신은 (미국 기업) 어디서나 환영받습니다."

비노드 코슬라는 스탈에게 다음과 같이 말했다.

"일자리를 구하는 사람이 와스프(WASP)라고 할지라도 IIT 출신 엔지니어보다 신용도에 있어서 뒤떨어집니다."

이날 방송의 하이라이트는 나라얀 무르티 인포시스 테크놀로지스 회장이 스탈에게 다음과 같이 털어놓은 내용이었다.

"우리 아들은 IIT에서 전산학을 전공하고 싶어 했습니다. 입학하려면 전국에서 2백 등 안에 들어야 하는데, 그렇지 못했습니다. 그래서 대신 코넬대학에 갔습니다."

스탈은 카메라를 향해 열광적으로 말했다.

"생각해 보십시오. 인도 학생이 소신 지원으로 들어간 곳이 아이비리그의 명문대입니다. 학생들이 그 정도로 우수합니다!"

*

모교로 향하는 여행이 시작된 것은 2002년 1월이었다. IIT-카라그푸르 개교 50주년 동문회가 계기였다.

동문회에 관한 소식을 알려 준 사람은 샤일 쿠마르였다. 13년 동안 미국에서 살고 있는 친구가 아는 사실을 카라그푸르에서 1천2백 킬로미터밖에 떨어지지 않은 델리에 있는 나는 전혀 모르고 있었다니, 아이러니가 아닐 수 없다. 하지만 샤일은 아주 자랑스러운 IIT-카라그푸르 졸업생이었고, 나는 같은 학교를 다녔지만 항상 스스로를 모호한 존재라고 생각한 방관자였다.

샤일은 모범적인 동문이다. 교수나 동문들과 항상 연락하고 지낸다. 전 세계 IIT-카라그푸르 동문회를 조직하여 지칠 줄 모르는 정력으로 모임을 주선하면서 동문들로 하여금 모교에 돈과 시간과 아이디어를 기부하도록 이끈다. 반면 시험에 낙제하여 성적이 바닥을 기면서 학사경고를 받다가 결국 공학과는 수십 광년 떨어진 언론계로 달아나 버린 나는 동문들과 별로 연락하지 않는다. 6월의 어느 새벽, 소지품 전부를 집어넣은 더플백과 트렁크를 들고 인력거를 탄 채 교정을 나온 후로 17년 동안 내가 참석한 동문 모임은 두세 번 정도이다. 그리고 15년 동안 모교를 한 번도 찾아가지 않았다.

그러나 IIT-카라그푸르 개교 50주년 행사의 일환으로 기숙사에서 동문회가 있다는 샤일의 연락을 받고는 무언가가 내부에서 꿈틀거리기 시작했다. 참석하는 것도 그리 나쁘지 않겠다는 생각이 들었다.

그리고 나흘 후, 친구인 틸라크 사르카르와 나는 비행기로 콜카타에 도착하여 렌터카를 타고 새로 들어선 고속도로를 달리며 카라그푸르로 향했다.

2
떠나지 못하는 곳

"체크아웃은 가능하지만 결코 떠나지
못하는 장소가 있다."
— 이글스

차는 덜컹거리며 철로를 건넜다. 학교로 향하는 길은 몰라보게 달라져 있었다. 체디스! 문을 닫는 법이 없던 체디스 식당은 어디에 있었더라? 짚으로 이은 지붕, 툭 터진 앞마당, 흔들거리는 식탁과 의자, 유리 찻잔과 빵, 오믈렛, 정체불명의 고기로 만든 요리, 아무도 그 유래를 모르는 '카를 마르크스'라는 이름의 음식을 금속 쟁반에 담아 분주하게 나르던 소년들……. 아무것도 찾아볼 수 없었다. 대신 IIT-카라그푸르로 들어서는 길에는 거대한 석재 정문이 우람하게 버티고 있었다. (카라그푸르 동문들은 경악하지 않아도 된다. 체디스는 없어지지 않았다. 하지만 다른 식당과 비슷한 모습으로 변했다. 더 나아졌다고는 말하기 힘든 방향으로…….)

왼편에는 우체국이 멋들어지게 자리 잡고 있었다. 오른편에는 대형 건물들이 신축 중이었다. 담배나 간식, 차를 팔던 판잣집들이 늘어섰던 곳에는 깔끔한 벽만 보였다. 늦잠 자는 바람에 기숙사 식당의 배식 시간을 놓친 우리가 졸린 눈을 비비며 아침을 사 먹던 '니킬' 식당은 사라 져 버리고 없었다.

1984년 어느 겨울밤, 니킬 식당 건너편에 있는 판잣집에서 나와 친구들은 시가를 피우는 호사를 누린 일이 있었다. 1루피짜리 몇 개를 사서 불을 붙이니 루이 14세라도 된 듯 기고만장해졌다. 그때 경호 차량이 지나갔다. 두 번째 차의 조수석에 앉은 사람의 얼굴이 보였다. 멋있게 생긴 남자였다. 대중 집회가 열릴 광장으로 향하는 차 속에서 그는 우리에게 손을 흔들면서 친절하고 순진한 미소를 지었다. 우리는 오만한 태도로 시가를 입에 문 채 일어서서 그가 손을 흔드는 모습을 비웃었다. "바보 아냐? 자기가 총리라도 된다고 생각하나 보네. 발뒤꿈치에도 못 미칠 거면서" 하고 우리 중 누군가가 말했다. 라지브 간디는 24시간 후 실제로 인도 총리가 됐다.

내가 교정을 처음 본 때는 1980년 7월이었다. 트렁크, 더플백, 침낭, 그리고 행복과 긴장 상태가 반반씩 섞인 부모님과 함께 콜카타에서 급행열차로 두 시간 걸려 카라그푸르에 도착했다. 카라그푸르 역은 유명했다. 효율성이나 편의성과는 무관하게 길이를 늘린 플랫폼은 당시 세계에서 가장 길었다. 카르그푸르 역은 집요한 경쟁 상대였던 인근의 비하르 역보다 모든 부분에서 앞섰다.

그날 저녁, 플랫폼은 불빛이 비치고 있었음에도 나에게는 어둡고 위협적으로 보였다. 행상들이 허기진 여행객을 위해 형편없는 음식을 기름으로 미친 듯이 튀겨 내느라 주위는 온통 연기로 자욱했다. 그리고 단조로운 소리로 끊임없이 울려 퍼지는 역내 방송 뒤로 사람들의 서두르는 소리, 동행을 찾아 외쳐 대는 소리, 일꾼들과 말다툼하는 소리가 섞여 시끌벅적했다. 당시 열일곱 살이었던 나는 처음으로 고향을 떠나는 길이었다. 엄청난 모험이 이제 막 시작될 것이었다. 나는 IIT의 5대

캠퍼스 중 하나인 카라그푸르에 입학했다.

기차를 타고 30분 후 기숙사에 도착하여 방을 배정받고 짐을 풀기만 하면 정식으로 IIT 학생이 될 것이었다. IIT 설립 과정에서 견인차 역할을 맡았던 자와할랄 네루(인도 연방의 초대 총리)의 표현을 빌리자면, '국가의 정수(精髓)'가 될 것이었다.

몹시 두려웠다. 집으로 돌아가고 싶었다.

'라다크리슈난 홀'(일명 'RK 홀')이라는 이름의 기숙사에 대한 첫인상은 그리 유쾌하지 않았다. 3층 구조로 된 건물은 어쩐지 불길해 보였다. 출입구에는 이가 새하얗고 피부가 까무잡잡한, 뚱뚱한 남자가 서 있었다. 기숙사 부사감이었다. 그는 내 인적 사항을 적더니 방을 배정해 주었다. 기숙사 식당에서는 피에 굶주린 폭도들이 나를 잡아먹으려고 대기하는 듯한 끔찍한 소음이 들렸다. 웃음소리며 고함 소리며 접시가 땡그랑거리는 소리가 들렸다. 폭도들은 저녁을 먹고 있었다. 아마도 신입생 몇 명을 잘게 썰어 놓고는 무슨 소스를 뿌려야 제일 맛있을까를 논쟁하는 듯했다.

어디서나 조명이 불충분해 보였다. 기다란 그림자가 벽을 타고 미끄러져 내려왔다. 내 방은 대략 가로 2.5미터에 세로 3미터의 크기였다. 방 안에는 철제 간이침대, 철제 책상, 철제 의자, 그리고 작은 철제 캐비닛이 놓여 있었다. 어머니는 침대를 정리해 주셨다. 내 방이 위치한 A동은 시끌벅적한 B, C, D동과 동떨어진, 기숙사 건물에서 가장 조용한 곳이었다. 사감의 사무실은 복도 끝에 있었다. A동에는 보통 조용히 공부하기를 좋아하거나 내성적인 학생들이 살았다. 기숙사의 핵심은 아니었지만 잔뜩 긴장한 새내기가 살기에는 최적인 곳이었다.

부모님은 들뜬 기분으로 떠나셨다. 아들이 이제 IIT 학생이 됐으니……. 나는 부모님이 가시는 것을 본 후 방문을 걸어 잠그고 침대에 걸터앉았다. 너무 겁이 나서 식당에 저녁 먹으러 갈 수조차 없었다.

21년하고도 6개월이 지나, 같은 날 기숙사에 들어왔던 틸라크와 함께 기숙사 정문으로 들어가면서 나는 마치 고향에 돌아온 듯한 기분이 들었다. 마지막으로 이곳에 온 것이 15년 전쯤이었지만, 전혀 낯선 기분이 들지 않았다. 기숙사와 나는 일심동체였고 앞으로도 그럴 것이기 때문이었다.

아주 오래간만에 기숙사를 찾아왔는데도 일꾼들이 내 얼굴을 알아보는 것만큼 기분 좋은 일도 없었다. 학창 시절 요리사 중에서 가장 나이가 어렸던 프라카시가 입구에서 자전거를 끌고 걸어오다가 이내 나를 알아보았다. 그는 머리가 반백으로 셌고, 나는 대머리가 됐지만 달라진 점은 그것뿐이었다. "콘다이야는 어떻게 됐어요?"라고 틸라크가 물었다. 콘다이야는 식당 직원 중에서 성격이 가장 좋은 사람이었다. 얼굴에 미소가 가시는 법이 없었다. 프라카시는 콘다이야가 여러 해 전에 그만두고 안드라프라데시에 있는 고향 마을로 돌아갔다고 말했다. "람부다는 어디 있죠?"라고 이번에는 내가 물었다. 음식을 나르던 람부다는 험악한 인상에 제멋대로 행동하는 주정뱅이였지만, 마음만큼은 비단결 같은 사람이었다. "술 때문에 죽은 게 분명해"라고 틸라크가 중얼거렸다. 내가 마지막으로 이곳에 왔을 때도 람부다는 술에 취해 있었다. 람부다는 내가 졸업한 이후에 들어온 식당 직원 몇 명을 불러 모아 놓고서 장광설을 늘어놓았다고 한다. 내가 식당 직원들의 복리를 위해 투쟁한 몇 안 되는 기숙사 대표 중 하나라면서 내가 전혀 기억하지 못하는 일화들을 얘기했다는 것이다. "람부다는 죽었어, 술 때문에"라고 프라카시가 말했다.

기숙사 복도는 달라진 것이 전혀 없어 보였다. 구내 매점에는 센머리가 더 많아진 프라빈 푸자라가 있었다. 우리가 졸업한 후에 태어나 지금은 10대가 된 아들과 함께 앉아 있었다. 우리가 학창 시절에 지냈던 기숙사 방 쪽으로 걸어가자 한 무리의 학생들이 "선배님" 하고 부르면서 따라왔다. 묘한 기분이 들었다. D동 1층 중간쯤에서 틸라크가 학생들에게 '귀신 나오는 방'을 가리키며 "저 방에 대한 전설을 혹시 알고 있나?"라고 물었다.

"아니요, 선배님."

"얘기하지 않는 게 낫겠지?"

틸라크가 나에게 말했다.

"분명 누가 여기 살고 있을 텐데, 겁줄 필요는 없잖아?"

"그렇지."

"아무튼 그 학생도 언젠가는 알게 되겠지만. 만약 불빛이……."

"그리고 문짝이……."

"그래. 그만두자고."

우리가 나누는 대화에 학생들은 안달이 났다. "말해 주세요! 말해 주세요!" 하며 애원을 했다.

틸라크가 그 방에 관한 이야기를 시작했다.

"한 석사 과정생이 그 방에 살았어. 말수가 없고 혼자서만 지내는 친구였지. 그런데 어느 날 옆방 학생한테 의자를 빌렸어. 천장 선풍기에 밧줄을 맨 후 올가미를 만들어 자기 목에 걸고는 의자에서 뛰어내렸지. 스스로 목을 맨 거야. 저녁에 연구실 동료가 와서 방문을 두드렸는데 아무 대답이 없었지. 방문은 물론 안에서 잠겨 있었어. 그래서 두 방 건너에 살던 상급생이 와서 살펴보다가 이상한 생각이 들었는지 자기 방 발코니에서 그 친구의 방 발코니로 건너갔어. 창문을 통해서 보니 그 친구가 대롱대롱 매달려 있는 거야. 혀는 쭉 내밀고 두 눈은 튀어나온 채 말이야. 끔찍한 모습이었지. 그래서 상급생은 창유리를 깨고 손을 집어넣어 잠금쇠를 풀고 안으로 들어갔어. 그러고는 시체가 흔들리거나 벽에 부딪히지 않도록 조심스럽게 옆으로 밀면서 방문을 열었지."

"그런 일이 있고 나서 그 방은 폐쇄됐어. 아무도 그 방에서 지내려고 하지 않았으니까."

내가 학생들에게 말했다.

"음, 그러니까 그 '사건'은 몇 달 후에 일어났지. 어느 날 아침 일어나 보니까 그 방의 문이 부서져 있는 거야. 그런데 문제는 조각들이 모두 '복도 쪽'으로 흩어져 있었다는 거야. 누군가가 안에서 방문을 발로 차 고 나왔다는 얘기지. 아무도 그 방에 들어갈 수 없었는데 말이야. 문이 안팎으로 잠겨 있었거든."

"그리고, 그 불빛……."

내가 틸라크에게 일깨우듯 말했다.

"맞아, 그 불빛."

틸라크가 말하면서 발걸음을 옮겼다.

"불빛이 어쨌는데요?"

학생들이 소리를 높였다. 모두들 즐거운 표정이었다.

"이따금 밤에 그 방에서 불빛이 보였어."

틸라크가 별것 아니라는 식으로 말했다. 우리는 계속해서 걸음을 옮 겼고 학생들은 열심히 뒤따라왔다.

"그러고는요?"

학생들이 소리 높여 물었다.

"그러니까, 그 방엔 전구가 없었거든."

틸라크가 어깨를 으쓱했다.

"사람들이 오래전에 전구를 빼놓았으니까 말이야. 산디판, 이제 내 방을 살펴보러 가자."

우리 뒤로 학생들이 어수선하게 모여 있었다. 그 방에 살고 있는 학생을 겁줄 계획을 심각하게 모의하는 듯했다.

모든 것이 옛날과 거의 똑같아 보였지만, 실제로는 많이 바뀌었다. IIT-카라그푸르는 인도 대학으로는 처음으로 교내 기숙사 총 2천8백 실을 강력한 광역 통신망(WAN)으로 연결하는 작업을 진행했다. 기숙사 방마다 초당 3메가비트의 광케이블이 들어올 예정이었다. 그 정도면 주문형 비디오를 전송하기에 충분한 속도였다. 그리고 학생들에게 개인용 컴퓨터를 지급할 예정이었다. 학생들이 1만 루피만 현금으로 지불하면 나머지는 이자가 엄청 싼 은행 대출로 채우는 방식이었다. 이 프로젝트에는 590만 달러의 비용이 들었다. 자랑스러운 IIT-카라그푸르 동문인 아르준 말호트라(HCL 그룹 공동 설립자·테크스팬 회장)와 수하스 파틸(사이러스 로직 공동 설립자)의 기부금으로 모든 비용이 충당됐다. 우리가 카라그푸르에 도착하기 전날, 라젠드라 프라사드 홀은 인터넷이 연결된 최초의 기숙사 건물이 됐다. 우리가 지내던 기숙사도 하루나 이틀 후면 인터넷이 연결될 예정이었다. 벽에는 성능이 좋아 보이는 시스코(Cisco) 스위치가 2, 3미터 간격으로 고정돼 있었다. 언제라도 '0'과 '1'로 된 신호를 거침없이 쏟아 내기 위해 초조하게 기다리는 듯했다.

그러나 우리가 들어선 식당은 아무것도 변하지 않았다. 비누 냄새가 살짝 풍기는 생선이며, 공업용 기름 냄새가 나는 닭이며, 음식이 담기는 철제 식판이며……. 점심 식사를 배식받으러 줄을 서 기다리면서 내가 지금 즐거운 향수에 잠겨 있는지 아니면 머리를 절레절레 흔들 정도로 우스꽝스러운 기분인지 헷갈렸다.

이제 다른 동문들도 다 모였다. 샤일과 사츠치가 보였다. 사츠치는 아주 가난한 집안 출신이지만 지금은 커다란 사업체를 운영하고 있다.

'자'라는 친구는 현재 한 기업의 CEO로 재직 중이다. 학창 시절 나와 함께 뭄바이에 갔다 주머니에 남아 있던 50루피를 밥을 먹는 데 다 써 버린 친구이다. 벰무리 사탸프라사드는 초창기 IIT-카라그푸르가 배출한 사업가 중 한 명이다. 아룬 엘리사리는 괴상한 행동을 자주 보였던 친구이다. 라주는 석탄처럼 새카만 피부에 정직하고 마음씨 좋은 금주(禁酒)주의자로 유럽계 대형 금융사의 인도 지사장을 맡고 있다. 샤일과 나는 지난 며칠 동안 동문들이 카라그푸르에 최대한 많이 오도록 노력했다. 친구들 없이 모교를 방문할 수는 없는 노릇이기 때문이었다.

구내식당은 냄새뿐만 아니라 음식도 예전과 같았다. 난생처음으로 고향을 떠난 우리 열일곱 살짜리들이 먹어야 했던 음식을 "졸업 후 풀뿌리나 벌레를 먹는 미개인들이 사는 오지에서 고압 케이블을 연결할지도 모를 상황에 대비한 일종의 단련"이라고 너그럽게 평가한 친구도 있었다. 음식의 질이 우연히 나쁘다고 하기에는 너무나 형편없었다. 용감무쌍한 전사들을 양성하려는 계획의 요소 중 하나여야 했다.

실제로 효과가 있었다. 나는 6년간의 기숙사 생활을 마친 후에는 무엇이든 먹을 수 있게 됐다. 음식의 맛이란 주관적인 환상이요, 마케팅적인 음모요, 사회적으로 형성된 개념에 불과하다는 사실을 깨달았다. IIT-카라그푸르의 음식이 나를 자유롭게 만들었다. 이제 나는 풀뿌리며 느릿느릿 기어 다니는 벌레를 먹고 살아갈 수도 있다.

*

네타지 홀. 금요일 밤마다 저녁 식사 후에 영화를 보던 강당이다. 우리는 그곳에서 클린트 이스트우드가 바닥에 쓰러져 있는 악당에게 "이 애송아, 오늘 운수가 어떤 것 같아?" 하고 대사를 읊는 장면을 보았다.

〈숄라이(Sholay)〉를 보면서는 음악에 맞추어 춤을 추는 헬렌의 모습에 빠져 들었다. 가바르 싱과 암자드 칸의 대화 장면에서는 소리를 질러 대기도 했다.

그런데 영화가 상영될 때마다 항상 문제가 생기곤 했다. 영사기가 고장 나거나 정전이 되는 식이었다. 그럴 때면 학생들은 자리에서 일어나 "타라파다!" 하고 외쳐 댔다. 타라파다는 네타지 홀에서 일하던 영사 기사의 이름이다. 우리가 IIT-카라그푸르에 입학했을 당시 타라파다는 이미 일을 그만둔 상태였다. 그러나 일종의 전통이 생겼다. 무언가 잘못되기라도 하면 사람들은 타라파다를 불러서 문제를 해결하려고 했다. 틸라크는 졸업 후 시믈라에 있는 한 극장에서 영화를 보는데 영사기가 고장 나자 누군가가 일어나서 커다란 목소리로 "타라파다"를 외쳐 대는 소리를 들었다고 한다.

아울러 네타지 홀에서 우리는 연극도 하고 록 그룹의 공연을 갖기도 했다. 나는 십여 편의 연극에서 연출·연기·음향·조명·무대 장치 등을 맡았다. 그중 몇 편은 대실패였고, 몇 편은 대성공이었다. 내 실수로 완전히 망친 줄 알았는데 대성공을 거둔 연극도 있다. 3학년 봄 축제에서 틸라크는 카프카의 〈변신〉을 전위적으로 각색하여 극을 연출했다. 배우들은 모두 검은색 운동복을 입었고 텅 빈 무대의 중앙에는 대나무 우리 하나만 달랑 놓여 있었다. 그레고르 삼사 역을 맡은 틸라크는 커다란 벌레로 변한 후 대나무 우리 벽을 기어올라가 천장에 거꾸로 매달린 채 1분 이상 대사를 읊어야 했다. 공학적 설계(대나무 우리는 틸라크의 체중을 감당할 만큼 튼튼해야 했다), 육체적 용기(바닥에 떨어진다면 분명 머리가 깨질 것이었다), 그리고 관객 전체가 숨죽일 정도로 탁월한 연출 기법이 함께 녹아들어야 하는 연극의 주요 부분이었다. 아무도 예전에 본 적이 없는 장면이었다. 그런데 내가 완벽할 수 있었던 연극을 그만 망쳐 버렸다. 음향 효과를 담당한 나는 녹음기와 마이크를 가지고 무대 옆에 앉아 있었다. 신호가 떨어질 때마다 마이크와 녹음기를 켜서 미리 녹음한 소리를 틀었다. 그레고르의 여동생이 바이올린을 연주하는 장면에서 나는 재빨리 연주 테이프를 틀기 시작했다. 그런데 깜박 잊고 마이크를 틀지 않는 바람에 그레고르의 여동생은 소리가 전혀 나지 않는 바이올린을 연주해야만 했다. 내가 실수를 깨달았을 때는 이미 그 장면이 끝날 무렵이었다.

나중에 틸라크와 나는 연극 경연 대회의 심사를 맡은 한 교수를 만났다. 그분은 틸라크의 연기에 대해 아낌없이 칭찬하면서 "소녀가 바이올린을 연주하는데 아무런 소리도 나지 않아 매우 놀랐네. 그런 장면 설정은 카프카의 작품이 지닌 상징성을 또 다른 차원으로 승화시킨 셈이네!"라고 말했다. 우리가 상연한 〈변신〉은 최우수 연극상을 받았다.

네타지 홀은 내가 아내 스와가타 바네르지에게 처음으로 말을 건 곳이기도 하다. 그날 그녀는 틸라크의 친구인 수전 차코와 함께 내 뒷줄에 앉아 있었다. 그녀는 매력적일 뿐만 아니라 11학년 때(12학년에 시험을 보는 우리 대다수와는 달리) JEE 성적이 전국에서 두 자리 등수에 들었고, IQ가 천재 수준이라고 알려져 있었다. 나는 틸라크와 얘기하고 있었는데, 스와가타가 나중에 대화에 참여했다. 나는 대화 도중에 옆 좌석을 접어 올리다가 그만 스와가타의 다리가 끼게 만들었다. 그녀는 몸을 움츠렸다. "아프지 않았으면 해. 하지만 내가 미안하다고 할 필요는 없을 것 같아. 일부러 그런 건 아니었으니까" 하고 내가 그녀에게 말했다. 스와가타는 고개를 돌려 버렸다.

졸업 후 17년이 지난 2002년 1월, 나는 네타지 홀을 다시 찾았다. 전혀 변하지 않은 모습이었다.

학생 몇몇이 무대에 올라 노래를 불렀다. 우리 '골동품'들을 환영하기

위한 행사였다. 학생들은 이글스의 〈호텔 캘리포니아(Hotel California)〉
며 딥퍼플의 〈스모크 온 더 워터(Smoke on the Water)〉 등 우리가 즐겨
듣던 1980년대 이전의 노래들을 아주 멋진 목소리로 불렀다. 감탄사가
절로 나왔다. 물론 우리 앞에서 노래 부르고 있는 학생들보다 예전의 우
리가 더 잘 불렀다는 것이 모두의 의견이었다. 그러나 중년이라는 나이
에 접어드는 상황에서 옛 노래를 듣고 있노라니 분홍빛 향수에 빠져 들
었다.

　사실 이 향수라는 것은 우리가 느긋하게 즐기기에는 너무 진했다. 게
다가 여러 해 만에 만난 우리는 그동안 쌓인 얘기도 많고 해서 네타지
홀을 나섰다. 샤일만이 "네타지 홀에 있는 좌석 전체를 어루만지고 입
맞추기 전에는 떠나지 않겠다"고 한동안 고집을 부렸다.

*

　저녁 늦은 시간에 우리는 RK 홀로 돌아왔다. 우리 중 일부는 어두워
진 후 'CG체인지'*를 하고 사감의 머리에 물 한 주전자를 쏟아 붓는 등
일종의 파괴 행위를 하겠노라고 공언했다. 약속은 지켜야 했다.

　학생 몇몇이 우리를 초조하게 기다리고 있었다. 식당에서는 동문 둘이
서 25명가량의 학생들과 자리에 앉아 RK 레퍼토리를 부르고 있었다.

　레퍼토리는 대부분 여자 친구가 없는 젊은이의 그리움에 관한 노래
들로 오래된 인도 영화에나 나올 법한 가락이었다. 그러나 어떤 노래는

---

*CG체인지 : 무게 중심을 바꾼다는 뜻. IIT 기숙사에서 자리를 비운 학생의 방에
　가하는 일종의 의식이다. 방 내부를 창의적인 방식으로 바꾸어 놓아 방 주인에게
　충격을 주는 것이 목적이다. 이것의 규칙은 방 안에 있는 물건은 절대 밖으로 내
　갈 수 없지만 외부에서 들여올 수는 있다.

오랜만에 들으니 감동적이었다. 어떤 학생은 우리가 노래를 부를 때마다 가사를 열심히 받아 적기도 했다.

한편 1976년도 졸업생인 KP는 자기가 살던 방을 CG체인지 하겠다며 나섰다. 그는 쿠마르와 함께 방의 자물쇠를 따러 갔다. 쿠마르는 현재 푸나 지역에서 대규모 엔지니어링 업체를 운영하고 있다.

얼마 후 쿠마르가 기숙사 식당으로 숨을 헐떡이며 돌아왔다. 몇 분후 화가 나 돌아온 KP는 친구의 비겁한 배신에 분개했다. 우리가 진정시키자 KP는 방에 갔던 얘기를 시작했다. KP와 쿠마르는 예전에 자신들이 쓰던 방으로 갔다. 방 안에 아무도 없다는 사실을 확인한 KP를 막을 사람은 아무도 없었다. 학생 몇 명에게 망을 보게 하고는 방문 자물쇠를 따기 시작했다. 상황이 이쯤 되자 쿠마르는 겁이 덜컥 났다. 푸나지역의 유명 인사로 거액의 납세자이며 자상한 고용자이자, 모범적인남편이며 이상적인 아버지인 쿠마르가 아닌가! 그런데 과거에서 튀어나온 한 미친놈이 갑자기 '학부생'의 방에 무단으로 침입하려고 하다니! 게다가 자신이 공범이라니! 무슨 문제라도 생긴다면, 그 학생이 경찰에 신고라도 한다면 큰일이다! 수갑을 차고 얼굴은 수건으로 가린채 끌려가는 모습, 한 유명한 사업가의 괴이한 행각에 경악하는 신문의 머리기사, 그리고 뒤따르는 스캔들, 비난, TV 토크쇼, 산산조각이 난가정, 사회적 매장, 몇 달간 감옥에서 흉악한 연쇄 살인범에게 겁탈을당할지도 모르는 상황이 쿠마르의 머릿속을 훑고 지나갔던 것이다. 쿠마르는 뒤돌아 서서 방에서 도망쳐 나와 버렸던 것이다.

KP는 화가 잔뜩 나 있었다. 그러나 무언가에 신이 나 있는 표정이었다. 그는 스위스 군용 칼로 자물쇠를 따고 방에 들어가서 아주 자랑스러운 일을 저질렀다고 말했다. 그러나 자세한 내용은 밝히지 않으려고했다. 쏟아지는 질문에 KP는 불가사의한 미소를 지으며 대답했다.

"아주 섬세하게 해놨지. CG체인지의 진정한 달인만이 가능한 작업이었어. 가구 배치는 전혀 변한 게 없어. 달라졌다는 사실을 아무도 모를 거야. 장담하건대, 방 주인이 누구든 간에 눈치 채지 못할 거라고."

한편 벰무리는 약속한 대로 물 한 주전자를 RK 홀 사감의 머리에 쏟아 부었다.

우리들이 학창 시절의 추억을 하나하나 찾고 있을 때, 어디선가 연주 소리가 들렸다. 우리가 학교 다닐 때에는 채식주의자들을 위한 식당으로 쓰이던 곳이 지금은 음악실로 사용되고 있었다. RK 홀 밴드가 연습하고 있었다. 우리는 연습실로 향했다. 드럼 주자였던 벰무리는 학생들에게 드럼을 쳐 봐도 괜찮은지 물어보았다. 학생들은 기꺼이 허락했다. 벰무리는 자리에 앉아서 손가락으로 드럼을 몇 번 두들겨 보았다. 손에서 드럼 스틱을 놓은 지 벌써 10년째였다. 잠시 정적이 흘렀다. 이내 벰무리가 연주를 시작했다.

베이스 기타를 맡은 학생이 그 뒤를 이었다. 리드 기타를 맡은 학생은 즉흥 연주를 했다. 서로의 마음이 마술처럼 통하면서 모두 에릭 클랩턴의 〈원더풀 투나잇(Wonderful Tonight)〉의 도입부를 연주했고, 보컬이 노래를 부르기 시작했다. 1975년에 졸업하여 지금은 쉰다섯 살이 된 동문이며 어린 학생 할 것 없이 모두가 모여들었다. 음악이 흐르면서 세월이라는 개념은 사라져 버렸다. 모두 하나가 되었다. 모교와 기숙사에 대한 추억을 공유하는 이들 모두 감동과 흥분의 도가니에 빠졌다. 〈원더풀 투나잇〉이 끝나고 〈코카인(Cocain)〉으로 이어지다가 도어스의 〈라이트 마이 파이어(Light My Fire)〉에서 퀸의 〈크레이지 리틀 싱 콜드 러브(Crazy Little Thing Called Love)〉로 흘러갔다.

참으로 행복하고 자유로운 기분이었다. 이글스의 말이 옳았다. '체크아웃'은 가능하지만 결코 떠나지 못하는 장소가 있는 법이다.

3
창의적인 공학자

IIT에서 배운 기술 중에서 가장 중요한 것은
문제를 다양한 각도에서 바라보는 방법이다.

　문맹률이 세계에서 가장 높고 초등학교 취학률이 남아 60퍼센트, 여아 50퍼센트 정도에 불과하며, 부정 행위를 하다가 적발된 학생들이 시험 감독관을 흉기로 협박하는 이 인도라는 나라가 어떻게 해서 '세계에서 경쟁력과 영향력이 가장 큰 대학'이라고 평가받고 있는 IIT를 만들 수 있었을까?

　이 '제3세계' 국가는 세계에서 가장 어렵고 공정하다는 입시 제도를 어떻게 고안해 냈을까? 그리고 지난 반세기 동안 어떤 방식으로 입시 제도를 견고하게 유지하였기에 대통령 아들조차 들어가기 어렵게 만들었을까?

　IIT 출신의 고팔라크리슈난은 힌두스탄 레버의 부회장을 역임했으며 지금은 타타 그룹의 지주 회사인 타타 선스의 전무이사로 재직 중이다. 그는 IIT를 다음과 같이 말했다.

　"IIT는 독립된 인도에서 최초로 설립된 고등 교육 기관입니다. '세계화'니 '벤치마킹'이니 하는 개념이 아직 생겨나기 전의 일이지요. 이렇게 세워진 IIT-카라그푸르는 세계적인 대학이 됐습니다. 크리켓 경기에 처음으로 출전한 타자가 1백 점을 만드는 식이라고나 할까요. 사실 그보다 훨씬 대단했습니다. IIT의 쌍둥이들은 계속 태어났고, 그때마다 세계 일류의 대학이 탄생했기 때문입니다. 놀랄 만한 일이죠! 매번 타석에 나갈 때마다 1백 점을 내는 식이지 않습니까? 50여 년이 지난 지금 생각해 보면 그것이 단지 우연이 아니었다는 사실을 깨닫게 됩니다.''

그렇다면 어떻게 IIT는 세계적인 대학이 될 수 있었을까?

1980년대 초 IIT-카라그푸르 캠퍼스 강당에서 상영하던 정부 홍보 영화에서는 IIT를 '네루의 이상'이라고 표현했지만 전적으로 올바른 표현은 아니다. 인도 최초의 총리인 자와할랄 네루가 'IIT'라는 아이디어의 탁월함을 인정하고 적극적으로 지원한 점은 높이 살 만하다. 그러나 IIT는 네루가 착안한 대학이 아니다. 파르시(Parsi : 인도에 거주하는 조로아스터교도) 출신으로 정력적인 테크노크라트(Technocrat : 기술 관료)였던 아르데시르 달랄 경(卿)의 작품이다. 인도가 영국의 지배에서 서서히 독립을 향해 나아가던 무렵 총독의 내각에서 일을 하던 아르데시르 경은 자유 인도 구축을 위해서는 과학기술이 핵심적인 역할을 담당해야 한다고 판단했다. 그는 인도의 기술 발전을 위한 3대 전략을 제시했다. 첫째, 세계적인 엔지니어들을 양산한다. 둘째, 왕성한 연구 개발 인프라를 구축한다. 셋째, 유능한 학생들이 세계 최고의 대학원 교육을 받을 수 있는 장학 제도를 마련한다. IIT 설립은 그 첫 번째 전략의 일환이었다.

그러나 엘리트 공과대학의 탄생 과정은 전담 위원회가 IIT의 기본 청사진을 제시하면서부터 이상하게 꼬이기 시작했다. 1946년 3월 날리니 란잔 사르카르를 위원장으로 구성된 22명의 위원들은 '인도 고등 기술 교육 기관의 개발'이라는 중간 보고서를 제출했다. 위원회에서는 최소한 4개 캠퍼스를 동서남북에 각각 설립해야 한다고 권고했다. "어떤 점에서는 벵골 사람들의 음모였지요. 실제로 그렇게 나쁘지는 않았지만" 하고 인디레산 교수가 웃으며 말했다. 인디레산 교수는 IIT-마드라스의 이사장을 역임했고 현존하는 교수들 중에서 가장 명망이 높은 인물이다. 그는 "사르카르와 위원 여럿이 벵골 사람이었지요. 그리고 사르카르는 벵골에서 영향력이 가장 큰 정치가였던 로이 박사의 친구이기도 했어요. 로이 박사는 대단한 수완가였지요. 사르카르가 위원회에서 보고서를 제출하자 로이 박사는 네루 선생을 찾아가 '토지를 기부할 테니 인도 최초의 공과대학을 벵골에 세우자'고 말했답니다"라고 덧붙였다. 실제로 사르카르 위원회는 첫 번째 IIT 캠퍼스를 인도 동부 콜카타 근교에 세우고 두 번째는 서부에 있는 뭄바이 근처에 세우자고 구체적으로 제안했다.

그러므로 IIT-카라그푸르의 주요 간선 도로가 '날리니 란잔 사르카르 대로(大路)'로 명명된 것은 그리 놀랄 만한 일이 아니다. 아울러 학업 성적과 과외 활동에서 두각을 나타낸 졸업생에게 수여하는 상과 IIT 기숙사 건물에 로이 박사의 이름이 붙은 것도 놀랄 일이 아니다.

이상한 점은 IIT가 위원회의 중간 보고서를 바탕으로 설립됐다는 사실이다. 실제로 사르카르를 주축으로 한 위원회는 최종 보고서를 제출하지 않았다. 그럴 필요가 없었기 때문이었다. 전(全) 인도 기술 교육 위원회에서는 중간 보고서를 채택하여 사업에 착수하기로 결정했다. 'IIT법'은 5개 캠퍼스가 운영되던 1961년에야 의회에서 통과됐다.

또 하나 흥미로운 사실은 IIT의 모델이 MIT였다는 점이다. 임페리얼칼리지 같은 영국식 제도를 따르지 않았다는 얘기이다. 인도는 독립 1년 만에 식민지 잔재를 청산하기 시작했다.

로이 박사는 첫 번째 캠퍼스의 설립 부지를 물색하고 있었다. 그는 기존의 자원을 혁신적으로 활용하고자 콜카타에서 120킬로미터 떨어진 히즐리에 있는 감옥 건물에 주목했다. 교실과 연구실과 행정실이 들어서면서 이 건물은 최초의 IIT 캠퍼스가 됐다. 교명은 인근 철도 마을의 이름을 따서 'IIT-카라그푸르'라고 정했다.

히즐리라는 마을과 감옥 건물은 유서 깊은 장소이다. 히즐리에는 동인도 회사에서 근무하던 욥 카르녹이라는 사람이 살았다. 그가 바로 1690년 후글리 강 둔덕에 위치한 수타누티 마을로 이주하여 콜카타라는 도시를 만든 사람이다. 만일 카르녹이 거처를 옮기지 않았다면 히즐리는 영국령 인도의 초대 수도가 되고(1911년 델리로 수도를 이전함), 콜카타는 최초의 IIT 캠퍼스 부지로만 세상에 알려졌을지도 모를 일이다.

영국은 마하트마 간디가 주도하는 시민 불복종 운동의 지지자들로 수감 공간이 부족해지자 1930년 히즐리에 강제 수용소를 새로 지었다. 1931년 9월 16일 비무장 상태로 있던 재소자들을 경찰이 사살하는 사건이 생기면서 히즐리 감옥의 악명은 더욱 높아졌다. 마침내 감옥이 1942년에 폐쇄되면서 재소자들은 다른 곳으로 이송됐다. 1956년 IIT-카라그푸르 제1회 학위 수여식에서 네루는 캠퍼스의 지리학적 의의를 언급했다.

"히즐리 강제 수용소가 있던 곳에 지금은 이렇듯 훌륭한 기념비가 세워져 있습니다. 인도의 의지와 미래를 표상하는 기념비입니다. 인도의 변화를 상징하는 기념비인 것입니다."

토지와 감옥 건물에 대한 정리를 마친 로이는 네루에게 고시 박사를 초대 이사장으로 임명할 것을 요청했다. 고시 박사는 저명한 화학자로 방글라데시의 다카대학 화학과 학과장을 역임했고, 당시 정부 조달처 분국장으로 재직 중이었다. 호주 대사로 떠나려는 그를 로이가 붙잡았던 것이다. IIT 쪽이 훨씬 흥미롭고 도전적이라고 판단한 고시는 로이의 제의를 수락했다.

고시는 일주일에 사흘은 콜카타의 관청에서 근무하고 나머지는 카라그푸르에 있는 감옥 건물에서 개교를 준비했다. 함께 준비에 참여했던 교수들은 시간이 너무 부족했다. 마울라나 아자드 교육부 장관이 1951년 8월 18일 IIT 개교식에 참석할 예정이라는 사실이 3주 전에야 통보됐기 때문이었다. 사람들은 밤낮으로 개교 준비를 했고, 마침내 아자드 장관이 도착하여 리본을 자를 무렵에는 어느 정도 준비가 끝난 상태였다. 그러나 최초의 기숙사인 파텔 홀은 공사가 끝나지 않아 처음 몇 주 동안 학생들이 교직원 숙소에 머물러야 했다. 교내 도로도 아직 갖춰지지 않은 상태였다. 기숙사 방에는 발목이 잠길 정도로 물이 고이는 일도 있었다. 1학년 학생 수는 224명, 교직원 수는 42명이었다.

IIT-카라그푸르를 인도 최초의 공과대학이라고 보기는 어렵다. 플라시 전투에서 영국이 승리한 때로부터 37년이 지난 1794년 타밀나두 주(州) 퀸디에 대학이 설립됐다. 19세기에 4개 대학이 추가로 세워졌고, 20세기 초에는 10개 대학이 탄생했다. 그중 6개 학교에서 제한적으로 대학원 교육과 연구 활동을 진행했다. 공부를 계속하고자 하는 대부분의 학생들은 미국이나 영국으로 유학을 떠나야 했다.

부동산·건설 분야의 대기업인 DLF 유니버설의 상무이사로 재직 중인 찬드라는 '최초의 IIT 졸업생'이다. 1956년 제1회 학위 수여식에서는 토목공학과 학생들만 학위를 받았다. 수석 졸업생이었던 찬드라는 최초로 졸업장을 받은 IIT인이 되었다. 졸업장에는 자랑스럽게도 '1'이라는 숫자가 또렷하게 표시되어 있었다. IIT를 어떻게 알고 입학하게 됐느냐고 묻자 찬드라는 "그전엔 들어 보지 못했어요. 다른 공과대학 몇 군데에 지원해서 입학 허가를 받아 놓은 상태였지요. 그런데 이번에 정부가 새로 만든 학교가 있는데 지원해 보라고 어떤 친구가 권유하더군요"라고 대답했다. 처음에 찬드라는 그다지 가고 싶은 생각이 들지 않았다고 한다. 그러나 찬드라는 IIT 소개 책자를 읽고 나서 입학을 결심했다고 한다.

IIT 지원 마감일은 이미 지난 상태였다. 찬드라가 다니던 학교의 교장 선생님이 델리에서 지원자들을 면접하고 있는 IIT 수학과의 학과장을 잘 안다면서 추천서를 써주었다. 게다가 찬드라는 12학년 시험에서 전체 1등을 했다. 찬드라는 추천서와 시험 성적표를 가지고 델리로 향했다. 그는 입학 허가와 함께 장학금 혜택까지 받게 됐다.

당시 IIT는 입학시험을 실시하지 않았다. 학업 성적과 면접을 통해 학생들을 받았다. 초기 입학생들은 이전 학교에서 상위 10위권에 들던 남학생들이었다. 고시 박사는 IIT 학사 일정 첫째 날, 학생들에게 모두 자리에서 일어나라고 했다. "다니던 학교에서 1, 2등을 했던 학생들은 자리에 앉아요"라고 고시 박사가 말했다. 80퍼센트에 이르는 남학생들이 자리에 앉았다.

나는 찬드라에게 물었다.

"당시 IIT가 아주 특별한 곳이라는 생각이 들었습니까?"

"우리 모두는 수재였고 교수들도 실력이 대단했기 때문에 그렇게 생각했어요. 교수들은 IIT에서 가르치려고 미국이나 영국에서 돌아온 분들이었지요. 그리고 미국인, 영국인, 독일인 교수들도 많았어요. 하지만 IIT가 정말 특별하다고 느끼게 된 것은 우리가 졸업할 무렵이었어요. 모두들 별다른 어려움 없이 취직하거나 유학을 갔습니다."

찬드라의 경우는 세 군데에서 취업 제의가 왔고 미국 대학 두 곳에서 입학 허가서를 보내 왔다. 게다가 유명한 셸(Shell) 사(社)에서 지급하는 장학금까지 받았다. 그것은 영국에서 석사 학위 취득까지의 학비는 물론 셸 사의 취직도 보장하는 장학 제도였다.

사르카르 위원회가 어떤 지역적 편견을 가졌든 간에, 위원회가 작성한 중간 보고서는 인도에서 유래를 찾아보기 어렵고 전 세계가 부러워할 교육 제도의 주춧돌 역할을 했다. 위원회의 권고 안은 지극히 개화된 사고방식을 반영했다. 위원회는 인도의 공학 교육 제도를 연구하는 과정에서 인도가 세계적인 교육 체계를 구축하려면 여러 공백을 채워야 한다는 결론을 내렸다. 예컨대 인도의 대학은 일차적으로 각 주의 공공시설의 보수 유지를 담당하는 정부 부처에 엔지니어들을 공급하는 역할을 담당했다. 따라서 학생들은 특정 공학 분야만 배우고 수학, 과학, 인문학은 거의 배우지 않았다. 교육은 주로 강의를 통해 진행됐고, 학생들은 1년 동안의 학습 성취도에 따른 학점보다는 매년 한 차례의 외부 시험을 통해 평가됐다. 무엇보다 사르카르 위원회가 IIT를 최고 명문 학교로 육성하고자 결정하는 데 핵심적인 역할을 할 수 있었던 것은 당시 공과대학의 자율권이 없었기 때문이다. 모(母)대학의 학칙이나 유관 정부 기관의 규정에 따라야 했던 것이다.

위원회의 권고 사항 중 대부분은 5년 혹은 10년 후에 자명한 것으로 드러났지만, 당시에는 선구적인 내용이었다. 위원회에서는 4년제 학부 과정을 도입하여 처음 2년간은 공통 교과 과정으로 자연과학·인문과학·사회과학을 가르치자고 제안했다(학부 과정은 1960년에 5년으로 연장됐다가 1981년에 다시 4년제로 바뀌었다). 위원회는 새로 설립되는 학교가 형식적인 강의에 치중할 것이 아니라 세미나와 개인 지도 연구에 초점을 맞추어야 한다고 역설했다. 아울러 대학이 시험 제도를 자체적으로 관리하고 학기 동안 학생 개개인의 성취도를 중시해야 한다고 주장했다.

위원회에는 분명 몽상가들이 상당수 있었다. 그렇지 않고서야 어떻게 교직원의 업무에 융통성을 부여하여 교수들이 연구 혹은 기업 컨설팅 업무에 시간을 할애해야 한다고 권고했겠는가? 또한 위원회는 IIT에서 공학 이론과 아울러 공작 실습 및 기업에서의 현장 실습도 실시해야 한다고 권고했다.

사르카르 위원회는 MIT에서 운영하는 방식과 프로그램을 많이 참고했지만 인도 현지의 사정에 맞게 변형했다. 예컨대 졸업 논문의 준비 시간이 MIT가 120시간인 반면 IIT는 3백 시간으로 책정했으며 실습 시간도 MIT보다 훨씬 많게 했다. 게다가 MIT에는 학생들이 실제로 금속을 다듬고 벼리고 용접하는 공작 실습이 없는 반면, IIT 학생들은 수백 시간을 들여 땀 흘려 작업해야 한다.

스리 쿠마르는 경찰 국장이자 카르나타카 주립 경찰 주택 공사의 회장 겸 전무이사이다. 그는 IIT-마드라스 1970년도 졸업생이다. 그는 첫 번째 금속 공작 실습 시간에 받은 충격을 다음과 같이 말했다.

"IIT 수업 첫째 주에 공작 실습소로 갔어요. 정육면체로 된 쇳덩어리를 주면서 매끄럽게 다듬으라고 하더군요. 쇳덩어리를 열심히 다듬어서 녹을 없앤 후 강사에게 가지고 갔는데, 우리를 보고 웃더군요. 그러고는 무엇을 해야 하는지 말해 주더군요. 7.6센티미터씩 깎아 내야 한다는 것이었습니다! 엄청나게 덥고 습한 환경에서 중노동을 해야 했습니다. 입학 당시만 해도 부드러웠던 손이 하룻밤 새에 굳은살이 생기고 거칠어졌지 뭡니까."

쿠마르는 35년도 더 지난 지금 "굳은살이 지금도 보일 텐데" 하며 손바닥을 펼쳐 보였다.

IIT 설립자들은 학생들의 머릿속에 노동이 신성하다는 의식을 심어 주고자 했다. 찬드라는 IIT-카라그푸르의 수영장 공사에도 참여했다. 토목공학과 학과장인 매케이 교수의 지도하에 학생들은 웅덩이를 파고 시멘트를 붓는 등 건설 노동자들이 하는 일을 했다. "밤낮으로 일했지요. 아주 힘든 일이었지만 아주 재미있었어요. 학생, 교수 할 것 없이 모두가 열정적으로 임했습니다"라고 찬드라가 말했다. 이 책을 집필하기 위한 자료를 수집하는 과정에서 만난 여러 IIT 동문들이 "어떤 일도 천하지 않다는 사실을 알게 됐습니다", "아무런 거리낌 없이 무슨 일이든 할 수 있습니다", "순수한 육체노동을 소중하게 생각합니다"라는 말을 했다.

IIT 교육 제도를 고안한 사람들에게 또 하나 중요한 영역은 창의성이었다. 학생들이 '창의적으로 생각하도록 유도하는 학습 과정'에 바탕을 둔 교육 프로그램의 개발이 목적이었다. 이러한 교육 제도를 통해 '창의적인 과학자이자 공학자', '인간적이고 시야가 넓은 전문 지도자', 그리고 '미래의 상황에서 독창성을 발휘할 개인'을 양성하고자 했다. 스리 쿠마르는 다음과 같이 말했다.

"IIT에서 배운 기술 중에서 가장 중요한 것은 문제를 다양한 각도에서 바라보는 방법이었습니다. 평범한 사람들에게 성냥개비 6개를 주고 각 변이 성냥개비의 길이와 같은 정삼각형을 최대한 많이 만들어 보라고 하면, 대부분 2개만 만들고 맙니다. 하지만 IIT 출신은 피라미드 모양으로 정삼각형 4개를 만들어 내지요. 바로 그런 식으로 IIT에서는 문제를 전혀 다른 관점으로 바라보게 한다는 것입니다."

스리 쿠마르는 공학도에서 경찰로 인생 행로를 바꾸었다. 그러고는 라지브 간디의 암살 사건에서 티푸 술탄의 보검 도난 사건에 이르기까지 지난 20년 동안 주요 사건들을 수사했다. 그는 "수사 과정에서도 '문제를 창의적으로 바라보는' 기술이 유용하다는 사실을 깨닫게 됐지요. 결국 수사도 문제 해결의 한 형식이 아니겠습니까?"라고 말했다.

아르데시르 달랄 경이 구상하고 사르카르 위원회가 구체적으로 검토한 'IIT'라는 아이디어는 실로 훌륭하게 구현됐다.

4
완전무결한 대학

IIT의 설립자들은 도로나 터빈을 만드는
기술자가 아니라 새로운 인도를 만들
지도자를 양성하고자 했다.

'IIT'라는 원대한 프로젝트에 네루는 'OK' 사인을 보냈지만 반대하는 목소리도 있었다. 엘리트주의적인 시도에 회의적인 태도를 보인 이들이 었다. IIT-칸푸르 출신이자 현재 IIT-마드라스의 교수로 재직 중인 아쇼크 준준왈라는 IIT에 합격한 후 할아버지를 만나러 비하르에 있는 라키 사라이에 갔던 날을 기억한다. 할아버지는 손자에게 브라만 계급의 학교를 다닐 생각이냐고 물었다고 한다. "깜짝 놀랐지요. 할아버지께서 무슨 말씀을 하시는지 이해할 수 없었어요. 하지만 IIT에 들어가고 나서는 다 잊어버렸지요"라고 준준왈라는 말한다. 준준왈라는 IIT를 졸업한 후 미국으로 건너가 2년간 교편을 잡았다. 이후 인도로 돌아온 그는 라키 사라이를 다시 찾으면서 할아버지가 했던 말을 떠올렸다.

"할아버지께 예전에 하신 말씀이 무슨 뜻이었느냐고 여쭸지요. 할아버지는 간디주의자였고 사르보다야(농촌에서 사회 개혁을 추진하는 봉사 운동) 운동가였습니다. IIT 계획에 대한 논의가 한창 진행 중일 때 엘리트 학교를 세우는 일이 올바른가에 대해 간디주의 단체에서도 얘기가 많았다고 합니다. 오랜 시간 토론 끝에 결국 올바른 일이라는 쪽으로 결론이 났다는 것입니다. 인도에는 전통적으로 엘리트를 양성하는 교육 제도가 있었습니다. 고대 인도의 날란다에 세워졌던 불교 학교가 대표적인 예라고 할 수 있지요. 최고의 인재들을 뽑아서 가르치자는 것이었습니다. 그래서 전쟁이나 기근으로 힘든 상황에서도 이들 학교는 막대한 국가의 지원을 받았지요. 국가 지도자를 양성하는 것이 목표였습니다."

국제적인 규모에 기숙사 설비까지 갖춘 최초의 대학인 날란다는 5세기에서 12세기에 이르는 전성기에 교사가 2천 명, 그리고 학생이 1만 명이었다.

IIT 교육 제도를 만든 사람들이 날란다를 염두에 두었는지는 불확실하다. 그러나 당시 문서를 검토해 보면 그저 유능한 공학자 그 이상의 인재 양성을 목표로 했다는 사실을 알 수 있다.

IIT-카라그푸르는 1951년 8월 18일 개교했다. 이후 몇 년 동안은 모종의 소강 상태였다. 그러다가 IIT 설립 사업에 놀랄 만한 가속도가 붙으면서 4년 만에 4개 학교가 더 등장하게 되었다. 1958년 IIT-뭄바이, 1959년 IIT-마드라스, 1960년 IIT-칸푸르, 그리고 1년 후 IIT-델리가 설립됐다. 카라그푸르와는 달리 이들 4개 학교를 세우는 과정에서는 외국의 기술과 재정 지원이 산파 역할을 했다. 1961년 'IIT법'이 도입되자 상하 양원에서는 '여러 국가가 IIT 4개 학교를 지원하는 만큼 고급 기술 인력의 교육 훈련 방식을 다양하게 개발할 수 있다'는 사실을 인식했다. IIT는 설비 기금, 외국인 객원 교수, 교수진의 해외 연수 등의 지원을 받았다.

1979년까지 IIT-뭄바이가 지원받은 설비 기금의 액수는 115만 달러,

외국인 객원 교수가 수업을 진행한 기간은 2352개월, 그리고 교수진의 해외 연수 기간은 810개월이었다. IIT-마드라스는 523만 달러, 2254개월, 500개월, 그리고 IIT-델리는 311만 달러, 1114개월, 2038개월이었다. 설비 기금으로 IIT-카라그푸르가 받은 53만 달러와 IIT-칸푸르가 받은 195만 달러를 더하면 총 1197만 달러에 이른다. 이는 인도 정부가 IIT 설비 기금으로 제공한 2903만 달러의 40퍼센트 정도에 이르는 액수이다.

외국의 지원은 대단히 중요했다. 특히 자금 지원보다도 미국·독일·소련 교수들을 통해 유입된 전문 지식과 교육 제도, 직업 윤리가 IIT의 성공에 핵심적인 역할을 담당했다. 인디레산 교수는 다음과 같이 말했다.

"IIT-칸푸르는 외국의 지원을 상당한 정도로 받은 첫 번째 캠퍼스였습니다. 미국에서는 IIT-칸푸르에 대규모로 설비를 지원했습니다. 하지만 설비 지원보다 더 중요한 것은 세계적인 교육 환경을 조성해 줬다는 것입니다. 다시 말해 교수진의 자율권을 보장하고 교육 과정, 학점, 시험, 개인 지도와 같은 제도를 자체적으로 마련하게 만든 것입니다. 그리고 젊고 유능한 미국인 교수들을 칸푸르에 파견해서 1, 2년간 가르치게 한 것도 커다란 도움이 됐습니다."

IIT-칸푸르의 제4회 졸업생으로 샨사 그룹(전 IIS인포테크)의 회장인 사우라브 스리바스타바는 "우리가 IIT-칸푸르에 다닐 때는 캠퍼스가 아직도 공사 중이었지요. 교수진은 아주 정력적이었습니다. IIT-칸푸르는 인도-아메리칸 프로그램으로 설립됐습니다. 인도-아메리칸 프로그램은 MIT·코넬·컬럼비아·칼테크·케이스웨스턴 대학을 포함해서 미국 9개 대학으로 이루어진 컨소시엄이었지요. 교수진 상당수가 이들 대학에서 왔습니다. 최고의 교수진이었습니다. 게다가 학생 수가 적었기 때문에 교수진과 학생들 사이의 관계가 긴밀했습니다. 정말 대단했습니다. 항공공학과 학생들을 위해 활주로를 만들 정도였으니까요!"라고 말했다.

1970년대 들어 1차 기술 지원 프로그램이 종료된 후에도 IIT 각 캠퍼스는 서구의 선도적인 대학들과 공고한 관계를 유지했다.

그러나 IIT가 그토록 대단한 성공을 거둔 이유는 진보적인 교육 과정이나 외국의 지원보다는 IIT라는 조직의 구조 때문이었다.

인디레산 교수는 다음과 같이 말했다.

"IIT법은 인도 정부에서 통과된 법 중 최고였습니다. IIT에 완벽한 자치권을 부여했으니까요. 인도 교육 기관 전체를 통틀어 아주 특별한 경우였습니다. 이사회 내에 권력 브로커들이 없어서 토론을 자유롭고 객관적으로 진행할 수 있었습니다. 정치인이나 관료들이 있을 때보다 더욱 합리적인 결론에 도달할 수 있었던 것입니다. 게다가 정부 관료가 관여하지 않았기 때문에 이사회 구성원들은 최대한 객관적이고 책임감 있게 결정을 내렸습니다."

반면 인도 최고의 의과대학인 델리 인도의과대학에서는 사무처장을 선출하는 위원회에 현직 의사가 단 한 명도 없었다. 관료들과 보건부 장관으로만 구성됐던 것이다.

그러나 IIT에서는 정치인도 관료 출신도 아닌 의장이 주재하는 이사회에서 이사장을 지명한다. 1년에 한 번 교육부 관료인 재정 위원이 학교를 찾아와 당해 연도의 예산에 대해 발표하고는 그걸로 끝이다. 예산의 집행에 대한 결정은 IIT 이사장과 경영진에 맡겨지며, 정부는 이에 간섭할 수 없다. IIT는 강의 계획이나 교육 방식을 자유롭게 설정하여 최상의 목표를 추구할 수 있다.

지방 공과대학에서 가르친 적이 있는 한 IIT 교수는 "정부 산하의 공과대학에서 오실로스코프를 구입하려면 입찰 과정을 거쳐 견적서 세

종류를 확보한 다음 이를 정부 부처의 관리에게 제출해야 합니다. 허가가 떨어질 때쯤이면 오실로스코프의 가격이 이미 달라졌거나 신제품이 나와 있는 상태입니다. 그러면 구입 절차를 처음부터 다시 밟아야 합니다"라고 말하며 IIT가 얼마나 자율적인지를 역설했다.

인디레산 교수는 인도 정치인 대다수가 IIT를 자랑스러워하기 때문에 간섭하지 않는다고 생각한다.

"결국 IIT는 교육부 장관의 왕관에 박힌 보석이라고 할 수 있지요. 게다가 IIT법이라는 것이 있습니다. 1980년대에 한 장관이 IIT 측에 지시를 내리려고 했습니다. 그런데 부하 직원들이 IIT법 때문에 그렇게 할 수 없다고 장관에게 말했습니다. 장관은 변호사 출신이었기 때문에 이렇게 말했답니다. '법률 문서를 가져와 보게.' 장관은 IIT법의 내용을 읽고는 화를 냈습니다. 문서를 사무실 바닥에 팽개치고는 이렇게 말했답니다. '이건 쓸모없는 법이야!' 하지만 장관은 자신이 졌다는 사실을 알고 있었습니다."

고팔라크리슈난 타타 선스의 전무이사는 다음과 같이 말했다.

"정부의 간섭이 없었다는 사실이 가장 중요했습니다. 정부에서는 IIT를 설립한 후 마음대로 하도록 내버려 뒀습니다. 인도에서는 정부가 간섭하지 않을수록 대단한 성과를 거둡니다. 소프트웨어 산업을 보십시오. 정부 지원이 전혀 없었는데도 전반적으로 성장하지 않았습니까? 영화 산업을 보십시오. 인도 영화 전체가 대단하다는 얘기는 아닙니다. 하지만 산업 규모도 세계적이고 표현하는 내용도 세계적이지 않습니까? 그러니 정부가 IIT를 간섭하지 않은 게 천만다행이지요."

인도 대통령은 IIT 각 캠퍼스의 장학사 자격을 갖는다. IIT 이사회는 장학사가 지명하는 이사회 의장, IIT 이사장, IIT가 위치한 지역의 주정부가 지명한 명망 있는 과학기술자와 기업가 한 명, 교육·자연과학·공학 분야의 전문 지식이나 실제 경험을 보유한 인물 네 명, 그리고 IIT 교수 두 명으로 구성된다.

인디레산 교수와 니감은 〈IIT-최고의 경험〉이라는 연구 논문에서 다음과 같이 지적했다.

"(인도에서) 이러한 제도가 특이한 점은 종합 대학과 달리 이사장이 경영진의 수장이 아니라는 사실이다. 겉으로 보기에는 이러한 방식이 이사장의 자율성을 침해하는 듯하다. 그러나 실제로는 그렇지 않다. 인도에서는 노동조합의 정치적 영향력이 막강하기 때문에 교육 기관이나 병원도 법적으로는 기업과 마찬가지의 상황에 놓여 있다. 그래서 인력 문제가 끊임없이 발생한다. 종합 대학에서는 부학장이 집행 위원회의 의장을 겸임하기 때문에 (교수진을 포함한) 노조가 무책임한 요구를 하거나 즉각적인 답변을 주문하는 경우가 흔하다. 그러나 IIT의 이사장에게는 한숨 돌릴 만한 여유가 있다. 최종 결정은 학교에 자주 방문하지 않는 사람들로 구성된 기구에서 내리기 때문이다. 이로 말미암아 흥분을 가라앉힐 수 있고 더욱 합리적인 상황에서 결정을 내릴 수 있다. 이사회에는 정부 관료나 정치인이 없기 때문에 이사회 자체가 정부와 노조 간의 완충제 역할을 담당하기도 한다."

인디레산 교수와 니감은 논문에서 IIT의 교수들이나 기타 임직원들이 다른 교육 기관과 달리 별 문제를 일으키지 않는다면서 그 원인을 추가적으로 제시하고 있다.

"IIT가 안정성을 확보하는 또 하나의 이유는 교수진이 연구 활동에 몰입해 있다는 사실이다. 이는 (1)연구 활동에 바쁜 교수들이 정치적인 문제에 신경을 쓰지 않고, (2)이들 교수진은 대외적인 명성이 대단히 높고 자부심이 강하기 때문에 학술 이외의 분야에서 굳이 자신의 존재를 과시할 필요가 없기 때문이다. IIT-델리를 비롯한 일체의 IIT 캠퍼스는 문을 닫지 않는다. 24시간 내내 열려 있다. 겨울철 새벽 2시에도 누군가가 진지하게 연구하고 있다는 사실을 무언으로 증명하기라도 하듯 자전거 수십 대가 건물 입구에 세워져 있다."

"IIT 캠퍼스가 일종의 '마을'이라는 사실도 도움이 된다. 상급 행정 직원이나 이사장조차 직원들을 개인적으로 모를 수가 없다. 따라서 관료적이기보다는 인간적으로 결정을 내리게 된다."

"교수진 대다수가 공학자라는 사실도 유익한 요소이다. 공학자들은 규율과 권위의 필요성을 중요시한다. 더구나 연구를 수행하면서 이상적인 해결책이란 없다는 사실도 잘 안다. 그러므로 교수진은 이데올로기적이거나 감상적인 이유로 경영진에게 터무니없는 부담을 떠넘기지 않는다."

"마지막으로 교직원이나 기타 임직원들은 불만 유무를 떠나 IIT를 통해 결속되어 있다는 사실을 자랑스럽게 여긴다. 교수진이 JEE 시험의 완전무결함을 위해 얼마나 노력하는지 실제로 보지 않고서는 믿기 어려울 정도이다. IIT 이외에 다른 대안은 없다는 사실을 잘 알고 있는 사람들이다."

고팔라크리슈난은 IIT의 자긍심에 대해 "IIT는 콜카타의 지하철과 같습니다. 일종의 아이콘인 셈이지요. 도시 전체가 산산조각이 나더라도 지하철만큼은 지키려고 합니다. 항상 청결한 상태를 유지하고 원활하게 작동하도록 아주 소중하게 다룹니다. 어느 사회나 국가든 스스로를 드러낼 만한 표지를 세상에 남기려고 합니다. IIT는 인도 교육에서 그러한 표지라고 할 수 있지요"라고 말했다.

이러한 자긍심이 있었기에 IIT 교육 제도는 50년간 완전무결함을 유지할 수 있었다. 그러나 엘리트주의가 아니냐는 의혹을 끊임없이 낳기도 했다. IIT의 교수와 학생들은 스스로를 별개의 계급으로 생각한다는 주장이었다. 전 세계에 퍼져 있는 IIT 출신들은 동문과 모교에만 충성하는 돈 많은 부족이나 사교도, 파벌로 간주된다. 그러나 IIT 출신들의 입장에서 보면 그렇게 신경 쓸 만한 문제가 아니다. 매년 20만 명에 이르는 남녀 학생들이 IIT에 들어가기 위해 JEE를 치르는데 2천5백 명 정도만이 합격한다. 세계 어느 공과대학보다, 아니 지구상의 어느 학부 과정보다 합격률이 낮다. IIT 출신들의 논리는 다음과 같다. "그렇게 힘들게 들어온 학생들이 특별하지 않으면 도대체 누가 특별하다는 말인가?" 아울러 이들 학생을 가르치고 놀라운 잠재력을 발굴해서 세상을 정복하도록 내보내는 교수들도 마찬가지이다. "학생들이 스스로를 남보다 우수하다고 여기지 않는다면 누가 그렇게 생각할 수 있다는 말인가?"

IIT 학생들은 오로지 질적인 측면에만 신경을 쓴다. 다른 것은 전혀 문제가 되지 않는다. 최고가 아니면 아무것도 아니다. 카스트 제도, 종교적 신념, 가족사, 빈부·도농 간 격차 등 인도 사회를 비극적이고 혼란스럽게 갈라놓은 요소들이 IIT에서는 전혀 중요하지 않다. 오로지 능력만 따진다. IIT에서 최고가 되지 못하면 가혹하게 거부당한다. 교내 강당에서 연극 공연에 참여했던 IIT 출신이라면, 배우 몇 명이 대사를 더듬거리는 상황을 겪은 학생이라면 알 것이다. 세상에서 IIT 학생만큼 가차 없이 비웃어 대는 관객도 없을 것이다.

고팔라크리슈난은 IIT의 성과에 대해서 다음과 같이 말했다.

"IIT는 민족주의 정신을 보유한 인도인이 인도인을 위해 설립한 학교입니다. 우리 인도인은 원하는 무엇이든 할 수 있습니다. 우리는 독립된 인도에서 녹색 혁명과 백색 혁명 등을 이룩했습니다. 갖가지 위기에서 나라를 구하기 위한 노력이었지요. 심지어 1990년대의 경제 개혁도 우리가 커다란 문제에 직면했기 때문에 단행한 것입니다. 그런데

IIT의 경우에는 아무런 위기도 없었지요. 위기가 발생할 필요가 없었으니까요. 하지만 엄청난 성과를 거둔 것입니다. 놀라운 일이지요!"

이러한 성과는 IIT 교육 제도의 핵심을 이루는 야심만만한 비전을 통해 거둘 수 있었다. IIT와 같은 고등 교육 기관을 설립한 이유는 1945년 구성된 위원회에서 명확하게 제시한 바 있다. 위원회에서 제시한 설립 목적은 다음과 같다.

❖ 학생들의 인격 함양에 기여한다. 넓은 견해와 지적 능력이 개발되도록 도와 국가에 유익한 시민으로 성장하도록 한다.

❖ 공학의 기본 원리 및 이론을 지도함으로써 추후 학생 개개인이 이들 이론을 자신 있게 적용할 수 있도록 한다.

❖ 정규 교육 과정을 마친 후에도 실습 과정, 기술 원칙, 행정 조직 및 고급 이론에 대한 연구를 독자적으로 진행할 수 있도록 수단을 제공한다.

❖ 정규 교육 과정에서 공학 이론의 실제 적용을 학생이 이해할 수 있도록 실습을 통한 지식을 제공한다.

❖ 일반적인 실험 방식을 지도함으로써 신속하고 신뢰성 있는 결론에 도달할 수 있도록 한다.

❖ 논문을 정확하고 분명하게 작성하고 전문 주제에 관한 토론에 적극적으로 참여할 수 있는 능력을 개발한다.

IIT의 설립자들은 목적의식이 분명했다. 도로나 터빈을 만드는 기술자가 아니라 새로운 인도를 만들 지도자를 양성하고자 했다.

5
험난한 관문 IIT 입시

*오늘날 IIT 합격생의 60퍼센트가 재수나
삼수를 거쳤다.*

〈살롱닷컴〉1999년 12월호에는 알렉산더 솔키버가 IIT에 대해 쓴 기
사가 게재됐다. 기사는 IIT-마드라스 출신이자 정글리닷컴의 공동 설
립자인 벤키 하리나라얀이 JEE를 치렀던 이야기로 시작했다.

"1984년 5월 어느 따뜻한 날, 벤키 하리나라얀은 자신이 꿈꾸어 왔
던 대학 입학을 위해 시험을 치렀다. 고등학교 시절 1등을 놓치지 않았
고 근 1년 동안 입학시험을 준비했지만, 시험지를 펼쳐 든 순간 그는 땀
을 흘리기 시작했다. 여러 해 동안 컴퓨터 천재로 지내 온 자신이 바로
이 순간 무너지는구나 하는 생각이 들었다. 시험에 합격하려면 1백 점
만점에 50점만 받으면 되었다. 그러나 별것 아닌 듯한 이 기준이 거의
불가능한 것처럼 보였다. 하리나라얀은 난공불락처럼 보이는 문제들을
훑어보았다. 베르누이의 정리(Bernoulli's theorem : 유체의 유속과 압력
의 관계를 수량적으로 나타낸 법칙), 도플러 효과, 로렌츠 힘, 이온 평형,
순열 조합론…… . 이제까지 한 번도 접해 보지 못한 문제들이었다. 하

리나라얀은 "엄청나게 긴장되더군요. 단 한 문제도 무슨 말인지 모르겠더란 말입니다. 시험에 떨어지겠구나 하는 생각이 들더군요" 하고 말했다.

하리나라얀은 겸손한 편이었다. JEE에서 전국 40위 안에 들었으니 말이다. 어쩌면 겸손하다고 할 수 없는지도 모르겠다. IIT 출신이라면 모두 JEE 시험지를 처음 본 순간 시간이 멈춰 버리고 머릿속은 텅 비며 그때까지 배웠던 공식이 모두 흐물흐물 녹아 버리는 듯한 기억을 갖고 있을 것이다. 수험생은 심호흡을 하고 문제 풀이에 몰입한다.

JEE는 세계에서 가장 어렵고 공정한 시험이다.

매년 IIT 캠퍼스 한 곳에서 JEE의 조정 업무를 담당한다. 여러 IIT 캠퍼스의 교수들로 구성된 출제 위원회는 JEE 조정 업무를 담당하는 캠퍼스에서 문제지를 작성한다. 기본적으로 물리학·화학·수학에 대한 학생들의 적성을 평가하는 문제를 출제한다. 실제로 JEE가 실시된 40여 년 동안 단 한 번도 동일한 문제가 출제된 적이 없다고 한다. 매년 출제 위원들에게는 가능한 한 독창적인 문제를 출제하라는 지시 사항이 전달된다.

몇 년 전에는 수험생 수가 지나치게 많아 두 차례에 걸쳐 입학시험을 치렀다. 1차 시험에서는 객관식 선다형 문제들이 제시됐다. 여기서 상위 2만 명이 2차 시험에 응시할 자격을 얻었다.

2차 시험의 경우 출제 위원들은 두 종류의 문제지를 작성하여 각각 봉투에 넣고 봉인했다. 입시일이 코앞에 다가올 무렵, JEE 조정 위원회의 위원장이 두 가지 중 하나를 무작위로 선택한다. 그리고 그것을 철저한 보안 속에 인쇄를 한 후 전국의 시험장으로 배포했다. 과목(물리학·화학·수학)마다 커트라인 점수가 있었다. 한 과목이라도 커트라인을 넘지 못하면 아무리 전체 점수가 높더라도 불합격이었다. 따라서 학생들은 세 과목을 전부 마스터해야 했다.

전(前) IIT-델리 물리학 교수인 제인 박사는 다음과 같이 말했다.

"JEE 문제들은 분명 수험생들을 선별하기 위해 출제됩니다. 가장 많은 비율을 차지하는 집단은 물론 실력이 충분하지 못해서 불합격할 학생들입니다. 그보다 훨씬 적은 수는 합격할 만한 실력을 충분히 갖춘 학생들입니다. 그리고 그 사이에 중위권 학생들이 있습니다. 시험 점수가 같거나 한두 점 차이를 보이는 수험생들이지요."

중위권이야말로 문제가 많은 부분이다. 1점만 차이가 나더라도 3, 40등이 오르락내리락하기 때문이다. 일체의 시험 답안지는 매우 객관적인 기준으로 점수를 매겨야 한다. 채점관 모두가 동일한 기준을 사용하여 점수를 매겨야만 어떤 수험생이 1점 차이로 낙방하는 사태를 예방할 수 있다.

채점관들에게 답안지를 무작위로 할당함으로써 답안지를 쓴 학생이 누구인지 채점관이 전혀 모르게 한다. 각 채점관은 출제 위원회에서 배포한 모범 답안지를 기준으로 수험생의 문제 풀이 내용을 단계별로 채점한다. 그런데 머리가 좋은 한 학생이 전혀 다른 각도에서 문제에 접근하면서 몇몇 풀이 단계를 너무 뻔한 사실이라며 굳이 쓰지 않았다면 어떻게 할 것인가? 이럴 경우 채점관들은 결정을 내려야 한다. 수험생이 답을 그냥 찍었는지, 옆 사람의 답안지를 베꼈는지, 아니면 스스로 문제를 풀었는지를 판단해야 한다.

제인 박사는 다음과 같이 덧붙였다.

"인간이 하는 일이 모두 완벽하게 객관적일 수는 없지요. 실제로 채점관에게 6개월 후에 똑같은 답안지를 주고 채점하라고 하면 아마 약간 다른 점수가 나올 수도 있습니다. 하지만 채점 과정에서 2, 3퍼센트 이상의 편차가 나오지 않도록 합니다."

JEE는 채점 과정에서 생기는 편차를 없애기 위해 채점이 완료된 답안지를 검토관들에게 무작위로 배포하여 검토하게 한다. 검토관은 열 번째 답안지마다 검토하여 일률적으로 채점됐는가를 확인한다. 검토 과정에서 어떤 편차가 발견된 채점관의 답안지는 재채점에 들어간다.

이러한 방식이야말로 객관식 시험을 제외하고는 공정성을 최대한 확보할 수 있는 과정이다. 객관식 선다형 문제는 꾸준하게 나아가는 '개미'와 천재성을 타고난 '베짱이'를 선별하지 못한다.

그러나 JEE 시험 문제는 갈수록 어려워지고 있다. 이것이 오늘날 JEE 시험 제도와 출제 위원들이 직면한 가장 큰 문제점이다.

내가 1980년 IIT에 입학할 당시에는 JEE 준비를 1년(어떤 학생들은 2년)만 하면 됐다. 그러나 지금은 3, 4년을 준비하는 것이 보통이다. 학생들은 9학년이나 10학년이 되면 JEE를 준비하기 위해 입시 학원에 다닌다. 당연한 얘기이지만 이들 학생 중 상당수가 IIT 입시에서 낙방한다. 그러면 다른 대학에 지원하지도 못한 채 1년을 재수해야 한다. 1년 후에도 대부분 시험에 떨어진다. IIT에 입학하고자 5년간 죽도록 노력한 것이 모두 헛고생이 되는 셈이다. 그동안 입시 학원에 다니느라 허비한 돈은 말할 것도 없다.

오늘날 인도의 일부 지역에서는 IIT 입학 열기가 극심해서 소위 명문 입시 학원에 앞 다투어 등록하는 사태가 벌어진다.

솔직히 나는 이것이 미친 짓이라고 생각한다. 인터뷰에 응했던 IIT 출신들 모두가 내 생각에 동의했다. IIT 교수들 역시 이것이 미친 짓이라고 생각한다.

IIT 입학 경쟁은 상상을 초월한다. IIT-뭄바이의 한 교수에 따르면 오늘날 IIT 합격생의 60퍼센트가 재수나 삼수를 거쳤다고 한다. 그렇다면 첫 시험에 합격한 학생과 삼수생의 실력은 동일하다고 보아야 하는가? 대다수 IIT 출신들은 그렇지 않다고 여긴다. IIT-뭄바이 졸업생이자 인도국민회의 경제 위원회 위원장인 자이람 라메시도 그중 하나이다. 자이람은 이 문제에 대해 무뚝뚝한 어조로 말했다.

"삼수생의 실력이 첫 시험에 합격한 학생이랑 같다고 생각하지 않아요. 응시 횟수를 두 번으로 제한해야 한다고 생각합니다."

"학생들이 이름을 바꾸고 재응시할 수 있을 텐데요."

내가 말했다.

"음, 그러면 동일한 성명으로 두 번만 기회를 주는 것으로 하지요!"

자이람이 웃음을 터뜨리며 말했다.

IIT 졸업생과 교수들이 우려하는 또 하나의 문제는 15세에서 19세에 이르는 5년 동안 오로지 IIT에 합격하기 위해 미친 듯이 공부한 학생들이 일차원적인 인간으로 변한다는 점이다. 공부만 할 줄 알고, JEE에서 출제되는 유형의 문제만 해결할 줄 아는 학생이 된다는 얘기이다. 열아홉 살짜리가 5년 동안 영화를 보거나 책을 읽은 적이 한 번도 없고 TV도 거의 보지 않았으며 여자 친구를 사귈 생각도 하지 않았다고 상상해 보라. 도대체 어떤 사람이 되겠는가?

그런 사람은 세상에 대한 안목도 낮고 사교성이나 지도력도 떨어지고 창의적으로 생각하는 능력도 부족하리라는 생각이 든다. 이러한 내 생각이 틀리기를 진심으로 바란다. 그러나 내 생각이 별로 그릇되지 않았음을 보여 주는 사례가 있다.

이 책을 집필하기 위한 자료를 수집하는 과정에서 IIT 캠퍼스 가운데 하나에 연구소를 설립한 한 미국계 다국적 기업의 중역을 만난 일이 있었다. 최첨단 연구소에서는 학업 성적이 뛰어난 학부생들이 석·박사 과정의 대학원생들과 함께 근무하고 있었다. 그런데 중역은 최고의 IIT 영재들의 자질에 대해 실망했다며 "IIT 학부생들은 수학 문제는 완벽하게 풀지만 리더십이 부족해 보이더군요"라고 말했다. 그리고 "리더십이란 여러 종류가 있겠지만, 엔지니어링 팀에서의 리더십마저도 부족해 보입니다. 영어 실력도 그렇고, 의사소통이나 발표 능력도 부족해 보입니다. 게다가 위험을 회피하려는 경향이 지나치며 실패 공포증까지 있는 것 같습니다"라고 덧붙였다.

실패 공포증? 왜 그런 생각을 하느냐고 내가 물었다. 내가 아는 IIT 동문들은 항상 자신만만해 보였기 때문이었다. 하지만 중역은 내 생각에 동조하지 않았다.

"함께 작업하는 학생들을 보면 정해진 길로만 가려고 합니다. 새로운 일을 시도하려고 하지 않습니다. 실제로 어떤 가능성이라는 게 머릿속에서 떠오르지 않는 모양입니다. 학부생들이 그렇게 실패를 두려워하고 위험을 회피하려는 이유는 상당 부분 부모들 때문이 아닌가 싶습니다. 어려서부터 무슨 일이 있더라도 IIT에 합격하라고 압력을 넣는 부모들 말입니다. 불합격한 수험생은 부모, 형제, 친척 할 것 없이 온 가족이 인간 이하로 취급합니다. 그러니 어떤 모험도 하지 않으려는 심리적 중압감이 커지게 된 것이지요."

여기서 나에게 학생들의 문제점을 지적한 중역은 IIT 출신이 아니라는 점을 언급하고자 한다. 중역은 미국에서 40년간 살다가 IIT에 연구소를 설립하기 위해 온 사람이다. 그의 연구소에서 연구원으로 일하고 있는 학생들은 학업 성적이 대단히 뛰어난 이들이다.

위험 회피적인 경향은 아주 뿌리 깊은 것이어서, 학생들이 자신이 하는 말을 이해하지 못한다며 중역은 다음과 같이 불평을 늘어놓았다.

"며칠 전에도 내가 학생들에게 위험 회피적인 경향이 있다고 말했더니, 이렇게 묻더군요. '그렇다면 무슨 위험을 감수해야 한다는 말입니까?' 이 질문에 약간 당황했지만 나는 학생들에게 말했습니다. '만약 어떤 여학생을 좋아한다면 주저하지 말고 그 여학생이 자신을 좋아하도록 만들어 보는 거야. 이름을 들어 보기는 했지만 먹어 본 적이 없는 음식이 있다면 직접 먹어 보고 맛이 어떤지 느껴 보는 거야.' 학생들에게 아주 현실적인 용어로 설명하고자 했습니다. 도대체 IIT 출신이 위험을 감수하지 못한다면 누가 하겠습니까? 별로 잃을 것도 없는 학생들입니다. 어떤 회사를 세웠는데 나중에 망했다고 칩시다. IIT 출신들 아닙니까? 언제든지 다른 직장을 얻을 수 있다는 얘기입니다."

나는 예전 세대의 IIT 출신들은 좀 달랐을 거라고 믿고 싶다.

앞에서 IIT를 다룬 CBS의 〈60분〉을 언급한 바 있다. 레슬리 스탈은 사우라브라는 이름의 IIT-뭄바이 학생과 교내에서 인터뷰를 했다.

사우라브는 스탈에게 다음과 같이 말했다.

"입시 준비를 하려고 밤을 꼬박 새우는 게 보통이에요. 그럴 때는 내가 마실 차도 어머니가 만들어 주시죠."

스탈은 사우라브에게 어머니도 같이 밤을 새우느냐고 물었다.

사우라브는 잠시 생각하더니 "어머니는……, 어머니도 물론 같이 밤을 새우시죠"라고 말했다.

사우라브는 시험 당일 부모님, 동생과 함께 시험장으로 갔다고 말했다. 그리고 여섯 시간 정도 후에 시험이 끝나고 밖으로 나오니 부모님과 동생이 여전히 기다리고 있어서 무척 놀랐다고 했다.

사우라브의 이야기는 특별한 경우가 아니다. 매년 JEE 시험장 바깥에는 학부모들이 조용히, 그리고 초조하게 기다리면서 아들딸들이 험난한 관문을 무난히 통과하게 해달라고 기도를 한다.

오늘날 IIT 입시 학원들은 전국적으로 퍼져 있으며 우수한 학생들을 유치하려는 경쟁에 혈안이 돼 있다. JEE에 합격하지 못하는 경우 학원비를 환불해 주겠노라고 공언하는 학원도 있다. 지난 10년 동안 코타라는 이름의 소읍은 JEE 합격생을 다수 배출한 곳으로 정평이 났다.

갑작스레 코타 출신의 합격생이 다른 지역보다 많아졌다. 실제로 카르나타카나 서부 벵골 같은 주(州)보다 많은 수의 합격생을 배출했다. 도대체 무슨 일이 있었던 것일까?

나는 IIT 학생들 중에서 코타 출신 몇 명과 대화를 나눌 수 있었다. 그들의 설명은 간단했다. 코타에는 읍내의 일부 학교와 제휴한 JEE 입시 학원이 있는데, 제휴 학교의 학생이 학원에 등록하면 그 학생은 학교의 정규 수업을 받지 않아도 된다는 것이었다. 오로지 IIT에만 광적으로 집착하는 학생들에게는 지극히 편리한 방식이 아닐 수 없다. 다른 도시에서라면 해 뜨기 전에 학원에 가서 네 시간 수업을 듣고, 학교에 가서 정규 수업을 받고, 다시 학원에 가서 저녁 수업을 두세 시간 들은 후, 집에 돌아와서 공부를 하다가 하루를 마무리한다. 그러나 코타에서는 하루 종일 학원에 머물면서 JEE 준비만 할 수 있다. 이따금 학교에 가서 시험만 치르면 된다. 인도 북부와 서부 지역의 학생들은 해마다 코타에 모여들어 2년 동안 JEE를 준비한다. 학교 내신 성적에는 전혀 신경 쓰지 않는다.

이렇듯 전국적으로 IIT 입시 열기가 뜨겁기 때문에 JEE 문제를 출제하는 교수들은 항상 입시 학원들보다 한발 앞서 나가야 한다. 그런데 해가 갈수록 어려워지는 실정이다. 입시 학원들은 엄청난 분량의 JEE 기출 문제나 예상 문제를 학생들의 머릿속에 꾸역꾸역 집어넣고 모의고사를 실시해서 학생들이 최대한 신속하게 답안을 작성하도록 훈련시킨다.

인디레산 교수가 말했다.

"내 방식대로라면 지금의 JEE 제도를 폐지할 것입니다. 충분히 연습 가능한 시험이기 때문입니다. 지구력과 참을성만 있으면 JEE를 통과할 수 있습니다. 올림픽 선수와 마찬가지의 이치지요. 계속해서 연습하면 되는 것입니다. 하지만 JEE 제도가 폐지되면 IIT 입학 과정에 정치적인 간섭이 있을 것이고, 그러면 상황이 아주 끔찍해집니다."

어떤 점에서는 중산층 집안의 학생들이 4, 5년을 바쳐 입시 준비를 하고 입시 학원이 만연하는 현상으로 말미암아 JEE는 과학에 대한 재능이나 지능보다는 인내력을 평가하는 시험으로 변질됐다고 볼 수 있다.

나는 1963년도 JEE 전국 2위를 했던 사우라브 스리바스타바에게 JEE의 이러한 변화에 대해 어떻게 생각하느냐고 물었다.

"이 세상 그 무엇도 연습하지 못할 것이 없습니다. 연습할수록 실력이 더 나아지게 되어 있어요. 테니스 연습을 한다고 해서 반드시 윔블던 대회에 나갈 수 있는 것은 아닙니다. 하지만 분명 전보다 기량이 좋은 선수가 되겠지요. JEE 시험 문제가 수험생의 기초 지식을 충분히, 그리고 정확하게 평가할 수 있는지 판단해야 합니다. 어쨌든 JEE는 앞으로도 연습 가능한 시험이 되겠지만요."

그렇기 때문에 입시 학원에서는 JEE에 한 번이라도 출제된 적이 있는 문제의 유형을 계속해서 연습하는 데 초점을 맞춘다. IIT-델리의 한 교수는 다음과 같이 말했다.

"IIT 교수들에게 JEE를 보게 한다면 실제로 몇 명이나 제대로 치를 수 있을지 모르겠습니다. 물론 문제를 모두 풀기는 하겠지만, 제한 시간 안에 다 풀 수 있을지는 의심스럽습니다. 결국 JEE 수험생들은 여러 해 동안 이 문제들을 얼마나 신속하게 풀 것인가를 연습하는 것이지요."

지난 2, 3년간 JEE를 개선해야 한다는 불만의 목소리들이 있었다. 당시 정부에서 제안한 대안은 IIT만 차별화된 입학시험을 치를 것이 아니라 모든 대학의 시험을 단일화하자는 주장이었다. 공과대학의 입학시험 수를 줄이자는 주장이 강하게 제기되는 가운데 IIT는 JEE와 여타의 시험을 통합해서는 안 된다는 입장을 고수했다. IIT 측에서는 당연한 주장이었다.

스리바스타바가 정부 회의에 참석했을 때 관료들이 물었다.

"IIT가 엘리트 학교입니까? 왜 IIT 입학시험을 다른 공과대학의 입시와 구별해서 실시해야 합니까? 왜 인도의 모든 공과대학이 단일한 시험을 치를 수 없습니까?"

스리바스타바가 대답했다.

"왜 정부에서는 공무원 시험을 여러 가지로 실시합니까? 왜 한 가지 시험으로 치르지 않습니까? 맞습니다. IIT는 엘리트 학교입니다. 그게 뭐가 문제입니까? IIT 캠퍼스를 더 많이 짓자고 하신다면, 좋습니다. 더 많이 지읍시다. 학생들을 더 많이 받자고 하신다면, 그것도 좋습니다. IIT는 땅도 많으니 기숙사를 더 많이 지어서 학생들을 더 많이 받을 수 있습니다. 우수한 학생들을 더욱 많이 만들어야지, 하향 평준화라니 말도 안 됩니다."

이러한 견해는 여러 IIT 출신들이 공유하는 내용이다. IIT-뭄바이 동창 회장이자 팁코 소프트웨어 부사장인 아닐 크슈르사가르는 다음과 같이 말했다.

"매년 JEE 시험을 치르는 수험생 20만 명 중에서 2천5백 명만이 IIT에 입학합니다. 커트라인 바로 아래에 있는 1만 명은 우수하지 않은 학생들인가요? 분명 우수한 학생들입니다. IIT에는 교수진과 캠퍼스가 부족합니다. 훨씬 많은 학생들을 받아들일 방안을 마련해야 할 것입니다."

인포시스 테크놀로지스의 상무이사인 난단 닐레카니도 이러한 생각에 전적으로 동의했다.

"현재 전체 수험생과 합격생의 비율은 끔찍합니다. 말도 안 되는 상황이지요. 만약 나더러 지금 시험을 치르라고 한다면 아마 합격 못할 겁니다. 절대 못하지요. 인구가 10억인 나라에서 매년 2천5백 명만 IIT에 입학하는 현실은 부당하다고 생각합니다. 인구 4백만인 싱가포르의 경우 국립대학의 입학생 수가 3만 2천 명입니다. 미국 대학도 신입생이 3만에서 4만 명입니다. 이건 말도 안 됩니다. 도대체 어떻게 돌아가는 건지 모르겠습니다."

닐레카니는 이러한 현실에 대해 무언가 조치를 취하고자 했다. 그는 모교인 IIT-뭄바이에 5백만 달러를 기부했다. 그중 일부는 그가 아끼던 제8기숙사에, 일부는 IT대학원의 설립에, 그리고 40퍼센트에 해당하는 1천1백만 루피는 1천 실 규모의 기숙사 신축에 사용된다. 닐레카니는 어린 학생처럼 흥분하면서 건축도면과 완성 예상도를 나에게 보여 주었다. 여러 층으로 된 커다란 건물이 빨강과 노랑으로 칠해져 있으며 공중 통로와 유리로 된 복도가 있는 그림이었다. "호수 바로 옆에 세워집니다"라고 말하며 그가 행복한 표정을 지었다. 흥을 좀 깨볼 요량으로 "이 건물은 IIT 캠퍼스에서 아주 이상하게 보이지 않을까요?"라고 내가 물었다. "할 수 없지요"라고 말하며 그가 웃었다. 이 책이 출간될 즈음이면 닐레카니의 기숙사는 학생들로 가득할 것이다. 그리고 IIT-뭄바이에 입학하는 학생 수도 급증할 것이다.

IIT에는 닐레카니와 같은 동문이 더 많이 필요하다. 2002년 1월 16일 델리에서는 란자나 초우두리라는 가정주부가 열일곱 살 된 아들에게 살해당한 사건이 발생했다. 부엌에서 아침 식사를 만드는 어머니 뒤로 몰래 다가와서는 망치로 뒤통수를 내리친 것이었다. 소년은 자신의 옷과 망치에 묻은 핏자국을 씻어 낸 후 찬장에 감추고는 경찰에 신고했다.

아모드 칸트 경찰청장은 〈힌두스탄 타임스(Hindustan Times)〉와의 인터뷰에서 다음과 같이 말했다.

"처음에 소년은 수사진을 속이려고 오전 8시 30분경에 어떤 여자가 어머니를 만나려고 찾아왔는데 어머니가 그 여자를 만나고 싶어 하지 않았다고 진술했습니다. 또한 소년은 어떤 꽃 장수가 찾아왔다고도 진술했습니다. 하지만 앞뒤가 맞지 않는 진술을 계속했기 때문에 수사진은 소년의 집을 수색하여 범행에 사용된 망치와 소년의 옷을 발견했습니다."

소년은 살인 사건이 있기 2주일 전에 JEE 1차 시험에 떨어졌다. 이후 소년의 어머니는 아들을 끊임없이 질책했고, 사건 전날 밤에는 아들을 빗자루로 때리기까지 했다는 것이다.

오늘날 인도의 중산층이 'IIT'라는 꿈에 얼마나 무분별하게 빠져 있는지를 여실히 드러내는 사건이다.

6
새로운 인도를 건설할 인재들

*IIT의 설립 목적은 기술·개발·경영 분야에서
인도 사회에 기여할 지도자의 양성이다.*

오늘날 전 세계에서 활동하는 IIT 출신은 대략 12만 5천 명이라고 한
다. 그중 3만 5천 명이 미국에 있는 것으로 추정된다. 내 추측으로는 1만
5천 명에서 2만 명가량이 전 세계에 흩어져 있으며, 나머지는 인도에서
활동한다. 다시 말해 전체 IIT 출신의 60퍼센트가 고국에 정착했다는 얘
기이다. 1990년대 기술 붐이 일면서 미국에 거주하는 IIT 출신 수십 명
이 신문의 머리기사를 장식했지만, 국내외에 거주하고 있는 IIT 출신들
은 유명인이나 백만장자가 아니다. 그들은 세계 도처의 대기업이나 대
학에서 꾸준하고 성실하게 근무하면서 회사의 수익 증가나 전공 분야의
지식 확장에 기여하고 고용을 창출하며 세계 경제에 이바지하고 있다.

1990년대부터 IIT 출신들은 당연하게도 IT 분야로 직행했다(오늘날
거의 모든 IIT 학생들은 자신의 전공이 무엇이든 간에 소프트웨어 관련 과
목을 최대한 많이 수강하여, 전산학을 부전공한 상태로 졸업한다). 그러나
모두가 IT 분야로만 몰린 것은 아니었다. IIT 출신은 건설 분야의 대형

공기업, 석유 회사, 제철 회사, 석탄 회사, 은행, 정부 기관 등에서 찾아볼 수 있다. 묵묵히 근무하는 이들이야말로 IIT의 브랜드 이미지와 명성의 근간을 이룬다. 기술 붐으로 백만장자가 됐던 여러 IIT 출신들은 닷컴 및 통신 분야의 불황으로 재산을 상당 부분 잃었다. 여러 사람이 유명인에서 '무명인'으로 전락했고, 잘나가던 사업가 상당수가 안정적인 직장으로 복귀했다. 그러나 묵묵히 근무하는 IIT 출신들은 전 세계 기업 및 학술 분야에서 활동을 계속하고 있다. 그들은 겸손한 생활 방식을 통해 유능한 테크노크라트를 양성하고자 했던 IIT 설립자들의 비전을 실현하고 있다.

그런데 새로운 인도를 건설할 인재의 양성이라는 비전은 어떻게 됐는가? 이는 'IIT'라는 교육 제도를 통해 기술·개발·경영 분야에서 인도 사회에 기여할 지도자들이 충분히 배출됐는가에 관한 문제이다.

그런 지도자들을 찾아다니다 보면, 브리젠드라 신갈이라는 인물을 만나게 된다.

신갈을 처음 만나면 호전적이라는 인상을 받는다. 아주 모진 사람이라는 느낌까지 든다. 결단력이 강하고 막말도 서슴지 않으며 싸움도 마다하지 않을 인물로 보인다. "우리 졸업 기수 중에서 선배들이 나를 제일 많이 괴롭혔습니다. 그리고 기숙사에서 신입생들을 가장 많이 괴롭힌 사람도 나였지요"라고 신갈이 말했다. 놀랄 만한 얘기가 아니다.

신갈은 1991년부터 1998년까지(2002년 민간 분야의 참여가 허용되기 전) 국제 통신 분야의 국영 독점 기업인 VSNL의 회장 및 전무이사를 역임했다. 그는 당시 해외 음성 통화 서비스 회사였던 VSNL을 최신 디지털 서비스를 완벽하게 제공하는 세계적인 회사로 성장시켰다. 별 볼일 없던 전화 통신 회사를 고객에게 초점을 맞춘 멀티미디어 시장 선도 업체로 만들어 놓은 것이다. 그는 1995년 인터넷을 인도 국내에 보급하고 폭발적으로 성장시킨 주역이다. 국경을 넘나드는 상거래 인프라의 구축 과정에서 신갈이 담당한 역할을 조명하지 않는다면 인도 소프트웨어 산업의 발전사에는 커다란 공백이 생길 것이다. 1990년대 중반 VSNL은 '소프트웨어 테크놀로지 파크'를 설립하고 초고속 국제 데이터·인터넷 서비스를 제공했다. 이 서비스가 이루어지지 않았다면 인도의 소프트웨어 업체들은 국제적으로 경쟁하기 어려웠을 것이다.

신갈은 인상에 걸맞게 말수가 적은 편이었다. "소프트웨어 수출이니 IT 혁명이니 하고 여기저기서 떠들어 대지만, 정부 부문의 출자에 대해 말하는 사람은 아무도 없어요"라고 그가 퉁명스럽게 말했다. "정부 부문의 출자가 없었다면 인포시스니 뭐니 전부 영세한 TV 수리점이 됐을 겁니다. VSNL에서 디지털 접속 서비스를 제공하기 때문에 해외에서도 소프트웨어 개발이 가능합니다. 정부조차도 우리가 얼마만큼이나 공헌했는지 모르고 있어요."

신갈이 재직하던 당시 VSNL의 총수입은 5억 1천5백만 달러에서 16억 달러로 215퍼센트 증가했다. 주식 시장 시가 총액은 9억 달러에서 41억 달러로 355퍼센트 증가했고, 이익은 666퍼센트, 종업원당 총수입은 204퍼센트, 음성 트래픽은 354퍼센트, 데이터 트래픽은 1091퍼센트 신장했다. 당시 신갈은 인도 최대이자 아시아에서(일본을 제외하고) 세 번째로 큰 규모의 해외주식예탁증서(GDR)를 발행했다. 신갈이 발행한 GDR은 대략 10차례나 수요 초과 사태를 빚었다.

신갈은 인도의 거대 공기업을 구축한 엔지니어 집단에 속한다. 보수가 훨씬 많은 민간 부문의 기업을 마다하고 국내 기술의 자급자족을 실현하고자 했던 인물이다. 오늘날의 상황은 좀 다르다. 정치적 간섭과 규제, 경영진의 무관심, 열악한 근로 문화 등으로 말미암아 인도의 공공 부문은 황무지로 바뀌었다. 정부는 인수자만 나타난다면 어떤 회사든 민영화하려고 한다. 오늘날 인도의 공공 부문은 IIT 졸업생의 직업 선호도 목록에서 바닥을 헤매는 수준이다.

그러나 신갈과 같은 사람들은 과거에 수행한 일에 대해 자랑스러워한다. 자신 역시 인도에 거주하지 않는 인도인이었다며 9년간 런던에 있는 국제이동위성기구(INMARSAT : 글로벌 위성 이동통신 서비스를 제공하는 국제기구)에서 근무하던 시절을 회상하며 신갈이 말했다.

"실리콘밸리에 있는 백만장자들처럼 부자는 아니었어요. 하지만 도전하기 위해 돈을 포기했지요. 나에겐 자부심이 있어요. 내가 이룩해놓은 일이 자랑스럽습니다. 인도인 수백만 명의 생활을 변화시켰습니다. 주가를 조작해서 돈과 명예를 얻은 사람들과는 차원이 다르지요."

신갈은 1962년 IIT-카라그푸르에서 학사 및 석사 과정을 졸업하고 전자 제품 업체인 필립스(Philips)에 입사했다. 필립스는 신갈에게 두 가지 일 중 하나를 선택하도록 했다. 하나는 컴포넌트과(課)의 직책으로, 월급이 7백~8백 루피였는데 당시로서는 괜찮은 조건이었다. 다른 하나는 조명과로서 월급이 1천 루피였다. 신갈은 월급이 더 많은 조명과를 포기하고 컴포넌트과를 택한 이유를 이렇게 말했다.

"조명과는 영업부에 속했습니다. 나는 엔지니어였기 때문에 전문적인 일을 하고 싶었습니다. 그래서 컴포넌트과로 갔지요. 월급이 적은 것은 아니었지만 그곳도 업무 범위가 너무 제한되어 있었어요. 그래서 금방 싫증이 났습니다."

신갈은 정부 기술직에 지원하여 합격했다. 그는 배정받은 부서에 대해 다음과 같이 말했다.

"내가 어떻게 할 수 없을 정도로 부정부패가 만연한 곳이었습니다. 내가 있을 데가 아니었지요. 그래서 다음 해에 시험을 다시 쳤습니다. 전신국에 들어갔습니다. 대부분의 동료들은 편한 직책을 선택했지만 나는 현장에서 프로젝트를 직접 수행하기로 했습니다."

하루하루의 생활은 힘들었다. 험난한 정글과 산악 지역인 아삼 및 카슈미르 지역에서 마이크로파 네트워크를 구축하고, 라자스탄 사막에서 동축 케이블 시스템을 설치했다. 그러나 신갈에게는 아주 만족스러운 일이었다.

"여러 해 동안 나는 석공이나 목수 노릇을 했지요. 길을 다지고 콘크리트나 그라우트를 바르는 작업을 했습니다. 동기(同期) 발전기를 설치하고 정비하는 일까지 했습니다."

신갈이 자랑스럽게 말했다.

"정말 흥미로운 일이었지요. 아삼에서는 정글과, 스리나가르에서는 눈을 맞으며, 그리고 라자스탄에서는 더위랑 먼지와 싸워야 했습니다. 저녁이면 엔지니어니 일꾼들이니 할 것 없이 팀원 전체가 모여서 술을 마시고 카드놀이를 했습니다. 하지만 근무 시간에는 매우 엄격했습니다. 전날 밤 함께 술을 마셨다고 해서 다음 날 일터에서 일꾼들이 엔지니어의 지시에 따르지 않아도 되는 것은 아니었으니까요. 일을 제대로 하지 않으면 절대로 그냥 넘어가지 않았습니다."

신갈의 마지막 말이 무슨 뜻인지 짐작할 수 있으리라.

신갈은 험난한 곳에서 8년간 일을 했다. 1972년 그는 인도의 마이크로파 네트워크의 청사진을 마련한 팀의 일원으로서 델리의 본청으로 전임되었다. 부다페스트의 인도 영사관에서 기술 담당관으로 3년간 근무한 뒤인 1978년, 고국으로 돌아온 신갈은 정부 관료들에게 인도의 인공위성 프로그램을 추진하고 싶다고 말했다. "동료들은 내가 미쳤다고 하더군요. 천사들도 밟기 싫어하는 곳에 발을 내딛으려고 했으니까요. 하지만 도전하고 싶었습니다"라며 당시를 회상했다. 신갈은 인도 국립 인공위성 프로젝트(INSAT)의 초대 국장으로 부임하여 야심만만한 작업에 착수했다. 인도는 개발도상국으로는 최초로 통신 위성을 발사했다.

1982년 신갈은 런던의 국제이동위성기구에서 근무하게 됐다. 좋은 조건이었지만 신갈은 결국 인도로 돌아와 자신의 이상을 펼쳤다.

"그곳에 9년 동안 있었습니다. 하지만 결국 백인들하고 일하고 싶지 않다는 생각이 들더군요. 돈은 많이 벌었지요. 당시 월급이 세금을 제하고도 5천5백 파운드였거든요. 추가 수당도 있었고요. 하지만 새로운 것에 도전하고 싶었습니다. 그래서 가족과 함께 귀국한 것입니다."

인도 통신 업계의 황제라고 할 수 있는 샘 피트로다(월드텔의 CEO)도 자신의 꿈을 펼치기 위해 서구에서 고국으로 돌아온 테크노크라트이다. 그 역시 1989년부터 신갈이 밟았던 길을 걷고 있다. 그는 자신의 지론을 "돈을 벌고 싶으면 인도에 돌아오지 말아야 합니다. 하지만 도전하고 싶다면 VSNL에서 일해야 합니다"라고 간단명료하게 밝혔다. 그러나 피트로다가 국제이동위성기구를 그만둔 지 이틀 만에 피트로다의 최대 후원자였던 라지브 간디가 선거 유세 도중 암살당했다. 새 정부가 들어서면서 피트로다는 활동을 제대로 하지 못하게 됐다. 그러나 신갈을 VSNL의 회장 겸 전무이사로 임명하자는 제안은 통과됐다.

그간의 경력이 경력이니만큼 무엇보다 신갈을 화나게 하는 것이 대륙 너머에 편안히 앉아 있는 사람들이 늘어놓는 설교라는 사실은 그리 놀랄 만한 일이 아니다.

"비행기 타고 인도에 와서 충고를 하는 이 '실리콘밸리' 사람들은 뭐하는 인간들입니까? 도대체 뭐 하는 사람들이지요? 돈 버는 사람들 아닙니까? 한번은 어떤 유명한 동문이 와서는 통신부에 대해 얘기하고 싶어 했습니다. '통신부를 없애야 나라가 산다'고 하더군요. 통신부가 얼마나 많은 공헌을 했는지 알고나 하는 소리입니까? 설령 무슨 문제가 생기더라도 통신부 잘못이 아닙니다. 정치인들, 정부 관료들, '미안

합니다'라는 말만 연발하는 인간들 잘못이지요. 그런데 자기가 무슨 말을 하는지도 모르는 사람들의 강연을 들으려고 사람들이 3천 달러씩이나 써야 하다니요. MIT 미디어랩에서 온 니컬러스 네그로폰티라는 사람의 강연을 들으러 간 적이 있지요. 그 사람이 말하고 싶었던 요지는 '수익 모델이 없었기 때문에 닷컴이 망했다'는 거였습니다. 그 얘기를 들으려고 사람들은 1만 달러나 냈습니다. 삼척동자도 다 아는 얘기를 말입니다."

그러나 신갈은 학창 시절에 대해 이야기를 시작하면서 이내 부드러운 표정으로 변했다.

"IIT에 다니던 시절이 좋았지요. 경쟁 의식도 좋았고, 여러 문화를 경험할 수 있었던 것도 좋았어요. 타밀이니 벵골이니 구자라트 같은 곳에서 온 학생들이랑 함께 생활했지요. 자기가 원하는 방식으로 자유롭게 생활하는 것도 좋았어요. 학교가 도시에서 멀리 떨어져 있었기 때문에 무슨 힌두교 사원에 있는 기분이 들었어요. 서로 간의 유대가 매우 돈독했기 때문에 지금도 카라그푸르 출신 친구들하고 연락합니다. 학교 식당에서 주는 저녁 식사며 '음악의 밤'이며 학생 선거며……, 항상 여러 가지 일이 생겼기 때문에 잠시라도 분위기가 가라앉으면 금단 증상이 생길 정도였지요. 그리고 그 치열했던 경쟁, 학생 모두가 최고였지만 IIT에서는 더욱 최고가 되어야 했어요."

IIT에서 배운 내용 중에서 가장 중요한 것이 무엇이냐고 묻자 신갈이 대답했다.

"자기 자신의 힘으로 독립하는 법을 배웠지요. IIT를 다닐 때 나는 금전적인 문제 말고는 부모님한테 의지하지 않았어요. 그리고 여러 문화를 접할 수 있었어요. 분명 부모님과 함께 살았더라면 다문화적인 환경을 접하지 못했을 것입니다. IIT는 나를 튼튼하게 단련시켜 줬습니다.

강의실 안에서보다는 바깥에서 더 많이 배웠다고 생각합니다. 사람들을 다루는 방법을 배웠지요. 그리고 최고와 경쟁하는 법도 배웠습니다."

신갈에게 서구로 이주한 수천 명의 IIT 출신들에 대해 어떻게 생각하는지 물어보았다. 그는 예상과 전혀 다른 답변을 했다.

"문제는 내부에 있다고 생각합니다. 삶의 질이나 도전 대상이나 국제적인 무대에서의 기회를 생각해 보세요. '세상은 네 것이다'라는 말이 있지요. 일본 사람들은 왜 고국을 떠나지 않습니까? 기회가 자기 나라에 있기 때문이지요. 두뇌 유출은 분명 인도를 경영하는 사람들의 잘못입니다. IIT라는 제품의 용도와 유통 기한을 제대로 파악했어야지요. 경쟁하려는 사람들은 50퍼센트의 가능성만 있다면 죄다 이 나라를 떠날 겁니다. 분명 인도를 경영하고 지도하는 사람들의 잘못입니다. 프로를 존경할 줄 알아야 하는데 말입니다."

신갈의 말에서 씁쓸함이 느껴졌다. 잠시 침묵한 후 그는 다시 말문을 열었다.

"나는 VSNL 회장직에서 해고당했습니다. 내가 그만둔 게 아닙니다. 잘린 겁니다. 나는 아무 거리낌 없이 이런 말을 할 수 있어요. 정치인들은 내가 불편했던 모양입니다. 출근하지 않아도 된다는 편지를 나에게 보냈더군요. 해고 통지서를 받은 지 몇 시간 후 릴라이언스(Reliance) 그룹 부회장인 아닐 암바니가 전화를 걸어 다음 날 아침 식사를 같이 하자고 하더군요. 식사가 끝날 무렵 취직이 되었습니다. 릴라이언스 텔레콤의 회장으로 말입니다."

신갈은 현재 이동통신 업체인 BPL 이노비전(Innovision)의 부회장이다. 공공 부문의 손실이 즉각 민간 부문의 이익으로 바뀐 셈이다. 일생토록 정부를 위해 일해 온 신갈은 IIT의 미래를 위해서는 정부의 손아귀에서 벗어나야 한다고 말한다.

며칠 후 나는 인터뷰 내용을 검토한 후 신갈에게 이메일을 보내 이력서를 보내 달라고 했다. 다음 날 아주 긴 문서가 도착했다. 이미 알고 있는 경력 외에도 신갈은 '아시아의 스타상', '1990년대를 빛낸 정보통신인상', '올해의 인물상', '인터내셔널 엑설런스상', '최고의 하이테크 경영자상' 등 수많은 상을 받았다. 아울러 통신 분야를 다루는 국내외 각종 위원회의 회장직을 역임했다. 신갈이 보낸 이력서에는 다음과 같은 메모가 첨부돼 있었다.

이력서를 보냅니다. 내용이 괜찮다고 생각되십니까?
감사합니다.

B. K. 신갈

7
통신 업계의 메시아

*IIT 졸업생들은 엘리트 교육을
받은 만큼 사회에 대해 책임을 지고
변화시키려고 노력해야 한다.*

'새로운 인도의 건설'이라는 IIT 설립자들의 이상을 실현한 IIT 출신
들을 찾는 과정에서 내 머릿속에서 떠나지 않는 이름 하나가 있었다.
IIT-마드라스의 아쇼크 준준왈라 교수였다. 이따금 준준왈라 교수의
근황을 듣곤 했는데, 그가 인도 시골 지역의 통신 환경을 개선하겠다는
놀랄 만한 작업에 착수했다는 소식을 접했다. 전화 가입 회선이 4천3백
만에 불과한 나라에서 대담하게도 2, 3년 안에 2억 회선의 전화와 인터
넷 서비스를 제공하겠다고 공언한 것이다. 준준왈라 교수는 전화 회선
에 드는 비용을 지금의 10분의 1로 줄이겠노라고 자신 있게 말했다.
IIT-마드라스에서 교편을 잡고 있으면서 벤처 회사를 키워 자체적으로
기술을 개발해 전국 각지에 통신 서비스를 제공하겠다는 것이었다.

아주 흥미로운 계획이었다. 정치인이든 사업가든 혹은 어떤 분야의 전
문가든 간에 인도에서는 엄청난 공약을 내거는 일이 흔하지만, 교수 신
분으로 벤처 기업을 설립한다는 이야기는 들어 본 적이 없었다. 인도 학

자들은 시끄러운 사업 분야에서 멀찌감치 떨어져 있기를 선호한다. 뱅골 케미컬스(Bengal Chemicals)의 설립자인 레이나 아마다바드의 주요 산업 과학자인 비크람 사라바이 같은 인물이 이따금 등장하기도 하지만, 대부분의 학자들은 스스로를 기업가보다 우월하다고 여긴다. 자신의 발명 업적이 돈을 벌어들이기 위한 제품으로 바뀌는 모습을 못마땅하게 생각하는 사람들이다. IIT 교육 제도에서 가장 심각한 문제점은 산학 협동이 제대로 이루어지지 않는다는 사실이다. 물론 경제 자유화 조치 이후 IIT에 대한 보조금이 삭감되면서 상황은 바뀌고 있다. 그러나 갈 길은 아직도 멀기만 하다. 기업가 마인드를 갖춘 교수들의 지도하에 스탠퍼드대학 연구소 주변에 실리콘밸리가 들어서는 것과 같은 분위기는 인도에서 상상도 할 수 없었다.

준준왈라는 산학 연계라는 환경을 성공적으로 조성한 듯했다. 아울러 그는 자신이 설립하는 벤처 기업의 지분을 갖지 않겠다고 고집했다.

도로 양쪽에서 느닷없이 튀어나오는 사슴을 피해 IIT-마드라스 교정에 위치한 전기공학과 건물로 차를 몰면서 나는 준준왈라에 대해 내가 무엇을 알고 있는지 곰곰이 생각해 보았다. 인터넷에서 그의 논문과 연설문 몇 편을 읽어 본 적이 있었다. 2001년 그가 발표한 연설문의 일부 단락은 준준왈라가 어떤 생각을 하는지를 집약적으로 보여 준다.

"1991년 인도와 중국에서는 각각 550만 대가량의 전화가 가설됐습니다. 현재 인도의 전화 가입 회선은 3천5백만입니다. 10년 사이에 6배나 증가했다는 것은 상당한 성장이라고 볼 수 있습니다. 하지만 같은 기간 중국에서는 2억 회선으로 증가했습니다. 게다가 매년 3천만 회선 정도가 증설되는 상황입니다. 중국이 제조업 분야를 마스터했기 때문에 이러한 성장세를 거두었다고 생각합니다."

"지난 몇 년간 인터넷은 그저 또 다른 통신 수단이 아닌 능력 그 자체로 부상했습니다. 인터넷에 접속함으로써 엄청난 분량의 정보를 얻을 수 있습니다. 다양한 교육 시설에 신속하게 접근할 수 있습니다. 거래를 용이하게 하고, 멀리 출장 갈 필요 없이 업무를 처리할 수 있게 만들었습니다. 오늘날 인도의 인터넷 회선 수는 3백만에 못 미칩니다. 인도에서 인터넷 서비스가 성장하지 못한다면 심각한 격차를 초래하게 됩니다."

"인도는 최소한 2억 회선의 전화·인터넷 서비스를 초기부터 제공해야 합니다. 이러한 목표를 달성하는 일은 중요합니다. 하지만 마찬가지로 중요한 일은 목표에 도달하는 과정입니다. R&D(연구 개발)·제조·서비스 분야를 변혁해야 하는 것입니다."

준준왈라는 연설문의 후반부에서 자신이 전파하려는 사업의 기본 원리에 대해 설명했다.

"전 세계 통신·인터넷 네트워크 비용을 자세히 검토해 보면 서구에서는 회선당 전화 가설 비용이 8백 달러 정도입니다. 인도에서는 서구와 같은 기술을 사용하기 때문에 가입자 수가 적은 것이 당연한 현상입니다. 그런데 이 8백 달러라는 비용은 서구에서 10년 전에 책정한 액수입니다. 사업자가 손익 분기점에 이르려면 초기 투자액에서 연간 35퍼센트에서 40퍼센트가량을 벌어들이면 됩니다. 따라서 요금을 월 30달러 정도만 받으면 됩니다. 이 정도 요금이면 가구에 별 부담이 되지 않습니다. 그렇기 때문에 서구에서는 오래전부터 전화 보급률이 높았습니다. 이제는 비용을 줄인다고 해서 시장이 확장되지는 않습니다. 따라서 서구의 R&D는 자연스레 대체 시장으로 관심을 돌리게 됐습니다. 비용이 저렴한 전화 상품보다는 다양한 기능과 서비스를 제공하게 된 것입니다."

"그러나 그 정도 비용이 드는 기술은 인도와 같은 나라에서는 광범위하게 보급하기 어렵습니다. 인도에서 전화 통신과 인터넷 보급률을 높이려면 비용을 3분의 1 이상 절감해야 합니다. 누가 이 일을 하겠습니까? 서구의 R&D가 아닙니다. 당연히 인도의 R&D가 맡아야 하는 일입니다."

"요컨대 서구에서 이룩해 놓은 것을 따라 하기만 하면 우리는 항상 뒤처진 상태에 머뭅니다. 우리는 인도 실정에 맞는 요구 사항을 파악하고 이에 따른 기술을 개발해야 합니다. 이렇듯 전혀 다른 출발점에서 기술을 개발하면 자체적인 요구 사항을 충족할 뿐만 아니라 궁극적으로는 기술 분야를 선도할 수 있습니다."

기술 분야를 선도한다? 정말 야심만만한 발언이 아닐 수 없다.

준준왈라는 거무스름한 피부에 정력적인 모습이었다. 그는 미국 대학생처럼 배낭에 책이며 기타 물건들을 넣고 다녔다.

"결국 IIT를 설립한 이유는 사회의 지도자를 양성하는 것이었지요. 하지만 지도자에게는 어떤 조건이 따릅니다. 사회가 최상의 혜택을 자신에게 베풀었기 때문에 지도자가 되는 것입니다. 그러니까 이제는 사회에 환원해야 합니다. 그리고 가장 중요한 것은 사회에 대해 불평만 늘어놓아서는 안 됩니다. 엘리트 교육을 받은 만큼 사회에 대해 책임을 지고 변화시키려고 노력해야 합니다. 일단 졸업을 하고 나면 건전한 사회를 만들 책임이 부여됩니다. '내가 무엇을 할 수 있겠나' 하고 끙끙거려서는 안 됩니다. 그런 식으로 변명하면 실패자가 되는 셈입니다."

그래서 제대로 운영되고 있느냐고 그에게 물었다.

"최근 서구에서 인도인들이 성공하는 모습을 보고 많이 깨달았습니다. 갑자기 세상이 자신을 우러러봅니다. 국내적으로는 지난 20년간 IT 분야가 성공했다는 것이 커다란 성과입니다. 오늘날 인도의 젊은이들은 자신감에 부풀어 있습니다. 특정 분야에서 많은 사람들이 변화를

추구하고 있습니다. IIT 출신들이 앞장서서 변화를 이룩하지 못했다고
는 말하기 어렵습니다. 다만 자신의 능력에 비해 더 많은 성과를 거두
지 못했다고 할 수 있습니다. 우리가 변화를 이룩하면 IIT 교육에 쏟아
부은 납세자들의 세금과 보조금을 정당화할 수 있습니다. 그렇지 않으
면 정부나 국민들이 엘리트 교육에 돈을 낭비할 이유가 어디에 있겠습
니까? IIT 출신들은 일하라고 떠밀어야 합니다. 인도에서 IIT 출신들
의 태도는 이런 식입니다. '우리는 IIT 출신이다. 그러니 편하게 살아
도 된다.' IIT 출신들은 자기 권리보다 의무가 더 중요하다는 사실을
잊어버립니다."

IIT에 다니던 시절부터 준준왈라는 졸업 후 미국으로 건너가 2년간
학생들을 가르친 뒤 귀국하여 인도의 발전을 위해 무언가를 하자는 계
획을 실천하기로 결심했다. 그는 귀국한 것에 대해 어떠한 후회도 없다
고 말했다.

"미국에 친구들이 많이 있습니다. 하지만 나는 인도에 있어서 더 행
복합니다. 일에 있어서도 그렇고, 개인적으로도 그렇습니다."

1990년대 초 준준왈라는 마침내 자신의 임무가 무엇인지 발견했다.
가난한 시골 사람들이 충분히 이용 가능하도록 전화 가설 비용을 줄인
다면 사람들의 삶을 바꾸는 혁명이 가능하리라고 생각했다.

"1995년과 1996년에 내가 장거리 통화 비용을 10분의 1로 줄일 수
있다고 말하자 모두들 나를 바보 취급했습니다. 하지만 지금은 비용을
4분의 1로 줄이지 않았습니까? 6년 만에 말입니다."

현재 인도에서 전화 사업자가 가입자에게 서비스를 제공하는 데 드
는 비용은 회선당 3만 루피이다. 투자에 따르는 재무 비용(15퍼센트),
감가상각비(10퍼센트), 그리고 유지 보수 비용(10퍼센트)을 감안한다
면 사업자는 최소한 초기 투자액의 35퍼센트를 매년 수익으로 벌어들

여야 손익 분기점에 이른다. 여기에 라이선스 비용과 세금을 더하면 가입자당 수익은 최소 월 1천 루피가 돼야 한다. 한 가정에서 수입의 7퍼센트를 통신 비용으로 지출한다고 가정하면, 인도 총 가구 수의 1퍼센트에서 3퍼센트(2백만에서 6백만 가구) 정도만이 전화 서비스를 이용할 수 있을 따름이다.

그러나 사업자의 투자액이 1만 루피로 감소한다면 전체 인도 가구의 50퍼센트가 전화를 설치할 수 있다. 2억 회선이라는 수치가 달성 가능한 목표로 느껴진다. 1만 루피라는 비용으로 전화 서비스를 제공하는 기술은 전 세계는 아니더라도 개발도상국 전체의 통신 사업을 변모시킬 획기적인 기술로 자리 잡을 것이다. 인도에서 이토록 저렴한 전화 회선을 1억 5천만 회선 정도 구축한다면 1조 5천억 루피 규모의 산업으로 발전함으로써 대규모의 고용을 창출할 수도 있을 것이다. 그리고 이러한 기술을 여러 개발도상국에 수출하면 그 수치는 더욱 증가할 것이다.

그러나 기술 개발만으로는 부족하다. 전화가 아직 가설되지 않은 지역에 막대한 수의 회선을 신속하게 제공하려면 새로운 비즈니스 모델이 필요하다. 어떤 시스템이 필요할 것인가? 준준왈라의 해결책은 1990년대 인도에서 가장 빠르게 성장한 사업인 케이블 TV의 비즈니스 모델이었다. 1991년 전무했던 인도의 케이블 TV 가입자 수는 2000년 5천만 명에 이르렀다. 가장 큰 이유는 저렴하기 때문이었다. 한 달에 1백 루피만 지불하면 인도 전체 가구의 60퍼센트가 케이블 TV를 볼 수 있다.

또 다른 중요한 이유는 인도의 케이블 TV 사업자들이다. 이들 소규모 사업가들은 접시 안테나를 설치하고 전신주와 나무에 케이블을 매달아 2, 3킬로미터 범위 내에 서비스를 제공한다. 그들은 매달 해당 지역에 속한 가구를 방문하여 서비스 가입을 받거나 요금을 받는다. 아울러 일요일 저녁에도 근무하기 때문에 문제가 발생하더라도 신속하게 대처할 수 있다. 준준왈라의 설명은 간단명료했다.

"책임 의식이 그 정도로 강합니다. 엔지니어들의 실력이 다소 부족하더라도 훨씬 나은 서비스가 제공되는 것입니다."

그러나 무엇보다 중요한 사실은 소규모 사업자들의 인건비가 조직적인 산업체보다 몇 배나 적게 든다는 점이다. 비용이 저렴하기 때문에 사람들은 부담 없이 케이블 TV에 가입한다. 분명 준준왈라는 케이블 TV의 비즈니스 모델을 본뜨고자 했다.

그러나 IIT 교수들은 이러한 계획을 실행에 옮길 전문성이 없었다. 사업 경험이 있는 사람들이 주도하는 회사를 만들어야 했다. 세계적인 제품을 만들려면 제조 업체와 연계해야 했고 자금이 필요했다. 준준왈라는 인도에 있는 옛 제자들 중에서 벤처 기업의 운영에 적합하다고 생각한 아홉 명의 명단을 만들었다. 그는 '다섯 명이라도 확보한다면 사업을 시작할 수 있을 것'이라 생각하며 옛 제자들에게 연락했다. 아홉 명 모두가 제의에 흔쾌히 응했다.

준준왈라와 제자들은 관련 업체들을 방문했다. 그들이 내건 조건은 단순했다.

"우리가 개발한 기술을 당신들이 제조할 수 있도록 라이선스를 주겠다. 대신 우리에게 라이선스 비를 미리 지불해 달라. 그래야 우리가 개발 작업에 착수할 수 있다."

인도 전자(Electronics Corporation of India), 샤이암 텔레콤(Shyam Telecom), 크롬튼 그리브스(Crompton Greaves) 등의 회사가 제안에 동의해 4천만 루피를 선지급했다. 이렇게 사전에 지불된 라이선스 비는 준준왈라가 설립할 벤처 회사의 창업 자금이 됐다. 미국계 업체인 아날로그 디바이시스(Analog Devices)는 자금을 무상으로 지원하고 다른 나라에서의 기술 마케팅을 지원하겠다고 약속했다. 아날로그 디바이스의 CEO인 레이 스타타는 심지어 벤처 회사 두 곳에 투자를 하기도 했다.

정부에 자금 지원을 왜 요청하지 않았느냐고 묻자 준준왈라는 "정부 돈을 받으면 일을 제대로 할 수 없어요. 하지만 기업 돈을 받으면 그 사람들이 옆에서 총을 들고 일을 제대로 하나 안 하나 감시하기 때문에, 열심히 할 수밖에 없지요"라고 무뚝뚝하게 대답했다.

그러면 창업한 벤처 회사의 지분을 보유하지 않는 이유는 무엇 때문인가? 궁극적으로 준준왈라는 고전적인 미국식 학자-기업가 모델을 따르는 것이 아닌가? 무슨 이유로 금전적인 보상을 마다하는가? 그 이유에 대해 준준왈라는 "여기는 인도이니까요. 깨끗할 뿐만 아니라, 깨끗하게 보여야 합니다. 더구나 우리는 교육자입니다. 금전적인 문제를 넘어서야 할 책임이 있습니다. 벤처 회사의 지분을 갖는다면 사람들은 나에게 돌을 던질 것입니다. 우리가 그저 상업적인 목적으로 일한다고 생각할 것입니다. 그러니 돈을 받지 않으면 더 강해지는 법이지요"라고 말하며 빙긋이 웃었다.

준준왈라의 역정은 결코 순탄하지 않았다. 그는 자신이 넘어야 했던 난관들에 대해 자세히 말하려고 하지 않았다. 단지 인도에서 정전(停電)이 흔하듯 어려움이 당연히 생기리라 예상했다고 말했다. 그러나 그는 다음과 같이 말하기도 했다.

"물론 이따금 낙심하기도 했지요. 하지만 다음 날 아침이면 다시 힘을 내 일어났습니다. 이것이 내 업보라 생각하며 참고 해야 했습니다. 뇌물을 주거나 기업계의 큰손에게 머리를 조아리는 식으로 일을 하지는 않았습니다."

준준왈라의 지인들과 대화를 나누는 과정에서 나는 그가 기술 개발을 위해 여러 해 동안 얼마나 힘겹게 투쟁했는지 짐작할 수 있었다. 첫 번째 난관은 준준왈라의 팀, 즉 텔레커뮤니케이션 앤드 컴퓨터 네트워크 그룹[Telecommunications and Computer Network Group : 줄여서 테넷(TeNet)으로 부름]의 계획이 허튼소리가 아니라는 확신을 사람들에게 심어 주는 일이었다. 그동안 인도의 여러 유명 인사들이 국가를 변혁하겠다고 큰소리를 치다가 결국 약속을 지키지 못하는 경우가 많았기 때문이었다. 실질적인 문제는 팀이 최초로 개발한 제품이 시험 단계에 올랐을 때 드러났다. 새로운 장비가 큰 성공을 거두자 거대 통신 업체들은 이를 즉각적인 위협으로 받아들였던 것이다.

갖가지 해괴한 정부 규제가 등장했다. 무선 가입자 회선에 대해 정부에서 설정한 제품 사양은 테넷 제품을 완전히 무시한 내용이었다. 값비싼 수입 장비에 세제 혜택을 주느라 국내에서 제조한 테넷의 값싼 제품에는 상대적으로 많은 세금을 부과한 것이다. 심지어 제품의 독창성마저도 의심을 받아 조사를 받아야 했다. 게다가 준준왈라가 완벽한 디지털 시스템을 개발했음에도 불구하고 그가 구식 아날로그 무선 기술을 판매한다는 법정 소송이 제기됐다. 이에 따라 통신부는 준준왈라의 제품을 발주하지 않았다.

한편 테넷 제품이 빛을 보지 못하게 하려고 했던 통신 업체들은 해당 기술에 대한 권리를 사들이고자 준준왈라가 솔깃해할 만한 액수를 제시하기도 했다. 그들은 비용을 2배 이상 들였는데도 준준왈라의 동시 전화 통화 및 초당 35/70킬로바이트의 인터넷 전용선 기술에 필적할 만한 기술을 만들지 못했기 때문이었다. '인도 주식회사'가 준준왈라에게 보내는 메시지는 "팔지 않으려면 굶어 죽어라"였다. 그러나 준준왈라는 기술을 팔지도, 포기하지도, 뇌물을 주지도, 그리고 타협하지도 않았다. 테넷은 IIT-마드라스의 연구소에서 지속적으로 기술을 개량했다.

준준왈라는 놀랍게도 과거 그가 겪어야 했던 어려움에 대해 아무런 원한도 품지 않는 듯했다.

"커다란 꿈을 지니고 무언가를 성취하려면 가시밭길은 걷게 돼 있습니다. 내가 설정한 목표가 작았다면 별로 어렵지 않았을 겁니다. 인도도 여느 곳과 크게 다를 바가 없다고 생각합니다."

현재 테넷 그룹에는 열두 명의 교수가 있는데, 모두 IIT 출신으로 미국에서 공부한 후 귀국한 사람들이다. 테넷 그룹은 6개의 벤처 회사를 탄생시켰다. 마이다스 커뮤니케이션스(Midas Communications)는 테넷 그룹과 연계하여 독자적인 코넥트(corDECT) 기술을 개발함으로써 라이선스를 취득했다. 엔로그 커뮤니케이션스(n-Logue Communications)는 시골 지역에서 코넥트 기술을 마케팅한다. 닐기리 네트워크스(Nilgiri Networks)는 코넥트의 인프라 솔루션을 제작한다. 바냔 네트워크스(Banyan Networks)는 디지털 가입자 회선(DSL) 기술 영역을 담당한다. NMS 워크스 소프트웨어(NMS Works Software)는 네트워크 관리 시스템을 개발한다. 그리고 인터그레이티드 소프트테크 솔루션스(Integrated SoftTech Solutions)는 고급형 네트워크 컨설팅 서비스를 제공한다. 이들 6개 회사에는 5백여 명의 엔지니어들이 근무하고 있다. 그중 4분의 1이 준준왈라의 옛 제자들이다. 스승에 대한 제자들의 존경이 각별함을 알 수 있다. 아울러 IIT 출신들이 흥미로운 도전 과제와 임무를 고국에서 접할 수 있다면 해외로 떠나지 않는다는 점을 입증한 사례이기도 하다.

테넷이 개발한 코넥트 기술은 교환국과 각 가정을 연결하기 위해 전파를 사용한다. 타밀나두의 한 작은 마을에 살고 있다고 가정해 보자. 뭄바이에서 형이 전화를 건다. 전화 신호가 지역 교환국에 도달하면 코넥트에 의해 디지털 신호로 변형돼 가정에 전달된다. 집에는 작은 수신 장치가 벽면에 설치돼 있다. 코넥트로 연결하려면 지역 교환국에서 10킬로미터 이내에 위치해야 하지만, 태양열 발전기로 운영하는 중계국을 통해 25킬로미터까지 신호를 보낼 수 있다. 그렇다면 주변 25킬로미터 이내에 교환국이 없는 경우에는 어떻게 되는가? 인도의 상당 지역이 그런 상태이다. 그런데 광범위한 철도 네트워크가 이 문제를 해결해 줄 수 있다. 신호를 연결해 줄 구리선이 철로를 따라 설치되어 있기 때문이다. 따라서 구리선을 통해 신호를 전송하다가 코넥트 네트워크로 연결하면 되지 않겠는가?

코넥트 시스템은 일반적으로 교환국에 있는 중앙 유닛과 대략 12개의 송신기로 구성돼 있다. 총비용은 2백만 루피에 이른다. 케이블 TV의 사업자 격인 지역 서비스 공급자(LSP)는 엔로그 커뮤니케이션스에 1백만 루피를 지불함으로써 50퍼센트 공동 사업자가 되며 25킬로미터 범위 내의 지역을 담당한다. 이는 대략 2천 제곱킬로미터의 면적으로, 평원 지대인 경우 일반적으로 3백~4백 개의 마을을 포함한다. 이러한 영역 내에서 엔로그는 마을마다 최소 5백 회선을 개인, 정부 기관, 학교, 보건소에 제공한다. 아울러 마을마다 최소 하나의 소규모 사업자에게 회선을 제공함으로써 사람들이 저렴하게 이용할 수 있는 인터넷 키오스크(Kiosk : 공공장소에 설치된 터치스크린 방식의 정보 전달 시스템)를 구축하려는 계획이다. LSP는 가입자에게 인터넷 접속 서비스를 제공하고 사용 요금을 받는다.

엔로그의 인터넷 키오스크 구축 비용은 4만 루피에 불과하다. 실제로 시골 지역에서 사업을 하는 경우에는 정부에서 다양한 혜택을 지원하기 때문에 사업자는 자기 돈 1만 루피만 있으면 키오스크를 구축할 수 있다. 그 돈으로 무선 장비, 안테나, 케이블, 안테나 기둥, 전화 장비,

STD(지역 외 통화)-PCO(지역 내 통화) 미터, 멀티미디어 기능이 있는 펜티엄 700메가헤르츠 PC, 컬러 모니터, 최소 네 시간 동안 PC에 전원을 공급하는 백업용 파워서플라이(전원 공급 장치), 현지 언어를 지원하는 소프트웨어 등을 구입하는 데 사용한다. 준준왈라는 인터넷 키오스크를 구축하는 목적을 시골 지역에 있는 여러 사업자들의 수익을 보장하면서 그 지역 사람들에게 혜택을 주기 위함이라고 한다.

테넷의 제품은 이미 타밀나두·안드라프라데시·카르나타카·마디아프라데시·라자스탄·우타르프라데시·펀자브 등지에 보급됐다. 회사에서는 거대 통신 업체들이 관심을 보이지 않는 시골 지역에서만 사업을 진행하기로 결정했다. 제품 패키지에는 워드 프로세서·스프레드시트·데이터베이스·메일 클라이언트·인터넷 브라우저·그래픽 프로그램 등 인도 각 지역의 언어로 된 업무용 소프트웨어류가 번들로 제공된다. 물론 이들 소프트웨어도 테넷 그룹에서 개발했다.

2002년이 저물어 갈 무렵에 만난 준준왈라는 자신의 소망을 화려하게 꽃피우고 있었다. 타밀나두의 넬리쿠팜 지역에 있는 한 설탕 공장은 65개의 지역 회선 설치에 자금을 지원했다. 그 덕택에 사탕수수 재배 농들은 인터넷을 이용하여 계좌 내역과 비료·농약 가격 등의 정보를 입수한다. 하루 종일 시간을 내서 인근 읍내에 다녀올 필요가 없어진 것이다. 마디아프라데시에서는 5백 개 이상의 마을이 정부가 자금을 지원하는 인터넷 접속 서비스를 이용하여 토지 기록과 상품 가격을 검색하고 정부 기관에 인터넷으로 민원을 제기한다. 라자스탄에서는 한 사업가가 코넥트 접속 서비스와 2천5백 루피짜리 웹 카메라를 이용하여 그 마을 최초의 사진사가 되기도 했다.

마이다스 커뮤니케이션스의 2002년 총거래액은 6억 5천만 루피였다. 아울러 2003년에는 2, 3배가 아니라 50배로 증가하리라고 자신 있게 예상하고 있다. 국영 통신 업체인 BSNL로부터 55만 회선의 주문을 받았고, 이집트로부터는 20만 회선을 수주했다. 총수주량이 1백억 루피에 달한다! 엔로그는 4, 5년 후 전화와 인터넷 1백만 회선을 제공할 계획이다. 인도 시골 지역의 85퍼센트를 아우르는 규모이다.

"5년 전만 해도 아무도 우리가 지금과 같은 성과를 거두리라고는 예상하지 못했지만 이제는 가능합니다"라고 준준왈라는 자신 있게 말했다. 그는 국내에 있는 몇몇 통신 업체에서도 코넥트를 사용하고 있고, 조만간 대규모 주문이 있을 것이라고 말했다. 한편 브라질·마다가스카르·피지·이란 등지에서도 코넥트를 통해 전 세계와 연결하고 있다.

2002년 정부에서 수여하는 '파드마 슈리'상을 받은 후 리디프닷컴(Rediff.com)과 가진 인터뷰에서 준준왈라는 오랜 전투와도 같은 세월을 보냈는데 만족하느냐는 질문에 다음과 같이 말했다.

"만족하느냐고요? 아닙니다. 하지만 행복합니다. 그리고 이제 시작입니다. 인도에서 기술 및 제품을 설계하는 엔지니어의 수는 대략 2천 명에 불과합니다. 이 분야에서 2만 명 이상이 나올 때까지는 만족할 수 없습니다. 그런데 내가 행복한 이유는 우리가 올바른 방향으로 나아가고 있다고 생각하기 때문입니다. 그러나 만족이란 모든 일이 원하는 방식대로 이루어질 때만 가능합니다. 아직 해야 할 일이 많다는 얘기입니다."

준준왈라 개인에 대해, 그리고 그가 이룩한 업적에 대해 알게 된 나는 그에게 한 가지 질문을 꼭 하고 싶었다. 아주 틀에 박힌 생각일지 모르겠지만, '준준왈라'라는 성(姓)은 인도 최고의 학자에게는 어울리지 않는 듯했다. 거상(巨商) 집단인 '마르와리(Marwari : 라자스탄의 마르와르에서 기원한 장사 공동체)' 족의 성이기 때문이었다. "가업을 잇지 않고 교수가 되기로 결심했을 때 가족들이 아무 말도 하지 않았나요?"

라고 내가 물었다.

"물론 말들이 많았지요. 전통적인 마르와리 상인 집안이었기 때문에 내가 학자가 되겠다고 말했을 때 화들을 냈지요. 하지만 결국 우리 집안 전통으로 되돌아오지 않았나 싶습니다. 벤처 기업들을 세웠으니 말입니다. 이제 가족들의 기분이 좀 나아졌겠지요"라고 준준왈라가 웃음을 터뜨리면서 말했다.

8
실리콘밸리의 인도 마피아

*"나에게는 시간과 돈이 있습니다.
나는 인도를 바꾸고 싶습니다."*

브리젠드라 신갈은 외국으로 유학 가는 것 대신 IIT-카라그푸르에서 석사 과정을 밟는 것을 택했다. 그와 달리 수천 명의 IIT 졸업생들은 해외 유학 길에 올랐다. 많은 학생들이 서구로 향하게 된 데는 미국 9개 대학의 지원을 받아 설립된 IIT-칸푸르의 역할이 컸다. 초창기의 IIT-칸푸르에는 코넬이나 칼테크 같은 대학에서 온 미국인 교수가 여럿 있었으며 미국의 주요 대학에서 활동하다 돌아온 인도인 교수도 많았다. 따라서 당시 IIT-칸푸르에 다니던 학생들은 다른 IIT 캠퍼스의 학생들보다 미국이라는 유혹에 더욱 노출돼 있었다. 학생들에게 있어서 미국은 과학기술의 최전방을 탐험할 수 있는 세상이었다. 아울러 IIT-칸푸르 학생들은 미국 대학의 장학금을 받기가 수월했다. 교수진 상당수가 미국 학계에서 널리 알려진 인사들이었고, 학생들이 지원하는 학교에서 파견된 교수들인 경우가 많았기 때문이다.

'1960년대 초'라는 시대적 요인도 있었다. 당시 미국은 1960년대 말까지 인간을 달에 착륙시키고자 전력을 다하고 있었다. 분초를 다투며 신기술을 개발하기 위해서는 여러 산업계가 서로 협력해야 했다. 아울러 전자공학에서 야금학에 이르기까지 많은 수의 엔지니어들이 필요했다. IIT 출신들은 미국의 필요를 채워 주기에 안성맞춤이었던 것이다.

1980년대 IIT-마드라스 이사장으로 재직하던 인디레산 교수는 어느 날 밤 파티에서 만난 독일인 영사에게 제자 몇 명이 미국 비자를 얻는 데 어려움을 겪고 있다고 말했다.

"영사가 웃으면서 이렇게 말했지요. '인디레산 박사님, 미국 영사관에는 검은색으로 된 작은 책자가 있는데, IIT 학생 전원의 명단이 적혀 있습니다. 마드라스에서 근무하는 영사관 사람들은 IIT 학생들에게 비자를 주려고 있는 것입니다. 미국으로 더 많이 보내지 못해 안달일 정도랍니다.'"

독일인 외교관의 말에 과장이 없는 것은 아니지만, 초창기 IIT 졸업생 2백 명이 미국 내 대학에서 우수한 학업 성적을 거두고, 뛰어난 재능을 보이면서 IIT는 똑똑하고 부지런한 대학원생을 제공하는 최고의 학교로 미국 학계에서 인정받게 되었다. 대학원생 중 상당수가 박사 과정을 거친 후 미국 대학에서 교수로 자리 잡았다. 이들 IIT 출신들이 모교의 학생들을 대학원생으로 받아들이면서 선순환(善循環)이 계속됐다. '스리니바산' 대신 '스리니', '라마수브라마니암' 대신 '램', '아비나시' 대신 '에이비' 등 미국인들이 발음하기 쉬운 이름으로 바꾼 이들 대다수는 미국의 일부 대기업에서 중간 관리자의 자리까지 올랐다.

그러나 이러한 상황은 여러 해 동안 제자리걸음만 했다. 여러 인도인들이 기업의 최고위직으로 승진하지 못하는 좌절감을 맛보아야만 했다.

그러나 1990년대 초·중반에 이르러 이러한 승진 장벽은 여러 방향으로 협공을 받아 마침내 무너지게 된다. IIT-델리 출신인 라자트 굽타는 매킨지의 월드와이드 상무이사로 임명됐고, IIT-뭄바이 출신인 빅터 메네제스는 글로벌 대기업인 시티은행의 공동 CEO가 됐다(현재 시티그룹의 수석 부회장으로 재직 중이다). 한편 IIT-카라그푸르 출신의 로노 더타와 IIT-칸푸르 출신인 라케시 강왈은 세계적인 항공사인 유나이티드 항공과 유에스 항공을 각각 이끌었다. IIT-카라그푸르 출신의 아룬 사린은 당시 세계 최대의 무선 통신 업체였던 에어터치의 사장에 취임했다. 그는 벤처 캐피털리스트로 유급 휴가를 보낸 후 에어터치를 인수한 보더폰의 CEO로 재직 중이다. IIT-뭄바이 출신인 샤일레시 J. 메흐타는 미국 최대의 민간 금융 업체인 프로비디언을 운영했다. 이들 모두 미국 태생이 아닌 외국인이 고위직에 오른 최초의 경우이다.

그러나 굽타와 메네제스가 기업 내부에서 고위직에 오르고자 노력하고 있을 때, 미국 서부에 있던 일부 IIT 출신들은 직접 창업에 나섰다.

당시 스탠퍼드대학으로 유명했던 캘리포니아 북부 지역에서는 놀라운 일이 일어나고 있었다. 1939년 스탠퍼드 졸업생인 빌 휴렛과 데이브 패커드는 지도 교수의 격려하에 차고를 빌려 자그마한 전자 업체를 설립하고 회사명에 누구 이름을 먼저 넣을 것인가를 동전 던지기로 정한 뒤 음향 발진기를 만들어 내기 시작했다. 휴렛패커드(Hewlett-Packard)가 멋지게 성공하면서 스탠퍼드 출신의 기업가들이 속속 등장했다. 페어차일드 반도체(Fairchild Semiconductors)에서 근무하던 세 사람은 회사를 그만두고 인텔(Intel)을 설립했다. 스티브 잡스와 스티브 워즈니악은 애플 컴퓨터(Apple Computer)라는 꿈을 이루었다. 캘리포니아 북부 지역은 언론을 통해 '실리콘밸리'로 알려지기 시작했다.

1982년 인도 군(軍) 사병의 아들이자 IIT-델리 졸업생인 27세의 비노드 코슬라는 앤디 벡톨샤임이라는 하드웨어 대가와 스콧 맥닐리라는 마케팅 천재와 함께 선 마이크로시스템스를 설립했다. 사실 선 마이크로시스템스는 코슬라가 공동으로 설립한 최초의 회사가 아니었다. 그는 1976년 도미하여 카네기멜론대학에서 생의학 공학 석사 학위를, 그리고 스탠퍼드에서는 경영학 석사 학위를 취득했다. 코슬라는 소규모 벤처 기업에서 근무하려고 했지만 뜻대로 되지 않자 아리예 파인골드라는 이스라엘 인과 함께 데이지 시스템스(Daisy Systems)를 설립했다. 그러나 파인골드와 코슬라는 핵심 사업에 대한 의견이 서로 너무 달랐다. 파인골드는 컴퓨터를 이용한 설계와 엔지니어링 애플리케이션에 주력하고자 했던 반면, 코슬라는 새로운 워크스테이션을 구상했다. PC보다 강력한 데스크톱 컴퓨터들을 서로 연결하여 값이 훨씬 비싼 메인 프레임이나 슈퍼 미니 컴퓨터와 경쟁할 수 있는 워크스테이션을 꿈꾸었던 것이다.

1981년 12월 코슬라는 데이지를 그만두고 벡톨샤임과 의기투합했다. 두 사람은 워크스테이션이 컴퓨팅 환경을 바꾸어 놓으리라는 확신을 맥닐리에게 심어 주었다.

컴퓨터 산업계에서는 선 마이크로시스템스의 아이디어를 아주 터무니없고 무모한 생각으로 여겼다. 회사마다 독자적인 하드웨어·소프트웨어 표준을 고집하는 상황에서 선 마이크로시스템스는 '개방형 컴퓨팅(Open Computing)'이라는 개념을 새로이 도입했다. 선 마이크로시스템스의 제품을 구입하면 기본 운영 체제인 AT&T 유닉스를 기반으로 어떤 종류의 하드웨어도 설치할 수 있고 어떤 종류의 소프트웨어도 구동할 수 있는 방식이었다. 유닉스 운영 체제는 기술 분야의 대가라 불리는 빌 조이가 개발한 작품이다. 그는 선 마이크로시스템스의 이사를 지내기도 했다. 선 마이크로시스템스는 워크스테이션 사업을 추진함과 아울러 컴퓨터 중앙처리장치(CPU)의 작동 방식을 혁명적으로 변화시킬 새로운 칩 구조의 개발에 착수했다. 그 결과 축소명령세트컴퓨팅(RISC) 칩이 탄생했다. RISC 칩은 명령 세트가 단순하고 작기 때문에 처리 속도가 향상됐다. 또한 상대적으로 적은 수의 트랜지스터가 사용되기 때문에 제조 원가도 절감됐다. 조만간 개방형 컴퓨팅과 RISC는 컴퓨터 환경을 바꾸어 놓을 것이었다.

그러나 코슬라는 그러한 세상이 도래하기 전에 선 마이크로시스템스를 떠났다. 1984년 말에 이르자 CEO인 코슬라와 공동 설립자들과 이사회 간의 마찰이 최고조에 이르렀다. CEO 직책은 코슬라 대신 맥닐리에게 맡겨졌다. 오늘날 선 마이크로시스템스는 인텔·시스코·마이크로소프트와 함께 세계 일류의 IT 기업으로 자리 잡았다.

코슬라는 선 마이크로시스템스를 떠났지만, 몇 년 후 비즈니스계로 복귀하여 전 세계 기술 시장에서 어떠한 인도인도 도달하지 못했던 지위에 올랐다.

코슬라가 캘리포니아 주 산타클라라에서 데이지 시스템스를 설립하는 동안, 잠셰드푸르 출신으로 IIT-카라그푸르와 MIT를 졸업한 기술광(技術狂) 수하스 파틸 역시 기업가로 변신했다. 캘리포니아와는 멀리 떨어진 유타에서였다. 파틸은 MIT에서 아마르 보스 교수의 조교로 있었는데, 보스 교수는 자신의 연구 결과를 '보스 스피커 시스템'으로 창출해 낸 인물이었다. 치다난드 라즈가타가 인도의 소프트웨어 기업가에 대해 평한 연구 논문인 〈하늘을 나는 말(The Horse That Flew)〉에서 언급한 바와 같이, 보스 교수의 성공은 파틸에게 자극제 역할을 했다. 파틸은 솔트레이크시티 유타대학의 조교수로 재직하면서 자신이 개발한 기술이 집적 회로의 제조 방식을 급진적으로 변화시키리라는 사실을 깨달았다.

제너럴 인스트루먼츠(General Instruments)는 파틸에게 2년 기한의 36만 달러짜리 도급을 주면서 케이블 TV 셋톱박스의 내부 부품을 생산하도록 했다. 이 과정에서 파틸 시스템스(Patil Systems)가 탄생했다. 그러나 제너럴 인스트루먼츠가 이내 심각한 재정난에 빠지자 파틸 역시 난관에 직면하게 된다. 1983년 파틸은 실리콘밸리로 이주하여 회사명을 '사이러스 로직'으로 바꾸고 마이크 해크워스를 CEO로 영입하면서 부와 명성의 길을 다시금 걷기 시작한다.

파틸과 그의 연구 팀으로 구성된 사이러스 로직은 다수의 컴퓨터와 모뎀 장치, 그리고 전용 칩의 설계 분야를 개척했다. 아울러 회사는 1989년 기업 공개를 통해 주식 시장에 화려하게 등장했다. 이후 사이러스 로직의 수입은 1992년 1억 7천1백만 달러에서 1996년 14억 달러로 치솟았다. 또한 사이러스 로직에서 제작한 PC 내장용 장치의 가격은 1백 달러 수준에 이른 적도 있다. 이는 인텔의 3백 달러에 이어 두 번째로 높은 가격이었다.

그러나 1990년대 후반 라이선스의 활용보다는 자체적인 칩 개발에 투자하는 사업 분야의 오판, 경쟁 구도의 변화, 그리고 인텔의 무자비한 마케팅과 R&D 공세로 말미암아 사이러스 로직은 추락하기 시작했다. 2002년도 수입은 4억 1750만 달러였는데, 전성기에 비해 턱없이 낮은 액수였다. 오늘날 사이러스 로직은 핵심 사업 상당 부분을 정리하고 소비자 가전 업체에 구성 부품을 납품하는 사업 등의 새로운 기획에 주력하고 있다. 한편 파틸은 대부분의 시간을 앤젤투자가로서 지내며 자신의 이상에 걸맞은 벤처 기업들을 지원하고 있다. 아울러 그는 모교인 IIT-카라그푸르에 수백만 달러를 기부해 왔다. 기숙사와 그 외의 시설들을 강력하게 연결하는 캠퍼스 네트워크는 파틸과 아르준 말호트라의 자금 지원으로 구축됐다. 최신형 초대규모집적회로(VLSI) 칩을 설계하는 내셔널 반도체(National Semiconductors) 연구소의 교내 설립 역시 파틸과 말호트라가 기부자의 일원으로 참여했다.

언론에 드러나기를 부끄러워하는 파틸은 자금을 지원한 프로젝트에서 자신의 이름을 숨기려고 했다. 캠퍼스 네트워크의 이름이 '파틸-말호트라 네트워크'로 명명되지 않았다는 얘기이다. 실제로 내가 IIT-카라그푸르를 방문했을 때, 그 멋들어진 기숙사가 누구 덕분에 생겼는지 모르는 학생이 대부분이었다. 유감스러운 일이다. 학생들과 학교 측에 문제가 있다고 생각한다.

말호트라는 파틸과 달리 인도 사업가 중에서 언론과 아주 친한 인물이다. 쾌활하고 매력적인 이미지에 유머 감각도 있어 언론인들에게 인기가 많다. 그러나 말호트라 역시 자신이 기부한 프로젝트에 이름을 드러내지 않으려 했다. 그리하여 텔레매틱스 연구 센터의 경우 존경하는 스승인 G. S. 사냘 교수의 이름으로 만들어졌다. 반면 훨씬 덜 과묵한 사람들도 있었다. 카라그푸르 경영대학원과 뭄바이 경영대학원은 주요 기부자인 비노드 굽타와 샤일레시 메흐타의 이름으로 각각 만들어졌다. 마찬가지로 IIT-뭄바이의 IT대학원은 '칸왈 레키'라는 이름이 앞머리에 붙는다.

초창기에 미국 유학 길에 올랐던 IIT-뭄바이 출신 중 한 명인 레키를 사람들은 '인도 마피아의 대부'라고 부른다. 벵골 분할 과정에서 라왈핀디(Rawalpindi : 파키스탄 펀자브 주에 있는 도시)를 탈출한 피난민 가족의 후예이자 호전적인 성격을 타고난 레키는 미국 내 인도인 엔지니어들을 규합하는 일에 앞장섰다. 그는 사업 인맥을 긴밀하게 구축했는데, '서로를 돌보자'는 거의 광신도적인 수준의 신조에 바탕을 두었다.

레키는 미시간에 있는 한 무명 대학을 석사로 졸업했다. 그는 졸업 후 처음 몇 년간 암울한 시기를 보냈다. 근무하던 직장 세 곳 모두에서 자신의 의지와 상관없이 해고당했다. 그가 입사할 때마다 고용주들의 운명은 기다렸다는 듯이 쇠락했다. 마침내 레키는 캘리포니아로 이주하여 방위 산업체의 도급 일을 맡았다. 그는 고속으로 승진했지만 장벽에 부딪혔다. 현실적으로 경영자의 지위에 오르지 못하리라는 생각이 들었다. 1970년대 초 실리콘밸리의 승진 제도는 오늘날과 아주 달랐다. 지금은 민족적 배경이 전혀 중요하지 않을 뿐만 아니라 IIT 졸업장이 경쟁자의 출신 대학 졸업장보다 약간 유리한 듯하다.

1981년 수하스 파틸이 유타에서 파틸 시스템스를 설립하고 비노드 코슬라가 워크스테이션을 구상하는 동안, 레키와 그의 인도인 동료 두 명은 컴퓨터 간 대화를 용이하게 만드는 소프트웨어를 제작하고자 엑셀란이라는 회사를 설립했다. 그런데 자금이 문제였다. 코슬라의 동업자는 독일인과 미국인이었지만 엑셀란에는 인도인 세 명만 있었다. 여러 달이 걸려 벤처 자본으로 2백만 달러를 가까스로 마련했다. 그러나 동업자 간 관계가 악화되면서 엑셀란이라는 비행기는 추락하는 듯했다. 벤처 캐피털리스트들이 백인 CEO를 물색하는 동안, 말주변이 없는 엔지니어인 레키가 임시변통으로 CEO 자리에 올랐다.

레키는 회사를 놀랄 만한 수준으로 성장시켰다. 그러나 의무적인 기업 공개를 실시하게 되자 투자가들은 휴렛패커드의 중역을 역임했던 한 미국인을 레키 대신 CEO로 선출했다. 기업 공개는 성공적으로 진행됐다. 레키는 몇 년 후 CEO 자리로 돌아왔고 엑셀란은 날로 성장했다. 1990년대 초 레키는 세계 최대의 네트워크 업체인 노벨(Novell)에 2억 달러를 받고 엑셀란을 매각했다. 그 자신은 노벨의 최고기술담당자(CTO)로 부임했다. 그러나 노벨의 CEO가 사임한 1994년, CEO의 자리에 올라 마땅한 레키는 자리에 오르지 못했다. 결국 회사를 그만두고 말았다. 레키는 우리가 상상할 수 있는 액수보다 훨씬 많은 돈을 벌었다(그는 한 인터뷰에서 "나는 다른 누구보다 돈이 많다. 인생을 열 번 살면서 쓰더라도 남을 만한 돈이 있다"고 밝혔다). 레키는 자신처럼 기백과 재능이 있지만 이를 부와 명예로 연결하지 못하는 인도인 수백 명의 삶을 바꾸는 작업에 재산을 쓰기로 했다. 인도인에게는 정신적인 스승과 촉매제 역할을 해줄 사람이 필요했다. 레키는 자신이 그 역할을 하기로 마음먹은 것이다.

TiE(The IndUS Entrepreneurs : 실리콘밸리에서 활동하는 인도인들의 모임)라는 조직이 전적으로 레키의 작품이라고 하기는 어렵지만, 그는 분명 TiE의 대표적 인물이다. 엄청난 성공을 거둔 후 고국의 발전을 위해 자신의 부와 지식을 공유하려는 인도인들의 대표가 된 것이다. 2000년 5월 기술 전문지인 〈비즈니스 2.0〉은 레키를 "실리콘밸리 인도 마피아의 비공식적인, 그러나 논쟁의 여지가 없는 대부"라고 표현했다. 기사를 작성한 멜라니 워너는 그 증거로 레키의 업무 일정을 들었다. 그는 일주일에 한 번 산타클라라 오피스파크에 위치한 TiE의 평범한 사무실에 앉아서 기업가 서너 명과 얘기를 나눈다. 워너는 영화 〈대부〉에서 돈 코를레오네가 딸의 결혼식날 사람들의 간청을 듣는 장면이 떠오른다고 했다. 운이 좋은 사업가는 레키에게서 두세 명의 이름을 소개받고 사무실을 나선다. 정말 운이 좋은 사업가는 자금을 지원하고 이사회에 참여하는 등 적극적인 역할을 해주겠다는 레키의 약속을 받는다.

오늘날 TiE는 전 세계에 수십 개의 지부를 두고 있다. 아울러 연례적으로 개최되는 총회에서는 수많은 기업가 지망생들이 몰려와서 성공한 인도인 기업가들을 붙들고 자신들의 아이디어를 하염없이 늘어놓는다. 레키는 이러한 공격에서 주된 대상이다. TiE 설립자들 중에서 최고의 위치에 있는 인물이고, 엑소더스(Exodus : 사교술은 전무하나 인터넷 인프라를 변혁하고자 꿈꾸었던, 남인도 브라만 계급 출신의 젊은이 두 명이 설립한 회사)와 같은 회사에 자금을 지원하고 스승 역할을 한 일화가 일종의 전설로 자리 잡았기 때문이다. 1999년 뭄바이에서 처음으로 개최된 총회에서 레키와 TiE 동료들은 주위의 환호 속에 록 스타와 같은 대접을 받았다. 소리를 질러 대는 닷컴 몽상가들은 레키와 동료들에게 급하게 휘갈겨 쓴 사업 계획서와 명함을 건넬 수만 있다면 자기 목숨이라도 내놓을 태세였다.

2000년, 나는 TiE 총회에서 도대체 무슨 일이 일어나는지 보려고 델리에 있는 별 5개짜리 호텔에 갔다. 엄청난 소동이었다. 명함과 사업 계획서 뭉치로 무장한 남녀들이 미국식 영어 발음을 하는 사람이면 누구든 붙들고 얘기를 늘어놓으려 했다. 닷컴이 붕괴하고 나스닥 시장이 난장판으로 변한 지 불과 몇 달도 되지 않은 때였다. 친구와 나는 장난 삼아 우리가 전직 IBM 중역이자 지금은 새너제이(실리콘밸리의 중심지)에서 투자 대상을 찾고 있다고 밝혔다. 그러자 동종 요법, 애완동물 관리, 전국 식료품점 데이터베이스, 이민 서비스 등의 닷컴 사업을 시작하자는 제의가 빗발치듯 쏟아졌다.

물론 레키가 일차적인 목표였다. 전도유망한 젊은이 여럿이 서로에게 조언하는 소리가 들렸다.

"분명 30초만 주면서 자기 생각을 말해 보라고 할 거야. 그러니까 사업 내용하고 수익성하고 규모에 대해서 아주 간결하게 설명해야 돼."

마침내 나는 당당한 메시아가 시끌벅적한 젊은이들에 둘러싸여 있는 모습을 보았다. 모두가 성공이 확실한 아이디어가 있다며 자신감이 넘쳐 있었다. 레키는 젊은이들의 이야기를 점잖게 듣고 있었다. 그러나 시간이 흐를수록 힘들어 했다. 마침내 지나치게 자신감이 차 있는 한 젊은이에게 레키가 말도 안 되는 아이디어라고 말하자, 그 젊은이는 논쟁을 벌이려고 했다. 레키의 참을성은 거기서 멈추고 말았다. "자네가 그렇게 똑똑하다면 왜 부자가 되지 못했나?"라고 레키가 비웃는 투로 대꾸하고 자리를 떠났다. 이후 레키는 그날 저녁 내내 모습을 나타내지 않았다.

1990년대 후반에 이르자 레키의 야망은 실리콘밸리의 인도인들을 부자로 만드는 것 이상을 넘어섰다. 그는 1년에 서너 차례 인도를 방문하기 시작했다. 총리와 중진급 정치인들을 만나, 현 상황을 개선하는 데 필요하다고 생각되는 내용을 공개적으로 발표했다. 레키가 무뚝뚝하게 내뱉은 발언들을 언론에서는 대서특필했다. 특히 IIT를 민영화해야 하고 이를 위해 IIT 동문들에게서 10억 달러를 모금하겠다는 발언은 커다란 반향을 일으켰다. 그는 허튼소리를 하는 사람이 아니었다. 직설적인 성격에다 남이 화를 내건 말건 신경 쓰지 않는 인물이었다.

교육부의 고위급 관료와 저명한 IIT 동문들이 참석한 회의에서 한 정부 관료는 IIT 동문들이 학교에 기부금을 낼 때 어떤 조건도 제시해서는 안 된다고 말했다. 그러니까 특정 프로젝트를 정하지 않고 그냥 수표에 서명만 하면 기부금의 운용 방식은 정부와 IIT가 알아서 하겠다는 얘기였다. 회의실에 있던 IIT 출신들에게 이러한 얘기는 현실을 전혀 고려하지 않은 내용으로 들렸다. 정부 관료가 말을 마치자 레키가 곧장 말문을 열었다.

"내가 돈을 냈는데, 그 돈이 어떻게 사용되는지 나더러 신경 쓰지 말라는 얘기라면 이렇게 말하고 싶군요. '웃기지 마시오!' 내 돈을 받고 싶은 겁니까 뭡니까? 내 돈을 받아 주는 게 나한테 무슨 호의라도 베푸는 일로 생각하는 겁니까? 나는 기부자로서 내 돈이 어디로 들어가는지, 그리고 제대로 사용되는지 확인할 권리가 있습니다. 당신은 내가 정한 용도로 기부금을 사용하지 않을 권리가 있고, 나는 내가 생각한 것과 다른 용도로 사용될 돈을 내지 않을 권리가 있습니다. 현실을 직시하시지요."

레키의 거침없는 말에 뒤이어 다른 IIT 출신들도 소리 높여 레키를

옹호했다. 나에게 이 사건에 대해 얘기해 주었던 사람에 따르면 그 정부 관료는 어디로 숨어야 할지 모를 정도였다고 한다.

그러나 인도에 대한 레키의 '독단적인 생각'이 지나치다고 생각하는 IIT 출신들도 있다. 레키가 IIT를 민영화해야 한다고 주장한 몇 달 후, 나는 정부에서 잔뼈가 굵은 IIT 출신을 만났다. 그는 노발대발했다. "도대체 칸왈 레키라는 사람은 자기가 뭐라고 생각하는 겁니까? 인도에서 도망칠 때는 언제고, 이제 와서 뻔뻔하게 우리더러 이래라저래라 설교하는 것입니까? 이 나라에 대해 도대체 뭘 안다고 말입니까?"라고 큰 소리로 말했다.

그러나 이러한 종류의 반응에 레키는 미동도 하지 않는 듯하다. 한 인터뷰에서 그는 "나에게는 시간과 돈이 있습니다. 나는 인도를 바꾸고 싶습니다"라고 말했다.

9
실리콘밸리의 개척자들

학생 1인당 기준으로 볼 때, IIT 학부가
배출한 백만장자의 수는 전 세계의 어떠한
학부보다 많다.

IIT 출신 실리콘밸리 기업가이자 칸왈 레키와 정반대의 인물로 보이는 우망 굽타는 여러 해 동안 전 세계 소프트웨어 엔지니어들에게 널리 알려졌다. 물론 엔지니어들 대다수가 일상적으로 사용하는 프로그래밍 툴인 '굽타 SQL(Gupta SQL)'의 '굽타'가 인도식 이름이라는 사실을 짐작하지 못했더라도 말이다. 여러 해 동안 우망 굽타는 이상하게도 실리콘밸리의 인도인 공동체나 TiE와 같은 활동에 무관심했다. 인도인으로서의 자기 정체성을 의식적으로 피하는 듯한 행동을 보이며 새로 정착한 나라를 전적으로 받아들이려는 듯했다. 2002년 5월 코네티컷 주 스탬퍼드에서 저명한 IIT 출신들이 모인 회의에서 나는 우망 굽타를 만날 수 있었다. 모교를 위해 무언가를 하자고 주장하는 라자트 굽타나 푸르넨두 차테르지 같은 연사들과 달리 그는 다음과 같이 말했다.

"인도에 있는 IIT와 학생들을 위해 무언가를 하자는 얘기가 너무 많습니다. 그런데 '이 나라'에서 기술 산업의 불황으로 실직 상태에 있는 수백 명의 IIT 출신들은 어떻게 합니까? 우리는 이러한 문제에 주목해야 합니다."

2002년 5월 현재 굽타의 약력은 다음과 같다.

우망 굽타는 IIT-칸푸르 화학공학과를 졸업하고 오하이오 켄트스테이트대학에서 MBA를 취득했다. 현재 전자 상거래 벤치마킹 서비스 및 웹 성능 관리 서비스 분야의 세계적인 업체인 키노트 시스템스(Keynote Systems)의 회장 겸 CEO로 재직 중이다. 아울러 도급 업체에 온라인 서비스를 제공하는 벤처 기업인 네트클러크(NetClerk)의 회장이기도 하다. 우망 굽타는 1973년 IBM에 입사하면서 첨단 기술 산업계에 입문했다. 기술에 관한 비전을 지닌 사업가로서 그는 1981년 오라클(Oracle)을 위해 최초의 사업 계획서를 작성했고, 1984년까지 오라클의 부사장 겸 PC 사업 본부장으로 근무했다. 오라클을 퇴사한 후에는 굽타 코퍼레이션(Gupta Corporation)[현재 명칭은 센투라 소프트웨어 코퍼레이션(Centura Software Corporation)]이라는 소프트웨어 업체를 설립했다. 이 회사는 1990년대 중반에 이르러 세계 최대의 소프트웨어 툴 및 데이터베이스 업체로 성장했다. 또한 그는 1997년부터 1999년까지 콜센터 시스템 분야의 공기업인 모자익스(Mosaix)의 이사로 재직했다. 이후 모자익스는 루슨트 테크놀로지에 매각되었다. 1996년 우망 굽타는 IT 분야의 사업가로서 거둔 업적을 인정받아 IIT-칸푸르 명예 동문상을 수상했다.

우망 굽타의 약력은 인상적이지만 그가 거둔 성과를 모두 보여 주지는 못한다. 그는 데이터베이스계의 거인인 오라클의 사업 계획서를 작성했다. 당시 오라클의 회사명은 '릴레이셔널 소프트웨어(Relational

Software)'였다. 굽타 코퍼레이션은 미국에서 인도인이 설립한 소프트웨어 업체로서는 처음으로 기업 공개를 했다. 굽타의 회사는 당시로서는 획기적인 소프트웨어를 개발했고 '클라이언트 서버(Client Server)'라는 개념을 만들어 냈다. 아울러 PC에 구조화질의어(SQL)를 최초로 적용한 회사이기도 하다. 한때 '굽타 SQL'은 해당 소프트웨어 분야에서 왕좌에 오르기도 했다.

굽타는 비행기 탑승 시간에 맞추기 위해 스탬퍼드 회의 중간에 자리를 떴다. 나는 밖으로 걸어 나가려는 그를 붙들고 집필 중인 책에 대해 설명하면서, 월말에 실리콘밸리에 있을 예정인데 혹시 그곳에서 만날 수 있겠느냐고 물었다. 그는 명함을 건네주면서 "메일을 보내 주세요. 그러면 시간을 정할 테니까"라고 흔쾌히 대답했다.

나는 그에게 메일을 몇 번 보냈지만 아무런 답신도 받지 못했다. 실리콘밸리에 체류하던 마지막 날, 뉴욕행 비행기에 오르기 서너 시간 전에 나는 마지막으로 "만나고 싶지 않다면 최소한 거절한다는 답신이라도 보내 주셔야 하지 않습니까?"라는 메일을 보냈다. 당연히 이번에도 답신이 없었다.

나와 만나기를 거절한 또 다른 IIT 출신은 비노드 코슬라였다. 그의 비서는 나에게 다음과 같은 점잖은 메일을 보내 왔다.

안녕하십니까. 귀하의 메일은 잘 받았습니다. 사장님께서는 유감스럽게도 업무 일정이 워낙 바쁘셔서 인터뷰에 응할 시간이 없다고 하십니다. 아울러 관심을 보여 주셔서 고맙게 생각한다고 하시면서 자료 조사가 성공적으로 이루어지기를 바란다고 말씀하셨습니다.

K. 바우거

그러나 1999년 후반 나는 한 잡지에 기고할 기사를 작성하는 과정에서 코슬라와 이메일로 인터뷰를 할 수 있었다. 당시에는 그와 연락하기가 아주 쉬웠다.

그런데 내가 어렵사리 만난 거부(巨富) 가운데 샤라드 타크는 신비에 싸인 은둔자 같은 인물이었다.

IIT-칸푸르 출신인 란잔 판트는 친절하게도 나에게 워싱턴에 사는 한 성공한 IIT 출신과 만나게 해주겠노라고 했다. 어느 날 오후 우리는 워싱턴에서 몇 마일 떨어진 구릉에 있는 한 사유지로 차를 몰았다. 입구에는 지키는 사람이 아무도 없었다. 한쪽에 스피커폰만 설치돼 있었다. 판트가 스피커에서 나오는 소리에 대꾸하자 문이 옆으로 미끄러지며 열렸다. 우리는 구부러진 언덕길을 따라 차를 몰고 올라가다가 정상에서 멈추어 섰다. 으리으리한 대저택 앞에 평상복 차림의 노인이 서 있었다. 판트와 나는 타크가 무슨 사업을 해서 돈을 그렇게 많이 벌었는지 몰랐다. 내가 그 이유를 알아내려고 이것저것 물었지만 타크는 전혀 알려 주려고 하지 않았다.

타크는 잔디밭을 사이에 두고 본관 맞은편에 있는 2층짜리 텅 빈 건물로 우리를 안내했다. 방마다 사무실처럼 꾸며 놓았는데, 근무하는 사람은 한 명도 없었다. 우리는 하이테크 주(株) 수십 개의 가격 변동표가 벽면을 뒤덮고 있는 방으로 들어갔다.

"나에 대해서 뭘 알고 싶은 거요?"

방에 들어선 우리에게 그가 말했다.

"경력에 대해서 간단하게 말씀해 주실 수 있습니까?"

내가 물었다.

"내가 하는 사업이나 회사에 대해 묻지 않는다면 인터뷰에 응하겠소."

그는 사업에 관한 이야기는 하고 싶지 않다는 듯 말했다.

"그래도 운영하시는 사업에 대해 대충이라도 말씀해 주신다면 감사하겠습니다. 선생님의 사업에 특별한 관심이 있는 것은 아닙니다만, 제가 집필하는 책에서 선생님이 어떤 분인지 다루고 싶습니다. 예를 들면, 1966년 IIT-뭄바이 출신인 샤라드 타크의 관심사는 무엇이었는지……."

나도 고집을 부렸다.

"내가 관심을 갖는 일에 사람들이 왜 관심을 갖는다는 거요?"

그가 의심하듯 물었다.

"사람들이 별 관심을 보이지 않을 수도 있습니다. 하지만 내가 누군가에 대해 말하고 그 사람의 말을 인용하면, 독자들은 자연스레 그 사람이 어떤 인물인지 알고 싶어 합니다."

서서히 절망감에 젖어들면서 내가 말했다.

"왜 내 말을 인용하려고 하는 거요?"

도저히 못 믿겠다는 표정이었다.

"제 책에서는 여러 성공한 IIT 출신들의 말이 인용됩니다."

내가 설명했다.

"무슨 얘기를 인용한다는 거요?"

그가 물었다.

"제가 선생님께 물어보고 싶은 내용에 대해서입니다."

"어떤 내용을?"

"IIT에 대한 추억, 그곳에서 배운 내용……, 뭐 그런 내용들 말입니다."

"그런 내용하고 내 사업하고 무슨 관계가 있소?"

나는 두 손 들었다. 그러고는 그에게 IIT 시절에 관해 묻기 시작했다.

대화를 나누는 과정에서 그는 경계심을 조금씩 푸는 듯했다. 타크는 타르 사막 가장자리에 있는 조드푸르(Jodhpur : 인도 북서부 라자스탄 주에 있는 도시)에서 IIT로 왔다. 시골 소년에게 IIT는 눈이 휘둥그레지게 큰 학교였다.

"육식을 하는 사람들이 악당이 아니라는 사실을 깨닫게 된 것은 IIT에 있을 때였소. 고향에 있을 때 어른들에게 이런저런 가르침을 받았지만 왜 그렇게 해야 하는지는 아무도 설명해 주지 않았소. IIT에서 여러 사람들하고 생활하면서 분명 정신적으로 성숙해졌소."

타크는 미국에 가겠다고 굳게 다짐한 IIT 학생이었다.

"조드푸르에 있을 때 사람들이 해외로 떠나는 모습을 봤더랬소. 서양이 인도보다 훨씬 발전했다는 사실도 알게 됐지. 그런 나라에 가고 싶었소. 개척자가 되고 싶었던 것이오."

그는 뉴욕행 비행기에서 식사 습관을 바꾸었다. 고기도 먹게 된 것이다.

"내 마음은 분명했소. 인도에 돌아가고 싶지 않았던 거요."

타크는 도미한 지 2, 3년 만에 기업가로 변신했다.

"내 운명을 스스로 책임지고 싶었지. 나 말고 다른 사람들을 떠맡고 싶진 않았다는 얘기요."

그러나 그는 다음과 같은 말도 했다.

"그래도 회사에서 불리한 조건으로 수천 명과 경쟁하면서 승진하는 사람들의 성공이 기업가보다는 훨씬 높이 살 만하지."

태도가 상당히 부드러워졌다는 느낌이 들자 나는 그에게 물었다.

"그래서 어떤 사업을 시작하셨습니까?"

"여러 가지 일을 했소."

알쏭달쏭한 대답이었다.

"부동산, 라디오, TV, IT, 레저, 서비스……."

"선생님의 이력서를 얻을 수 있겠습니까?"

"이력서는 여러 가지가 있소."

그는 즉각 경계 태세로 돌아왔다.

"한 장짜리도 있고, 여러 장짜리도 있고."

"한 장짜리로도 충분할 듯합니다만."

"어디 지금 가지고 있나 한번 봅시다."

그는 자리에서 일어나 벽장과 캐비닛을 열었다. 모두 텅 비어 있었다.

"지금은 없는 것 같군. 비서에게 말해서 이메일로 보내겠소."

"명함 한 장 얻을 수 있겠습니까?"

지푸라기라도 잡고 싶은 심정으로 내가 물었다.

"물론이오."

그는 나를 데리고 방 서너 군데를 드나들며 서랍들을 열었다. 그러나 서랍이라는 서랍은 죄다 비어 있었다. 나는 메모지를 내밀었다. 그는 자신의 이메일 주소를 적었다. 주소의 마지막 부분은 내가 한 번도 본 적이 없는 형식이었다.

"마지막 부분이 '닷컴(.com)'입니까, 아니면 '닷비엠(.bm)'입니까?"

내가 물었다.

"'닷비엠'이라고 적은 거요."

타크가 말했다. 순간적으로 그의 얼굴에 웃음기가 살짝 감도는 듯했다.

"버뮤다."

차에 올라 백미러를 보니 우리가 떠나는 모습을 바라보는 타크의 모습이 보였다. 사유지에서 보낸 45분 동안 우리는 그를 제외하고는 어떤 인기척도 느끼지 못했다.

*

　미국 서부 해안 지대의 비노드 코슬라·수하스 파틸·칸왈 레키·우망 굽타, 보스턴의 구루라즈 데슈판데, 그리고 네브래스카의 비노드 굽타가 이룩한 성공 신화는 수백 명의 IIT 출신으로 하여금 '기업가'라는 꿈에 부풀게 했다. 1990년대 중반에 이르러 미국, 특히 실리콘밸리는 기술 주(株)의 강세로 즐거운 비명을 지르고 있었다. 여러 사람들이 이를 17세기 네덜란드의 튤립 시장에 비유했다. 강력한 지원 세력이었던 〈와이어드(Wired)〉지는 이러한 상황을 '장기적인 호황'이라고 표현하면서, 경기 순환에 대한 기존의 관념을 완전히 바꾸어 놓는 대변혁이며 앞으로도 이러한 상황이 지속됨으로써 사람들이 더욱 부유해질 것이라고 내다보았다. 한편 IIT 출신들은 갑자기 도처에서 등장하기 시작했다.

　첫 번째 등장인물은 IIT 출신이 아니었다. 사비어 바티아는 라자스탄 필라니에 있는 비를라과학기술대학에서 한 달간 공학을 공부한 후 칼테크에 장학생으로 입학했다. 1997년 12월 마이크로소프트는 바티아의 웹 기반형 무료 이메일 서비스인 핫메일(Hotmail)을 4억 달러에 인수했다. 이 사건은 엄청난 반향을 불러일으켰다. 라이코스(Lycos)는 IIT-칸푸르 출신의 아슈토시 로이와 군잔 신하가 개발한 웹 기반형 인물 검색 엔진인 후웨어(WhoWhere)를 1억 1천3백만 달러에 인수했다. 몇 달 후, IIT-뭄바이 출신의 라케시 마투르와 IIT의 다른 캠퍼스 출신의 동업자 세 명이 개발한 전자 상거래 가격 비교 엔진인 정글리닷컴(Junglee.com)은 아마존닷컴(Amazon.com)에 1억 8천7백만 달러에 팔렸다. 거래 계약에 따라 몇 달간 시애틀에 있는 아마존에서 근무한 후 이들 네 명은 모두 새로운 벤처 사업에 착수했다. 마투르는 스트래터파이(Stratify)[초기 명칭은 퍼플요기(Purpleyogi)]를 설립했다. 이 회사는 중앙정보국(CIA)

의 벤처 캐피털로부터 자금 지원을 받았다. 초일류 사업가인 짐 클라크는 IIT-칸푸르 출신이자 넷스케이프의 베테랑인 파반 니감과 함께 야심작인 헬시온/웹엠디를 공동으로 설립했다.

초창기 IIT 출신들 중에서는 바라트 데사이가 미시간 주 트로이에 설립한 신텔(Syntel)이 눈부신 속도로 성장하고 있었다. 아울러 데사이의 IIT-뭄바이 1975년도 동창이자 제8기숙사 동료였던 라즈 마슈루왈라와 헤만트 카나키아는 진행하는 사업마다 성공을 거두었다. 마슈루왈라가 최초로 설립한 회사는 1979년 버클리대학의 옛 스승과 함께 시작한 컨실리엄(Consilium)이다. 1993년 마슈루왈라는 컨실리엄의 기업 공개로 많은 돈을 번 후 회사를 그만두었다. 이후 IIT-칸푸르 출신인 아베이 부샨과 함께 일드업을 설립함과 아울러 MCT라는 벤처 기업도 설립했다. 이후 일드업은 기업 공개를 했고 마슈루왈라는 회사를 떠났다. MCT는 다른 회사에 매각됐다.

IIT-뭄바이 1975년도 졸업생들만큼 강력한 유대 관계를 보여 주는 동문 인맥도 없다. 마슈루왈라가 컨실리엄을 설립하던 무렵 그가 처음으로 부른 사람은 같은 해 졸업생인 수바시 탄트리였다. 당시 박사 과정을 밟고 있던 탄트리는 공부를 포기하고 마슈루왈라 진영에 합세했다.

벨 연구소에서 근무하던 헤만트 카나키아는 1996년 마슈루왈라에게 연락을 했다. 당시 벨 연구소에서는 카나키아가 개발한 칩을 자체 생산하지 않고 타사에 라이선스를 주기로 결정한 상태였다. 카나키아는 자신의 연구가 상업적으로 중요하다고 확신했다. 따라서 앞으로 어떻게 해야 할지 자문이 필요했다. 이때 마슈루왈라가 카나키아를 불렀다. 워싱턴에 있던 카나키아는 비행기를 타고 실리콘밸리로 날아갔다. 두 친구는 사업 계획서를 작성했다.

"사업 계획서를 작성한 후에 회의를 네 번 소집했지요. 2백만 달러가 필요했습니다. 그날 우리는 IIT 출신들과 IIT와 연계된 사람들로부터 1백만 달러를 지원해 주겠다는 약속을 받았습니다. 카나키아가 워싱턴에 회사를 세웠는데, 맨 처음 입사한 사람이 우리 동기였습니다. 아주 편리한 방식이었지요. 면접을 하면서 회사에 적합한 인물인지 아닌지 고민할 필요가 없었기 때문입니다."

마슈루왈라가 당시의 상황을 설명했다.

"회사를 시작했을 때 동기 몇 명이 수표를 써줬습니다. 동기들은 내가 무슨 일을 벌이는지 몰랐습니다. 하지만 내 능력을 인정했기 때문에 수표를 써준 것이지요"라고 카나키아가 말했다. 카나키아는 동문들의 우호적인 자금 지원 혜택을 3년간 누리다가 토렌트 네트워킹 테크놀로지스(Torrent Networking Technologies)를 스웨덴의 거대 통신 업체인 에릭슨(Ericsson)에 4억 5천만 달러에 매각했다. 이후 카나키아는 포투리스(Photuris)와 젬플렉스(Gemplex)라는 회사 두 곳을 추가로 설립했다.

"미국에 있는 1975년도 졸업생 중 최소한 십여 명이 기업가로 성공했습니다. 동기들의 1인당 순 가치는 아마 1백만 달러 정도 될 겁니다"라고 카나키아가 말했다.

젬플렉스의 넓고 호화로운 사무실에서 만난 카나키아에게 나는 동기들이 대단한 성공을 거두게 된 특별한 이유가 있는지 물었다. "우리는 권위를 완전히 무시합니다"라며 카나키아가 말문을 열었다.

"항상 효과적이고 창의적인 해결책을 찾으려 노력했지요. IIT 동문들이라면 누구나 그렇겠지만, 우리 동기들은 그런 특색이 더 강했습니다. 예컨대 '무드 인디고'라는 IIT-뭄바이 문화 행사를 시작한 것도 우리들이었지요."

1975년도 졸업생들에게서 발견할 수 있는 또 하나의 특징은 상당수가 제8기숙사에서 함께 생활했다는 사실이다. 기숙사에서 함께 지내며 같이 놀고 싸우는 과정에서 서로를 더 잘 알게 된 것이다. 당연히 그들은 미국에 와서도 서로 연락하고 지냈다. "우리는 서로의 능력을 잘 알고 있었습니다. 그래서 누군가가 기업가가 되면 우리는 이렇게 생각하지요. '아무것도 모르는 녀석이 기업가가 됐는데, 나라고 못할 리 없지.' 이렇게 말입니다" 하고 카나키아가 웃음을 터뜨리며 말했다.

"1975년도 졸업생들이 있는 곳이면 세계 어디든지 연락망을 만들었습니다. 처음에는 그저 사교적인 목적에서였지요. 이곳에서는 매달 야외 모임을 갖습니다. 만나면 주로 사업에 관한 얘기를 나눕니다. 사람들 연락처를 얻거나 서로의 사업에 대해 조언을 해줍니다. 누군가 출장을 가면 여기저기 연락처를 찾아 헤맬 필요가 없습니다. 전화 한 통화면 됩니다. 다른 졸업 기수들은 이렇게 중요한 인맥이 없습니다" 하고 마슈루왈라가 말했다.

IIT 출신 기업가들은 비공식적이만 강력한 동문 인맥과 TiE의 지원을 받아 미국에서 폭발적으로 성장했다. 비노드 굽타라는 스타 기업가가 이끄는 실리콘밸리 최강의 벤처 캐피털 회사인 클라이너 퍼킨스 콜필드 앤드 바이어스(Kleiner Perkins Caulfield and Byers)가 IIT-칸푸르 출신의 프라딥 신두가 이끄는 주니퍼 네트워크스(Juniper Networks)의 시스코 시스템스 인수를 지원한 일은 커다란 화젯거리였다. 유능한 애널리스트 중에서 IIT 출신이 많은 미국 금융가는 황홀경에 빠졌다. IIT 출신들이 주도하는 기업의 나스닥 상장이 이어지면서 며칠 만에 시가 총액이 10억 달러에 이르렀다. 1998년에는 멋진 아이디어와 엄청난 벤처 자금, IIT 출신들로 구성된 회사가 매주 얼마나 신설되는지 일일이 헤아릴 수 없을 지경이 됐다. 한 통계 조사에 따르면 1990년과 1998년 사이 실리콘밸리에서 인도인의 주도로 설립된 벤처 기업의 수가 전체의 10퍼센트를 차지했다고 한다. 이제 인도인은 실내 장식 취향이 괴팍한 모텔 주인이나 신문 가판대의 상인, 카레 요리점의 주방장으로만 여겨지지 않게 됐다. 빌 클린턴 대통령은 연설을 통해 인도인의 기술적 독창성과 사업적 야망에 거듭 경의를 표했다.

이러한 '인도계 마피아 조직원들'은 〈타임(Time)〉·〈포춘〉·〈포브스(Forbes)〉지 등의 표지를 장식했다. 1998년 12월 〈비즈니스 위크(Business Week)〉 국제판에는 IIT에 관한 커버스토리가 실렸다.

"세계 유수의 CEO·사장·사업가·발명가 중 일부는 인도의 고급 교육 기관인 IIT 출신이다. IIT에서는 불가능하게 보이는 기준을 제시하며 문제를 해결하게 한다. 대부분이 남학생인 IIT 학생들은 하루 평균 다섯 시간도 못 자며 문제 해결에 매달린다. IIT는 문제 해결의 달인들을 양성한다."

2년 후 〈살롱닷컴〉에서는 다음과 같은 기사를 실었다.

"학생 1인당 기준으로 볼 때, IIT 학부가 배출한 백만장자의 수는 (전 세계의) 어떠한 학부보다 많다."

IIT 붐의 지휘자라고 할 수 있는 인물은 비노드 코슬라이다. 〈포춘〉지는 "시대를 통틀어 가장 위대한 벤처 캐피털리스트"라고 표현했다. 선 마이크로시스템스를 나설 당시의 코슬라는 서른 살의 백만장자였다. 이후 몇 년간 인도의 농장을 매입하고 가족을 부양했으며, 파올로 알토의 호화로운 저택에서 살며 근처의 포도원을 가꾸었다. 1992년 그의 친구이자 또 하나의 전설적인 벤처 캐피털리스트인 존 두어의 권고에 따라 클라이너 퍼킨스 콜필드 앤드 바이어스의 파트너가 됐다.

코슬라가 산파 역할을 성공적으로 수행한 거래 대상으로는 주니퍼 네트워크스(최대 750억 달러), 코비스 코퍼레이션(Corvis Corporation, 4백억 달러), 세렌트(Cerent, 시스코에 79억 달러에 매각)와 사이아라(Siara)를 분리 신설한 파이버레인 커뮤니케이션스(Fiberlane Communications), 라이테라 네트워크스(Lightera Networks) 등이 있다. 1990년대 후반 코슬라가 막대한 투자를 감행한 이유는 가까운 장래에 '대역폭(전기 신호를 흐트러지지 않은 상태로 보내기 위하여 전송계가 지녀야 할 일정한 주파수대의 폭)'이야말로 인류 문명에서 가장 중요하고 필수적인 요소가 되리라고 확신했기 때문이었다. 그가 지원한 대부분의 회사는 이러저러한 방식으로 대역폭을 다루고 있었다. 아울러 정보 전달 매체로서 광섬유와 빛을 이용함으로써 통신 속도를 향상시키려는 업체들이었다. 이들 회사는 코슬라가 마음속에 그려 놓은 퍼즐의 조각들에 해당한다. 조각을 모두 맞추면 거의 무한대에 가까운 대역폭을 전 세계에 보급할 수 있다.

이 과정에서 코슬라는 엄청난 부를 창출했다. 라즈가타는 자신의 논문 〈하늘을 나는 말〉에서 코슬라가 5천억 달러 이상을 벌었다고 주장하는 한 부하 직원의 말을 인용했다. 아울러 코슬라가 미국에서 매일 6개의 직업을 창출했다는 자료도 있다. 1990년대 후반 미국에서 발행되는 경제 전문지나 기술 전문지의 대다수가 코슬라를 표지 인물로 실었고 세계에서 가장 막강한 벤처 캐피털리스트라고 표현했다.

앞서 언급한 바와 같이 나는 1999년 12월 〈아웃룩(*Outlook*)〉지에 기사를 싣고자 코슬라와 면담했다. 다음은 면담 내용의 일부로 코슬라가 지닌 비전을 어느 정도 보여 준다.

Q : 실리콘밸리에 있는 인도인 중에서 가장 성공한 인물이 아닌가 한다. 당신의 성공에 특별히 인도인의 특성이 영향을 미쳤는가?

A : 직업윤리, 그리고 빠른 결과를 기대하지 않는 부분에서 그렇다. 아울러 자원이 부족하더라도 일을 진행할 수 있다는 점이다.

Q : 일반적으로 인도인이 자국에서는 게으르고 성과가 낮은 반면, 해

외에 나가면 다른 사람이 된다고 하는데…….

A : 그런 생각에 나는 전적으로 동의하지는 않는다. 열심히 일하는 것이 다는 아니라고 생각한다. 그보다는 모든 가능성을 적극적으로 파악하고 더 많이 성취할 수 있다고 믿는 것이 중요하다. 나는 평범한 인도인 가정에서 스스로 페인트칠을 하지 않는 이유가 항상 궁금했다. 일꾼을 고용할 능력도 없는 사람들이 말이다. 미국에 사는 인도인들도 마찬가지이다. 해외에 머무는 인도인에 대해 얘기하자면, 조국은 유감스럽게도 중대한 실수를 저질렀다. 최고의 학교를 졸업한 사람들이 해외에서 장학금을 받고 그곳에 정착해 버린다. 당연히 이 사람들은 미국과 같이 역할 모델이 다양하고 제반 여건이 좋은 환경에서 두각을 나타낸다. 사람들이 자기 능력을 십분 발휘하도록 하는 환경, 그것이 미국에서 가장 좋은 점이다.

Q : 인도는 IIT 출신의 50퍼센트 정도를 미국 이민으로 빼앗기고 있다. 그들을 돌아오게 하려면 어떻게 해야 하는가?

A : 글로벌 경제라는 환경에서는 자신의 잠재력을 발휘할 기회를 주는 방법밖에 없다. 살살 달래는 시절은 지났다.

Q : 실리콘밸리는 아이디어와 기업가와 부를 만들어 내는 천연의 생태계이다. 인도에서도 비슷한 환경을 조성할 수 있는가?

A : 어려운 일이기는 하지만 반드시 만들어야 한다. 우선 실리콘밸리의 인프라를 활용해야 한다. 인터넷 접속 환경과 저렴한 통신 인프라의 구축은 우리가 돈을 많이 들이지 않고도 할 수 있는 최고의 작업이다. 교육이나 직접 투자와 달리 통신 인프라는 인도인 기업가들이 외부 세계에 접근할 수 있는 수단이다. 따라서 비즈니스 전반에 긍정적인 영향을 줄 것이다. 또한 통신 인프라는 동기를 지닌 사람들의 힘을 이끌어 내는 수단이기도 하다.

Q : 유비쿼터스 컴퓨팅, 옷처럼 입는 컴퓨터, 나노 기술 등이 21세기의 컴퓨터 환경을 급진적으로 바꾸어 놓을 것이라고들 한다. 향후 10년에서 20년을 내다볼 때 어느 정도나 달성할 수 있으리라고 보는가?

A : 이 모두가 현실적이며, 본격적으로 등장할 것이다. 상당히 다양한 분야의 기술이 관련된다. 아울러 인터넷을 활용하는 새로운 비즈니스 모델도 탄생할 것이다. 선 마이크로시스템스와 연결된 코리오(Corio)나 스타오피스(StarOffice) 같은 애플리케이션 서비스 제공 업체(ASP) 등이 대표적이다. 50년 내에 인간과 컴퓨터를 구별하기 어려운 세상이 도래한다. 대화를 나누는 상대가 진짜 아내인지 아니면 컴퓨터로 '복사'한 아내인지 구별하기 어렵게 된다. 아내를 아무리 잘 알고 있더라도 말이다. 21세기에는 인간을 정의하기가 매우 어려워질 것이다. 〈매트릭스(Matrix)〉 같은 영화가 더 이상 공상 과학물이 아닌 세상이 올 것이다.

Q : 최근 세계은행이 작성한 〈인간개발보고서(Human Development Report)〉에서는 인터넷으로 인해 정보의 빈부 격차가 커지고 영어 실력이 중요한 기준으로 작용하며 지식 전달 체계와 관련해서 미국과 같은 부국이 헤게모니를 장악하리라고 경고하는데…….

A : 격차가 심해진다는 말에는 동의하지만, 부자와 빈자 식으로만 가지는 않을 것이다. 동기가 있느냐 없느냐의 문제가 중요할 것이다. 대부분의 사람들은 인터넷에 접속할 수 있다. 정보 경제의 참여자들은 더 많은 기회를 확보할 것이다. 진정 자본주의적인 방식으로 말하자면 사람들에게 평등을 강요하기보다는 배경과 무관하게 능력을 발휘하라고 말하고 싶다. 세상에서 가장 좋은 것은 동기와 창조성이다. 사람들에게 잠재력을 발휘할 수단을 쥐여 주고 자신들

의 운명을 스스로 결정하라고 해야 한다.

영어가 지배적인 언어가 되리라는 예측에 동의한다. 별로 문제 될 것 없다고 생각한다. 지역주의는 좋지 않은 사고방식이다. 분란을 야기하고 서로를 멸시하게 만든다. 아마도 언젠가는 우리 모두가 세계 시민이 되고 국가라는 개념은 사라질 것이다. 그렇게 되면 여러 문제를 해결할 수 있다. 물론 향후 1백 년 이내에 그렇게 하기는 어렵겠지만, 과학기술을 통해 그러한 방향으로 나아갈 것이다. 기존의 전쟁은 별다른 의미가 없을 것이다. 새로운 시대에는 정보력과 경제력을 확보하려는 전쟁이 벌어진다. 이와 관련해서 미국은 불공정한 고지를 선점하고 있다.

Q : 최근 경영학 분야의 사상가인 피터 드러커는 소프트웨어 산업과 새로운 미디어 산업이 새로운 종류의 노예 제도를 초래한다고 말했다. '큰손'들이 제3세계에서 노동자들을 사들인다고 하는데…….

A : 노예는 선택권이 없는 사람을 가리킨다. 미국에서 인도인 엔지니어들은 다른 어느 곳보다 나은 직장을 제의받는다. 그리고 마음에 드는 직장을 선택한다. 사람들이 인도인 엔지니어들에게 직장을 제의하지 않는다면, 드러커 같은 사람은 이를 차별이라고 부를 것이다.

10
세계에서 가장 돈 많은 인도인

*재미는 돈에 있는 게 아니라
다양한 일을 하는 것에 있다.*

구루라즈 데슈판데가 운전하는 검정 렉서스 차는 95번 주간(州間) 고속도로를 쏜살같이 달렸다. 총길이 3070킬로미터에 달하는 95번 고속도로는 캐나다 접경 지역에 있는 메인 주 홀턴에서 동부 해안을 따라 15개 주를 통과하여 플로리다 주의 마이애미까지 이어진다. 그렇지만 우리는 코네티컷 주 스탬퍼드에서 매사추세츠 주 보스턴에 이르는 280킬로미터 구간만을 달리고 있었다. 맵퀘스트닷컴(Mapquest.com)에 따르면 뉴헤이번·클린턴·나이앤틱·뉴베드퍼드·프로비던스·노어우드·퀸시를 거쳐 정확히 세 시간 3분이 걸리는 거리였다. 화창한 봄날이었다. 상록수림이 이어지다가 이따금 저 멀리 2백 년 전에 건축된 석조 교회나 낚시터가 보이는 뉴잉글랜드 지역의 풍경은 아름다웠다. 길 오른편 어딘가에서는 대서양의 물결이 넘실거릴 것이었다.

조수석에는 MIT 재료공학과 학과장인 수브라 수레시가 탔다. 나는 뒤 좌석에 탔다.

데슈판데는 성공한 인도인 사업가로 지면을 장식할 만한 사람처럼 보이지 않았다. 성품이 온화한 도서관 사서 같은 외모였다. 사람들로 북적이는 곳에서는 찾기가 쉽지 않을 듯한 평범한 얼굴이었다. 반짝이는 눈동자에 행복한 표정이었다.

1999년의 몇 개월 동안 데슈판데는 세계에서 가장 돈 많은 인도인이었다.

"어쨌든 지금까지 살아오면서 정말로 운이 나쁜 적은 없었지요. 항상 재미있었습니다."

데슈판데가 말했다.

"방갈로르에 살던 어린 시절에는 새벽 2시에 물이 나오곤 했지요. 그래서 밤마다 일어나서 양동이에 물을 받아야 했습니다. 하지만 아무렇지도 않았습니다. 어려서부터 부족한 것 없이 자란 아이들은 그런 경험을 할 수 없지요. 안타까운 일입니다."

이 사람은 위선자가 아닐까? 한밤중에 일어나서 물을 받는 일이 재미있었다고?

수브라 수레시는 아이오와 주립대학에서 석사 과정을 밟고자 1977년 미국으로 건너왔다. 수중에 가진 돈은 80달러가 전부였다. 당시의 엄격한 외환 관리법하에서는 250달러까지 소지할 수 있었다. 그러나 GRE(Graduate record examination : 미국 대학원 진학 희망자를 대상으로 한 시험)를 치르고 미국 대학에 지원하느라 170달러는 이미 써 버린 상태였다. 게다가 미국에는 수레시를 도와줄 만한 친구나 친척이 아무도 없었다. 그때가 8월 하순이었는데, 첫 번째 봉급일은 10월 1일로 아직 멀었었다. 집세도 내고 책도 사고 끼니도 때워야 했다. 게다가 하필이면 아이오와는 미국에서 추운 지역에 속했다.

"두려웠습니까, 아니면 재미있었습니까?"

데슈판데가 순수한 호기심으로 수레시에게 물었다.

"아주 무서웠지요. 아이오와의 대학촌은 세상과 동떨어진 곳에 있었습니다. 가장 가깝다는 도시가 5백 킬로미터 정도나 떨어져 있을 정도였으니까요. 무엇보다도 나는 채식주의자였습니다. 그런데 채식주의자가 먹을 만한 음식은 눈을 씻고 찾아봐도 없더군요. 햄버거를 처음 먹은 일은 엄청나게 충격적인 경험이었습니다. 쇠고기 맛을 없애려고 치즈를 많이 넣고 케첩과 겨자를 듬뿍 뿌렸습니다. 한 입 베어 물고 나서는 감자튀김을 입에 꾸역꾸역 집어넣었지요. 그래도 끔찍하더군요."

수레시가 대답했다.

"글쎄요, 나는 재미있다고 생각했을 것입니다. 나도 비슷한 경험을 한 적이 있거든요. 하지만 그때 나는 재미있다고 생각했습니다. 그런 문제들을 해결하는 과정에서 일종의 모험심이 생겼거든요."

데슈판데가 다소 냉소적인 태도로 말했다.

나는 데슈판데의 말에 꾸밈이 없다는 사실을 깨달았다. 알베르 카뮈는 "냉소를 통해 극복할 수 없는 운명이란 이 세상에 없다"는 유명한 말을 남겼다. 데슈판데는 의식적으로 '냉소'를 '활기'로 바꾸었을 따름이다.

데슈판데의 세 번째 벤처 기업인 시카모어 네트워크스는 1999년 10월 22일 뉴욕 증권 시장에 첫 선을 보였다. 회사는 기업 공개를 통해 액면가 38달러짜리 주식 750만 주를 발행했다. 주가는 발행가를 상회하면서 하루 동안 270달러까지 치솟아 뉴욕 증시의 갖가지 기록들을 깨뜨렸다. 시카모어의 주가가 3백 달러 선에 근접하자 회사의 가치는 180억 달러로 급상승했다. 데슈판데가 보유하는 21퍼센트의 지분은 37억 달러에 해당했다. 이 돈에 지난 1997년 캐스케이드(Cascade)라는 벤처 기업을 어센드 커뮤니케이션스에 매각할 때 받은 37억 달러까지 합산함으로써 데슈판데는 세계에서 가장 돈 많은 인도인이 됐다. 시카모어의 기업 공개 한 달 전 〈레드 허링(Red Herring)〉지는 데슈판데가 "사람들의 시선을 집중시키는 사업가의 지위를 구축했다"고 표현했다. 아울러 〈포춘〉지는 시카모어를 "미국에서 가장 멋진 10대 기업" 중 하나라고 극찬했다.

수레시도 이에 못지않은 성과를 거두었다. 그는 1977년 IIT-마드라스에서 학사 학위, 1979년 아이오와 주립대학에서 석사 학위, 그리고 1년 11개월 만에 MIT에서 박사 학위를 받았다. '1년 11개월'이라는 기간은 MIT 기계공학과에서 아직도 깨지지 않은 기록이다. 수레시는 32세의 나이에 종신 교수, 그리고 43세에 학과장이 됐다. 박막 필름, 다층형 기능성 소재, 미크론 이하의 수준에서 소재가 응력(應力)에 반응하는 방식 등의 연구 분야에서 그는 세계적인 권위를 자랑한다. 자신의 이름으로 여덟 건의 특허를 냈고 2백 편에 이르는 연구 논문을 발표했으며 책 세 권을 집필했다. "MIT 학부 과정에 들어오는 학생들은 보통 고등학교에서 최상위권에 있던 학생들이지요. 그런데 일부는 MIT에 들어와서 학업 성적이 뒤처집니다"라고 수레시가 말했다. "IIT에서와 마찬가지이지요. 학생들은 자기가 뒤처질 수 있다는 사실을 알고도 MIT에 들어옵니다. 왜 그럴까요? 일등을 지킬 수 있는 다른 학교로 왜 가지 않을까요? 학생들이 MIT를 선택하는 이유는 전체 학생들의 수준이 높기 때문에 의욕이 생길 거라는 생각에서입니다. 상대적으로 뒤떨어진 공과대학들에서는 생각할 수 없는 일입니다. '탁월함'이라는 말은 정의하기가 매우 어렵습니다. '사랑'이나 '존경'처럼 말입니다. 하지만 금세 알아차릴 수는 있지요. IIT이든 MIT이든 간에 '탁월함'을 아주 쉽게 발견할 수 있습니다."

"벤치마킹 수준이 높지요"라고 데슈판데가 말했다. 그러고는 한 가지 비유를 들었다.

"인생이란 수영이나 달리기와 같습니다. 풀장을 다섯 번 왕복하기로 목표를 세운다면 네 번째 이후에 지칩니다. 하지만 1백 번 왕복하는 것이 목표라면 다섯 번은 문제도 아니지요. 목표를 높게 설정해야 합니다."

나는 그들의 어린 시절에 대해 물었다. 카르나타카 지역에 살던 데슈판데는 주정부 노동청 소속인 아버지와 함께 여기저기를 옮겨 다녔다. 그는 5학년에서 8학년까지 칸나다 어로 가르치는 학교에 다녀야 했다. 아버지가 칸나다 지방의 산케슈와르라는 마을에 부임했는데, 인근에 영어로 가르치는 학교가 없었기 때문이다. 칸나다 어로 가르치는 학교를 가느냐, 아니면 멀리 떨어진 기숙사 학교로 갈 것이냐 하는 선택의 기로에서 데슈판데는 전자를 택했다. 데슈판데는 "몇 년 전 그곳 마을을 지나다 음료수를 마시려고 차를 세웠습니다. 그때 누군가가 '구루라즈!' 하고 큰 소리로 불렀습니다. 학교 동창이었습니다. 잡역부로 일하고 있더군요. 그 마을에서 서너 명 정도만 학교를 졸업하지 않았나 합니다"라며 자신이 그 학교의 몇 명 안 되는 졸업생이라고 말했다.

"나도 그런 경험이 있지요. 고향인 칸치푸람에서 학교를 다닐 때 램이라는 친구가 있었습니다. 우리는 항상 1, 2등을 다투며 치열하게 경쟁했습니다. IIT에 진학한 후 나는 그 친구에 관한 소식을 듣지 못했습니다. 그런데 6년 전 칸치푸람에 있는 한 사원에서 우연히 그 친구를 만났습니다. 그곳에서 사제(司祭)로 있더군요. 집안 대대로 사제 일을 해왔기 때문에 가업을 이은 셈이었습니다"라고 수레시가 데슈판데의 말에 동조했다.

우리 모두를 하나로 묶는 공통점은 바로 'IIT'이다. "IIT는 가능성을 던져 주지요. 그리고 IIT 인맥이 중요한 이유는 그러한 가능성을 한 단계씩 높이는 데 도움이 된다는 점입니다. 그러니까 IIT에서의 경험은 가능성을 인식하고 '나도 할 수 있다'는 신념을 갖는 과정이라고 요약할 수 있습니다. 전 세계 어디에서나 무엇이든 할 수 있다는 얘기입니다"라고 데슈판데가 말했다. 수다는 데슈판데의 아내 제이슈리의 누이이다. 그녀는 인포시스 테크놀로지스의 회장이자 인도에서 가장 존경받는 사업가인 나라얀 무르티와 결혼했다. 그리고 제이슈리와 수다에게는 슈리니바스 쿨카르니라는 형제가 있는데, IIT 출신이자 갈색 왜성을 발견한 천체물리학자이다.

"사람을 아주 겸손하게 만드는 경험이기도 하지요. 형편없는 기숙사며, 부족한 물이며, 불결한 화장실이며…… 참으로 검소하게 생활했지요. 물론 이제 와서 생각해 보니 그렇다는 말입니다. 당시에는 그런 것에 대해 아무런 생각도 하지 않았으니까요"라고 수레시가 말했다.

"우리는 그저 IIT에 다니는 게 자랑스러웠습니다. 학교 상태는 지금도 마찬가지일 게 분명합니다"라고 데슈판데가 맞장구를 쳤다. 그러더니 기자처럼 수레시에게 물었다.

"수브라 씨, 교수들 중에서 특별히 인상적이었던 인물이 있습니까?"

수레시는 잠시 생각하다가 대답했다.

"삼파트 교수라고 아주 박학다식하고 학자다운 분이 계셨지요. 이런저런 책에서 인용하는 것을 좋아했어요. 하지만 가르치는 방식은, 솔직히 말해 좀 별로였습니다."

"그러면 이제 다음 질문을 하지요. 개인적으로도 궁금했던 점입니다. 교수진이 지금보다 10배 정도 나아진다면 IIT가 달라질까요? 아니면 입학시험에서 최고의 학생들을 뽑았으니 특별히 가르치지 않아도 알아서 잘할까요?"

"교수진이 나아진다면 IIT가 달라지리라 생각합니다. 내가 MIT에서 IIT 출신들을 겪어 본 바에 의하면, MIT에 와서도 잘하는 학생들은

IIT에서 특별히 무언가를 배웠기 때문이 아니었습니다.”

"그러니까 교수진이 나아지더라도 별 차이가 없지 않을까요?"라고 내가 물었다.

그러자 수레시는 반드시 그렇지는 않다면서 그 이유를 몇 가지 들었다.

"MIT 대학원에 들어오는 평균적인 IIT 졸업생들은 같은 대학원에 있는 평균적인 MIT 학부 졸업생들만큼 잘하지 못합니다. 그 이유는 MIT 교수들이 학부생들에게 엄청난 분량의 연구 조사를 시키기 때문입니다. 그 학생들이 대학원에 들어오면 이미 논문을 작성할 준비가 돼 있는 셈이지요. 즉 교수진이 더 나아지고 보다 연구 중심적으로 바뀐다면 IIT 학생들은 더 많이 배우고 실력도 향상될 것입니다.”

햇살이 밝게 비치는 뉴잉글랜드의 경관은 아름다웠다. "피곤하면 내가 운전할까요?"라고 데슈판데에게 수레시가 물었다. "괜찮습니다. 1980년하고 1981년에 걸쳐 토론토에서 캘리포니아까지 5천 킬로미터 거리를 30일 동안 운전했지요. 이 정도는 식은 죽 먹기입니다. 그런데 산디판 씨, 커피나 뭐 입가심 좀 하고 싶으세요? 던킨도너츠가 근처에 있거든요. 아니면 담배 피우고 싶으세요?" 하고 데슈판데가 나에게 물었다. 나는 괜찮다고 대답했다. "나도 예전엔 담배를 피웠지요. 자, 다음 마을에서 쉽시다. 거기서 담배 피우고 나서 끊으세요" 하고 데슈판데가 말했다.

이제는 '먹고사는 문제'라는, 진부한 질문을 할 차례였다.

"어떻게 해서 기업가가 됐습니까?"

"원래 사업적인 재능은 없었지요. 우연이라고 말하는 편이 맞습니다. IIT에 있을 때 텔코(Telco)에 취직했지요. 월급 5백 루피는 당시로서는 괜찮은 수준이었고, 아주 좋은 회사였습니다. 그래서 캐나다 뉴브런스위크대학에서 이미 장학금을 받은 상태였지만, 해외에 나가고 싶은 생각이 별로 들지 않았습니다. 그런데 IIT에는 캐나다에서 온 교환 교수가 있었습니다. 그분이 말씀하시더군요. '석사 과정을 마치고 텔코로 돌아올 수도 있네. 2년 동안 해외에서 방학을 보낸다고 생각하지 그러나.' 매우 정연한 논리였습니다. 뉴브런스위크대학에서 지도 교수 한 분이 자리를 비우셨기 때문에 1년 동안 그를 대신해 학생들을 가르쳤습니다. 그런데 가르치는 일이 정말 재미있더군요. 게다가 그해의 최고 선생으로 뽑히기까지 했습니다. 가르치는 일을 직업으로 삼기로 했습니다. 그러려면 박사 과정을 밟아야 했지요. 퀸스대학으로 갔습니다. 피터라는 친구가 있었는데, 토론토에서 학생들을 가르치고 있었습니다. 모토롤라(Motorola)가 코덱스 코퍼레이션(Codex Corporation)이라는 데이터 통신 업체를 인수하고는 피터에게 엔지니어링 사업부를 맡아 달라고 요청했습니다. 피터는 제의에 응하기로 결심하고 나에게 말했습니다. '데슈, 같이 갈 생각 없나? 재미있을 거야.' 나는 좋다고 했습니다. 1980년의 일이었지요. 그 후 4년 동안 회사는 눈부시게 성장했습니다. 직원 수가 20명에서 4백 명으로 늘어났지요. 수입은 1억 달러였습니다. 세 명이 회사 전체를 쥐락펴락했습니다. 그런데 1984년쯤 되자 모토롤라를 위해서가 아니라 나 자신을 위해 일하자는 생각이 들더군요."

데슈판데는 사업가가 되고자 3년이라는 준비 기간을 보냈다. 당시 벤처 캐피털 산업이 없던 캐나다에서는 사업이 불가능하다고 생각했다. 그래서 보스턴으로 옮겼다. 영주권을 얻으려면 3년이 걸린다는 사실을 데슈판데는 잘 알고 있었다. 그는 기술 분야에서 영업 · 마케팅 · 재무 분야로 관심을 돌렸고 성공적인 사업가가 되기 위해 필요한 여러 요소들을 배워 나갔다. 데슈판데가 도착한 보스턴에는 아는 사람이 아무도 없었다. 그래서 하버드와 MIT에서 최첨단 분야를 연구하는 사람들과 벤처 캐피털리스트들로 이루어진 인맥을 구축했다. 1987년 데슈판데는 영주권을 얻었다. 그러고는 다니던 직장을 그만두고 코럴 네트워크스(Coral Networks)를 설립했다.

회사는 완벽한 실패작이었다. 처음에는 일이 아주 잘 돌아갔다. 벤처 자금으로 4백만 달러를 모았다. 그러나 동업자와 의견이 맞지 않으면서 회사를 떠나야 했다. 당연히 퇴직금은 없었다. "갑자기 식탁에 아무런 음식도 없는 듯한 상황이 되더군요. 당시 아내는 일을 나가고 있었고, 나 역시 사업 초기에 아침 6시에서 밤 11시까지 직장에 있었으니 아이들을 하루 종일 어딘가에 맡겨야 했습니다. 갈수록 힘들어지더군요. 그래서 아내는 직장을 그만뒀습니다. 그리고 4주일이 지나서 나도 사표를 냈지요"라며 데슈판데가 당시의 어려웠던 상황을 이야기했다.

그러나 데슈판데는 항상 재미를 추구했다. 아무리 절망적인 상황에서도 일말의 희망이 존재하지 않겠는가. "지금은 그렇게 어려웠던 시절을 고맙게 생각합니다"라고 데슈판데가 말했다. "고급 공무원의 아들로 태어났지만 별의별 경험을 다했기 때문에 그만큼 어려운 환경에도 쉽게 적응합니다. 당시에는 그저 악운이라고 여겼지만, 이제 와 생각해 보니 대단한 경험이었이지요. 역경이란 삶이 주는 최고의 선물이 아닌가 합니다"라고 말하며 데슈판데는 95번 고속도로에서 프로비던스 쪽으로 차를 몰았다.

1990년 데슈판데는 친구인 댄 스미스(시카모어의 공동 설립자 겸 CEO)와 함께 12만 5천 달러의 밑천만으로 캐스케이드를 설립했다. 교환기를 제작하는 자그마한 회사였다. 그러나 7년 후 어센드에 매각될 무렵, 캐스케이드는 직원 9백 명에 수입 5억 달러를 자랑하는 회사로 성장했다. 이후 데슈판데는 한 회사를 맡아 1년간 운영했다. 1997년 그는 통신 장비용 IC 코어와 고속 통신칩을 개발하는 회사인 시마론 커뮤니케이션스(Cimaron Communications)에 투자하면서 후원자 역할을 맡았다. 1999년에는 광네트워크 제품을 만드는 테자스 네트워크스(Tejas Networks)에 투자했다. 고속 모바일 인터넷 서비스용 인프라 장비 제조 업체인 에어바나(Airvana)는 데슈판데의 2000년 투자 대상이었다. 그리고 2001년에는 A123 시스템스의 설립을 지원했다. 배터리를 대체할 새로운 휴대용 전력원을 연구하는 회사였다. 그는 이들 회사의 이사로 재직하면서 일상적인 경영에는 관여하지 않았다. 1998년은 데슈판데가 회장 겸 CEO로 있는 시카모어의 설립 연도이다.

"나는 회사를 1년간만 운영하기를 좋아합니다. 여러 분야를 다루면서 미묘한 차이점이나 문제점들을 파악하기 때문에 아주 교육적이지요. 무척 재미있는 일입니다."

회사에 투자할 때 고려하는 요소는 무엇이냐고 데슈판데에게 물었다.

"자기만의 시장이 있어야 합니다. 그것도 아주 큰 시장이어야 합니다. 그리고 '플러스알파'가 있어야 합니다. 타임 투 마켓(Time to Market)이나 신기술이라는 측면에서 일방적인 경쟁 우위에 있어야 합니다. 아니면 어떤 분야를 세상 그 누구보다 잘 아는 직원이 최소 다섯 명은 있어야 합니다"라고 데슈판데가 대답했다. 그리고 기자 말투로 수레시에게 "수레시 씨, 항상 학자의 길을 걸으리라 생각했습니까?"라고 물었다.

"그냥 그렇게 되지 않았나 합니다"라고 수레시가 대답했다. 그는 박사 과정을 마치고 인도로 돌아가 한 회사에 지원했다. 미항공우주국(NASA) 출신인 면접관은 수레시에게 "수레시 씨는 아직 젊습니다. 언제라도 귀국할 수 있지요. 지금은 탐험에 나서야 할 때입니다"라고 말했다고 한다. 수레시는 미국으로 돌아왔다. 브라운대학에서 학생들을 가르치다가 종신 교수가 됐다.

우리는 이제 프로비던스에 들어섰다. 던킨도너츠를 찾기가 어려웠다. 수레시가 이 마을을 잘 아는데도 말이다. 브라운대학이 근처에 있었다. 우리는 여러 해 전에 수레시가 미국 시민권을 받으며 선서를 했던 법원을 지나갔다. "기차역으로 가봅시다" 하고 수레시가 제안했다.

데슈판데와 수레시가 커피를 사러 간 동안 나는 역 밖 길가에서 담배를 피워 물었다. 조금 이상한 일이었다. 세상에서 돈이 제일 많은 인도인 중 한 사람이 나를 위해 커피를 사러 가다니. 그러나 전혀 문제 될 것이 없다는 생각도 들었다.

서로 다른 분야에서 성공을 거둔 이들 두 사람에게 공통점이 있을까? 아마도 하고자 하는 일에 최선을 다하고 배짱 있게 살아가는 모습이 아닐까 한다. 우리는 세워 놓은 차 근처에 서서 커피를 마셨다. "1990년 한 해를 쉬었지요" 하고 수레시가 말을 꺼냈다. "책을 쓰기로 했습니다. 일주일 내내 집에 틀어박혀 썼지요. 마감 기한은 둘째 아이가 태어날 8월 마지막 주로 정했습니다. 8월 셋째 주에 원고를 출판사에 보냈습니다. 그 후 MIT에서 연락이 왔습니다. 심각하게 고민했지요. 나는 서른여섯 살이었고 아이들이 있었습니다. 브라운대학에서 행복하게 지냈고, 바닷가에 멋진 집도 한 채 있었습니다. MIT에 가면 처음부터 다시 시작해야 했습니다. 어떤 식으로든 결정을 내려야 했지요. 결국 MIT에 가기로 마음먹었습니다. 당시 나는 교수로서 내가 이룰 수 있는 것은 다 이룬 상태였습니다. 브라운대학에서는 더 이상의 발전을 기대하기가 힘든 상태였지요. 그러나 MIT에서는 내 능력을 처음부터 다시 증명해야 했습니다. 아주 매력적이고 흥미진진한 일이었지요. 대어가 되려면 큰물에서 놀아야 했습니다. 이제 와서 생각해 보니 정말 잘한 결정이었습니다. MIT는 나에게 훨씬 넓은 무대를 제공했습니다. 대단히 사업적이면서도 학술적인 환경이었습니다."

데슈판데가 맞장구를 쳤다.

"적시를 판단한다는 건 어려운 일이지요. 기회는 항상 여기저기에 떠다니고 있습니다. 적절한 순간에 결단을 내려서 기회를 포착해야 합니다. 그게 가장 중요한 점이지요."

나는 차로 돌아와서 데슈판데에게 몇 달간 가장 돈 많은 인도인으로 지낼 때 기분이 어땠느냐고 물었다.

데슈판데는 잠시 침묵하다가 이윽고 말문을 열었다.

"그게 뭐가 중요할까요? 아내와 나는 돈벌이에 그다지 신경 쓰지 않았습니다. 생활 방식은 예전과 마찬가지였지요. 인도인 최고의 부자로서 인터뷰를 몇 번 했을 뿐입니다. 일부러 그랬지요. 나에 대한 기사를 보고 '저 사람도 하는데 나라고 못하겠나' 하고 사람들이 생각하도록 만들고 싶었습니다."

잠시 대화가 멈췄다. 차는 보스턴에 점점 더 가까이 다가가고 있었다. 옆으로 빠지는 진입로들이 양쪽으로 지나쳐 갔다. 해는 점점 저물어 갔다. 도착하기도 전에 어두워질 분위기였다. "인생이란 도전의 연속입니다. 그리고 항상 문제를 해결해야 하지요. 똑똑한 사람이라면 자기가 풀어야 할 문제를 선택합니다. 다행스럽게도 나는 항상 문제를 선택할 수 있었습니다. 풀이는 그다지 중요하지 않습니다. 푸는 과정이 정말로 중요하지요. 나머지는 부수적인 것들입니다"라고 데슈판데가 말했다.

나머지는 부수적이라……. 무언가가 가슴에 와 닿았다. 며칠 후 나는 시카모어로 세상이 떠들썩할 무렵 네트워크준비지수(NRI) 전문지가 데슈판데와 했던 인터뷰 내용을 찾아냈다.

"단순한 개념에서 시작했습니다. 앞으로 25년이 지나면 대역폭이 가장 중요한 상품이 될 것입니다. 그래서 대역폭 사업을 바꾸어 놓고자 했습니다. 나머지는 사소한 문제들이었습니다."

〈포춘〉지는 시카모어가 하드웨어 제품과 소프트웨어 솔루션을 제공하여 광통신 네트워크 전체를 운영함으로써 "인터넷의 본질을 변화시켰다"고 언급했다.

데슈판데와 내가 보스턴으로 향하던 무렵, 나스닥에서 시카모어의 주식은 4달러 미만의 가격으로 거래되고 있었다. 통신 산업은 극도의 곤경에 처했다. 일주일이 멀다 하고 회사들이 파산하는 상황이었다. 월드콤(Worldcom)의 회계 비리 사건은 그 전모를 드러내기 일보 직전이었다. "통신 산업에 대한 투자가 지나쳤지요. 정리해야 할 부분들이 상당히 많습니다. 모두가 헐값에 팔아 치우려고 하지만, 사려는 사람이 없습니다. 지금은 내가 팔 때마다 손해를 봅니다. 그러니까 아무것도 팔지 않으면 손해를 덜 보는 셈이지요. 상황이 나아지려면 2년 정도는 기다려야 할 것입니다"라고 데슈판데가 말했다.

그리고 그는 돈에 관한 자신의 생각을 조금 길게 이야기했다.

"돈에 대해 집착하거나 내가 부자인가 아닌가 하고 생각하지 않는 것이 중요합니다. 나는 그런 생각을 하면서 시간을 낭비하지 않았습니다. 그래서 지금처럼 상황이 안 좋더라도 별로 달라질 게 없지요. 인생을 멀리 내다봐야 합니다. 돈벌이에 대해 멀리 내다봐야 하는 것입니다. 전망이 없으면 문제가 생깁니다. 재미는 돈에 있는 게 아니라 다양한 일을 하는 것에 있습니다. 물론 한 가지 일만 하면서 편안하게 사는 사람들도 많지요. 하지만 재미가 없어지고 더 이상 가치를 추구할 수 없다면 빠져나와야 합니다. 그렇지 않으면 '매 맞는 아내' 증후군에 빠지기 쉽습니다. 밤마다 남편에게 매를 맞지만 남편을 떠나지 못하는 것과 같은 이치입니다. 그리고 공중 곡예를 하는 것과 같습니다. 지금 잡고 있는 그네를 놓고 날아올라서 눈앞에 있는 그네를 붙잡아야 할 타이밍을 잘 알아야 합니다. 산디판 씨, 이제 보스턴에 거의 다 왔습니다. 친구 분 집으로 가실 겁니까?"

나의 첫 보스턴행은 이렇게 이루어졌다. 그것도 가장 성공한 인도인의 차를 타고 말이다.

*

데슈판데의 차를 타고 보스턴에 도착한 몇 달 후, 〈포춘〉지에서는 IT 업계의 중역들을 '탐욕의 무리들'이라고 표현했다.

"그리 비밀이라 할 것도 없는 더러운 비밀 중 하나는…… 투자자들이 70퍼센트, 90퍼센트 심지어 투자금 전액을 잃어버리는 상황에서, 산산조각이 난 여러 기업의 중역들이 꼴사납게도 엄청난 돈을 벌었다는 사실이다……."

기사에서는 그들이 부자가 된 이유가 증시의 거품을 이용하여 수억 달러어치의 주식을 턱없이 높은 가격으로 매각했기 때문이라고 언급했다. 아울러 이러한 행위를 주주들에 대한 신의 성실의 원칙 위반이라고 꼬집었다. 회사나 투자자에게 불리한 상황임에도 부자가 됐다는 얘기였다.

'탐욕의 무리들' 명단의 15번째는 시카모어의 경영진이 차지했다. 주가가 계속 하락하는데도 중역들은 7억 2천6백만 달러어치의 주식을 매도했다. 시카모어의 최대 고객사인 윌리엄스 커뮤니케이션스(Williams Communications)는 2002년 4월에 파산했다. 그러나 당시 데슈판데는 시카모어 주식 1억 3천7백만 달러어치를 이미 매도한 상태였다. 그의 동업자인 댄 스미스는 1억 2천9백만 달러어치를 팔았다.

그러나 나는 〈포춘〉지의 도덕적 격분에 공감할 수 없었다. 데슈판데와 대화하면서 나는 시카모어의 주가가 터무니없이 높게 책정됐다는 사실을 그가 회사의 전성기 시절부터 이미 간파했다는 인상을 받았다. 시장에서 자신의 주식을 무조건 사겠다고들 날뛰는데 어떻게 하겠는가? 이성적인 사람이라면 누구나 주식을 팔 것이다. 시카모어 같은 기업들은 미국 금융가의 엄격한 감시하에 운영됐다. 세계 최대의 투자 은행과 뮤추얼 펀드를 이끄는 금융 공학자들이 시카모어 주식을 주당 135달러에 사는 것이 괜찮은 거래라고 판단한다면, 누구라도 조금이나마 처분하고 싶지 않겠는가? 물론 데슈판데의 경우에는 '조금'이 우리의 상상을 초월하는 액수이겠지만.

11

IIT는 희망의 학교

*IIT는 인도에서 배경이나 연줄을 따지지
않는 유일한 학교이다.*

데슈판데는 아버지가 주정부의 공무원이었기 때문에 카라나타카의
시골 지역에서 몇 년 동안 학교를 다녀야 했다. 그는 산케슈와르라는
마을에서 칸나다 어로 수업이 진행되는 학교를 4년간 다녔다. 그에 따
르면 '학생 서너 명만 졸업하는' 곳이었다. 그러나 IIT 입학시험을 치를
무렵에는 방갈로르에 있는 학교를 다녔다.

그러나 데슈판데처럼 여건이 좋은 IIT 출신들은 많지 않았다.

1958년 구르바찬 비르크는 펀자브 지역의 소촌에서 자랐다. 가족 모
두가 농사꾼이었지만 비르크는 배 만드는 사람이 되고 싶었다. 나름대
로 배를 만들어 보곤 했지만 시골에 살았던 비르크가 배를 실제로 봤
을 리가 없었다. 비르크는 조선공학과가 있는 IIT-카라그푸르에 입학
을 결심했다. 당시에는 JEE가 실시되기 전으로 학업 성적에 따라 학생
들을 1차적으로 선발한 후 학과별로 최종 면접을 하는 방식이었다.

학업 성적이 우수했던 비르크는 자신의 합격을 확신했다. 그러나 그

누구도 자신할 수 없는 일이었다. 비르크는 마을 우편배달부에게 6월 10일쯤 봉투에 사자 세 마리(인도 정부의 문양)가 그려진 편지가 도착할 것이라며 도착하는 즉시 가져다 달라고 부탁했다. 배달부는 편지가 도착하자마자 비르크의 집으로 달려가 직접 건네주었다.

비르크는 곧바로 마차를 타고 집에서 가장 가까운 역으로 갔다. 그날 저녁 콜카타행 열차를 탈 수 있는 줄룬두르에 도착했다. 그러나 콜카타행 열차는 다음 날 새벽 5시에나 출발할 예정이었다. 줄룬두르에는 비르크가 하룻밤 신세 질 만한 곳이 없었다. 호텔에 머물 돈도 없었다.

역 밖 길가에 있는 한 식당 주인이 비르크에게 식당에서 자도 좋다고 허락했다. 그러나 비르크는 그날 밤 마음 편하게 잠들 수 없었다. 혹 늦잠을 자서 열차를 놓치지는 않을까 하는 걱정에 한 시간 간격으로 자리에서 일어났다. 새벽 4시가 되자 아예 역 플랫폼으로 가서 자리를 잡고 기다렸다.

카라그푸르에서는 교수 예닐곱 명으로 구성된 무시무시한 면접관들이 이 농사꾼의 아들을 맞았다. 비르크는 가족 중에서 대학에 가려는 사람은 자기가 처음이며, 조선공학자가 되고 싶다고 말했다. 그러자 '제발 물어보지 않았으면' 했던 질문이 나왔다.

"실제로 배를 본 적이 있나요?"

"어제 콜카타에 있는 하우라 철교에서 보트 몇 척을 봤습니다."

비르크는 솔직하게 대답했다. 나지막한 웃음소리가 사방에서 흘러나왔다. 농업공학과 학과장인 판드야 교수가 물었다.

"비르크 군, 아버지가 농업에 종사하시는데 농업공학을 전공하는 쪽이 낫다고 생각하지 않나요?"

비르크는 반사적으로 대답했다.

"선생님, 카스트 제도는 위헌으로 알고 있습니다."

그는 속으로 생각했다. '이제 난 망했다.' 면접관 모두가 웃음을 터뜨렸다. 당시 화학공학과 학과장이었던 라오 교수가 가장 크게 웃었다. 비르크는 생각했다. '그래도 저 사람만은 기분 좋아하는 것 같군.' 저녁 무렵 비르크는 합격자 명단을 확인하러 갔다. 합격이었다.

나는 비르크와 점심 식사를 같이했다. 당시 휴스턴에 살고 있던 비르크는 수년간 선박 설계 분야에서 명성을 떨치다가 은퇴한 상태였다.

"돌이켜 보면 시골에서 자라다가 국제해사기구(IMO)나 국제표준화기구(ISO) 같은 세계적인 위원회에서 일하기까지, 참으로 오랜 여정이었습니다. 바로 IIT 덕분에 가능했던 일이지요" 하고 키가 크고 수염이 하얗게 센 비르크가 말했다. 나중에 그는 유언장에 IIT-카라그푸르를 유산의 수혜자로 지정할 계획이라고 말했다.

IIT는 비르크와 같은 성공 신화로 가득하다. 가난한 집안이나 시골 출신인 학생들이 순전히 자신의 재능만으로 JEE를 통과하여 새로운 운명을 개척한다. 나는 보스턴대학에서 전산학 박사 과정을 밟는 한 젊은이를 만났다.

"제가 IIT-카라그푸르에 입학하기 전까지 우리 가족 중에서 펀자브 지역 밖으로 나가 본 사람은 아무도 없었습니다. 대학교를 졸업한 사람도 없습니다. 아버지는 IIT에 대해 한 번도 들어본 적이 없으셨어요. 제가 IIT에 들어가겠다고 하자 사촌 형이랑 같이 가라고 하시더군요. 사촌 형이 학교를 살펴보고 괜찮다고 하면 다니게 하고, 그렇지 않으면 당장 집으로 돌아오게 할 생각이셨죠. 기차가 루디아나 역을 출발하자마자 저는 돌아가지 않을 거라고 사촌 형에게 말했어요. 그러자 사촌 형이 이렇게 말하더군요. '네가 하는 일에 누가 신경이라도 쓴데? 난 그저 콜카타에 있는 하우라 철교와 빅토리아 기념관이 보고 싶어서 가는 거야. 너 하고 싶은 대로 해라.'"

이들의 성공 사례는 가난한 수천 명의 어린 학생들에게 희망이 되고 있다. 인도에서 배경이나 '연줄'을 전혀 따지지 않는, 세계적인 수준의 대학이 존재한다는 사실을 명확하게 전달하는 메시지인 것이다.

2002년 비하르 주 가야 지역의 작은 마을인 파트와톨리가 신문의 1면을 장식했다. 아주 흥미로운 기사였기 때문에 〈아웃룩〉지에서는 비하르 특파원인 아마르나트 테와리를 그 마을에 파견했다. 그 마을은 주민 대다수가 수직기나 자동직기로 베를 짜는 부락이었다. 인도의 극좌 정당인 낙살라이트의 활동 근거지이지만, 그곳에 사는 소년들은 'IIT'만을 먹고 마시며 숨 쉬고 있었다. 다음은 〈아웃룩〉지의 기사 일부를 발췌한 내용이다.

이곳 파트와톨리에 사는 소년들이 가장 멀리까지 여행한 곳은 근처의 가야라는 마을이다. 소년들 중 몇 명은 주도(州都)인 파트나에 한두 번 정도 가보았을지도 모르겠다. 유일하게 한 소년이 델리에서 1년 동안 학원 수업을 받은 적이 있다고 한다. 지난 4년간 2명의 소년만이 영화 관람을 해봤다고 한다. 다른 소년들은 5년 동안 극장에 가본 적이 전혀 없다. 그러나 이들 모두에게는 '미국행'이라는 꿈이 있다. 결코 실현 불가능한 꿈으로 보이지 않는다. 모두가 2002년도 JEE를 통과했기 때문이다.

소년들은 JEE 준비에 빠져 든 나머지 세상과는 담을 쌓고 산다. 마을 외부에서 일어나는 일은 상관할 바가 아니다. 보통 하루에 16시간 동안 수험서와 참고서를 파고든다. 1996년부터 JEE에 합격한 학생 수는 22명에 이른다. 교육 환경이 훨씬 나은 도시 학생들이 부끄러워할 만한 수준이다.

파트와톨리에 있는 여러 가족에게 있어서 이 소년들은 처음으로 학교를 다니거나 대학에 입학하는 세대이다. 1990년에는 고작 졸업생 10명에 입학생 33명이었다. 그러나 삐걱대는 직조기 소리가 여기저기에서 들리며 1만 명의 주민들이 다닥다닥 붙어 있는 판잣집에서 생활하고 있는 이 공동체에서 2002년 현재 IIT 학생 22명과 엔지니어 75명이 나왔다.

40대 후반의 나이에 허약해 보이는 크리슈나 프라사드는 학교에 다닌 적이 없다. 그는 직물 짜는 일을 하면서 한 달에 많게는 2500루피를 번다. 크리슈나는 자녀가 넷이다. 장남인 문나 프라사드는 학교에 진학하지 않고 아버지의 일을 도우며 집에 있었다. 점점 일이 줄자 크리슈나는 최소한 읽고 쓰는 법을 알면 밥벌이는 할 수 있지 않을까 하는 생각에 문나를 초등학교에 보냈다. 문나는 금년도 JEE에 합격했다. 그의 아버지는 아들이 거둔 성과를 아직도 제대로 이해하지 못한다. "아들이 IIT를 졸업하고 미국에 가서 돈을 엄청나게 벌 거라고 사람들이 말하더군요"라고 크리슈나가 직조기를 작동하면서 말했다.

문나와 달리 사시 샨카르의 가족은 라자스탄에 있는 코타에 아들을 보낼 만한 경제적 여유가 있었다. 코타는 IIT 지원자들의 메카이다. "형제가 여섯이기 때문에 직물 짜는 일을 하면서 다른 사람들보다 돈을 좀 더 벌지요. 그래서 사시를 코타에 보내 입시 준비를 시킬 수 있었습니다. 사시는 당당히 합격했습니다"라고 맏형인 아마르나트 프라사드가 말했다. 아버지인 티카 람은 사시가 미국에 가서 돈을 많이 벌 거라며 기대에 찬 표정을 짓는다. 그러나 사시는 나중에 고등 고시에 합격해서 가야 지역 행정 사무관이 되고 싶어 한다.

쌍둥이 형제인 발키샨 프라사드와 잔나 랄은 재수 끝에 JEE를 통과했다. 아버지 쿠블랄은 학교에 다닌 적이 없다. 아버지와 함께 직물 짜는 일을 하는 맏형 람 쿠마르는 대학 입학을 허가받았다. 쿠블랄이 가진 직조기 중 4대가 고장 난 상태이다. 그는 가난에서 벗어나고자 몸부림치는 중이다. 발키샨과 잔나는 JEE 시험을 보려고 바라나시에 간 것을 제외하고는 지금까지 가야를 벗어나 본 적이 없다. 수지트 쿠마르는 운이 좋은 편이다. 금년에 IIT-카라그푸르를 졸업한 형 아닐 쿠마르가 시험 준비 요령을 가르쳐 주기 때문이다. 아닐은 소프트웨어 업체에 입사했다. 집에 컴퓨터를 보내 오기도 했다. 그러나 아닐은 "하루에 전기가 4시간만 들어오는데 컴퓨터가 무슨 소용이겠어요? 게다가 6시간 내내 정전되기도 하는데 말입니다"라며 불만을 털어놓았다.

이번에 합격한 로샨 랄의 형 테즈 나라얀 프라사드는 이미 IIT-칸푸르에 다니고 있다. 보험 설계사인 아버지 기르나리 랄은 정식으로 교육을 받은 적이 없고 영어를 읽지 못한다. 그는 아들들을 학교에 보내 영어를 배우게 함으로써 자신의 일을 돕게 했다. "보험 계약서에 있는 영문을 읽지 못해요. 그리고 사람들이 대신 읽어 주려고 하지 않을 때도 있지요. 그래서 아이들이 영어로 읽고 쓸 수 있도록 교육시키기로 마음먹었습니다."

물론 이 소년들이 JEE를 준비하면서 공통적으로 겪었던 어려움은 영어 실력이 약하다는 점이었다. "교과서나 참고서 모두 영어로 돼 있어요. 그러니 사전을 항상 가지고 다니면서 공부하는 수밖에 없지요. 차츰차츰 내용을 따라가기는 하지만, 학교에 입학한 뒤에는 의사소통에서 문제가 생깁니다"라며 이 마을 출신으로 IIT-카라그푸르 2학년생인 굽테슈와르 프라사드가 말했다.

파트와톨리의 IIT 지원자들이 역할 모델로 삼는 사람은 제텐드라 프라사드이다. 그는 1991년 IIT에 입학했고 지금은 뉴저지에 있는 경영 컨설팅 회사인 프라이스워터하우스쿠퍼스(PricewaterhouseCoopers)에서 근무한다. 파트와톨리의 IIT 학생들은 제텐드라와 같은 미국행을 일차적인 목표로 삼는다.

학생들은 집에서 제대로 공부하는 것이 어렵다. 공간이 협소한 데다가 직조기의 소음이 들리고 이따금 정전이 되기 때문이다. 그래서 JEE 시험을 준비하는 학생들을 위한 '공부방'을 3곳에 만들었다. IIT에 다니고 있는 이 마을 출신들은 입시생들을 상담해 주는 단체를 조직했다. 그들은 고향에 돌아올 때마다 시험을 준비하는 학생들을 도와준다. IIT 3학년생인 하리 샹카르 나트는 "이곳 파트와톨리 공부방의 교육 환경은 세계 최고 수준입니다"라며 웃었다.

나의 절친한 친구인 사츠치다난드 라이 역시 이러한 배경에서 자랐다. 지금은 돈 많은 기업가이지만 사츠치는 콜카타의 쌍둥이 도시인 하우라에 정착한 매우 가난한 집안 출신이다. 더구나 아버지가 일찍 돌아가셔서 그의 가족들은 형이 운영하는 구멍가게에 의존해야 했다. 힌디어로 가르치는 공립학교 학생이 IIT 입학시험을 치르리라고는 아무도 예상하지 못했다. 더구나 합격은 상상도 못할 일이었다. 실제로 그 학교의 상당수가 중퇴하고 범죄의 길로 들어선다. 사츠치가 JEE 시험에서 전국 9백 등을 했을 때 학과 선택에 도움을 줄 만한 이는 아무도 없었다. 가족들은 토목공학과에 진학하는 게 좋겠다고 결론을 내렸다. 그렇게 되면 비하르 공공 사업부에서 근무할 수 있기 때문이었다. 2지망은 광산학과였다. 비하르 지역에 석탄 광산이 많기 때문이었다. 토목공학과에 지원하기에는 등수가 낮았던 그는 광산학과에 지원했다.

1학년 때 사츠치는 내 방에서 두 방 건너에 있는 방을 배정받았다. 우리는 금세 친구가 됐다. 몇 주일이 지나면서 나는 사츠치가 외모는 다소 촌스럽지만 천재적인 두뇌의 소유자라는 것을 알게 되었다. 사츠치는 별 노력 없이도 학과에서 수석을 차지했다. 그는 광산 기술자가 되고 싶어 하지 않았다. 우리는 5년제로 운영되는 IIT의 마지막 학부생들이었다. 다음 해부터는 IIT 학부 과정이 4년제로 단축될 예정이었다.

따라서 여러 동기들이 원하는 학과에 가겠다며 JEE를 다시 치르려고 했다. 사츠치도 예외는 아니었다.

입시일이 다가오자 사츠치는 열심히 시험 준비를 하려고 마음먹었으나 제대로 집중할 수가 없었다. 저녁마다 방에 틀어박혀 문밖에서 친구들이 노는 소리를 들어야 하는 것은 고역이었다.

사츠치는 제대로 준비하지 않은 상태에서 JEE를 치렀고, 4백 등 안에 들었다. 그는 기계공학과를 선택했다.

졸업 후 사츠치는 콜카타에 있는 대형 엔지니어링 업체에 입사했다. 그러나 이틀 만에 그는 임금의 노예가 되고 싶지 않다며 사직서를 제출하고 기업가로 변신했다. 고향의 가족에게는 알리지 않았다. 여러 달 동안 그의 가족들은 사츠치가 여전히 엔지니어링 회사에서 일하고 있다고 믿었다. 지난 17년 동안 사츠치는 수십 건의 사업에 도전했다. 일부는 성공했고 일부는 파산했다. 그러나 그는 시련을 겪을 때마다 침착하게 앞으로 나아갔다. 그리고 비하르의 고향 마을을 위해 수입의 상당 부분을 지출했다. 도로를 건설하고 우물을 파고 분쟁을 가라앉히고 공중전화를 설치하고 학교를 보수했다. 사츠치의 집에는 고향의 청년들이 일자리를 구하기 위해 몰려들기도 했다. 그는 누구의 부탁도 거절하지 않았다. 항상 무언가 도와주기 위해 노력했다.

사츠치는 자신이 가난한 집안 출신임을 자랑스러워한다. 부자가 됐지만 전혀 변하지 않았다. 그는 받은 만큼 사회에 환원해야 한다고 확신한다. 아울러 정직하고 가능성이 있지만 어려운 처지에 있는 사람들에게 도움을 아끼지 않는다. 내가 보기에 사츠치는 라자트 굽타나 아르준 말호트라와 마찬가지로 위대한 IIT 출신이다.

12
뿌리를 소중히 여기는 IIT인들

가난한 시골 출신의 여러 학생들은
IIT 입학의 대가를 기꺼이 사회에 환원하고자 한다.

가난한 시골 출신인 소년들은 IIT 교정에 들어서는 순간 새로운 세상을 만난다. 그들이 가장 먼저 깨닫는 것은 시골에서 자랐지만 도시 출신들보다 못할 것이 없다는 점이다. JEE를 통과하기 위해 숱한 난관을 극복한 이들 시골 출신들은 실제로 도시 출신들보다 훨씬 똑똑하다. 확고한 결단력과 자신감으로 세상을 자신의 놀이터로 만들 능력이 있다.

소년들이 IIT에서 두 번째로 깨닫는 점은 다양한 문화와 언어, 생활 방식을 접할 수 있다는 사실이다. 도시에서 학교를 다닌 학생들에게도 IIT라는 문화적 도가니에서 공부한다는 것 자체가 일종의 교육이다.

"문화적·지역적으로 제각각인 학생들이 IIT에 들어와서는 과거에 한 번도 접해 보지 못했던 사람들과 만나지요. 벵골 사람, 타밀 사람, 텔루구 사람들을 만나는 겁니다. 그 사람들을 이해하고 좋아하고 친구로 만들어야 했지요"라고 구르바찬 싱 비르크가 말했다.

그리고 비르크는 "IIT에서는 지역적인 고정관념이라는 것이 무시됩니다. 여러 지역 출신들을 잘 알게 되기 때문이지요. IIT에서 첫해를 보내면서 정말 많은 점을 깨달았습니다. 식당에서 먹는 음식조차도 새로웠지요"라고 덧붙였다.

비르크는 친구인 테즈반 굽타에 대해 얘기했다. 테즈반과 비르크는 같은 기숙사 동에 있었지만 처음에는 서로 모르고 지냈다. 어느 날 비르크는 방문을 등진 채 방에 앉아 있었다. 그때 그림자 하나가 등 뒤에서 휙 지나가는 듯한 느낌이 들었다. 누군가 방문에 서서 비르크를 보고 있었던 것이다. 비르크가 문 쪽으로 고개를 돌리면 사라졌다 다시 나타났다 했다. 비르크는 조용히 자리에서 일어나 문 옆에서 기다렸다. 이윽고 그 스파이가 다시 돌아왔다. 그는 방 안에서 비르크가 보이지 않자 고개를 내밀었다. 그때 비르크가 잽싸게 목을 붙잡았다. 테즈반 굽타였다. 겁먹은 표정이었다. 비르크는 당황하면서 굽타를 안으로 끌고 들어왔다. 왜 그랬느냐고 비르크가 묻자 "말하면 엄청 화낼 텐데"라고 굽타가 말했다. 비르크는 화를 내지 않을 테니 말해 보라고 했다. 그러자 굽타는 "시크교도하고 친해지거나 말만 걸어도 위험하다는 얘기를 들었거든" 하고 말했다.

40년도 더 지난 그때의 일을 회상하면서 비르크가 말했다.

"솔직히 그 얘기를 듣고 충격받았지요. '도대체 이 친구 어디에서 온 거야?' 하고 생각했습니다. 어떤 학생들은 아주 폐쇄적인 집안에서 자라다가 IIT에 옵니다. 세상에 대해 아무것도 모르는 것이지요."

비르크와 굽타는 그날 이후 절친한 친구가 됐다. 요즘도 비르크가 델리에 갈 일이 있으면 서로 만난다.

카라그푸르는 최초로 설립된 IIT였고 이후 몇 년간 유일한 IIT로 남아 있었다. 전국 각지의 학생들이 IIT-카라그푸르로 몰려들었다. 그러나 각 지역에서 IIT 캠퍼스가 차례대로 생겨나면서 카라그푸르의 다문화적인 특색은 조금 약해졌다. 인도 동부 지역 출신들은 가깝다는 이유로 IIT-카라그푸르를 선호했고, 북부 출신들은 IIT-델리를 선택하는 식이었다.

"기숙사를 돌아다니든 수업을 받으러 교실에 들어가든 간에 시크교도니 펀자브 사람이니 하는 구분이 없는 세상이었지요. 그 느낌을 자세히 설명하기는 어렵습니다. 문화적 배경이 그렇게 다양할 수 없었습니다. '누구는 남인도 출신', '누구는 우타르프라데시 출신' 하는 식으로 따지지 않았습니다. 서로가 서로를 그저 인간으로 대했지요."

비르크가 말했다.

마노즈 추그는 최근까지 시스코 시스템스의 남아시아 지사장을 지냈다. 그는 비르크보다 19년 늦게 IIT-카라그푸르에 입학했다. 그러나 두 사람이 카라그푸르에 대해 회상한 내용은 놀랍게도 비슷했다.

"IIT에 입학했을 때 우리는 출신과는 무관하게 평등한 집단이었지요. 지역주의나 빈부 격차 따위는 없었습니다. 완벽한 평등주의였지요. 자기 지역 출신하고만 사귀는 학생들은 못난 사람 취급을 받으면서 왕따를 당했지요."

마노즈 추그가 말했다.

"이슬람교도인 친구가 있으면 우리는 함께 이슬람 축제를 즐겼습니다. 조로아스터교도가 있으면 그쪽 축제도 즐겼지요. IIT에서는 서로를 이런 식으로 대했던 것입니다. 학교 식당의 조리사든 인력거꾼이든 교내 찻집에서 일하는 사람이든 간에 모두 인간적으로 대하고 존중했습니다."

비르크가 대답했다.

IIT에서 생활하는 학생 3천여 명의 공동체 생활이 대개 그랬다.

"만약 이런 생활 방식을 전국적으로 확대할 수 있다면 이 나라가 안고 있는 여러 가지 문제점을 해결할 수 있을 겁니다."

추그가 말했다.

"IIT에서 생활하면서 팀워크와 타인과 공감하는 법, 인간적인 것이 무엇인지를 배웠습니다. 그리고 성실하게 생활하는 법과 남을 배려하는 법도 배웠습니다. 이런 문화, 이런 태도를 갖춘 채 IIT를 졸업하게 됩니다. 정부가 엄청난 액수를 지원해서 연구소를 대규모로 지을 수는 있겠지만, 이런 문화를 어떻게 만들겠습니까?"

한편 내 친구 사츠치를 포함하여 가난한 시골 출신의 여러 학생들은 IIT 입학의 대가를 기꺼이 사회에 환원하고자 한다.

2002년 5월 IIT 출신의 유명 인사들을 인터뷰하기 위해 미국행을 계획하던 중 나는 라제브 아가르왈이라는 인물을 떠올렸다. 나와 마찬가지로 RK 홀에서 생활한 1년 후배였다. 아가르왈은 까무잡잡한 피부에 말수가 적은 학생이었다. 수업 시간에도 별로 눈에 띄지 않는 편이었고, 같은 기숙사에서 생활했지만 서로 대화를 나눈 적이 거의 없었다. 그는 졸업 후 미국으로 건너가 마이크로소프트에서 근무했다. 이후 시애틀과 뭄바이에 맥 소프트웨어(MAQ Software)를 설립했다.

아가르왈은 우타르프라데시 지역의 소읍인 샤자한푸르에서 힌디 어로 가르치는 공립학교를 졸업하고 IIT에 들어왔다. 대학 졸업 후 몇 년을 외국에서 보낸 아가르왈은 고향 사람들의 생활을 개선하고자 인도로 돌아왔다. 그는 돌아온 이유를 "고향에 돌아와 여학교의 열악한 환경을 개선하고 싶었습니다. 그런데 막상 돌아와서 보니 우타르프라데시에 있는 '나리'들은 정말 심하더군요"라고 말했다.

아가르왈이 델리를 방문했을 때 그를 만난 일이 있었다. 그때 그는 "대부분 개도국의 소도시에는 인프라가 부족합니다. 어떤 자각이나 경제적인 기회도 없습니다"라며 개도국의 열악한 현실을 토로했다. 날마다 신문 사설에서 찾아볼 수 있는, 서둘러 스포츠 면을 찾게 만드는 진부한 표현이었다. 그러나 아가르왈은 말로만 떠드는 것이 아니라 실제로 자기 돈과 시간을 투자하고 있다.

아가르왈은 "여학교 교실 수를 늘리고 교육의 질을 개선하고자 했습니다. 샤자한푸르에서 아주 낙후된 지역에 있는 여학교부터 시작하기로 했습니다. 남학생들은 사립학교도 있었지만 여학생들에게는 그런 시설이 없었습니다. 전기가 들어오는 교실이 하나도 없었습니다. 그래서 기부금을 냈습니다. 이제 여학생들은 더 나은 환경에서 교육을 받을 수 있습니다. 그리고 학생들에게 영양소에 관한 교육을 시키고 있습니다. 그 애들은 우유를 살 돈이 없기 때문에 콩으로 단백질을 보충합니다. 위생도 가르칩니다. 학교의 재정적 자립을 위해 나무를 심게 합니다. 목재를 팔아 학교 운영에 필요한 돈을 마련합니다"라고 자신이 하는 일을 말해 주었다.

아가르왈은 여학교에 과학 실험실을 만드는 과정에서 여러 정부 관료의 승인을 얻어야 했다. 관료들은 뇌물 없이는 아무런 일도 하지 않으려 했다. 아가르왈이 미국에 집이 있는 데다 소프트웨어 분야의 기업가였기 때문에 그에게서 한몫 단단히 챙기려고 했던 것이다. 그러나 아가르왈은 뇌물을 바치지 않았다. 승인이 떨어지기를 기다리는 동안 그는 실험실 공사에 착수했다.

몇 개월 후 실험실은 제대로 된 모양새를 갖추었다. 그러나 정부의 승인은 아직도 나지 않은 상태였다. 아가르왈은 총리에게 편지를 썼다. 총리실에서는 그의 노력을 치하함과 동시에 그가 보낸 편지의 사본을 우타르프라데시 주수상(州首相)에게 보내 즉각적인 조치를 취하도록 했다는 내용의 답신을 보내 왔다.

그러나 아무런 조치도, 진척도 없었다. 아가르왈은 한 달을 기다리다가 다시금 관료들을 설득하기 시작했다. 뇌물을 주지 않겠다는 그의 단호함과 인내력에 결국 관료들은 두 손 들고 말았다. 마침내 승인이 떨어진 것이다.

"오랜 시간이 걸렸지만 쉽게 포기할 수 없었습니다. 무언가를 시작했으니 결실을 맺는 모습을 봐야 했지요. 샤자한푸르 사람들의 생활이 나아지는 모습 말입니다."

찢어지게 가난했던 한 인도 소년이 IIT를 거쳐 전 세계를 자기 놀이터로 만든 대표적인 인물이 바로 비노드 굽타이다. 굽타는 아가르왈이 살던 곳에서 멀지 않은 마을 출신이다. 그는 IIT라는 교육 혜택을 사회에 환원하고자 했다. 델리에서 160킬로미터 정도 떨어진 람푸르 만햐란에서 자란 굽타는 어느 날 친구가 학교에 몰래 가져온 트랜지스터 라디오를 보고 충격을 받는다. 미제 라디오였다. 처음으로 전자기술과 미국을 접한 셈이었다. 이후 그는 미국으로 건너가 엔지니어가 되기로 마음먹는다. 현재 굽타는 자신이 1971년 네브래스카 주 오마하의 차고에 설립한 회사이자 거대 데이터베이스 업체로 성장한 인포유에스에이의 회장이다. 굽타는 수억 달러짜리 인물이 됐다.

굽타는 IIT-카라그푸르 농업공학과를 졸업했다. 졸업 당시 성적은 바닥을 헤매는 수준이었다. 그러나 예상과 달리 그가 지원한 미국의 14개 대학 중 다섯 곳에서 입학을 허가했다. 옷 가방 하나를 들고 58달러를 주머니에 넣은 채 굽타는 미국으로 건너갔다. 그는 미국에서 돈을 많이 벌겠다고 결심했다.

1971년 굽타는 이동 주택 제조 업체인 코모도어 코퍼레이션 (Commodore Corporation)에 입사했다. 그곳에서 굽타는 전국 이동 주택 판매상의 목록을 갱신하는 일을 맡았다. 굽타는 갖가지 전화번호부를 5천여 권 남짓 주문했다. 사무실은 커다랗고 묵직한 전화번호부로 넘쳐 났다. 굽타의 상사는 그에게 최후 통첩을 했다. 오후 4시까지 전화번호부를 죄다 치우지 않으면 사표 쓸 각오를 하라는 것이었다. 굽타는 전화번호부를 자신의 차고로 옮겼다. 그곳에서 그는 자투리 시간을 이용해 동료와 함께 판매상 목록을 작성했다. 그는 코모도어를 상대로 두 가지 옵션을 제시했다. 9천 달러에 목록을 사든지 아니면 공짜로 받아 가되 자신이 코모도어의 경쟁사에 목록을 판매할 수 있도록 허락해 달라는 것이었다. 코모도어는 두 번째 옵션을 선택했다. 굽타는 랜스턴 은행에서 1백 달러를 대출받아 아메리칸 비즈니스 인포메이션 (American Business Information, 이후 '인포유에스에이'로 개명)을 설립했다. 회사는 3주 만에 3만 6천 달러어치를 수주했다.

굽타는 1년이 안 돼 코모도어를 그만두었다. 당시 그가 작성한 목록에는 오토바이·선박·자동차·트랙터·라디오 판매상들의 정보가 수록돼 있었다. 1986년 무렵에는 미국 전화번호부의 내용 전체를 데이터베이스로 구축했다. 사업 유형·브랜드·프랜차이즈·직원 규모·매출 규모 등 다양한 방식으로 검색할 수 있도록 만들었다. 고객사들은 시장 확인 및 분석·영업 리더십 창출·우편 광고·고객 프로필 분석·텔레마케팅·경쟁 환경 분석 등의 작업에서 굽타의 데이터베이스를 활용했다. 당시 인포유에스에이의 유일한 경쟁 업체는 던드 앤드 브래드스트리트 (Dund & Bradstreet)였다. 그러나 이 회사는 소규모 고객사에게는 별다른 관심을 보이지 않았다. 반면 굽타는 중소기업을 적극적으로 공략했다.

현재 인포유에스에이는 1천4백만 개의 업체와 2억 5천만 명의 소비자에 대한 데이터베이스를 포괄적으로 구축·관리한다. 굽타가 1백 달러를 투자하여 시작한 회사가 2001년 현재 직원 2천여 명과 매출액 2억 8천9백만 달러를 자랑하는 기업으로 성장했다. 인포유에스에이는 1992년 기업 공개를 실시했다.

1991년 굽타는 모교에 기부금을 낸 최초의 IIT 출신이 됐다. 그는 2백만 달러의 기금을 조성하여 IIT-카라그푸르에 '비노드 굽타 경영대학원'을 설립했다. 굽타의 행동은 IIT-카라그푸르 출신 수십 명의 지갑을 열게 만들었다. 아울러 굽타는 또 다른 모교인 네브래스카대학에 2백만 달러를 기부하여 중소기업 경영 과정을 신설하도록 했다. 또한 과학기술 분야의 대학에서 공부하기를 원하는 소수 민족 학생들을 위해 장학금 50만 달러를 쾌척했다. 고향 마을인 람푸르에는 1백만 달러를 기부하여 여성 직업 학교를 세웠다. 아울러 자신이 다녔던 마을 학교에 과학 실험실을 신설했고 여학교 통학 버스를 마련해 주었다.

굽타의 일상생활은 눈부실 정도이다. 제트기로 전 세계를 돌아다니면서 골프를 치거나 스쿠버 다이빙을 하거나 '카슈미르 프린세스'라고 명명한 개인용 요트를 탄다. 그럼에도 굽타는 자신의 뿌리를 분명하게 의식하고 있다. 한번은 비노드 굽타 경영대학원의 한 교수가 나에게 흥미로운 얘기를 들려주었다. 굽타가 동료들과 함께 모교를 방문했는데, 자전거를 타고 구경하기를 고집했다는 것이다. 학생 시절에 자전거를 타고 다녔다는 이유에서였다. 자전거 여덟 대가 급하게 마련됐다. 주(駐)바하마스 미국 총영사를 역임하기도 했던 데이터베이스 업계의 대부호는 미국인 동료들과 함께 자전거를 타고 교정을 돌아다녔다. 굽타는 자신이 생활했던 RK 홀을 방문하여 기숙사생들과 사진을 찍었다.

한번은 인도 유수의 IT 업체 CEO가 휴일에 한 호화로운 미국 휴양지에서 굽타를 보았다. 그는 고향 마을인 람푸르 만햐란에서 온 친척이며 친구들과 함께였다. "마을 사람 절반은 데려오지 않았나 하는 생각이 들더군요. 정말 대단했습니다" 하고 그 CEO가 말했다.

미국에서 30여 년을 살았어도 여전히 북부 인도어 억양이 두드러진이 대단한 인물에 대한 또 다른 일화가 있다. 세계 도처에 있는 그의 저택에 영구불변하게 적용되는 규칙이 있다고 한다. 집에 도착했을 때 방마다 불이 켜져 있어야 한다는 것이다. 아울러 방마다 TV가 있는데, 모두 자신이 좋아하는 채널로 맞추어져 있어야 한다는 것이다.

그 이야기가 사실인지 아닌지는 잘 모르겠다. 그러나 IIT-카라그푸르에 관한 책자에 실으려고 굽타에게서 받은 이력서에는 다음과 같은 문구가 당당하게 새겨져 있었다.

비노드 굽타의 출생지는 람푸르 만햐란이다. 델리에서 북쪽으로 160킬로미터 정도 떨어진 마을이다. 전기·도로·화장실·TV·자동차가 전혀 없는 마을이다.

13
IIT는 인도교육대학

우리는 인도공과대학이 아니라
인도교육대학을 다녔다.

"내가 아는 사람들 중에서 아난트야말로 프로 기질이 가장 강한 친구야. 사업가들처럼 주의가 분산되거나 여러 사람들하고 아웅다웅하지 않아. 그저 배우고 가르치는 일을 할 뿐이지. 한번은 그 친구가 이렇게 얘기하더군. '남은 인생 동안 무얼 하고 싶은지 알기 때문에 난 아주 행운아야' 하고 말이야. 그건 아주 대단한 일이지."

하버드 스퀘어로 향하는 기차 안에서 슈브가 말했다.

슈브와 아난트와 나는 IIM(인도경영대학원)-콜카타의 동기생이다. 슈브는 시티은행에서 근무하다가 아서 앤더슨(Arthur Anderson)으로 옮겼다. 그는 런던을 거쳐 미국으로 건너가 아내 슈치와 함께 시카고에서 소프트웨어 업체를 설립했다. 회사는 2000년 4월 대형 소프트웨어 업체에 엄청난 금액으로 인수됐다. 현재 슈브와 슈치는 인생의 다음 목표를 모색하는 중이다.

아난트는 유니레버(Unilever)의 계열사인 폰즈 인디아(Pond's India)

에 입사하여 피혁 수출 사업부에서 근무했다. 이내 직장 생활에 싫증을 느낀 그는 펜실베이니아대학 위튼경영대학원 박사 과정에 입학하여 의사 결정 과학(Decision Sciences) 분야의 학위를 받았다. 지금은 하버드 경영대학원에서 부교수로 재직 중이다. 아난트는 기술·생산·경영 분야, 특히 수요가 예측 불가능하고 수명 주기가 짧은 제품의 공급망 관리를 전문적으로 다룬다.

IIM을 졸업하고 나서 15년 만에 아난트를 만났지만 금세 알아볼 수 있었다. 살도 찌지 않았고 머리카락이 세거나 빠지지도 않은 모습이었다. 유일하게 달라진 점이라면 대화하면서 드러나는 미국식 억양과 표현 정도였다.

"오봉팽(Au Bon Pain)으로 갈까?"

우리가 서 있는 가판대 쪽으로 아난트가 다가오면서 말했다. 나는 하버드 티셔츠와 커피 잔, 열쇠고리가 터무니없이 비싼 건 아닌지 십여 분 동안 따져 보던 중이었다.

"IIT에 관한 책을 쓴다는 네 얘기를 듣고 어젯밤에 IIT 시절을 생각해 봤지."

생수병을 홀짝이면서 아난트가 말했다.

"IIT는 공학을 가르치기 위해 세워진 학교지만 우리가 그곳에서 배운 건 상당히 포괄적인 내용이 아니었나 싶어. 미국에서 교양 학부에 다니는 학생들처럼 말이야. 칼테크처럼 그저 엔지니어가 되는 법을 배우고 엔지니어가 돼서 졸업하는 학교와는 다르지. 스스로 문제를 찾아내서 해결하도록 가르치지. 물론 난 그렇게 하지 못해. 게다가 그렇게 할 수 있는 IIT 출신이 많지는 않을 거야."

나는 항상 아난트가 기술 분야의 전문성을 유감없이 발휘하고 내가 그다지 흥미를 느끼지 못했던 공학 분야를 확실하게 마스터하는, 성실하고 학구적인 IIT 학생의 전형이라고 생각했다. 그는 IIT-마드라스 기계공학과 1986년도 졸업생이다.

"매킨지의 라자트 굽타나 시티그룹의 빅터 메네제스같이 엄청나게 성공한 IIT 출신들을 생각해 보라고. 이 사람들은 IIT를 다니면서 공학 이상의 교육을 받았지."

아난트가 말했다.

"우리는 학업 성적이 뛰어난 학생들이었지. IIT가 없었다면 다른 학교에 갔을 거야. 하지만 IIT가 있었지. 가장 안전한 선택이었어. 운동 실력이 뛰어난데 어떤 종목을 골라야 하는지 모르는 식이었어. 그래서 어떤 친구들은 화학공학과를 가고, 어떤 친구들은 전기공학과를 선택했지. 그런데 여기서 JEE 전국 등수가 상당히 중요했어. 아무튼 우리는 이러저러한 종목을 골랐지만, 다른 종목을 할 수도 있었어. IIT에 들어오는 학생들은 대부분 아주 어리기 때문에 앞으로 뭘 해야 할지 잘 모르지. 하지만 IIT 자체는 확실했지. 그 학교가 무엇을 의미하는지, 그리고 무엇을 약속하는지 분명했다는 얘기야."

책의 집필 과정에서 만난 IIT 출신들은 대부분 내가 IIT-카라그푸르에 다니던 시절이나 IIM에서 알았던 이들이다. 대부분 6년에서 20년 만에 만나게 된 셈이다. 뉴저지에서는 현재 루슨트 테크놀로지의 유능한 직원인 산조이 폴을 17년 만에 만났다. 그의 벵골 어 말투는 여전했다. 휴스턴에서는 파르타 차테르지를 거의 15년 만에 만났다. 그는 다이너지 코퍼레이션(Dynergy Corporation)에서 전력거래시스템(ETRM)을 구축하는 업무를 담당하고 있다. 15년 전과 같은 내 말투에 감격하는 모습을 제외하고는 차테르지 역시 변한 것이 없었다. 새너제이에서는 아미타바 다스를 만났다. 다스는 여전히 영어식 억양으로 벵골 어를 했고, 벵골 어식 억양으로 영어를 했다. 그리고 여전히 졸린 목소리였다. 예전처럼 시험 시작 세 시간 전인 새벽 5시에야 시험 공부를 하지 않는데도 말이다. 슈브는 10년간 미국에 머물면서 창업에 성공한 경력이 있음에도 부드러운 인도 남부 억양과 현란한 말솜씨가 그대로였다.

아난트도 그대로였다. 차분하고 분석적으로 대화를 하면서 말을 조심스럽게 고르는 친구였다. 옛 친구들을 만나면 마치 일주일 만에 다시 만난 듯한 기분이 든다. 베버주의 사회학자나 경영 이론가, 자기 계발 분야의 대가들이 주장하는 내용과는 달리 행복이란 변하지 '않는' 것에 있지 않나 싶다.

"사실 우리는 인도공과대학이 아니라 인도'교육'대학을 다닌 셈이지. 'IIT(India Institute of Technology)'가 아니라 'IIE(India Institute of Education)'라고나 할까. 기술만 배우는 것이 아니라 생각하는 방법을 배웠지. 누구나 눈치 챘겠지만 학년마다 차이가 두드러졌어. 예컨대 기계공학과에서 우리 기수는 아주 학구적이었지만 1년 후배들은 '세월아 네월아'였지. 그러니까 교수들은 그다지 영향을 미치지 못했어"라고 아난트가 말했다.

우리가 앉은 장소는 지적인 세계를 강렬하게 추구하는 분위기였다. 오봉팽에는 체스 판이 놓인 테이블이 두세 개 정도 있었는데, 자리가 비어 있는 법이 없었다. 교수인 듯한, 수염을 기른 노인들은 여드름투성이인 학부생들이 체스 말을 옮기기를 무뚝뚝하게 기다리고 있었다. 수백 명의 젊은 남녀들이 지나갔다. 책이 가득 든 배낭을 짊어진 채 열심히 논쟁하는 모습들이 보였다. 길 건너편에는 하버드대학에서 가장 큰 도서관인 '해리 엘킨스 와이드너 기념 도서관'이 어렴풋이 보였다. 10층짜리 서가와 9킬로미터에 이르는 책장에 소장 도서가 3백만 권이 넘는 도서관이었다. 1925년 그 도서관에 방문한 미얀마의 한 유명 인사가 자기 나라 책을 보고 싶다고 말하자 미얀마 어로 출판된 최초의 책을 보여 줬다고 한다. 그곳에는 셰익스피어 작품과 구텐베르크 성경의 첫 번째 2절판도 소장되어 있다. 하버드대학 졸업생이자 장서가였던 해리 엘킨스 와이드너는 타이타닉 호의 침몰 때 사망했다. 전해지는 이야기에 따르면 와이드너는 구명보트로 뛰어내리지 않고 1598년 출간된 베이컨의 《수필집(Essays)》 제2판을 가지러 선실로 돌아갔다고 한다. 와이드너의 어머니는 2백만 달러를 기부하여 아들을 기념하는 도서관을 설립할 것을 약속하면서 자신의 아들이 수영을 못해 사망했다고 판단했는지 모든 하버드생이 수영을 배워야 한다는 조건을 제시했다.

"내가 만난 IIT 출신들 대부분은 강의실에 대한 추억이 별로 없는 것처럼 보이더군" 하고 내가 아난트에게 말했다.

"강의실이라……. 강의실에서는 우스운 일만 있었던 것으로 기억하는데"라고 아난트가 잠시 생각하더니 말했다.

"나는 솔직히 강의에 대해 그리 대단한 추억은 없어"라고 옆에 있던 슈브가 말했다.

"나도 그래. 하지만 그렇다고 해서 우리가 교수들을 잘못 만났다는 얘기는 아니야. 내 동생은 상경 계열을 전공하려고 다른 학교에 갔어. 그런데 수업을 통 듣지 않는 거야. 그래서 이유를 물었지. 그러자 교수들이 형편없어서 출석할 이유가 없다고 말하더군. 동생이 그렇게 계속 수업을 빼먹다가는 제적되지나 않을까 하고 걱정을 많이 했었지. 그런데 IIT 학생인 내가 생각하는 형편없는 교수하고 동생이 다니는 학교의 형편없는 교수는 전혀 다른 종류일지도 모른다는 생각이 들더라고" 하고 아난트가 고개를 끄덕이며 말했다.

나는 슈브와 아난트에게 아침에 나라드 네트워크스(Narad Networks)의 데브 굽타와 만난 얘기를 해주었다. 내가 굽타에게 경력에 관해 묻자 그는 발명품이며 특허 취득이며 세 건의 창업에 대해 쉴 새 없이 늘어놓았다. 데이터 통신 분야에서 아주 혁신적인 기업이었던 처음에 창업한 두 회사는 시스코 시스템스에 6억 5천만 달러에 인수되었다. 굽타는 지금 경영하고 있는 세 번째 회사인 나라드만큼은 팔지 않기로 했다. 갖가지 기술과 특허로 세상을 바꿀 수 있는 회사라는 이유에서였다. 굽타는 기술에 대한 상당한 지식을 IIT-칸푸르에서 얻었다.

"굽타 같은 사람은 교수들로부터 많은 것을 배웠을 거야. IIT-마드라스의 라마무르티 교수의 학생들처럼 말이야. 라마무르티 교수는 해마다 기계공학과 학생 여섯 명에게 유한 요소법을 가르치면서 졸업 프로젝트를 지도해 주지. 교수가 추천장을 써준 학생은 미국 대학에서 전액 장학금은 따놓은 당상이었어. 교수는 추천장을 써달라는 학생들에게 이렇게 물어봤다. '자네 정말로 그 대학에 가고 싶나? 나한테 솔직하게 말해 보게' 하고 말이야. 우리는 항상 교수가 추천서를 엄청나게 복잡한 암호문으로 작성하고 미국 대학의 교수들이 그 암호문을 해석해서 적절한 학생들을 고르지는 않나 생각했었지. 생각해 보니 라마무르티 교수처럼 학생들에게 정열을 쏟은 사람은 그리 많지 않았어. 나머지는 그럭저럭이었지. 하긴 우리도 별로 신경 쓰지 않았지만."

아난트가 말했다.

스탬퍼드에서 열린 IIT 글로벌 동문회에서는 리더십에 대한 토론이 있었다. 그 자리에는 IIT 출신들이 리더십이 부족하다고 주장하는 이들이 있었다. IIT 출신들은 일 벌레처럼 살면서 문제를 해결하고 프로젝트를 이끌고 지식·사상 분야의 리더 노릇을 할 수는 있을지 몰라도, 사람들을 이끌지는 못한다는 주장이었다. 그들은 IIT가 리더십을 장려하지 못한다고 생각했다. 반면 리더십이란 가르칠 수 있는 것이 아니라고 반박하는 이들도 있었다. IIT 출신으로 CEO나 사업가가 된 사람들이 많다는 사실을 들면서, IIT는 학생회 선거와 같은 여러 과외 활동을 통해 리더십 구축 기회를 충분히 제공한다고 주장했다.

교직에 몸담고 있는 아난트는 후자의 주장을 지지했다.

"IIT에 리더십 과목을 추가해야 한다고 주장하는 사람들은 교육 과정에 대해 전혀 모르는 이들이야. 세상에는 가르칠 수 없는 것들이 있어. 만약 우리 학창 시절에 리더십 과목이 있었다면 나는 거기서 아무것도 배우지 못했을 거야. 오히려 그 과목을 지독하게 혐오했겠지. 시험을 봐야 하는 지루한 과목이 또 하나 늘었구나 하고 말이야. 물론 그 과목에서 점수를 잘 받았을 수는 있었겠지만 아무것도 배우지 못했을 거야. 지금이라면 리더십의 특질에 대해 구체적으로 논의하는 과목에 관심을 보일 것 같아. 이런 종류의 과목을 들으려면 성숙한 사람이어야 해. 그런데 IIT 학부생들은 그럴 만한 연륜이 없잖아. 나도 예전엔 그랬으니까."

아난트가 단호하게 말했다.

"물론 IIT 교육 제도의 맹점이라고 할 만한 부분은 시험을 잘 치르는 것에만 지나치게 집중한 나머지, 시험 외의 것들에 관심 있는 학생들이 별로 없다는 사실이지. 많은 학생들이 IIT를 졸업하고 미국에서 석·박사 과정을 밟으면서 'A'학점을 받지. 그러곤 이렇게 말하는 거야. '이제는 뭘 하지?' 살면서 뭘 하고 싶은지 여전히 모른다는 얘기야. 다른 사람이 결정해 주기를 바란다고. 재료의 강도를 연구해라, 하는 식으로 말이야. 시험에서 'A'를 받고 어떤 문제든 해결하는 능력이 리더십의 필요조건일 수는 있지만, 충분조건은 아니야."

아난트가 IIT 교육 제도의 맹점을 지적했다.

침묵이 흘렀다. 우리 셋은 저마다 생각에 잠겼다. 그러다가 아난트가 먼저 말을 꺼냈다.

"어젯밤에 IIT하고 인도의 다른 대학들하고 뭐가 다른가 생각해 봤는데, 지적인 자신감의 차이가 아닌가 싶어."

왜 그런 생각을 했느냐고 내가 물었다. 물론 아난트가 무슨 생각을 하는지 알고 있었지만, 그의 입으로 직접 듣고 싶었다.

"어떤 일이 너무 힘들다거나 난해하다고 해서 불가능하다고 말하는 사람은 우리 중에 아무도 없을 거야. 인류학 같은 주제에 대해 토론하더라도 IIT 출신은 논쟁할 준비가 돼 있지. 주제에 대해 전혀 모르지만 집중하면 금방 알아차릴 수 있다고 자신하는 거야. 그런 태도는 장단점이 있어. 상대방이 주제에 대해 제대로 설명하지 못하면 IIT 출신은 그 사람을 바보 같다고 생각하지. 하지만 자기 자신도 바보일 수 있다는 생각은 전혀 못하는 거야. IIT 출신이면 누구나 이런 식의 자신감이 있어. 반에서 항상 꼴찌를 해도 말이야. 어떤 논쟁에서든지 비록 이기지는 못하더라도 자기만의 주장을 펼 수 있다는 자신감이지. 아마도 JEE 시험의 통과가 그런 자신감을 불어넣어 준 게 아닌가 싶어. 공통적인 특질이지. 책 한 권을 주면서 그 책의 내용에서만 시험 문제를 낸다고 하면 무조건 'A'를 받을 자신이 있는 식이야."

아난트의 말에 슈브가 "IIT-마드라스를 나와서 IIM에 들어온 학생이 있었는데, 이따금 분위기 파악을 하려고 교실에 들르는 걸 제외하고는 수업에 들어가지 않던 친구였어. 그러면서도 자기는 시험에 통과할 거라고 자신만만해했지. 그런데 실제로 시험에 통과하더군" 하며 동의했다.

그러고는 슈브는 IIT-마드라스 출신인 론(가명)이라는 친구에 관해 이야기했다. IIM에서 우리보다 한 학년 아래였던 그는 근거 없는 자신감으로 충만한 친구였다. 그러나 그는 폰즈에 수습사원으로 들어갔다. IIM에 들어오기 전, 1년 동안 근무했던 회사에서 그를 적극 추천했기 때문이었다.

아난트는 그 추천장의 내용을 보고 놀랐다고 한다. 그저 '성실하게 근무했다' 정도가 아니었다. 회사에서는 론처럼 특별한 사람은 겪어 보지 못했다는 것이다. 아울러 그가 회사를 떠날 때 모두가 눈시울을 적셨다고 한다. "론은 수습사원으로 폰즈에 들어갔지. 나도 당시 그곳에서 수습사원으로 있었어. 론은 자기 직무에 별로 관심이 없어 보이더군. 대신 회사의 프로세스와 사업 방식을 근본적으로 바꿀 만한 제안들을 내놨어. 그 친구는 회사 경영자들이 수십 년간 회사를 운영하면서 다 나름대로 이유가 있어서 이런저런 일을 처리해 왔다는 사실 따위는 전혀 고려하지 않았지. 론은 회사의 제품 생산 방식과 판매 방식이 완벽하게 바뀔 것이라고 확신했어"라고 아난트가 론의 자신감 있는 태도에 대해 말했다.

별 다른 경험 없이 그렇게 자신만만할 수 있다니 참 이상한 일이라고 슈브가 맞장구를 쳤다. 슈브는 한 IIT 졸업생과 시장 조사 프로젝트 팀에서 함께 일한 적이 있다. 어느 화창한 날 아침 그들은 콜카타에 위치한 한 선도적인 미디어 업체를 찾아가 자신들에게 맡길 프로젝트가 있느냐고 물었다.

"내가 상황을 제대로 파악하기도 전에 그는 이런저런 전략을 회사가 채택해야 한다느니, 앞으로 회사가 이런 방향으로 나아가야 발전한다느니 하며 열심히 설명하고 있더군. 얘기가 끝날 즈음에는 총체적인 구조 조정 프로젝트까지 제안하면서, 우리에게 프로젝트를 맡기면 이러저러한 이익이 발생한다고 늘어놓더라고. 나는 입이 떡 벌어진 채 그 광경을 지켜보고 있었지. 내 눈을 믿을 수가 없었어. 결국 프로젝트는 엉망진창으로 끝나고 말았어. 하지만 그는 자기가 허풍을 떤 거라고 생각하지 않았을 거야."

그 졸업생은 현재 IIM에서 존경받는 교수로, 시장 조사 분야를 가르치고 있다.

우리는 학창 시절 여러 해 동안 함께 지냈던 괴짜들을 향수 어린 마음으로 회상했다. 기숙사 방문을 두드리며 "담배 있어?" 하고 물을 때 빼고는 한 번도 보이지 않던 친구. '조직 행동론' 수업인 줄 알고 '인도법 체계' 수업에 들어갔다가 낭패를 본 친구. 어떤 체제 전복적인 동기라도 있는 듯 '마케팅 관리' 첫 수업에는 정장을 입어야 한다고 확신했던 친구.

벌써 주위가 어두워졌다. 헤어져야 할 시간이 됐다. 작별 인사를 나누면서 아난트가 마지막으로 말했다.

"나에게 'IIT'라는 단어 가운데 별로 중요하지 않은 문자는 'T'였어. 공학에 대해 내가 많이 배웠나? 모르겠어. 그럼 내가 훌륭한 교육을 받았나? 물론이지. 거기엔 의심의 여지가 없어."

아난트는 이렇게 말하고는 수요가 예측 불가능하고 수명 주기가 짧은 제품의 공급망 관리를 연구해야 한다며 자리를 떴다. 그리고 슈브와 나는 역으로 걸어가면서 궁금해했다. 과연 'IIT인'이란 어떤 사람인가?

14
IIT인(人)이란?

IIT에서 얻은 가장 소중한 교훈은
열심히 노력하는 능력, 그리고
문제를 해결하는 방법을 배운 것이다.

"이론적으로 따져 보면 나는 IIT와 40년간 인연을 맺었지요."

IIT-마드라스 이사장을 역임했던 인디레산 교수가 말했다.

"IIT-델리하고 IIT-마드라스에서 27년간 가르쳤지요. 그전에는 나중에 IIT 캠퍼스로 편입된 루르키공과대학에서 13년간 가르쳤습니다."

실제로 그는 루르키공과대학이 IIT에 편입되는 과정에서 위원장을 맡았었다. 인디레산 교수는 "IIT인이란 어떤 사람인가"라는 진부한 질문을 던지기에 안성맞춤인 상대였다.

인디레산 교수는 이 질문에 "본질적으로 경쟁력이 있는 사람들이지요. 아주 똑똑하고 경쟁적인 사람들. 특히 기숙사에서 생활하면서 경쟁력이 강화됩니다. 한번은 취직 철에 어떤 학생에게 물었습니다. '자네는 그렇게 많은 회사에 지원하면서 그 많은 입사 시험을 어떻게 견뎌내나?' 그 학생은 이렇게 대답하더군요. '선생님, IIT 출신은 어떤 시험이라도 치를 수 있습니다. 시험에는 전문가들인걸요' 하고 말입니다"라고 대답했다.

IIT 입학생들은 JEE 시험을 준비하는 가운데 힘든 일에 집중하는 능력을 키운다. 한편 IIT는 지능 지수가 높은 영재들이 엄청난 분량의 시험을 치르고 보고서를 제출하며 서로 치열하게 경쟁하도록 환경을 조성한다. 이 과정에서 학생들은 엄청난 스트레스를 견뎌 내도록 단련된다. 물론 캠퍼스에서 생활하는 방법은 제각각이다. 자신의 기질과 생활 태도에 따라 알맞은 전략을 택한다. 하루 여덟 시간 수업을 듣고 다섯 시간에서 여덟 시간 정도 공부하는 '끈기파'가 있는가 하면, '이 정도 성적이면 괜찮다' 하는 범위에서 노력의 투입과 산출 비율을 세밀하게 조정하는 부류도 있다.

자이람 라메시는 인도 국민회의당 경제분과 위원장으로 정치인이 된 몇 안 되는 IIT 출신이다.

"IIT에서 배운 내용 중에서 가장 중요한 것은 자기 관리였습니다. 다른 곳에서는 배울 수 없지요. 하루에 네댓 시간을 공부에 투자하지 않으면 뒤처집니다. 그렇기 때문에 IIT 출신들이 미국으로 유학을 가면 두각을 나타내는 것입니다. 미국에서 학부 과정은 일종의 '농땡이'를 부리는 기간입니다. 다양한 지식 분야를 탐구하면서 자기가 정말로 무엇을 원하는지 파악하는 시기이지요. 대학원에 들어간 후에야 진지해집니다."

마노즈 추그는 비록 자신이 우등생은 못 됐지만 열심히 공부하지 않은 것에 후회는 없다고 했다. "화학을 가르쳤던 아와스티 교수를 아세요?" 하고 추그가 물었다. 나는 그렇다고 대답했다. 고(故) 아와스티 교수 역시 IIT 출신이다. 아울러 학창 시절에 가장 사랑받는 교수 중 한 분이었다.

"시험을 보기 전에 아와스티 교수는 이렇게 말하곤 했지요. '시험 문제 중에는 하나에 10점짜리 문제들이 있는데, 여러분 중에서 극소수만 풀 수 있을 정도로 어렵습니다. 하지만 나머지 문제들은 여러분 대다수가 풀 수 있는 수준입니다.' 정말 대단했지요. 문제지를 받아 보면 어떻게 풀어야 할지 모르는 10점짜리 문제들이 있어요. 그러면 나머지 문제만 풀어서 35점이나 40점을 받지요. 그리고 만족하는 겁니다. 그 10점짜리들을 풀려고 다른 재미있는 일을 포기하고 싶지 않았으니까요. 하지만 우등생들에게는 의욕을 불태우는 문제들이었지요. 그래서 우등생들은 그 문제를 풀기 위해 날마다 수업에 출석하고 밤마다 미친 듯이 공부했습니다. 뭐라고 판단할 수 없어요. 각자가 선택하는 방향이 다르기 마련이니까요."

어떤 경우든 자기 관리가 필요하다. 캠퍼스에서 일어나는 갖가지 일에 주의를 분산시키지 않고 날마다 일정 시간을 할애해서 공부를 하든, 아니면 1년 중 대부분을 강의실 밖에서 즐겁게 생활하다가 시험을 며칠 앞두고 그동안 밀렸던 공부를 하든 간에 말이다. 내 학창 시절에는 두 번째 부류가 훨씬 많았다.

따라서 "IIT인이란 어떤 사람인가?" 혹은 "평균적인 IIT인에게서 발견할 수 있는 특색은 무엇인가?" 하는 질문에 대해 일반적으로 두 가지 답을 얻을 수 있다. '엄청난 스트레스를 견디는 능력'과 '엄격한 자기 관리'가 그것이다. 마감 기한에 맞춰 꾸준히 나아가든, 아니면 더 이상 회피하지 못할 때까지 내버려 두든 평균적인 IIT인에게는 마감 기한 안에 일을 끝낼 수 있다는 자신감이 있다. 대부분 그렇게 되기 때문이다.

교육 관련 웹 사이트 이구루쿨닷컴(Egurucool.com)의 공동 설립자인 아슈시 고얄은 다음과 같이 말했다.

"IIT에서 얻은 가장 소중한 교훈은 열심히 노력하는 능력, 그리고 문제를 해결하는 능력입니다. 어떤 문제라도 지적으로 해결할 수 있는 능력 말입니다.”

인디레산 교수는 “IIT인은 합리적인 사람들”이라고 말했다. 그는 IIT-마드라스의 이사장으로 재직하던 1980년대에 일어났던 한 소동에 대해 자세히 얘기해 주었다. 어느 날 저녁 늦게 인디레산 교수와 그의 아내가 이사장 관사로 돌아오고 있었는데 정문에 2백 명에 이르는 학생들이 손에 양동이를 든 채 서 있었다. IIT-마드라스에서는 항상 물이 부족했는데, 학생들이 더 이상 참지 못한 것이었다. 학생들은 화를 내면서 당장 해결해 줄 것을 요구했다.

인디레산 교수는 이에 겁먹을 인물이 아니었다. 그는 차에서 내려 학생들 앞으로 다가가서 “자네들은 IIT 학생인가, 아니면 다른 학교에서 왔나?” 하고 물었다. 학생들은 이 말을 듣고 조용해졌다. “자네들은 IIT 학생이야. 학교에서 문제를 해결하는 방법을 배우지 않나? 자네들은 지금 문제를 해결하려고 노력하기는커녕 폭도들처럼 행동하고 있지 않은가? 어쨌든 오늘 밤에는 아무 일도 할 수 없네. 내일 아침에 나에게 해결책을 가지고 오게. 함께 생각해 보세”라고 인디레산 교수가 말했다.

“IIT 학생들은 논리적으로 생각하지요. 그러니 대화가 통합니다. 그 날 학생들은 돌아갔고 다음 날 아침 서너 개의 대안을 가지고 찾아왔습니다. 물론 물이 충분하지 않았습니다. 그런데 근본적인 문제는 학생들이 샤워를 하면서 물을 지나치게 많이 쓴다는 점이었지요. 해결책은 간단했습니다. 샤워기 꼭지를 막고 목욕할 때 양동이를 쓰는 것이었지요. 학생 각자가 한 양동이만을 사용하도록 했지요. 문제는 해결됐습니다.”

인디레산 교수가 역시 이사장으로 재직하던 시절, 일주일 사이에 학생 두 명이 자살한 사건이 벌어졌다. 첫 번째는 실연으로 인한 자살이었다. 두 번째는 시험을 망쳤다고 생각한 한 학생이 천장에 달린 선풍기에 줄을 연결하고 목을 매단 사건이었다. “어리석은 학생이었습니다. 시험을 통과했단 말입니다"라고 인디레산 교수가 아직도 화가 풀리지 않은 듯 말했다. 그런데 놀라운 일은 학생의 사체가 오전 11시 40분에 발견됐는데, 학생들이 오후 12시 30분에 있는 수업에 모두 들어갔다는 사실이다. 학생들은 자살 사건과 관련하여 학교 측을 비난하지 않았다. 교수들이 전혀 통제할 수 없는 상황이었다고 판단했기 때문이다.

"당시 학생들이 보여 줬던 신뢰를 고맙게 생각합니다. IIT인은 훌륭한 사람들입니다."

인디레산 교수는 IIT의 학기당 의무 수업 일수가 70일이라는 사실을 지적했다.

"그래서 IIT 학생들은 휴일을 달라고 요구하지 않습니다. 휴일이 생기면 토요일이나 일요일에 보충 수업을 받아야 하기 때문이지요. 다른 대학에서는 보통 무언가 기념할 일이 생기면 어느 날을 휴일로 정합니다."

나는 그것에 대해 생각해 본 적이 없다. 그러나 노교수의 말을 들으면서 학창 시절을 회상해 보니 그의 말에 수긍이 갔다. 우리는 한 번도 휴일을 요구하지 않았다. 인도의 다른 대학에서는 찾아보기 힘든 분위기였다.

그렇기 때문에 IIT인은 일종의 컬트 집단이기도 하다. 남보다 우월하다는 생각에 행복해하고, 무슨 활동을 하든 행복해한다. "어떤 독자적인 특색이 있습니다"라고 켈로그 브라운 앤드 루트(Kellogg Brown & Root) 해외 기술 사업부 부사장인 리처드 수자가 말했다.

"이 친구들을 다른 환경에 둔다면 그리 잘하지 못할 겁니다. IIT라는 훌륭한 환경에는 사람들을 하나로 모으는 무언가가 있습니다. 아주 엘리트주의적인 말로 들릴지 모르겠지만, 그렇다고 해서 다른 식으로 말하고 싶지는 않습니다."

'엘리트주의자'라는 말은 IIT 출신들을 평생 따라다닌다. 그들은 실제로 엘리트주의자이므로 부끄러워할 일은 아니다.

몇 년 전 뭄바이에 살고 있는 IIT 출신 친구들을 만난 일이 있었다. 대부분 미혼이었다. 당시 나는 뭄바이를 자주 방문하곤 했는데, 그때마다 혼자 사는 친구의 집에 모여 밤새 이야기를 나누곤 했다. 한번은 어떤 친구가 회사 동료와 사랑에 빠졌다는 얘기가 나왔다. 그런데 그 친구의 사무실에는 강력한 경쟁자가 있다는 것이었다.

어떻게 해서라도 그 친구를 도와줘야겠다고 생각한 우리는 이것저것 캐물었다. 친구의 경쟁자가 엔지니어이지만 IIT 출신은 아니라는 사실을 알게 된 우리는 IIT인이 비(非)IIT인에게 진다면, 목매달고 자살해야 한다며 친구를 협박했다.

사랑의 쟁취라는 전투에서 패배할 수는 없는 노릇이었다. 만약 진다면 IIT의 명예에 먹칠을 하는 격이요, 모든 IIT인들은 부끄러워서 목을 매달 것이었다. 사실 그 친구가 그런 사람을 경쟁자로 여기는 태도 자체가 IIT의 명예를 실추하는 것이었다.

다행히 일은 잘 해결됐다. 그 친구는 현재 아주 행복한 결혼 생활을 즐기고 있다.

물론 신부가 그 친구가 아닌 경쟁자를 선택했다면 우리는 친구에게 "그 여자 애는 생각할 만한 가치도 없는 바보"라고 말해 주었을 것이다. 친구에게는 미안한 얘기지만, 우리는 분명 그런 식으로 말했을 것이다.

그러나 이렇듯 오만한 태도가 IIT 동료들과 함께 있으면 끝 모를 겸손함으로 바뀐다. 학생들이 IIT에 입학하여 처음 보름 정도에 걸쳐 배우게 되는 첫 번째 가치가 바로 겸손함이다. IIT-델리 1986년도 졸업생이자 넷스케이프 인디아(Netscape India) 상무이사인 마네시 디르는 다음과 같이 말했다.

"가정에서 귀여움을 독차지하고 주위에서 우러러보던 학생이 IIT에 들어오면 갑자기 자기가 하찮은 존재라는 사실을 깨닫게 됩니다. 모두가 자기만큼 똑똑한 데다가, 자기보다 훨씬 똑똑한 사람도 많기 때문입니다. JEE 등수도 별 소용이 없습니다. 자기가 두 자리 순위권에 있다 해도 자만할 수 없습니다. 시험 당일 컨디션이 안 좋아서 1천9백 등을 할 수도 있으니까요. 그리고 JEE 시험에서는 실수로 1점만 깎여도 순위가 50등 아래로 떨어집니다. 그렇기 때문에 IIT에서 보내는 처음 한 달은 자신이 얼마나 보잘것없는 존재인가를 깨닫는 아주 중요한 기간인 것입니다."

IIT-카라그푸르 1971년도 졸업생인 리처드 수자도 같은 생각이었다.

"내가 지적이라고 생각하지는 않지만, 분명 똑똑하다고는 생각합니다. 그러니 IIT 같은 환경에서 자신이 평범한 존재라는 사실을 깨달으면 기가 죽습니다. 그러다가 미국 최고의 대학원에 들어가면 다시금 자신이 남보다 뛰어나다는 사실을 깨닫습니다. 미국 대학원에서 힘들어하는 IIT 출신은 한 명도 없을 겁니다. 교육 제도가 약간 다르기는 하지만, 금세 적응합니다. 식은 죽 먹기지요."

IIT-카라그푸르 1970년도 졸업생이자 테크스팬의 CEO인 아르준 말호트라 역시 같은 생각이다.

"IIT에 들어와서 처음 배운 것은 세상에 나보다 똑똑한 사람들이 많다는 사실이었지요. 자기가 똑똑하다고 생각하면서 IIT에 들어와 보니 훨씬 똑똑한 사람들이 많은 겁니다. 어느 정도 시간이 지나면 다시 자신이 똑똑하다고 생각하게 됩니다. 자기보다 똑똑한 사람들과 어울리는 법을 배우는 것은 아주 중요한 공부가 되지요. 그런데 충격을 견디지 못하는 학생들도 많습니다. IIT에 입학해서 똑똑한 사람들이 많은 걸 보고는 경쟁하고 싶은 마음이 아예 사라져 버리는 것입니다. 그런

학생들은 몇 주 후에 학교를 그만두고 수준이 낮은 대학으로 옮깁니다. 그곳에서는 다른 학생보다 훨씬 뛰어나겠지요. 우리 기숙사에 살던 한 학생도 그랬습니다. 그 학생은 부모님에게 자기가 겁을 먹어서 학교를 그만둔 거라고 말하지 않았습니다. 학생의 아버지가 우리 기숙사에 찾아와서는 학생들이 자기 아들을 괴롭히고 못살게 굴었다고 말하더군요. 실제로 그런 일이 없었는데도 말입니다."

오늘날 IIT에서는 신입생들을 괴롭히지 않는다. 학교 측에서는 신입생을 괴롭히지 말라는 캠페인을 여러 해 동안 실시했고, 1학년생 전원을 별도의 기숙사에서 생활하도록 하는 특단의 조치도 취했다. 그러나 1990년대 초까지 IIT는 신입생들을 괴롭히는 학교로 악명이 높았다. 물론 다른 공과대학에서는 상황이 더 심했지만, IIT라는 이유 때문에 문제가 더욱 부각됐던 것이다. 인도 최고의 인재들이 모인 엘리트 학교였으니 말이다.

IIT-카라그푸르에서 신입생들을 괴롭힌다고 언론에서 보도한 내용은 대부분 지나치게 과장되거나 완전한 허구였지만, 우리가 입학 후 3주일 동안 뺨을 맞거나 걷어차이는 등 힘든 시간을 보낸 것은 사실이다. 이러한 신입생 '길들이기' 기간은 신입생 '환영식'으로 끝을 맺는다. 그다지 유쾌한 경험은 아니다. 해마다 이러한 괴롭힘을 당하는 것이 두려워 IIT에 들어가지 않으려는 학생들도 있을 정도이다. 그리고 해마다 괴롭힘을 견디지 못하고 집으로 돌아가는 신입생들도 있다. 어떤 경우에는 정신적인 충격을 받고 자신감을 상실하기도 한다. 그러나 남성 호르몬이 넘쳐흐르는 이 부족 사회에서는 그저 어깨를 으쓱하면서 '계집애 같은 녀석이군' 하는 식으로 받아들인다.

신입생 괴롭히기가 이상적인 형식으로 행해진다면 중요하고 필수적인 역할을 담당할 수도 있을 것이다. 물론 어떤 형태이건 신체적 괴롭힘은 반대다. 그리고 단지 사디스트에 불과한 상급생들의 괴롭힘도 용납할 수 없다. 그러나 신입생의 지능과 기지를 시험하기 위한 괴롭힘은 신입생 스스로에게도 재미있는 경험이 될 것이다. 아울러 겸손함을 배우는 기회가 될 것이다. '신입생 길들이기' 기간이 끝날 때쯤이면 신입생은 자기 기숙사의 문화와 전통에 익숙해지고 기숙사생 대부분을 알게 되며 심적으로 자신을 억압하는 요소를 상당 부분 버리게 된다. 아울러 스트레스에 견디는 법과 낯설고 적대적인 환경에 대처하는 법도 배우게 된다. 또한 자신이 부모와 친척과 형제들에게는 신에 가까운 존재로 여겨질지 몰라도 이곳 IIT에서는 바보에 가까운 존재라는 사실도 깨닫게 된다.

'IIT 신조'에서 가장 중요한 부분은 지적 능력이야말로 세상에서 무엇보다도 존중할 가치가 있다는 점이다. 아버지가 백만장자인지, 혹은 종교나 신분이 무엇인지 아무도 신경 쓰지 않는다. 중요한 것은 오로지 지적 능력이다. 우매함이야말로 유일하게 용서할 수 없는 죄악이다.

물론 이러한 사고방식은 부정적인 측면도 있다. 이에 대해 아슈시 고얄은 다음과 같이 말했다.

"우리 IIT 출신들은 어떤 문제에 대해 '이 정도로 생각하면 충분하지' 하고 여기지만, 현실적으로는 그렇지 못합니다. 물론 캠퍼스에서는 충분합니다. 모두가 그렇게 생각하니까요. 그리고 제안한 내용이 최상의 해결책이라는 사실을 이해할 정도로 똑똑한 사람들이니까요. 하지만 비즈니스 세계에서는 자신의 해결책이 올바른 것이고 최상의 것이라는 점을 사람들에게 확신시켜야 합니다. 동료들을 납득시켜야 한다는 얘기입니다. IIT 출신들에게는 이런 환경이 갑작스러운 충격인 것입니다."

결국 순수한 지적 능력이란 '현실적인 지혜'의 부수적인 요소에 불과하다.

IIT에서 존중하는 '지적 능력'이 반드시 뛰어난 학과 성적만을 가리키는 것은 아니다. 푸르넨두 차테르지는 조지 소로스의 전설적인 투자 업체인 퀀텀 그룹(Quantum Group)의 고문 및 매킨지의 최고 책임자를 역임했다. 그는 현재 통신 및 IT 분야에 장기적·전략적으로 투자하는 기업인 차테르지 그룹의 회장이다. 전 세계에서 가장 부유한 IIT 출신 중 한 명인 차테르지는 다음과 같이 말했다.

"학과 수석은 별 의미가 없었습니다. 다른 종류의 능력을 훨씬 높게 평가했지요. 예컨대 과외 활동이나 리더십 말입니다. 시험을 잘 보는 능력은 그다지 중요하다고 여기지 않았습니다. 다들 JEE를 통과한 학생들이었으니까요."

따라서 1년 내내 하루에 16시간 공부해서 1등을 하더라도 '가장 존경할 만한 학생들'의 명단에는 오르지 못하는 경우가 있었다.

고얄은 "IIT에서 '학구파'란 다른 의미로 사용됩니다. 그저 높은 점수를 받은 학생이 아니라 IIT 학생들 중에서도 두드러지게 명민한 두뇌의 소유자를 말합니다. '최소한의 노력'으로 10점 만점을 받거나 2학년 때 새로운 이론을 생각해 내는 학생들은 신과 같은 대우를 받습니다. 우리 졸업 기수였던 한 친구는 '4색 문제(Four Color Problem)'를 증명했지요. 그런데 IIT 수학과 교수들이 그 증명에서 오류를 발견하는 데 걸린 시간은 거의 두 달이었습니다"라고 말했다.

라자트 굽타, 아르준 말호트라, 아룬 사린 등은 IIT 캠퍼스에서 '가장 존경받는' 인물들에 속할 것이다. 굽타는 과외 활동을 활발하게 했다. IIT에서 5년간 지내면서 그는 연극 17편을 영어와 힌디 어로 공연했다. 아울러 학생회 활동과 스포츠에도 열심이었다.

"여러 활동을 하는 가운데 일의 우선순위를 정하는 법을 배웠지요. 여러 관심사를 균형 있게 조정해야 했습니다. 어떤 일에는 얼마만큼의 시간을 할애할 것인가, 그리고 어떤 일을 먼저 할 것인가를 생각했습니다."

굽타가 말했다.

"IIT는 리더십을 폭넓게 익힐 수 있는 장소였습니다. 학과 공부만으로는 부족하다는 사실을 배웠지요. 학부 과정이란 어떤 점에서는 배우는 방법을 배우는 과정입니다. 교실에서 배운 내용 중에서 나중에 내 경력에 활용된 것은 없습니다. 내가 경영 분야로 옮겼기 때문이지요. 하지만 나는 IIT에서 생활하면서 포괄적인 의미의 교육을 즐겼습니다. 공학이나 기술만이 아닌, 완벽한 교육 체험 말입니다."

보더폰의 CEO인 사린과 말호트라는 IIT-카라그푸르 졸업식에서 '로이 금메달'을 받았다. 그건 학과 성적과 과외 활동에서 두각을 나타낸 졸업생에게 해마다 수여하는 상이다.

말호트라는 "학과 성적과 과외 활동 모두에서 뛰어나면 동료들에게 존경을 받습니다" 하고 말했다.

말호트라는 IIT의 크리켓과 농구 부원이었고 권투와 하키를 즐겼으며 퀴즈 팀에 들어가기도 했고 연극배우로도 활동했다. 그러면서도 수업에 한 번도 빠지지 않았고 학과 성적도 우수했다. 말호트라가 학생회 선거에 나설 때에는 아무도 그에게 맞서려고 하지 않았다.

사린은 육상·하키·체조 경기에 IIT-카라그푸르 대표로 출전했다. 아울러 그의 말에 따르면 '엄청나게 많은 메달'을 땄다고 한다. 그는 아자드 홀의 최고 입사생이자 퇴사생이다. 사린은 최고의 스포츠맨 졸업생에게 수여하는 '반다르카르 컵'을 아깝게 놓쳤다. 마지막 학년 때 황달에 걸리는 바람에 IIT 총운동회에 참가하지 못했기 때문이다.

IIT 생활에서 중요한 요소는 '협력적 경쟁'이다. 물론 IIT에는 남과 공유하느니 죽는 편이 낫다고 생각하는 이기주의자도 많다. 그러나 이러한 학생들은 경멸과 따돌림의 대상으로 남는다. 마노즈 추그는 다음과 같이 말했다.

"교육적인 문제가 아니라 문화적인 문제이지요. IIT가 주입하는 아주 강력한 가치 체계입니다. 졸업하고 기업에 입사하면 팀워크의 가치를 이해하게 됩니다. 사람들과 팀을 구성해 함께 일하면서 하나의 목표에 집중하고 그 목표를 달성하는 것이 중요하다는 사실을 인식합니다. IIT에는 팀워크를 배울 수 있는 환경이 갖춰져 있습니다."

4, 5년간 여러 학생들과 함께 공부하고 함께 놀고, 함께 식사하고, 함께 생활하는 것이다. 그 효과는 마지막 학년에 직장을 구할 때 드러난다. 회사에서는 면접 대상을 사전에 고르기 위해 학생들에게 그룹 토론을 시킨다. 이 자리에서 누가 친구이고 누가 친구가 아닌지 실제로 드러난다. 추그는 이러한 동료 의식, 우정, 그리고 이타주의의 사례 두 가지를 얘기했다.

"사람들에게 이런 얘기를 하면 정말이냐면서 놀랍니다. 친구들은 직장에 관심이 없어도 그룹 토론에는 나갑니다. 직장이 필요한 친구를 돕기 위해서지요. 그룹 토론에서 일부러 형편없이 보임으로써 친구를 상대적으로 부각시키는 겁니다."

추그의 동문 하나는 일부 학생들이 그룹 토론을 독점하다시피 해 자신의 친구가 한마디도 못해서 채용 담당자에게 아무런 인상도 심어 주지 못하는 상황을 그냥 두지 않았다. 그는 토론 중에 자리에서 일어나 자기들끼리만 토론하던 학생들에게 소리쳤다.

"조용히 해, 이 자식들아! 이 친구 말도 좀 들어 보잔 말이야!"

물론 그렇게 함으로써 추그의 동문은 자신의 합격 가능성을 스스로 봉쇄한 셈이 됐지만, 그의 친구는 발언 기회를 얻었고 마침내 면접에 통과했다.

추그 역시 별 관심이 없는 면접을 보러 콜카타에 간 적이 있다. 그는 이미 서너 개 직장에서 입사 제의를 받은 상태였다. 면접생은 추그 외에 한 명이 더 있었는데, 아직 직장을 구하지 못한 상태였다. 문제는 그 학생이 같은 시간에 다른 회사에서도 면접을 보아야 할 처지라는 사실이었다. 그래서 추그는 그 학생에게 이렇게 말했다.

"걱정 마. 네가 열차를 놓쳤다는 식으로 면접관들에게 말할게. 그리고 네가 분명히 올 테니까 기다려 달라고 부탁할게."

면접 당일 추그는 면접관들에게 사정을 설명했다. 그 회사에 입사할 마음이 없던 추그는 면접에서 바보 같은 대답을 늘어놓는 등 일부러 형편없이 응했다. 한 명만이 합격하게 되어 있는데, 자기보다 친구가 직장이 더 필요하다는 이유에서였다. 이윽고 면접이 끝나자 추그는 면접실 밖에서 친구가 오기를 기다렸다. 마침내 도착한 친구에게 추그는 그곳 면접은 어떻게 됐느냐고 물었다. 친구는 통과하지 못했다고 대답했다.

추그는 친구에게 면접 내용에 관해 설명해 주고는 면접실로 들여보냈다. 한 시간 반이 흐른 저녁 10시에 면접관들이 밖으로 나왔다. 그들은 추그에게 미안하지만 다른 사람을 뽑았다면서 경리과에 가서 교통비를 받아 가라고 말했다.

"물론 교통비야말로 가장 큰 관심거리였지요!"

추그는 그때를 회상하고는 웃음을 터뜨렸다.

"내 친구는 그 회사에 들어갔습니다. 그리고 여러 해 동안 근무했지요."

그러나 이야기는 거기서 끝나지 않았다. 몇 년 후 추그는 당시 면접관이었던 중역과 마주쳤다. 중역은 추그를 알아보며 말했다.

"추그 씨, 그때 잘못 생각했던 거예요. 한 명이 아니라 두 명을 뽑을 생각이었거든요."

물론 그렇다고 추그가 자신의 행동을 후회한 것은 아니다.

"친구가 무엇보다 중요하지요. 학교 식당 말고 밖에서 식사를 하고 싶을 때 기숙사 방이란 방은 모조리 찾아가서는 함께 나갈 사람들을 모았지요. 한번은 새벽 2시였는데 내 친구 산제브 바이댜가 '푸리스'(튀김 빵의 일종)가 먹고 싶다고 말했습니다. IIT에서 최고의 아이디어는 대부분 새벽 2시에 나오지요. 아무튼 바이댜가 퓨리스를 먹겠다고 하자 다른 친구들도 그 시간에 할 수 있는 최고의 일이라며 열광을 했지요. 학생들은 자전거를 타고 학교 정문에 있는 '체디스'로 갔습니다. 그런데 푸리스가 다 떨어졌다는 겁니다. 그래서 다른 곳을 찾아다녔지만 문을 연 식당이 없었습니다. 마침내 4킬로미터나 떨어진 역에 도착했습니다. 그곳에는 행상들이 몇 명 있었습니다. 아직 도착해야 할 열차가 두어 대 정도 있었기 때문이었지요. 결국 학생들은 푸리스를 사먹었습니다. 지극히 정상적인 행동이었지요."

사우라브 스리바스타바는 IIT에서 요즘 경영학 책에서 '협력 경쟁 (Coopetition)'이라고 부르는 것을 배웠다고 말했다.

"서로 경쟁하면서도 서로 협력한다는 얘기입니다. 다른 친구가 자신의 숙제나 실험 보고서를 베끼도록 하고, 자기도 다른 학생 것을 베낍니다. 그런 식으로 경쟁하는 법, 협력하는 법, 그리고 지속적인 우정을 구축하는 법을 배웠습니다."

아르준 말호트라는 학생군사교련단(NCC)의 분대장을 했다. 그는 자기 분대를 책임져야 했다. 그러나 분대원들은 모두 학과 친구들이라서 자기 명령에 복종하게 만드는 일이 어려웠다. 그래서 말호트라는 분대원 모두에게 이렇게 말했다.

"이봐, 친구들아, 우리 목표가 뭐지? 가장 뛰어난 분대가 되는 것 맞지? 그러니까 다른 사람들이 우리를 볼 때는 가장 뛰어나게 보이고, 아무도 보지 않을 때는 뭐든지 하고 싶은 대로 하자."

이후 분대원 중 누군가가 게으름을 피우거나 행진할 때 발을 맞추지 못하면 다른 분대원들이 "이봐, 제대로 해" 하고 주의를 줄 정도가 됐다.

"아주 가치 있는 학습 경험이었습니다. 동료들을 관리하는 방법, 함께 활동하면서 권위를 유지하는 방법을 배웠지요."

말호트라가 말했다.

"사실 나는 지금까지 그런 방식으로 사람들을 관리했습니다. 그저 명령만 가지고는 아무것도 성취할 수 없습니다. 사람들에게 목표를 제시하고 동기를 부여해야 합니다. 그리고 스스로 목표에 도달하도록 장려해야 합니다."

15
IIT라는 브랜드

"나에게 있어 IIT는
성공과 동의어이다."

2003년 2월 IIT 50주년 행사 주최 측은 타타 선스의 전무이사인 고팔라크리슈난을 초청했다. 방갈로르에서 개최될 '국가 건설에 있어서 IIT의 역할'이라는 학술 회의에서 연설을 해달라는 부탁이었다. 고팔라크리슈난은 IIT를 일종의 브랜드로 파악하여 브랜드 마케팅 전략을 발표하고자 했다. 그는 지난 31년 동안 힌두스탄 레버의 브랜드 수십 가지를 런칭하고 '성장시켰던' 방식으로 IIT에 대해서도 체계적으로 접근했다.

고팔라크리슈난은 '브랜드 특성'을 파악하고자 IIT 각 캠퍼스와 연령대를 대표하는 동문 50명을 대상으로 설문 조사를 실시했다. 그는 친절하게도 방갈로르에서 발표한 내용과 설문 조사 결과의 일부를 나에게 보내 주었다.

고팔라크리슈난은 첫 번째로 "IIT라는 이름을 들으면 가장 먼저 생각나는 것은 무엇입니까?"라고 질문을 던졌다.

대개 다음과 같은 응답이 나왔다. '똑똑하고 지적인 사람들', '최고의 두뇌 집단', '탁월한 교육 환경', '양질의 교육', '지극히 경쟁적인 환경', '부정부패로 얼룩진 나라에서 유일하게 실력주의를 추구하는 학교', '엘리트 클럽', '성공의 지름길', '소규모 지성인 공동체', '탁월함의 보장', '기숙사 친구들 및 과외 활동', '재미있음'.

한 동문은 다음과 같이 대답했다.

"나에게 있어 IIT는 성공과 동의어이다."

고팔라크리슈난은 이들 답변을 분석하여 'IIT' 하면 대표적으로 떠오르는 인상들을 네 가지로 정리했다. '최고의 학생들', '성공의 지름길', '공부만 하지 않는 학교', '실력주의'.

두 번째 질문은 "IIT라는 브랜드를 사용했을 때 어떠한 느낌이 들었습니까?"였다.

이 질문에 대한 응답은 간단했다. '자랑스럽다.' 그러나 흥미롭게도 '겸손함'과 '고마움'이라는 답변도 있었다. 다음은 동문들이 답변한 내용의 일부이다.

"자랑스러운 느낌이 든다. 엘리트주의, 그리고 열심히 일하는 중산층에 대한 고마움이 혼합된 감정이다. 대부분의 입학생들은 중산층 출신이다."

"IIT인이라는 것이 무척 자랑스럽다. 하지만 우월하다는 의미가 아니다. 실제로는 겸손함과 관련이 있다. IIT에서 공부할 수 있었던 것을 자랑스럽게 생각한다. 이 위대한 학교는 나를 선택해서 자기 세계의 일부로 편입시켜 주었다."

"삶의 발판을 제공한 IIT에 대해 대단히 고마운 감정을 느낀다."

동문들은 대부분 IIT 생활이 자신의 인격과 삶을 바꾸어 놓은 경험이었다고 평가했다.

"IIT는 학과목만 가르친 것이 아니라 객관적인 사고방식도 가르쳤다. 이 기술은 어떠한 상황에서도 활용할 수 있다."

"IIT는 무한한 자신감을 주었다. 어떠한 일이라도 할 수 있다는 자신감 말이다. 때문에 나는 3년 전 회사를 설립할 수 있었다."

"IIT는 어떠한 환경에서도 효과적으로 경쟁할 수 있다는 생각을 심어 주었다. 지적인 능력을 검증받았다는 느낌이 들었다."

"기술 교육은 우리가 배운 것 중에서 중요성이 가장 떨어진다. 훨씬 중요한 학습은 삶을 다루는 방법이었다. 예컨대 나는 실력주의를 신봉한다. 아울러 어떠한 일도 천하다고 생각하지 않는다. IIT는 노동의 신성함을 가르쳤다. 자기 관리에 대해서도 가르쳤다. 나는 스트레스를 엄청나게 받는 환경에서도 일할 수 있다."

"리더십과 책임감을 배웠다. 자신이 우월하다는 자각과 함께 사회에 대한 의무도 중요하게 생각했다."

"'어떠한 문제도 해결 불가능할 정도로 어렵지 않다'는 사실을 배웠다. 어떠한 도전 과제도 해볼 만한 것이다."

"IIT를 생각하면 내가 똑똑하고 재능이 있고 낙관적이고 세상을 지배할 준비가 된 듯한 기분이 든다."

고팔라크리슈난은 이들 답변을 다음과 같은 다섯 가지 요소로 압축했다. '공개성', '창의성', '단순성', '자신감', '경쟁성'.

다른 질문에 대한 답변들은 '부족(部族)'적인 양상을 드러냈다.

"아주 오래간만에 IIT 출신을 만나더라도 쉽게 어울리게 된다."

"30년 만에 동기나 선후배를 만나더라도 예전 모습 그대로라는 생각이 든다. 센머리 따위의 사소한 변화는 사라져 버린다."

"우리 여학생들은 IIT에서 5년 동안 함께 지냈다. 서로를 알게 되면서 아주 즐거웠다. 가족과 같았다. 실제로 가족이나 다름없었다. 아울러 최고의 친구들이기도 했다. 함께 생활하는 과정에서 무언가 말로 표현

되지 않는 신념과 가치를 공유하게 된다. 그러한 신념은 일생토록 유지된다. 대학 졸업 후 나를 제외한 모든 친구들이 미국으로 갔다. 하지만 15년 만에 친구를 만났는데, 그 세월은 아무런 의미가 없었다. 이제 우리는 아이 엄마가 되었지만 달라진 것은 별로 없다. 우리에게는 15년의 세월을 뛰어넘는 그 무언가가 존재한다. 우리는 서로 만나면서 그렇게 오랫동안 떨어져 지냈다는 느낌이 들지 않았다."

"IIT 출신들을 만나면 과거로 돌아가는 것 같다. 우리가 사용하는 언어는 일반 사람들과는 다른 독특한 것이다. 아무리 성공한 IIT 출신이라도 마찬가지이다."

IIT 출신들의 부족적 양상에 관한 예를 하나 들어 보겠다. 어느 날 저녁 나는 워싱턴에서 1970년대 초 IIT-뭄바이 출신 동문 모임에 함께한 적이 있다. 모두 기업가들이었고, 최소한 한 명은 대단히 유명한 인물이었다. 그들이 대화를 나누는 방식을 대략 소개하면 이렇다.

"야, 너 구르프레트(가명)라고 알지?

"당연하지. 그 자식이 뭐 어쨌는데?"

"그 친구가 몇 년 전에 나한테 전화해서는 이렇게 말하더군. '이봐, 우리 마누라가 쌍둥이를 낳았어!' 그래서 내가 이렇게 말했지. '가족 중에서 쌍둥이를 낳은 사람이 있어?' 아니라고 하더군. 그래서 내가 '이웃이나 친구 중에서 쌍둥이를 낳은 사람이 있어?' 하고 다시 물었지. 역시 아니래. 그래서 나는 생각하는 것처럼 잠시 조용히 있었지. 그러고 나서 이렇게 말했지. '구르프레트, 그렇다면 설명이 불가능한 현상인데.' 잠깐만, 아직 얘기가 끝나지 않았어. 2년 후 그 녀석한테 전화가 왔어. 웃어 대느라 도대체 무슨 말을 하는지 못 알아듣겠더라고. 그래서 내가 말했지. '진정해라. 도대체 왜 그러는 거냐?' 그러자 그 친구가 말하더군. '네가 했던 그 쌍둥이 농담을 이제야 알아들었거든!'"

"정말 별별 인간들이 많았지! 아닐이라는 녀석 기억나? 어느 날 나한테 와서는 이렇게 말하더라고. '왜 사람들이 화장실 문 안쪽에 지저분한 글을 써놓는 거지?' '무슨 지저분한 글?' 하고 내가 물었지. 그러니까 이렇게 대답하더라. '똥 누려고 쭈그려 앉으면 바로 눈높이 부분에 음담패설이 엄청나게 적혀 있어.' 그런데 저 녀석(모임에 있던 한 사람을 가리키며) 아주 못된 녀석이야. 아닐한테 이렇게 말하는 거 있지. '그런데 그 글을 어떻게 읽을 수 있었냐?' 그러자 아닐이 대답했어. '화장실 문 안쪽이 내 눈앞에 보이니까.' 그러자 저 녀석이 정색을 하고 말했지. '문 쪽으로 쭈그려 앉아서 똥을 눴단 말이야?' 그러자 아닐이 당황하더군. 그래서 설명해 줬지. '너 다른 사람들한테 말하지 마라. 사람들이 알면 웃음거리가 될 거니까. 등이 문 쪽으로 가게 반대쪽으로 쭈그려 앉았어야지!' 그러자 아닐이 아주 고마워하면서 자리를 뜨더라."

이렇게 눈물이 날 정도로 웃어 대며 밤늦도록 얘기꽃을 피웠다.

IIT 출신들의 우정은 고팔라크리슈난의 연구 조사에 따르면 서로 만난 적이 없는 동문에게까지 확장된다.

"IIT 출신을 만나면 친척이라는 느낌이 든다. 모종의 기질, 가치, 행동 강령 등을 공유하기 때문이다. 나보다 어린 IIT 출신을 만나면 항상 돕고 싶은 마음이 든다."

"IIT 출신이면 누구든지 돕고 싶어진다."

"오늘날 IIT에서 공부하는 학생들 얘기를 들으면 자랑스럽고 행복해진다. 내 가족이 성장하는 듯한 느낌이다."

고팔라크리슈난은 IIT의 '브랜드 구조'를 구축하는 작업에 착수했다. 그는 'IIT는 세계 그 자체'라고 판단했다.

"독자적인 종교와 문화가 있는 부족입니다. 이 부족에게는 가시(可視)적인 규칙, 의식, 행동 지침, 필수적인 사회 활동, 역할 모델, 그리고 전형적인 몸짓과 말투가 있습니다. 아울러 눈에 보이지 않는 핵심 가치와 의심할 바 없는 신념이 존재합니다. 하지만 이런 가치는 궁극적으로 중산층의 가치입니다. 예컨대 '입학 전에 IIT에 대해 어떻게 생각했는가' 하는 질문에 대한 답변을 검토하면 대부분 전형적인 중산층의 열망을 반영하고 있습니다. '엔지니어가 된다는 것은 중산층의 탈출구였다', 'IIT는 최고의 공과대학이었다'처럼 말입니다."

고팔라크리슈난은 실력주의에 대한 굳건한 믿음이야말로 IIT인의 중산층적 가치 체계에서 지극히 중요한 요소라고 결론지었다. 그의 표현대로 '장벽을 넘어' 앞으로 나아가고자 하는 IIT인의 결단력에서 발견할 수 있는 요소이다.

그렇다면 IIT를 사람이라고 본다면 과연 어떤 사람일까? 이에 대한 답변을 일부 소개하자면 다음과 같다.

"젊고 야심만만한 기술 애호가."

"다문화적인 사람."

"스스로를 믿고, 전통적인 사고방식을 거부하며, 노력하는 이들을 존경하는 솔직 담백한 사람. 아울러 기술을 올바르게 활용하여 더 나은 세상을 만드는 낙관론자."

상당히 초인적인 표현도 있다. 예컨대 "날씬하고 튼튼하고 운동선수 같고 잘생기고 똑똑한 사람"이라든가 "날카로운 지성에 독창적이고, 남을 친절하게 도우면서도 경쟁심이 강하며, 어떤 가치 체계에 따라 일하는 사람" 같은 식이다. 한편 다음과 같은 답변도 있었다.

"남성. 대단히 명민함. 반사 신경이 뛰어남. 지적이고 분석적임. 기대를 뛰어넘는 성과로 주위 사람들을 놀라게 함. 야심만만하고 집중력이 강함."

"영리하고 재능 있고 용감한 사람. 엄청난 분량의 힘든 일을 처리할 수 있는 사람. 리더. 급진주의자."

한편 초인으로 묘사하되 비꼬는 듯한 표현이 가미된 답변도 있었다.

"지적이고 자신감 있고 경쟁력이 강하고 문제 해결에 유능한 사람. 거만할 정도로 자존심이 강한 사람. 리더나 팀원 모두에 어울리는 사람. 실력주의자. 그리고 약간 치사한 인간."

일부 응답자는 'IIT'라는 인간에게서 단점을 발견할 수 있다고 대답했다.

"지적으로 똑똑하지만 세속적으로 현명하지는 않다. 세속적으로 현명할 확률은 20퍼센트이다."

아울러 현실적인 답변도 있었다.

"재미없는 사람. 성공적이고 기술 지향적인 비즈니스맨. 낙천적이지 못한 사람. 논리적인 사람. 검정 양복을 입는 사람."

한 여성은 IIT인을 "약간 촌스럽지만 깊이가 있고 변화에 둔감한 사람"이라고 표현했다.

IIT가 일종의 그림이나 음악이라면 어떨 것 같으냐는 질문에 대한 답변은 더욱 재미있었다. 그림과 관련해서는 M. F. 후세인(인도의 유명 화가이자 영화감독. 대표적인 영화로 〈세 도시 이야기〉가 있다)의 작품들이 거론됐다. 그 이유는 제각각이었다. 한 응답자는 후세인이 '엘리트주의자이며, 인도적이자 국제적이기' 때문이라고 답했다. 한편 후세인의 '대담한 붓놀림, 강렬한 색감, 파격적인 주제' 등과 결부시킨 응답자도 있었다. 또한 당당하게 홀로 서 있는 모습은 '성 한 채가 우뚝 솟은 광경'으로, 그리고 야망과 힘은 '거친 파도를 뚫고 나아가는 범선'이 연상된다는 것이다.

그림의 형식에 대해서는 통일된 의견이 없었다. 어떤 응답자들은 현대 미술을 꼽았다. "몬드리안 스타일일 것이다", "대담한 붓놀림과 원색으로 칠한 추상화", "자신감 있고 흠 없는 붓놀림. 밝은 색깔. 풍부한 질감. 기분을 상승시키는 그림. 틀을 유지하면서도 경계를 초월하는 그림" 식이었다. 한편 "조심스럽게 그린 풍경. 추상화나 현대 미술은 아님. 시골이 아니라 도시 풍경을 세세하게 묘사한 그림"이라거나 "우주의 힘과 신비가 깃든 태양계를 묘사한 그림"이라고 답변한 사람들도 있었다. 아울러 "흑색에 약간 낡은 (먼지를 털어 내야 하는) 그림"이라는 파격적인 답변도 있었다.

IIT라는 음악이 있다면 동서양의 퓨전 음악일 것이라고 답변한 응답자들이 몇몇 있었다. 한편 마일스 데이비스(재즈 트럼펫 연주자)의 음악을 꼽은 이들도 있었다.

"아주 복잡한 곡 구성에 촘촘하지만 부드러운 리듬으로 연주되고 아주 견고한 베이스가 뒷받침하는 현대 인스트루멘털 재즈. 트릴록 구르투(인도의 재즈 퍼커션 연주자)의 연주 정도?"

그중에서 가장 흥미로웠던 답변은 "영원토록 비관습적인 음악일 것이다"였다.

이러한 답변이 지닌 심층적인 의미에 대해서는 기호학자들에게 맡기기로 한다.

고팔라크리슈난은 분석 결과를 IIT인이 따르고 있거나 따라야 하는 '십계명'으로 정리했다. 여러 해 동안 대다수 학생들의 무의식에 자리 잡은 신조이자 가치관, 세계관이다.

1. 감정적으로가 아니라 객관적으로 문제를 해결하라.

2. 개인적으로는 창의성을 발휘하되 집단적으로는 규율을 지켜라.

3. 깨어 있는 시간에는 자발적으로 생활하라.

4. 경쟁심을 고취하되 공정한 방식으로 하라.

5. 자신감을 갖되 항상 겸손하라.

6. 살아가면서 항상 자신의 장점을 개발하라.

7. 엘리트주의자가 되되 겉으로 드러내지 마라.

8. 항상 자신보다 팀을 우선하라.

9. 중요한 학과 내용은 잊어버리더라도 학교 생활의 사소한 추억들은 영원히 간직하라.

10. 학창 시절의 육체적 안락과 현재의 육체적 안락을 비교하여 발전 정도를 측정하라.

십계명의 내용은 나에게 전혀 낯설지가 않다. 다른 많은 IIT 출신들도 그렇게 생각할 것이다. JEE를 통과하여 멋진 캠퍼스에서 생활하는 과정에서 무언가 독특하면서도 공통적인 것이 마음속에 깃들었다. 나는 이러한 가치들에 대해 의식적으로 생각해 본 적이 없다.

50여 년 동안 IIT는 이러한 십계명을 학생들의 마음에 입력시켰다. 학생들은 이렇듯 광범위한 원칙에 따라 살아간다. 아울러 스스로는 의식하지 못하지만 다른 IIT인을 보면서 본능적으로 깨닫는다.

설문과 답변을 몇 가지 더 소개하겠다.

"IIT가 갑자기 사라진다면 어떤 기분이 들겠는가?"

"아주 깊은 상실감을 느낄 것이다. 내 어린 시절을 갑자기 잊어버린 듯한 기분일 것이다."

"땅이 꺼지는 듯한 기분일 것이다."

"부모님을 잃은 것처럼 슬플 것이다."

다음 글은 아마 가장 감동적인 답변이 아닌가 싶다.

"우리 아버지는 벵골 분할 정책 때 피난민이었다. 아버지는 돌아가실 때까지 커다란 아픔을 가슴에 안고 사셨다. 세상에 태어나 20년간 살아온 곳이 더 이상 조국이 아니라는 말을 들어야 했던 아픔, 고향을 잃은 채 다시는 돌아가지 못한다는 사실로 인한 아픔. IIT가 사라진다면 아마 그러한 기분이 들 것이다."

16
IIT인의 리더십

스스로를 인도 최고라고 생각한다면
그에 따른 책임감도 있어야 한다.

앞서 IIT인은 합리적인 사람들이고, 감정보다는 객관성을 중요시하며, 개인보다는 팀을 우선시하고, 엘리트주의자이지만 이를 자랑하지 않는다고 했다. 그렇다면 IIT인에게 리더십은 있는가? 정확히 말해서 IIT 출신 중 리더십이 있는 사람들은 몇 퍼센트나 되는가? 몇 명이나 리더가 됐는가? 조금 이상한 질문으로 들릴 수도 있겠지만 IIT 출신들은 개발도상국의 다른 어느 대학 출신보다 앞서 왔기 때문이다. 그러나 아무리 대단한 얘기가 떠돈다고 할지라도 이 질문은 여러 IIT인들을 곤혹스럽게 만든다. 나는 책의 집필에 필요한 자료를 조사하는 과정에서 리더십에 관한 IIT 출신들의 생각이 크게 두 갈래로 나뉘는 것을 발견했다.

보더폰의 CEO로 자신 있게 리더라 부를 수 있는 아룬 사린은 리더십 교육 훈련과 관련하여 IIT에 부족한 점이 많다고 지적했다.

"IIT는 분명 최고의 엔지니어들을 배출했지요. 하지만 그게 올바른 방향인지 모르겠어요. 전국 각지에서 영재들을 모아 왔으면 보다 높은 이상을 품게 해줘야 합니다. 학생들을 리더로 교육시켜야지 그저 엔지니어로만 만들어 내면 그 재능을 완전히 활용하지 못하는 것입니다."

그렇다면 학생들이 리더가 되게 하려면 어떤 방식으로 가르쳐야 하는가? 이에 대해 사린은 "평소 실력 이상을 발휘하도록 유도해야 합니다. 하버드나 스탠퍼드 같은 대학에서는 뭐든지 자유롭게 하도록 내버려 둡니다. 실망스럽게도 IIT에서는 리더를 그다지 많이 배출하지 못했습니다. 미국에 온 지 35년이 넘었는데도 미국 내에서 리더로 불리는 사람은 몇 명 들어 보지 못했습니다. 물론 인터넷이나 IT 붐 때문에 수가 증가하고는 있지만요. 10년 전에 10명 정도였다면 지금은 2, 30명 정도로 늘었다고 말할 수 있습니다. 뛰어난 역할 모델이 됨으로써 인도인에 대한 사람들의 선입관을 바꿀 수 있는 리더를 양성해야 합니다. 영재들을 몽땅 모아 놓고 리더십을 가르치지 않다니 참으로 안타깝습니다"라고 말을 이었다.

물론 여기서 가장 중요한 질문은 "리더십을 배울 수 있는가?"이다. '리더십'은 경영학자들에게 항상 수수께끼 같은 화두이다. 정의하기가 매우 어려운 개념이다. 그동안 리더십의 과거와 현재, 미래의 의미를 탐구하는 학술 서적들이 여러 권 나왔다. 숱한 가지치기 끝에 경영학자들이 공통적으로 내린 정의는 "리더란 추종자가 있는 사람"이라는 것이다.

사린은 리더십을 배울 수 있는가에 관해 다음과 같이 말했다.

"개인적으로 흥미로운 주제입니다. '리더가 되는 방법은 무엇인가?' '리더십은 배울 수 있는가?' 리더십의 원리만큼은 배울 수 있다고 생각합니다. 물론 수학 문제와는 달리 아주 똑같은 리더들이란 없지요. 하지만 어떤 공통점이 있습니다. 사람들의 마음을 움직인다거나 확신을 주는 방식으로 의사를 전달하는 능력 말입니다. 사람들이 이런 원칙들을 일찍 배워 둔다면 자신의 목표를 달성하기가 수월하리라 생각합니다."

아슈시 고얄도 사린과 같은 생각이었다.

"IIT에서는 지적인 우수성을 추구하는 과정에서 다른 능력은 무시됩니다. IIT 출신들은 사회성이 부족하기로 악명이 높지요. 특히 여성들 앞에서는 더욱 심하지요. 그런 결점이 계속 장애물로 남아 있으리라고는 생각하지 않습니다만, IIT에서 다른 언어로 대화하는 방법을 배운다면 사회생활을 하는 데 훨씬 도움이 될 것입니다. 물론 IIT에서는 영어를 가르칩니다. 하지만 초급 수준이기 때문에 기업에 들어가 자신의 능력을 발휘하기에는 역부족이지요."

그렇다면 IIT의 교육 과정이 교양 과목들을 무시하는 것이 문제인가? 내가 학교를 다니던 시절에는 영어 · 심리학 · 경제학 · 역사학 등의 교양 과목이 있었다. 필수 과목들이었지만 별로 중요하게 생각하지 않았다. IIM-콜카타에 들어갔을 때 나는 완전히 새로운 세상을 만난 것 같은 기분이 들었다. IIT에서 배운 내용만으로는 세상을 이해하기가 지극히 제한적이라는 사실을 깨달았다. 물론 IIT에서 교양 과정을 가르치는 교수진의 수준은 대단했다. 그러나 우리는 기껏해야 교수들을 토론회나 연극제나 음악제의 심사 위원 정도로만 활용했다.

뉴욕에 본사를 둔 차테르지 그룹의 회장인 푸르넨두 차테르지는 이러한 생각에 전적으로 동의했다.

"IIT의 가장 큰 문제는 교양 과목을 강조하지 않는다는 점이지요. 이 때문에 학생들은 나중에 고생하게 됩니다. 세계관이 아주 좁아지기 때문에 광범위한 주제를 생각하거나 전달하지 못합니다. 사회 문제에 대해 비판적으로 생각하는 법을 가르치는 과정이 없습니다."

IIT-뭄바이 출신인 자이람 라메시 역시 같은 생각이었다.

"교양 학문에 대한 지식이 없으면 완벽한 프로라고 할 수 없지요. 미국 학부 과정에서 가르치는 교양 과목은 IIT보다 훨씬 수준이 높습니다."

2002년 3월 아슈시 고얄과 나는 IIT-델리의 기숙사를 방문하여 학생들과 얘기를 나누었다. 학생들이 지켜야 할 규율이 무척 엄격하다는 사실에 고얄과 나는 충격을 받았다. 나는 고얄보다는 충격이 덜했다. 두 달 전 IIT-카라그푸르에서 비슷한 분위기를 느꼈기 때문이었다. 일체의 문화 활동은 저녁 10시까지 끝내야 했다. 담배를 피운 학생들은 벌금을 냈다. 기숙사에서 술을 마시면 한 학기 정학 처분을 받았다. 기숙사 건물에 들어가려면 경비원에게 자신의 이름과 주소, 방문 사유를 적어 내야 했다. 기숙사 복도에서 크리켓을 할 경우에는 5백 루피를 벌금으로 내야 했다.

그러나 20세기 영문학을 선택 과목으로 듣는 학생들을 만난 것은 유쾌한 충격이었다. 학생들의 교재는 제임스 조이스의 《젊은 예술가의 초상》, 앤서니 버지스의 《시계태엽 오렌지》, 블라디미르 나보코프의 《롤리타》 등이었다. 학생들 말로는 15명 정도가 수업을 듣는데, 문학을 좋아하고 세상을 폭넓게 이해하기 위해서 수강한다는 것이었다. 아마도 이 학생들이 예외가 아닌가 싶다.

라즈 마슈루왈라는 여러 회사를 설립한 기업가이자 현재는 팁코 소프트웨어의 최고운영담당자(COO)이다. 그는 IIT에 다닐 때 교양 과목에 관심이 있어서 최대한 많은 과목을 수강했다고 한다.

"과학철학, 그러니까 논리실증주의나 칼 포퍼에 대해 배웠던 기억이 납니다. 살아가는 데 쓸모가 있는 과목이었느냐고요? 아니지요. 하지만 어떤 주제에 대해 열정을 품게 했습니다. IIT에서는 세상을 바라보는 방법, 생각하는 방법, 그리고 행동하는 방법을 가르칩니다. 열정이란 과연 무엇인가에 대해 생각하느라 엄청난 시간을 할애했습니다."

그러나 리더십에 대해서 마슈루왈라는 IIT-뭄바이 동창이자 기숙사 동기인 자이람 라메시나, 같은 해에 졸업했지만 IIT-카라그푸르 출신인 아룬 사린처럼 확실한 태도를 보이지는 않았다.

"IIT에 들어오는 학생들에게 리더십이란 필요조건은 아니지만 일종의 입력된 요소이지요. 내가 리더십과 자신감을 혼동하고 있는 것은 아닌지 모르겠지만 말입니다. 사람들이 꺼리는 직책을 맡는 능력도 일종의 리더십인데, 어느 정도 자신감이 필요한 부분이지요. IIT에서는 그런 자신감을 얻습니다."

마슈루왈라의 졸업 동기인 헤만트 카나키아 역시 여러 사업체를 설립했고 지금은 젬플렉스와 포투릭스의 CEO로 재직 중이다. 카나키아는 IIT인에게 리더십이 부족하다는 주장을 비웃었다.

"리더십을 어떻게 가르친단 말입니까? IIT에서 배출한 인물들을 생각해 보세요. 아룬 네트라발리는 벨 연구소에서 소장이 된 최초의 연구원입니다. 그 사람이 소장이 된 것은 연구 실적 때문이 아니었습니다. 그리고 라자트 굽타나 빅터 메네제스 같은 사람들도 자기 스스로 리더가 됐습니다. 외국에서 리더가 되는 것과 인도에서 리더가 되는 것은 전혀 다른 문제입니다. 그리고 기술 분야의 리더가 되는 것과 경영 분야의 리더가 되는 것도 아주 다르지요. 미국에서 기업의 이사가 되려면 자기가 어떤 사람이냐가 중요할 뿐만 아니라 자기가 무엇을 아느냐도 중요합니다. 우리는 인도의 사회 구조에 대해 생각할 시간이 별로 없었습니다. 그건 시간이 걸리는 일이지요. 어떤 타고난 능력하고는 상관없는 문제입니다. 실리콘밸리가 등장하기 전에는 인도인이 회사를 경영하지 못할 것이라고 생각했습니다. 하지만 지금은 아무도 그렇게 여기지 않습니다."

　나는 IIT 출신들에게 리더십은 치열한 논쟁거리가 된다는 사실을 깨달았다. 나는 그러한 논쟁을 보스턴에서 실제로 목격할 수 있었다. 경영 컨설턴트이자 뉴잉글랜드에 IIT 총동창회를 조직한 푸란 당, 터프츠 대학 기계공학과 교수인 아닐 사이갈, 그리고 리복 월드와이드 최고마케팅담당자(CMO)인 무크테시 판트가 논쟁의 주역이다. 당은 IIT-카라그푸르, 사이갈은 IIT-뭄바이, 그리고 판트는 IIT-칸푸르 출신이다. 우리는 당의 집에 모였다.

　"만일 자네가 분석적인 사람이라면, 그 자체가 바로 리더십의 바탕이지. 문제는 어떤 문화에 속하느냐야. 합리성은 어디에서든 존중받지."

　리복 월드와이드에서 그 어떤 인도인보다 높은 지위에 오른 판트가 말했다.

　"문화 활동을 했던 IIT 출신들이 나중에 더 잘되는 것 같아."

　사이갈이 말했다.

　판트도 이에 동의했다.

　"학교 식당에서만 보일 뿐 아무하고도 얘기하지 않는 아주 괴팍한 친구들이 있었지. 시험에서 1등을 하고는 그냥 사라져 버렸지. IIT에서는 아주 내성적이면서 공부만 잘해도 됐거든. 하지만 바깥세상에서는 대화술이나 인맥을 만드는 법을 알아야 해. 그런데 그런 기술은 IIT에서 별로 중요하게 여기지 않았단 말이야. 보통 IIT에서는 문제에 대한 답은 늘 하나였어. 시험 방식도 그렇게 만들어졌지. '지적'이라고 하면 '수학 실력'이 뛰어난 것쯤으로 여겼지. 하지만 바깥세상에서는 답이 하나만 있는 게 아니야. 정답이라는 것도 없지."

　사이갈은 매킨지의 사장인 라자트 굽타를 예로 들며 "그의 성공은 학업 성적과 과외 활동 중 어느 것 때문이었을까?" 하고 의문을 던졌다.

‘두 요소의 조합’이라는 것이 판트의 생각이었다.

"그래프를 하나 만들어 보자고, X축은 학업 성적, Y축은 과외 활동이야. 한쪽 축으로만 기울었던 사람들은 그다지 성공하지 못했어. 양쪽을 균형 있게 유지한 사람들이 훨씬 잘됐어."

"인도에서 공부할 때는 미국 대학에서와 같은 자유가 없었어. 더 나은 리더들이 나오려면 개선해야 할 부분이야. 예컨대 MIT에서는 공학을 전공하면서 음악 과목 3개를 수강하는 경우도 있지. 그리고 대화술도 아주 중요하기 때문에 IIT에서 중점적으로 다뤄야 해"라고 딩이 말했다.

사린은 말로만 하는 게 아니라 기부금을 내는 문제도 고려해야 한다며 나에게 이렇게 말했다.

"뭔가 하고 싶습니다. IIT-카라그푸르 학생들을 어떻게 하면 리더로 만들 수 있을까요? 학교에 리더십 강좌를 선택 과목으로 개설하도록 자금을 지원하고 싶습니다. 분명 IIT 학생들의 두뇌는 우수합니다. 그런데 어떤 점이 부족한 것일까요? 486칩이나 펜티엄 칩은 개발해 내면서 마이크로소프트나 인텔에서 정상에 오르지 못하는 이유가 무엇일까요? 물론 운도 중요하겠지요. 하지만 솔직히 주위 동료들을 보면서 느낀 점은 꿈을 크게 갖지 못한다는 것입니다. 그 사람들에게 어느 누구도 '대기업 사장이 될 수 있어' 하고 말해 주지 않았던 것입니다. 대다수는 회사에 취직해 서른다섯이나 마흔 정도 되면 중간 관리자가 됩니다. 그리고 부인과 자녀들을 부양하기 위해 쥐꼬리만 한 봉급을 받습니다. 그때가 되면 너무 늦습니다. 일찍 시작해야 합니다. 스물이나 열여덟, 아니 훨씬 어릴 때부터 시작해야 합니다. IIT는 여전히 탁월한 엔지니어들만 양성합니다. '여기 1억 달러짜리 회사가 있으니 한번 경영해 보게' 하고 가르치지 않는단 말입니다. 이제는 달라져야 합니다."

내가 이 문제에 대해 인디레산 교수에게 묻자, 그는 해가 거듭될수록 'IIT라는 제도가 지나치게 시험 지향적'이라는 생각이 든다고 말했다.

"그런데 IIT식 시험이란 무엇입니까? 기본적으로 IIT에서 출제하는 문제는 변수 5개에 등식 5개를 주는 식입니다. 변수의 값을 모두 구하면 문제를 해결하는 셈이지요. 하지만 현장에서의 공학 문제는 좀 다릅니다. 변수는 5개이지만 등식은 3개밖에 없는 식입니다. IIT에서 정년을 앞두고 나는 실제로 그런 방식으로 문제를 출제해 봤습니다. 학생들이 좋아하더군요. 변수 5개와 등식 3개를 제시하고 학생들에게 가정을 통해 최적의 답을 구하게 했습니다. 가정이 틀리면 불가능한 결과를 도출하게 되지요. 미국에는 IIT 출신들이 분석력이 뛰어나고 부지런하지만 종합적으로 생각하는 능력이 부족하다고 불평을 털어놓는 사람들도 있습니다."

인디레산 교수가 걱정하는 또 다른 문제는 IIT인들이 사회 문제에 별로 신경 쓰지 않는다는 점이었다. IIT는 일종의 섬과 같다. 극소수의 학생들을 제외하고는 대다수가 캠퍼스 밖에서 벌어지는 상황에 무감각하다. 빈곤, 저개발, 성차별, 카스트 제도, 정치 관련 사안 등에 무관심하다는 얘기이다.

"우리는 학생들의 머리는 훈련시키지만 가슴은 훈련시키지 못합니다. 그렇다고 머리는 없고 가슴만 있는 사람을 바란다는 얘기는 아닙니다. 다만 IIT 학생들이 머리만 있는 사람은 되지 않아야 한다는 뜻입니다."

IIT 캠퍼스는 모두 자급자족적으로 운영되기 때문에 학생들이 외부 세계에 대해 생각할 필요가 없다. 내가 학교에 다닐 때는 기숙사마다 신문이 들어왔기 때문에 서로 돌려 보곤 했다. 그렇지만 정치적이거나 기타 심각한 기사에는 주목하지 않았다. 십자말풀이를 하거나 영화나 스포츠 관련 기사를 읽고 떠들어 대기만 했다. 그것이 전부였다.

실제로 캠퍼스 바깥에 존재하는 국내의 정치·사회 문제나 현실에서 자신을 고립시키는 분위기는 더욱 심해지는 추세이다. 내가 학교를 다니던 무렵에는 좌파적 성향이던 소수의 학생들이나마 사회 문제에 관심을 보였고, 카라그푸르 인근 마을을 방문해서 그곳 노동자들과 함께 일하곤 했다. 1970년대에 학교를 다녔던 IIT인들과 대화하면서 나는 학생들의 정치·사회 의식이 해를 거듭할수록 점차 희박해지고 있다는 사실을 깨달았다. 1970년대의 IIT 학생들은 1980년대 학생들보다 정치 의식이 훨씬 강했던 것이다.

마슈루왈라는 "우리 때에는 한쪽에는 낙살라이트 극좌파가 다른 한쪽에는 시브세나와 바라티야 자나타당(黨) 연합 극우파를 지지하는 단체가 있었지요. 생각해 낼 수 있는 주제는 죄다 논쟁거리가 되었지요" 하고 자신의 학창 시절을 말했다.

마슈루왈라는 학창 시절에 정치·사회 문제에 관심이 많은 학생이었다. 학교 식당에서 근무하는 직원들의 자녀를 가르치기도 했다.

완구 제조 업자인 아르빈드 굽타와 그의 연구소 동료이자 절친한 친구인 아쇼크 준준왈라 교수도 마찬가지였다. 굽타는 마슈루왈라가 IIT-뭄바이를 졸업한 해인 1975년 IIT-칸푸르를 졸업했다.

"1970년대 초는 전 세계적으로 격동의 시기였지요. 건설적이고 창조적인 에너지가 엄청나게 분출됐습니다. 이후 인도에서는 정치적인 의지가 약해져 갔습니다. 피상적인 정치 운동만 나타나게 됐지요."

굽타가 말했다.

"IIT-카라그푸르는 낙살라이트 운동에서 핵심적인 역할을 했습니다. 여러 학생들이 다양한 논쟁을 벌였지요."

굽타는 자신과 준준왈라가 이데올로기적인 토론을 잘 이해하지는 못했지만 '행동가'들이었다고 말했다. 무언가를 바로잡기 위해 노력했다는 것이다. 당시 IIT-칸푸르 캠퍼스에는 교수 자녀들을 위한 엘리트 학교가 있었다. 그러나 학교 식당 직원들의 자녀가 다닐 학교는 없었다. 굽타와 준준왈라는 기숙사 방을 돌면서 그 아이들이 학교에 갈 수 있도록 기금을 모았다.

"면전에서 문을 쾅, 하고 닫아 버리는 경우가 많았지요."

굽타가 말했다.

"하지만 기부금을 낸 학생들도 많았습니다. 우리는 빈 강의실에서 야학을 열었습니다. 지금 그곳에서 공부하는 학생들은 3백 명입니다. 교명은 '기회의 학교'입니다."

IIT 학생들이 사회 문제에 관심을 갖지 않는 것은 강력한 정치적 이상이 없기 때문이라는 것이 굽타의 생각이다. 아울러 IIT에 합격해야 한다는 압박감이 가중되는 추세도 중요한 원인이다. 1970년대에는 JEE를 통과하려면 두 달 정도 공부하는 것으로 충분했지만, 1980년대에는 1년 내내 준비해야 했다. 지금은 4, 5년을 오로지 JEE 시험 준비에만 매달린다. 때문에 요즈음 IIT에 입학하는 학생들은 사회 의식이나 사회 문제에 관한 관심이 지극히 적다.

최근 몇 년간 자이람 라메시는 IIT-델리로 인도 경제에 대한 강의를 들으러 다녔다. 그런데 그곳 학생들의 실력이 '불쌍할' 정도였다는 것이다.

"인도 경제나 정치에 대한 학생들의 의식은 아주 밑바닥이었습니다. 완전히 일차원적인 인간들이더군요. 정말 화가 났습니다."

라메시의 말에 따르면 학생들은 소프트웨어 프로그래밍에만 집중하면서 나중에 실리콘밸리의 백만장자나 다국적 기업의 CEO가 될 생각이나 할 따름이었다고 한다. 라메시와 나는 백만장자나 CEO가 되려면 프로그래밍이나 시험 잘 치는 기술 말고도 몇 가지를 더 알아야 한다는 점에 동의했다.

두누 로이는 1967년 IIT-뭄바이 화학공학과를 졸업했다. 자칭 '정치적 환경운동가'라고 불리는 로이는 모교와 국내 비정부단체(NGO)에서 전설적인 인물이다. 수백 명의 똑똑한 젊은이들이 가난하고 힘없는 사람들을 돕는 일에 일생을 바치도록 고쳐시켰기 때문이다. 그는 자이람 라메시의 견해에 동의했다.

"나는 뭄바이, 델리, 카라그푸르에서 학생들을 가르쳤습니다. 그런데 학생들 모두 자기 자신의 일에만 관심을 보이더군요. 강의실 밖에서 벌어지는 일에 대한 참여 의식은 전혀 없어 보였습니다."

로이에게 리더십에 관해 묻자 그는 웃으며 말했다.

"IIT에서 리더십을 가르치는지는 모르겠습니다. 하지만 IIT가 오만한 태도를 가르치는 것은 분명합니다. 나는 리더십이 무엇인지 모릅니다. 산디판 씨에게 리더십에 대해 말했던 사람들하고는 생각이 다릅니다. 프로젝트 리더가 제품을 생산하는 것은 아닙니다. 팀이 생산하는 것이지요. 팀원이 되는 게 중요합니다. 혁신적인 기술을 개발하려면 훨씬 많은 팀이 필요하지요. IIT에서 우리는 팀워크를 배웠습니다."

그는 계속해서 말했다.

"IIT 출신을 '성공한 개인'과 동일시하는 사고방식에 문제가 많다고 봅니다. IIT에서는 수많은 유능한 인재들을 배출합니다. 그 사람들 모두가 직장에서 근무하거나 회사를 운영하면서 경제를 움직입니다. 소수의 백만장자만이 아니라는 얘기입니다."

IIT가 머리는 훈련시키지만 가슴은 훈련시키지 않는다는 인디레산 교수의 말을 들은 며칠 후 나는 사우라브 스리바스타바를 만났다. 그는 IIT-칸푸르 출신으로 로이보다 1년 늦게 졸업했다. 스리바스타바는

IIT 학생들에게 리더십을 일깨우려면 자의식을 갖도록 유도해야 한다
고 말했다.

"학생들에게 이렇게 말해야 합니다. '스스로를 인도 최고라고 생각한
다면 그에 따른 책임감도 있어야 한다'고 말입니다. 사회에 대한 책임
의식 말입니다. 타인에 대한 관심이 IIT 학생들에게 중요한 자의식의
일부로 자리 잡도록 가르쳐야 합니다. '너는 최고다. 삶의 다양한 문제
에 관심을 갖기 때문이다. 그러니 미국으로 사라지겠는가, 아니면 이곳
에 머물면서 세상을 바꾸겠는가?' 하지만 구체적으로 어떻게 해야 하
는지는 나도 잘 모르겠습니다."

몇 달 후 나는 '최고'라는 꼬리표에는 책임이 따른다는 말을 아쇼크
준준왈라 교수에게서도 들었다. 준준왈라 교수는 그러한 책임을 완수
하고자 평생을 노력해 왔다.

17
수업보다 중요한 것

강의실 밖에서 다른 학생들과 함께 생활하면서
우호적인 경쟁 관계를 통해 많은 것을 배운다.

내가 만난 수십 명의 IIT 출신 가운데 강의실에서의 추억을 간직한 이가 소수에 불과하다는 얘기를 IIT 출신이 아닌 사람이 들으면 매우 놀랄 것이다. 그러나 IIT 출신이라면 그 얘기에 별로 놀라지 않으리라고 생각한다. IIT에서는 강의실이나 실험실에서 공학을 배우고 시험을 치르는 것 외에도 많은 경험을 하기 때문이다. 면담에 응했던 IIT 출신들이 한결같이 언급한 말이 있다.

"강의실 안에서보다 강의실 밖에서 훨씬 많은 것을 배웠다."

자료 취재차 미국에서 여섯 번째로 들른 도시인 휴스턴에 도착할 쯤에는 강의실에서의 추억은 없는지부터 묻게 되었다. 뉴욕에서 라자트 굽타와 전화 면담을 하면서도 나는 "강의실과 관련된 어떤 추억은 없습니까?"라는 질문을 가장 먼저 했다. 당시 매킨지 월드와이드 상무이사로 재직 중이던 굽타의 학창 시절 경력은 완벽에 가까웠다. 그는 JEE 시험에서 전국 15등을 했다. 아울러 상위 15퍼센트에 들어가는 성적으로 IIT를 졸업했다. 1971년 당시 대학을 갓 졸업한 굽타에게 '인도주식회사'는 모두가 부러워할 만한 일자리를 제의했다. 초대형 담배 회사인 ITC의 경영자 양성 과정에 들어오라는 것이었다. 그러나 굽타는 하버드대학의 MBA 과정에 장학생으로 입학했다. 이후 MBA 출신들이 가장 선망하는 회사인 매킨지의 면접에서 굽타가 떨어졌다는 소식에 어이없어 한 하버드의 교수가 매킨지에 전화를 걸어 면접관들이 아주 큰 실수를 저질렀다고 말했다는 일화도 있다. 교수의 말에 놀란 회사 측에서는 굽타를 바로 채용했다. 세계 유수의 경영 컨설팅 업체인 매킨지에서 굽타는 미국 태생이 아닌 직원으로서 최초로 책임자의 지위에까지 올랐다. 그것도 3년 임기직을 세 번이나 연임하며 9년 동안 자리를 지켰다. 분명 굽타는 강의실에서의 추억이 있지 않을까?

"강의실과 관련된 추억이라……" 하고 굽타가 당시의 기억을 더듬으며 말을 꺼냈다. 결국 그는 "그리 대단한 추억은 없습니다"라고 결론을 내렸다.

"교수 몇 분이 기억납니다. 졸업 후에도 연락을 가끔씩 했지요. 하지만 대부분 강의실 밖에서 했던 일만 생각납니다. 주로 과외 활동이었지요."

1978년 IIT-뭄바이 졸업생인 난단 닐레카니는 인도 유수의 기업인 인포시스 테크놀로지스의 CEO이다. 그는 수천 명의 IIT인들, CEO들, 사업가 지망생들의 우상이다. 방갈로르 외곽 전망 좋은 곳에 위치한 인포시스 사무실에서 닐레카니를 만난 나는 IIT-뭄바이에서 그를 가르쳤던 교수들의 자질에 대해 물었다. "정말 대단한 분들이 계셨지요"라고 닐레카니가 대답했다. 그러다가 그는 히죽 웃으면서 말을 이었다.

"하지만 나는 그분들에 대해 말할 자격이 없는 사람입니다. 만난 적이 없으니까요. 나는 수업에 거의 들어가지 않았습니다. 그러니 무엇을 배웠는지 기억날 리가 없지요."

자이람 라메시는 닐레카니의 기숙사 동기이자 퀴즈 팀의 파트너였다. 그는 스스럼없이 이렇게 말했다.

"수업에 대한 기억은 없어요. 다만 손목에 공식을 적어 놓고 긴소매 옷을 입거나 공식이 잔뜩 적힌 삼각자를 들고 시험장에 들어오던 친구들이 생각납니다. 하지만 당시는 'IIT에 들어가기는 아주 어렵고, IIT에서 나가기도 아주 어렵다'는 말이 나돌던 시기였지요."

답신 없는 이메일을 몇 번 보낸 끝에 나는 푸르넨두 차테르지를 만날 수 있었다. 코네티컷 주 스탬퍼드의 매킨지 건물에서 열린 IIT 동창회 모임에서였다. 30년 이상을 미국에서 살면서 대부호가 됐음에도 차테르지의 벵골 어 억양은 변함이 없었다. 그는 자문자답을 했다.

"IIT 교육 제도가 왜 성공했느냐고요? 우선 가장 어렵고 공정한 시험인 JEE를 통과해야 하지요. 그렇다면 JEE를 통해 최고의 인재들이 들어온 IIT에는 어떤 부가 가치가 생길까요? 2천 명의 똑똑한 학생들은 아주 경쟁적인 환경에 들어오면서 청소년에서 성인으로 성장합니다. 바로 그 과정에서 대단한 부가 가치가 창출되는 것입니다. IIT에서 어떤 학문적인 내용을 많이 가르칠까요? 솔직히 그렇지 않다고 생각합니다. 나는 학창 시절에 공부를 그다지 많이 하지 않았습니다. 관심 가는 분야만 공부했지요. 나머지 부분은 그저 베끼거나 해서 시험을 통과하는 식이었지요."

IIT-카라그푸르에서는 베끼는 기술을 '토폴로지(Topology : 위상기하학)'라고들 불렀다. 여기서 '토포(Topo)'는 그 어원이 불분명하지만 '시험에서 부정행위를 하다'라는 의미였다. 물론 '토폴로지'의 일반적인 정의는 다음과 같다. '수학의 한 분야로서 기하학적 특성과 공간적 관계를 다룬다. 18세기 스위스 수학자 레온하르트 오일러가 기본 원리를

구축했다.'

굽타·닐레카니·차테르지를 만난 몇 달 후 나는 타타 선스의 전무이사인 고팔라크리슈난에게 수업에 대한 추억을 물었다. 고팔라크리슈난은 1967년 IIT-카라그푸르를 졸업했다. 아주 오래전의 일이기 때문에 나는 그가 전기공학 수업에 대해 많은 것을 기억하리라고는 생각하지 않았다. 고팔라크리슈난은 기억에 대한 흥미로운 이론을 제시했다.

"기억이란 일종의 연속체이기 때문에 나중에 겪은 일들이 이전의 기억에 영향을 미칩니다. 그러니까 산디판 씨의 경우는 IIM의 조직 행동론 수업 같은 것에 관한 기억이 더욱 뚜렷할 겁니다."

맞는 얘기였다. 그는 말을 이었다.

"IIT를 졸업하고 마이크로파 안테나 분야의 석사나 박사 학위를 받기 위해 공부를 계속한 사람들은 수업에 대한 기억이 많을 겁니다. 수하스 파틸 같은 사람은 어느 날 수업을 듣다가 모든 게 명료해지면서 '반도체를 연구하고 싶다'는 생각을 했을 겁니다."

*

사우라브 스리바스타바는 훗날 학계에서 뛰어난 연구 성과를 거둔 인물답게 JEE 전국 2위의 성적으로 IIT에 입학했다. 그러나 IIT-칸푸르에서 첫 번째 학기를 마칠 즈음, 그는 자신의 평점이 10점 만점에 9.4밖에 안 된다는 사실을 알았다. 자신이 과 수석이 아니라는 것을 의미했다. 그는 다음 2, 3학기 동안 오로지 10점 만점을 받기 위해 죽어라 노력했다.

그러다 2학년 말쯤 그는 자신의 주변에 아주 재미있는 일들이 많이 있다는 사실을 깨달았다. 그리고 많은 학생들이 공부 외의 과외 활동을 하느라 평점 8.5 정도만 받지만 자신보다 훨씬 인생을 즐겁게 산다는 것을 알았다. 그는 10점 만점이라는 꿈의 점수는 그냥 운에 맡기기로 마음먹었다. 3~5학년 시절을 보내면서 그는 공부에만 전념하지 않았다. 물론 졸업할 때까지 10점 만점은 한 번도 받지 못했다.

"10점 만점은 운에 맡기고 공부 외에 다른 것들을 해보기로 한 것은 최고의 결정이었지요. 한 번도 후회한 적이 없습니다. 정신적으로 성숙해져서 IIT를 졸업했습니다. 입학 당시만 해도 아주 일차원적인 사람이었습니다. 공부만 알았거든요. 하지만 IIT를 다니면서 학생회 선거에도 나서고 여러 단체도 조직하면서 비즈니스 모델을 이해하게 됐습니다. 그리고 여러 일을 처리하기 위해 시간을 효율적으로 사용하는 법을 배웠습니다. 그러니 내 결정이 옳았다는 점은 의심할 여지가 없지요."

인도의 대학 중에서 IIT만큼 다양한 과외 활동의 기회를 제공하는 학교도 없을 것이다. 내가 IIT-카라그푸르를 다니던 무렵에는 영어·힌디 어·벵골 어로 연극, 토론, 웅변 등을 했다. 그 밖에도 동서양 음악, 사진, 퀴즈, 그림 등 자신이 흥미를 느끼는 문화 활동에는 어디에나 참여할 수 있었다. 또한 IIT에는 크리켓·하키·축구·테니스·수영·배드민턴·탁구·체조 등의 운동 시설이 필수적으로 갖춰져 있었다. 그렇기 때문에 IIT 학생들은 야외 경기든 실내경기든 마음만 먹으면 즐길 수 있었다. 전체 IIT 캠퍼스가 참가해 벌이는 대항전은 연중 가장 중요한 스포츠 행사였다. 아울러 각 캠퍼스에서는 기숙사 대항전도 벌였다. 연극이나 토론의 경우 '오픈 IIT'라는 대회를 열어서 서로의 실력을 견주곤 했다. 또한 연극부 세 곳에서는 해마다 작품을 무대에 올렸다. 여기에 소요된 경비는 상당한 수준이었다.

학생회 활동도 빼놓을 수 없다. IIT에는 다양한 대내외 행사를 담당하는 짐카나(Gymkhana) 학생회와 기숙사 학생회가 있다. 동료들의 존경을 받고 학생회 활동에 적합하다고 판단되는 인물이 당선되었는데 이런 방식은 인도의 대학 가운데 IIT가 유일하지 않나 싶다. 인도의 여타 대학과 마찬가지로 IIT에서도 해마다 문화 행사가 개최된다. 이때 여러 학교가 참가하여 기량을 과시한다. 인도 서부에 위치한 IIT-뭄바이의 '무드 인디고(Mood Indigo)'가 가장 유명하고 권위 있는 문화 행사이다. 한편 인도 동부의 IIT-카라그푸르에는 '스프링페스트(Springfest)'가 있다. 인도 남부의 IIT-마드라스에는 '마르디 그라스(Mardi Gras)'라는 행사가 있었는데 이름이 너무 서구식이라는 이유로 나중에 '사랑(Sarang)'으로 바뀌었다.

IIT의 문화 행사에 소요되는 경비는 인도 전체 대학 축제 중 가장 높은 수준이다. 경비는 보통 기업의 후원으로 충당된다. 학생들은 자발적으로 행사를 운영한다. 그 과정에서 경영·리더십·팀워크에 대해 배울 수 있다. IIT-뭄바이 재학 시절 학생 회장을 했으며 무드 인디고를 두 번이나 준비했던 난단 닐레카니는 "아주 뛰어난 사람들과 함께 지내는 과정에서 자신감과 동료 의식이 생깁니다. 그리고 다양한 행사를 준비하면서 경영술과 현실에 적용할 수 있는 지혜를 얻게 됩니다. 모든 활동이 아주 훌륭한 교육인 셈이지요"라고 말했다.

고팔라크리슈난은 IIT 교육의 핵심이 무엇인가에 대해 자신의 견해를 밝혔다. 나는 그의 말을 듣고 친구인 아난트 라만의 말과 너무도 비슷해 놀랐다. 타타 그룹의 2인자인 라만은 이렇게 말했었다.

"영국의 옥스퍼드대학이나 케임브리지대학에서는 인문학을 광범위하게 가르쳐. 대학에서 우등상을 탔다고 해서 노벨상에 도전하라고 기대하지는 않지. 기업이나 관공서에 근무하면서 사고의 폭이 넓은 휴머니스트가 되라고 기대하는 거야. 역사와 철학을 공부하면서 세상이 어떻게 돌아가는지 이해하라는 거야. 그러고는 유니레버 같은 대기업이나 정부 기관의 간부가 되는 거지. 그렇게 의도한 것은 아니겠지만 IIT 도 옥스퍼드와 비슷하다고 생각해. 물론 옥스퍼드의 우등생은 인문학에 바탕을 두고, IIT의 우등생은 공학 기술에 바탕을 두지. 하지만 IIT 는 원래의 의도와는 상관없이 학생들에게 세상을 보는 방법을 폭넓게 가르쳤다고 생각해. 전문적인 내용은 일부에 불과하지.”

널레카니의 기숙사 선배인 헤만트 카나키아는 사업을 시작하기 전에 AT&T 벨 연구소에서 7년간 근무했다. 그곳에서 카나키아는 엘리트 연구 팀을 이끌며 인터넷의 핵심 요소로 자리 잡은 고급 데이터 네트워크 스위칭 기술을 연구했다. 스리바스타바와 마찬가지로 카나키아 역시 JEE 상위 10위권이었다. “전국 7등이었지요. IIT에서도 학점을 잘 받을 수 있었겠지만, 그동안 공부는 할 만큼 했으니 이제는 다른 일을 해보자고 생각했습니다”라고 카나키아가 말했다.

나는 버지니아 주 비엔나에 위치한 젬플렉스 본사 사무실에서 카나키아를 만났다. 설립된 지 2년이 지났지만 회사는 여전히 막 설립한 듯한 분위기였다. 빈자리가 많았고 아직 열어 보지도 않은 상자가 여기저기에 흩어져 있었다. IIT 시절 가장 즐거웠던 일이 무엇이었느냐는 물음에 카나키아는 “별로 재미없는 얘기일 텐데요. 3학년 때부터 줄곧 배구만 해댔어요. 그리고 한낮에 일어나 침대에서 아침을 먹곤 했어요. 학교 식당 직원에게 부탁을 해놨었죠. 하지만 나는 스탠퍼드에서 박사 학위를 땄습니다. 별로 힘들지 않았지요. 그러니 IIT에서 어떻게 생활했든 간에 과학기술에 대해서는 충분히 배운 셈이지요. 하지만 과학기술을 안 것만로는 부족합니다. 인격 형성이 더 중요하지요”라고 웃으며 말했다.

그러더니 카나키아는 죽도록 공부해서 졸업할 때 대통령이 수여하는 금메달을 받는 일이 왜 IIT에서 최악의 경우인가에 대해 이야기를 꺼냈다.

"스탠퍼드에서는 단순한 지식보다 창의성을 더 중요하게 여기더군요. IIT보다 훨씬 심했습니다. IIT에서 금메달을 받은 졸업생은 사회에 나가서 그다지 잘 생활하지 못합니다. 한 가지만 하도록 훈련됐기 때문이지요. 1백 점 만점에 90점 이상을 받으려고 노력하는 과정에서 다른 활동은 일체 못합니다. 특히 인격 형성같이 매우 중요한 부분을 놓치는 것이지요. 금메달을 받은 졸업생이 교수가 되려고 하더라도 그게 쉬운 일인지 의심스럽습니다. 주어진 문제에 대한 답만 알아서는 충분하지 않기 때문이지요. 창의성이나 혁신성, 그러니까 미지의 문제를 해결하는 능력이 필요하다는 얘기입니다."

그는 잠시 침묵했다. 아마 제8기숙사 시절을 생각하는 모양이었다. 그러더니 고개를 좌우로 흔들며 말을 이었다.

"학생들에게 우등생이 되지 말라고 충고하고 싶습니다. 다른 일을 못하니까요. 인생에서 가장 중요한 것은 위험을 감수하는 능력입니다. 그리고 그 위험의 정도를 파악하는 능력입니다. 금메달을 받은 내 친구는 박사 과정을 밟기 위해 미국에 갔습니다. 그 친구는 해체 일보 직전에 있던 한 연구 팀에 들어가게 되었습니다. 상황이 악화되는데도 그 친구는 계속 남았습니다. 거기서 장학금을 받는다는 이유에서였지요. 하지만 연구 팀을 나와야 했습니다. 연구 분야에서도 '이 문제는 해결 가능한가?', '이 문제는 공략할 가치가 있는가?' 하는 문제를 적용해야 합니다. 이런 문제를 다루지 못하면 1급 연구원이 되지 못합니다. 물론 금메달을 받고도 사회에서 성공한 친구들이 있습니다. 하지만 강의실에서 받은 수업 덕택은 아니지요. 정리하자면 이렇습니다. '강의실 밖에서 다른 학생들과 함께 생활하면서 우호적인 경쟁 관계를 통해 많은 것을 배우자' 이겁니다."

분명 카나키아는 많은 것을 배운 듯했다.

카나키아를 만나고 몇 달 후 나는 그의 모교인 IIT-뭄바이를 방문했다. 그런데 학교 측에서 과외 활동을 탄압한다는 학생들의 얘기를 듣자 쓸쓸한 기분이 들었다. 델리와 카라그푸르에서도 비슷한 얘기를 들은 적이 있었다. IIT 이사장들이 모두 모여서 어떻게 하면 학생들의 삶을 덜 행복하게 할 것인가 토론이라도 한 듯하다. 현재 IIT-뭄바이에서는 연중 퀴즈 대회 한 번, 그리고 문예 대회 네 번만을 허용하고 있다. 아울러 일체의 과외 활동은 저녁 10시 30분까지 마쳐야 한다. 교수들과 그 가족들이 편안하게 잠들 수 있도록 말이다. 물론 학생들은 이러한 규제 사항을 아주 혁신적인 방식으로 피해 나갔다. 무드 인디고가 열리는 기간에 찰리 채플린의 무성 영화를 저녁 10시 30분부터 상영한 것이다. 과외 활동을 억압하는 학교 측의 처사에 대한 학생들의 분노가 묻어 나는 해결책이었다. 이러한 상황에 대해 카나키아나 닐레카니가 어떤 반응을 보일지 모르겠다. 투표권을 가질 만큼 성장한 학생들의 천진하고 유익한 활동을 억제하려고 학교 측이 시간을 낭비하다니 참으로 이해할 수 없는 일이다. IIT를 운영하는 사람들은 그렇게도 할 일이 없다는 말인가? 그리고 학생들을 '범생이'로만 만들지는 않겠다는, IIT 본래의 비전을 망각했단 말인가?

18
IIT의 전인 교육

*4년 동안 학교를 다니면서 보여 줄
만한 것이 IIT 졸업장 하나뿐이라면,
아주 중요한 경험을 놓친 셈이다.*

헤만트 카나키아를 만나면서 넷스케이프 인디아의 상무이사이자 전형
적인 우등생 타입인 마네시 디르가 떠올랐다. 나는 동문들을 만나러 미
국에 가기 몇 달 전 방갈로르에서 디르를 만난 적이 있다. 그는 1986년
IIT-델리 금메달을 근소한 차로 놓치고 2등으로 졸업했다.

디르의 사무실은 방갈로르 코라망갈라의 조용한 도로변에 무미건조
하게 서 있는 건물 안에 있었다. 간이 회의실이 딸린 정사각형 구조의
작은 사무실이었다. 디르와 나는 회의용 원형 탁자에 앉았다. 그는 키
가 작고 살이 찐 편이었다. 뻣뻣한 머리카락은 슬슬 가늘어질 조짐을
보였다. 디르는 정중하면서도 똑 부러지는 어조로 "1986년, IIT-델리,
더블 E였습니다"라고 말했다. '더블 E'는 '전기공학(Electrical
Engineering)'을 줄여서 부르는 표현이다.

IIT-델리를 졸업한 디르는 UCLA를 거쳐 선 마이크로시스템스에
입사했다. 1996년 디르는 동료들과 함께 키바 소프트웨어(Kiva

Software)를 설립하고 인터넷상에서 비즈니스 크리티컬 컴퓨팅을 위한 엔터프라이즈 서버 소프트웨어를 개발했다. 1997년 11월 24일 넷스케이프는 키바를 1억 7950만 달러에 인수하겠다고 발표했다. 자사의 엔터프라이즈 서버의 제품 라인에 하이엔드 애플리케이션 서버를 추가하기 위해서였다. 디르는 넷스케이프에서 3년간 근무한 후 인도로 돌아와 넷스케이프 소프트웨어 개발 센터를 설립했다. 이 우등생은 실리콘밸리의 유명 인사가 됐다.

나는 인터뷰 대상들에게 으레 던지는 질문부터 시작했다.

"IIT에서 얻은 가장 소중한 것 두세 가지를 꼽는다면 무엇이 있을까요?"

"강의실에서 배운 내용도 중요했지만 사회화 과정이 더 중요했다고 생각합니다. 물론 강의실이나 교수나 교육 인프라가 다른 대학보다 훨씬 낫지요. 하지만 더 중요한 것은 사회적인 환경입니다. 전반적으로 성장하는 과정인 셈이지요. IIT에 입학하기 전에는 모두 출신 학교에서 뛰어난 우등생이었지만, 입학 첫 달 신입생 길들이기 과정을 겪으면서 스스로를 해체하고 재구성하게 됩니다. 자기가 누구인지, 그리고 이 세상에서 어떤 위치에 있는지에 대해 진지하게 생각하게 되는 것입니다. 물론 당시에는 그다지 유쾌한 경험은 아니었지만요."

여러 IIT 출신들에게서 들은 애기와 비슷했다. 하지만 전체 2등으로 졸업한 사람이 그렇게 말하는 것은 예상 밖이었다. 어쨌든 IIT에 다니는 4년 동안 매일 열두 시간을 교실에서 수업을 받고 혼자서 공부하지 않았겠는가? 디르는 어깨를 으쓱하면서 말했다.

"IIT 출신들을 가만히 보면 학계에서 잘나가고 있는 이들은 대부분 우등생들입니다. 그러나 대기업을 운영하는 친구들은 우등생 타입이 아닙니다. 평점 10점 만점에서 7점이나 7.5점을 받은 사람들이 대부분이지요. 우연이라고 보기에는 어려운 현상입니다."

정확히 1년 후 나는 IIT 설립 50주년 기념식에 참석한 IIT-뭄바이 출신 마노하르 파리카르 고아 주(州) 주수상에게서 비슷한 말을 들었다.

"평점 5.5점에서 7.5점을 받은 IIT인들이야말로 가장 성공적인 동문들입니다."

디르는 그 이유를 다음과 같이 말했다.

"비즈니스 리더십에는 IIT의 교과 과정에서 공식적으로 강조하지 않는 능력이 필요합니다. 의사소통 능력이나 사람을 다루는 능력은 강의실 밖에서 배우는 것입니다. 그런데 IIT에서는 이러한 능력을 정규 과목으로 가르치지는 않지만 다른 어떤 대학보다 많은 기회를 제공합니다. 그 기회를 붙잡기만 하면 되지요."

제록스(Xerox) 'PARC 크로싱 프로젝트'의 책임자를 지냈으며 지금은 세이크리드월드 파운데이션(Sacredworld Foundation)을 운영하는 란지트 마쿠니는 이렇게 말했다.

"학과 공부와 과외 활동은 '음(陰)'과 '양(陽)'입니다. 서로를 보완하면서 균형을 맞추는 것이 전인 교육입니다."

마쿠니는 IIT-카라그푸르에서 '전인 교육'의 일환으로 음악을 즐겼다. IIT-델리 출신의 라자트 굽타는 스포츠와 연극을 즐겼다. IIT-칸푸르에서 사우라브 스리바스타바와 두 명의 친구들은 〈스파크(Spark)〉라는 대학 신문을 매월 발행했다. 스리바스타바가 졸업할 무렵에는 신문사 인원이 편집장과 사진 기자를 포함하여 40명으로 늘었다. 스리바스타바는 "진짜 신문사처럼 운영됐지요. 신문을 판매하면서 광고도 수주했습니다. 시작한 지 3년이 지나자 광고를 통해서 수익이 생겼습니다. 매년 동창회가 개최될 쯤이면 기념호를 만들어 달라는 요청이 들어왔습니다. 물론 기념호의 발행 비용은 학교에서 대줬습니다"라고 말했다.

IIT-칸푸르의 초창기(1968년에 졸업한 스리바스타바는 4회 졸업생이다)에는 미국 대학 컨소시엄에서 지원한 IIT 설립 자금과 갖가지 원조를 활용하여 학생들이 자신의 관심사를 마음껏 즐길 수 있었다. 당시는 인도에 TV가 갓 도입되던 무렵이었는데, 이미 IIT-칸푸르에서는 학생들이 충분한 장비를 갖춘 TV 방송국을 운영하고 있었다. 미국 TV 방송국에서 케이블 TV 장비를 기증한 것이다. 1966~1967년 IIT-칸푸르 학생들은 국영 방송국인 도어다르샨(Doordarshan)보다 훨씬 많은 내용을 방송했다.

　　방송국 장비와 하드웨어, 유지 보수는 전기공학과 학생들이 맡았다. 스리바스타바는 프로그래밍과 소프트웨어를 담당하는 팀에 속했다. 학생들은 영화·토론·연극 등을 방영했다. 일주일 동안 여러 팀이 교대로 프로그래밍을 담당하면서 팀당 서너 시간 분량을 만들어야 했다.

　　"TV 일은 다른 이유로도 아주 중요했지요. 무엇보다 우리는 혈기왕성한 청춘이었습니다. 프로젝트를 진행하는 과정에서 여대생들을 섭외해서 토론 프로그램에 출연시키기도 했지요"라고 스리바스타바가 웃으면서 말했다.

　　IIT 대학 중에서 카라그푸르는 외부 세계와 최대한으로 격리된 캠퍼스이다. 가장 가까운 도시라는 콜카타도 120킬로미터나 떨어져 있을 정도이다. 지금이야 넓게 확장된 고속도로를 쏜살같이 달려서 두 시간 반 만에 콜카타에 도착할 수 있지만 1960년대 중반 고팔라크리슈난이 학생이었을 당시에는 그러한 문명의 이기가 없었다. 그는 자신의 학창 시절을 반농담 삼아 '감금 시절'이라고 불렀다. 콜카타에 있는 집에 가려면 사람들로 북적이고 작은 역마다 정차하는 열차를 타고 네 시간 동안 견뎌야 했다. 그래서 캠퍼스에서 주말 시간을 보내는 학생들도 많았다.

　　"IIT-카라그푸르에서는 '도대체 내가 어쩌다 이런 구렁텅이에 빠졌나' 하고 불평하면서 시간을 보내거나, 아니면 그 시간을 소중하게 활용하거나 둘 중 하나였지요."

고팔라크리슈난이 말했다.

"그러니까 감금된 학생들은 재미있는 생활을 위해 무언가를 창조적으로 만들어 내야 했습니다."

IIT 50주년 기념식에서 고팔라크리슈난이 나중에 IIT 설립 부지가 된 감옥 건물에 대해 로버트 더글러스(1930년대 미드나포르 지역 행정 사무관)가 한 말을 언급한 것은 우연이 아니었다.

"수용소의 크기는 가로 130미터, 세로 40미터 정도입니다. 중앙에는 높이가 40미터 정도 되는 망루가 하나 서 있습니다. 주위는 높이가 3미터 정도 되는 벽과 철조망으로 둘러싸여 있습니다. 전체적으로 철벽같은 요새입니다. 탈출은 불가능합니다."

고팔라크리슈난은 IIT-카라그푸르 학생회에서 재학생으로 맡을 수 있는 최고의 지위인 부회장을 맡았었다(35년이 지난 지금에도 그의 이력서에는 이 사실이 자랑스럽게 기재돼 있다). 스프링페스트 개최 전날 고팔라크리슈난은 심각한 문제에 직면했다. 그는 새벽 2시에 즈난 고시 스타디움에서 조직 위원회 학생들과 앉아 있었던 때를 회상했다. 행사 시작은 18시간밖에 남지 않았는데 텐트며 대나무며 기타 소도구 담당자들이 물건들을 아직 가져다 놓지 않은 것이었다. '여자' 대학을 포함한 여러 대학 학생들이 다음 날 도착할 예정이었는데, 제때에 스프링페스트를 시작하지 못하면 웃음거리가 될 터였다. 그때의 기억을 더듬으며 그가 말했다.

"그곳이 콜카타였다면 친척들에게 연락해서 부탁이라도 할 수 있었겠지요. 하지만 그곳은 카라그푸르였습니다. 우리 힘으로 처리하는 수밖에 없었지요. 그런데 어떻게 된 일인지 모두들 힘을 내더군요. 이건

IIT의 자존심 문제라면서 어떻게든 행사를 시작해야 한다고들 마음먹었습니다. 결국 행사 준비를 제때에 마쳤습니다. 나중에 기업을 운영하면서도 비슷한 상황을 많이 겪었습니다. 제품에 문제가 생기거나 협력업체들이 약속을 어기는 식으로 말입니다. 하지만 팀을 만들어 문제의 핵심에 접근하면서 해결책을 마련하곤 했지요."

몇 년 후 고팔라크리슈난은 브루크 본드(Brooke Bond)의 상무이사로 재직하면서 여러 지사를 시찰했다. 그는 회사에 선박 엔지니어가 상당수 고용돼 있다는 사실을 발견했다. 그는 어리둥절했다. '차(茶)를 만드는 회사에 왜 선박 엔지니어가 필요하지?' 주변 사람들에게 물어본 결과 회사의 제조 공장 대다수가 외딴 지역에 있어서 선박 엔지니어가 필요하다는 것이었다. 도시의 공장에서 근무하는 기계 엔지니어들은 문제가 발생하면 누군가에게 연락해서 문제를 해결하는 방식에 익숙하다. 그러나 주로 바다 한가운데에서 활동하는 선박 엔지니어들은 문제가 발생하면 스스로 해결한다. 때문에 멀리 떨어진 공장에 보내기에 안성맞춤이라는 것이었다. "어떻게 보면 IIT-카라그푸르에서 우리 모두는 일종의 선박 엔지니어 교육을 받은 것입니다"라고 고팔라크리슈난이 말했다.

강의실 밖에서 많이 배웠다는 것은 단순히 기숙사 생활이나 스포츠만을 의미하지 않는다. 예컨대 IIT 시절 라즈 마슈루왈라가 컴퓨터에 기울인 열정은 자신이 전공하던 기계공학과는 무관한 것이었다. "더 많이 알고 싶어서였습니다" 하고 캘리포니아 주 팔로알토에 위치한 팁코 소프트웨어의 최고운영담당자로 재직 중인 마슈루왈라가 말했다.

"전산학과에 찾아가서는 컴퓨터를 직접 다뤄 보고 싶다고 말했지요. 그러자 사람들이 웃더군요. 대학원생들도 컴퓨터를 만질 시간이 많지 않은데, 학부생에다 그것도 기계공학과생이 다뤄 보고 싶다고 했으니 말입니다. 나는 '주말 밤늦은 시간이라도 좋으니 허락해 달라'고 말했지요. 그래서 매주 금요일 밤 9시부터 다음 날 아침 6시 30분까지 컴퓨터를 공부했습니다. 컴퓨터 콘솔로 이것저것 해보고 프로그램도 조금 만들어 봤습니다. 많이 배웠느냐고요? 아니지요. 하지만 열정이 무엇인지 배웠습니다."

델리에 위치한 사이버 미디어 그룹(Cyber Media Group)의 상무이사인 프라딥 굽타 역시 비슷한 얘기를 들려주었다. 그는 마슈루왈라가 졸업한 1975년에 IIT-델리를 졸업했다. 2학년 시절 한 교수가 학생 프로그래머를 모집했다. 몇 명을 선발해서 프로그래밍을 지도하는데, 학점은 없었다.

"무언가 새로운 것을 배울 기회였습니다. 열두 명이 선발됐는데, 그중 여섯은 서너 개월 만에 그만뒀습니다. 나는 프로그래밍이 재미있어서 계속 남아 있었지요. 우리는 산더미처럼 쌓인 천공 카드(정보의 검색·분류·집계 따위를 위하여 일정한 자리에 몇 개의 구멍을 내어 그 짝맞춤으로 숫자·글자·기호를 나타내는 카드)로 돌아가는 커다란 기계를 조작했습니다. 그 교수님의 대학원 수업도 들었지요. 아주 대단한 경험이었습니다."

여기서 또 하나 강조할 점은 학업 성적과 무관한 것들에 흥미를 갖고 매달린다 해도 성적이 나쁜 것은 아니라는 사실이다. 라자트 굽타·고팔라크리슈난·아룬 사린·스리바스타바 같은 인물들이 산증인이다. 그들 모두 학업 성적과 과외 활동에서 뛰어난 기록을 남겼다.

"인생을 최대한 즐기고 싶다면 공부도 잘해야 합니다. 둘 중에서 무엇을 선택하느냐가 아니라, 어떻게 하면 둘 다 잘하느냐가 중요합니다" 하고 고팔라크리슈난이 말했다.

이 책의 집필에 필요한 자료를 조사하는 과정에서 나는 성공한 IIT인들일수록 학창 시절 학과 공부와 과외 활동 사이의 균형을 잘 유지했다는 사실을 확신하게 됐다. 성공과 과외 활동 사이의 상관관계는 아마 더욱 클지도 모르겠다. 아울러 MBA 과정을 거치지 않고도 기업의 고위층에 오른 IIT 출신은 학창 시절 학생회 간부로 활동한 사람일 확률이 높다. 시끌벅적하게 치러지는 학생회 선거에서는 오로지 실력으로만 입후보해서 이런저런 공약을 내걸며 학생들을 설득해야 한다. 이 모든 과정이 일종의 마케팅·동기 부여·리더십·경영 교육이다. 선거에 당선된 학생은 나중에 복잡한 회사 생활을 감당할 준비가 된 셈이다.

현재 인포시스의 부사장으로 재직 중인 라지브 쿠츠할은 IIT-델리 졸업식장에서 자신이 발표한 고별사의 내용이 얼마나 의미심장한가를 졸업 후 몇 년이 지난 다음에야 깨달았다. 인포시스에서 쿠츠할과 나는 완벽하게 다듬어진 구내 잔디밭을 거닐었다. 앞서 네 시간 동안 인포시스에 근무하는 다른 IIT 출신들과 면담했던 나는 담배를 피우고 싶었다. 옥외 흡연 장소로 걸어가며 그는 나에게 자신의 고별사에 관해 들려주었다.

"무언가 아주 심오한 내용을 말했습니다. 당시에는 전혀 의식하지 못했지요. 별 생각 없이 했던 말이었거든요. 하급생들을 향해 이렇게 말했습니다. '4년 동안 학교를 다니면서 보여 줄 만한 것이 IIT 졸업장 하나뿐이라면, 아주 중요한 경험을 놓친 셈입니다.' 나중에 그 말에 대해 자주 생각해 봤습니다. 그런데 보여 줄 만한 게 있다는 사실을 깨닫고는 아주 기뻤습니다. 나는 IIT에서 삶에 대해 배웠습니다. 공부 말고도 여러 활동에 시간을 많이 쏟았기 때문입니다."

쿠츠할과 만난 다음 날 나는 그의 친구인 마네시 디르와 자리를 함께했다. 내가 면담을 시작하려고 하자 디르가 "30분 정도면 충분하겠습니까?"라고 물었다. 나는 그렇다고 대답했다. 그러나 한 시간 반이 돼

가자 미안한 마음이 들었다. "처리해야 할 업무가 많을 텐데, 이렇게 시간을 뺏어 죄송합니다"라고 말하자 다르는 어깨를 으쓱하더니 "IIT에 대해서는 생각을 많이 하는 편입니다. 그러니 계속 물어보세요"라고 말했다.

나는 나머지 질문은 이메일로 하고 마지막으로 하나만 묻겠다고 했다. "만약 지금 IIT에 입학한다면 어떤 방식으로 생활하겠습니까?"

다르는 차를 한 모금 마시고는 잠시 생각에 잠겼다가 대답했다.

"어쨌든 공학 분야는 어떤 공과대학에서라도 배우겠지요. 하지만 IIT에서 4년간 보내면서 얻는 인생 경험은 아주 중요합니다. 아마 그 경험을 최대한 얻으려고 할 겁니다. 결국 졸업 후 몇 년이 지나면 대부분 엔지니어보다는 경영자나 테크노크라트가 되니까요. 그렇기 때문에 IIT에서는 강의실에서의 경험보다는 강의실 밖에서의 경험이 더 중요하지요. 수업에 대한 기억이 별로 없어요. 그보다는 기숙사 복도에서 크리켓을 했던 기억이 더 뚜렷합니다."

다르는 탁자에 팔꿈치를 기댄 채 몸을 앞으로 숙였다. 그는 장난꾸러기 같으면서도 생각에 잠긴 듯한 표정으로 말했다.

"내가 다시 IIT를 다닌다면 수업 듣는 시간을 더 줄일 겁니다."

1986년도 IIT-델리 2등 졸업생의 답변이었다.

19
RK 홀

*IIT의 축제에서 팀을 관리하고
사람들을 이끄는 법을 배울 수 있다.*

침대에 누워 잠을 청할 때만 해도 세상은 평화롭기 그지없었다. 그러나 한밤중 나는 갑작스러운 소란에 잠을 깼다. 기숙사 복도에서 거친 고함 소리가 들렸고 복도 쪽으로 난 유리창 너머로 불길이 어른거렸다. 2층 복도에 불이라도 난 것일까? 술에 취해 살인이라도 저지를 듯한 수십 명이 우리 기숙사 동에서 날뛰는 소리가 들렸다. 내가 지금 악몽을 꾸고 있나? 여기저기 방문 걷어차는 소리와 함께 "나와라, 이 빨갱이들아! 나와서 네루 홀하고 한번 맞붙어 봐라!" 하는 고함 소리가 들렸다. 그러다가 "네루 홀 만세! RK 홀을 때려눕혔다!" 하는 IIT-카라그푸르식 승전가가 들리는가 싶더니 모욕적인 표현의 수위가 더욱 높아졌다.

무슨 상황인지 분명해졌다. 네루 홀 학생들이 스프링페스트 승리 행진을 하는 중이었다. 매년 3월 개최되는 이 행사에서 각 기숙사는 음악과 연극 분야에서 치열한 각축전을 벌인다. 내가 IIT-카라그푸르를 다니던 당시 RK 홀과 네루 홀은 숙명의 라이벌이었다. 그 발단이 무엇인지는 분명하지 않지만, 내가 2학년 때 두 기숙사는 '신입생 길들이기' 문제로 대립했다. 네루 홀은 신입생 길들이기가 신입생들을 남자로 만들어 주는 과정이라는 입장이었다. 반면 RK 홀은 반대의 입장으로 신입생을 괴롭히는 경우가 거의 없었다. 아울러 RK 홀에서 신입생 길들이기 반대 운동을 주도하는 학생들의 대부분이 좌파적 성향이었기에 RK 홀은 일명 '빨갱이 홀'로 불리기도 했다.

RK 홀은 1년 전 기숙사 대항 스프링페스트에서 우승을 차지했다. 그러나 재주꾼들이 많던 기수가 졸업하면서 그다음 해에는 고전을 면치 못한 것이었다. 기숙사 전체가 힘이 쑥 빠진 듯한 상황이었다. 그나마 연주 실력이 뛰어난 학생들이 몇 있어서 동양 음악 부문에서는 우승할 가능성이 있었지만, 최고의 기수들은 이미 졸업해 버린 후였다. 반면 네루 홀은 최고의 기량을 과시하는 친구들이 많았다. 당연히 RK 홀은 최악의 실력을 보였고 네루 홀은 스프링페스트에서 가볍게 우승했다.

우승한 기쁨에 네루 홀 학생들이 신입생 길들이기 반대파와 빨갱이들의 온상으로 알려진 RK 홀 D동 2층으로 쳐들어온 것이었다. 우리 기숙사 동의 분위기는 평화로웠다. 대부분 신입생들을 괴롭히지도 않았고, 다른 학생들이 신입생을 괴롭힌다고 학교 측에 항의하지도 않았다. 그러나 네루 홀 학생들에게 우리는 공산당의 앞잡이로 보였던 것이다.

아무도 감히 방문을 열고 복도로 나서지 못했다. 시간이 지나자 침입자들은 방문을 걷어차는 일에 싫증을 느꼈는지 욕설을 퍼부으면서 기숙사에서 나갈 분위기였다. 사실 우리가 밖으로 나왔을 때 두들겨 맞을 확률은 0에 가까웠다. 기숙사 동료 하나는 방문을 잠그지 않은 채 잠들어 있었다. 갑자기 방문이 쾅, 하고 열리자 그 친구는 잠에서 깨어 어리둥절한 표정을 지었다. 네루 홀 학생 서너 명이 횃불을 든 채 방에 절반

쯤 들어와 있었다. 학생들은 그다음에 어떻게 해야 할지 모르는 듯했다. 잠시 노려보더니 승리의 함성을 한 번 지르고는 그냥 나가 버렸다.

아침이 되어 주위를 둘러보니 벽이며 천장이 횃불에 그을려 흉하게 변해 있었다. 학생들의 고함 소리가 아직도 귓전에 맴도는 듯했다. '승리의 행진'이 매우 거친 행동이긴 했지만 암묵적인 규칙도 존재했다. 다른 기숙사에 들어가기는 하되 개별 동으로 쳐들어가서는 안 된다는 것이었다. 아자드 홀 학생들의 경우 RK 홀의 공용 장소에 들어와 행진을 하고 고함을 질러 대면서도 개별적으로는 특정 동에서 친구와 얘기를 하거나 심지어 행진단이 보급품으로 가져온 술을 나눠 마시는 모습을 보였다. 다시 말해 '승리의 행진'은 기숙사 차원에서 이루어지는 것으로, 개인적인 인간관계와는 무관했다는 얘기이다. 네루 홀 학생들이 기숙사에 쳐들어온 행동은 문제 될 것이 없었지만, 개별 동을 공격해서 벽면을 흉하게 만들어 놓은 행위는 용서할 수 없었다.

20년이 지난 지금에 와서 생각해 보면 그저 고개를 흔들며 혀를 차게 만드는 소란에 불과했다. 스프링페스트에서 네루 홀이 우승하면 어떻고, RK 홀이 우승하면 어떻다는 말인가? 솔직히 같은 학교 학생들인데 그것이 무슨 의미가 있다는 말인가?

그러나 우리는 어떤 '부족'의 일원이었다. 아울러 우리에겐 부족에 대한 일종의 충성심 같은 것이 있었다. 수많은 IIT 출신들은 그 충성심을 잊지 못할 것이다.

2002년 5월 나는 아룬 사린을 만났다. 샌프란시스코에 있는 그의 사무실에서였다. 통신 분야의 벤처 캐피털 회사인 액셀 KKR 텔레콤의 CEO이던 사린은 정신없이 바쁜 회사 생활을 잠시 쉬고 있었다(나와 만난 6개월 후 사린은 보더폰의 CEO가 됐다). 그는 27년 전 IIT-카라그푸르에서의 추억을 여전히 간직하고 있었다.

"10명이 있었는데, 그중 다섯은 IIT 하키 팀이었고 아홉은 기숙사 하키 팀이었지요. 우리는 하키를 좋아했습니다. 게다가 대단한 것은 화학공학과 둘, 전기공학과 둘, 기계공학과 하나, 토목공학과 하나, 그리고 나는 금속공학과였다는 점입니다. 아주 다양한 전공생이 모인 집단이었지요. 출신 지역도 가지가지였습니다. 뭄바이 출신 셋, 콜카타 둘, 델리 둘, 방갈로르 둘, 이런 식이었습니다. 아무도 의도적으로 패거리를 만들자고 한 것은 아니었는데 함께 뭉치게 되었습니다. 하키 실력도 처음부터 대단한 건 아니었지요."

당시 친구들이 생각나는지 잠시 말을 멈추었다가 사린은 이야기를 계속했다.

"그런데 나중에 두고두고 후회하게 될 사건이 하나 있었습니다. 기숙사 친구 하나가 아자드 홀 학생 총무부장 선거에 나섰다가 떨어진 것입니다. 우리는 모종의 투표 조작을 의심했습니다. 선거의 무효를 주장하기 위해 우리는 기숙사 대항 하키 경기를 보이콧했습니다. 그러자 기숙사 사감이 우리를 찾아왔지요. 하지만 우리는 절대 경기에 나서지 않겠다고 단호하게 말했습니다. 결국 기숙사 대항전에서 항상 우승을 차지하던 아자드 홀은 경기에 불참하고 말았습니다. 팀을 새로 구성할 여건이 안 됐기 때문이었지요. 생각해 보면 우리가 했던 일 중에서 가장 바보 같은 짓이었습니다.

우리에게는 패거리 의식이 있었지요. 당시에는 아주 만족스러웠습니다. 하지만 기숙사 학생들의 기대를 저버린 것에 대해 지금도 죄책감이 듭니다. 그런 바보 같은 행동에서 무언가 교훈을 얻었다면 그나마 다행입니다. 당시에는 아주 큰 사건이었습니다. 소문이 순식간에 퍼졌지요. IIT 코치들은 걱정했습니다. '이 녀석들이 IIT 대항전도 보이콧하는 것은 아닐까?' 기숙사는 두 파로 갈렸습니다. 정당한 행동이었다고 주장하는 학생들이 있는가 하면 바보 같은 짓이었다고 비난하는 학생들도 있었지요. 당시 우리는 4학년이었습니다. 소위 엘리트라고 불렸지요. 사람들은 우리가 거들먹거린다고 했습니다. 친구들을 많이 잃었지요."

여러 해가 지난 후 사린은 당시 기숙사 사감이던 사후 교수를 LA에서 만났다. 그는 교수에게 "지난 25년 동안 선생님께 사과드리고 싶었습니다"라고 말했다고 한다.

"결국 우리는 권력을 남용했던 셈이지요. 자신의 권력을 조심스럽게 사용해야 합니다. 그 문제에 대해 많이 생각해 봤습니다. 보더폰의 CEO가 돼서 종업원을 3, 4만 명 거느리면 자칫 권력을 남용하기가 쉽기 때문입니다"라고 사린이 말했다. 잠시 생각에 잠긴 듯하더니 그는 고개를 흔들며 "기숙사를 부끄럽게 했지요"라고 말했다. 사린과 그 친구들이 한 행동은 IIT 생활 방식을 기준으로 본다면 생각조차 할 수 없을 정도로 충격적인 행동이었다. 사린은 그때의 기억을 아직도 잊지 못했던 것이다.

일차적인 충성심이 기숙사에 대한 것이라면, 그다음은 학교에 대한 충성심이다. 짐카나의 부회장이었던 고팔라크리슈난은 1967년 뭄바이에서 개최된 IIT 대항전에 카라그푸르 대표 팀을 파견했다. 그전까지 카라그푸르는 IIT 대항전에서 항상 우승을 차지해 왔다. 그러나 카라그푸르는 그해 처음으로 우승하지 못했다. 마지막 경기인 이어달리기에서 한 주자가 바통을 떨어뜨린 것이었다. "스타디움 한가운데에 서서 혼자 울었던 기억이 납니다. 하지만 몇 분 후에 시상식 연단에 서야 했습니다. 패배를 떳떳하게 인정하는 법을 배웠습니다. 인생에서 아주 중요한 부분이지요"라고 고팔라크리슈난이 말했다.

갑자기 나는 무언가 아주 흥미로운 기억이 떠올랐다. 고팔라크리슈난을 만나기 몇 달 전 리처드 수자를 만났는데, 수자 역시 그날의 패배에 대해 얘기했던 것이다. 두 카라그푸르 출신들에게 강렬한 인상을 심어 준 사건이었음이 분명하다. 35년이나 지난 지금에도 그 얘기를 할 정도니 말이다.

수자는 내가 카라그푸르에 입학하기 9년 전에 졸업했다. 그러나 IIT 최고의 운동선수로서의 그의 명성은 여전했다. 나는 수자를 휴스턴에서 만났다. 그는 켈로그 브라운 앤드 루트 해외 기술 사업부 부사장으로 있었다. 수자는 1등을 놓친 일을 다음과 같이 말했다.

"카라그푸르가 처음으로 우승을 놓친 대회였어요. 뭄바이에 아주 근소한 차이로 져 2등을 했지요. 기분이 좋지 않았지요. 육상 경기에서 가장 차이가 컸습니다. 잘해야 한다는 중압감이 커 실수를 했던 것입니다. 이후로는 한 번도 지지 않았어요. 1등 말고는 인정할 수 없었으니까요."

IIT 출신들의 이런 마음가짐은 직장에서도 발견할 수 있다. "경쟁심은 IIT 생활에서 중요한 부분이었어요. 진다는 것은 생각만 해도 끔찍했지요. 최고의 실력을 발휘해서 이기고 싶어 하는 마음을 IIT에서 배웠습니다. 아주 중요한 교훈이었어요. 미국은 경쟁이 치열하기로 악명이 높지요. 난 그게 마음에 듭니다"라고 수자가 말했다.

다시 1983년으로 돌아가 보자. 네루 홀 기숙사생들에게 모욕을 당한 1년 후, 우리 RK 홀은 만반의 준비를 갖췄다. 그해에 나는 RK 홀 총무 부장을 맡게 됐다. 모든 활동을 조정하는 것이 내 임무였다.

우선 영어·힌디 어·벵골 어로 하는 연극, 동서양 음악 등 다양한 행사를 준비해야 했다. 동양 음악 부분은 걱정할 필요가 없었다. 시타르(인도의 대표적 현악기)-타블라(인도의 대표적 타악기) 듀오인 조이 센과 라비 다스굽타가 4학년이었고 팀을 이끌어 나갈 것이 분명하기 때문이었다. 서양 음악 쪽은 상대적으로 열악했지만 1년 내내 열심히 연습해 온 서너 명이 있었고, 바산트 카슈야프가 리더를 맡고 있었다.

연극의 경우는 상황이 전적으로 달랐다. 영어 연극에서는 틸라크 사르카르 말고는 변변한 인물이 없었다. 당시 틸라크는 3학년이었다. 틸라크만큼 실력과 열정이 대단한 학생은 없다고 판단한 우리는 선후배 문제를 무시하고 틸라크에게 연출을 맡겼다.

벵골 어 연극 역시 마땅한 사람이 없기는 마찬가지였다. 네루 홀이 우승했던 스프링페스트에서 우리가 공연했던 연극은 최악이었다. 그러나 그것은 1년 전의 일이었으므로 기억에서 지워 버리고 새롭게 출발해야 했다. 벵골 어 연극의 연출은 아린담 무케르제에게 맡겼다. 2학년생이었지만 누구보다도 재능이 뛰어난 학생이었기 때문이다. 틸라크와 아린담에게 연극을 책임지도록 한 것은 매우 어려운 결정이었다. 당시 기숙사 활동이나 인간관계에 있어서 선후배 관계는 매우 중요한 요소였다.

힌디 어 연극은 최대의 고민거리였다. 연출을 맡겠다고 지원하는 학생들은 많았지만 인간관계에 문제가 있었다. 이기적이었던 이들은 'A'라는 학생이 연출을 맡으면 'B'나 'C'나 'D' 등이 연기를 거부하겠다고 나서는 식이었다. 아울러 'A', 'B', 'C', 'D' 모두 연출을 맡으려 했고 심지어 로비 활동까지 벌였다. 결국 우리는 해결책으로 샤르마지를 선택했다. 30대 초반의 늦깎이 학생으로, 10년 정도 회사에서 근무하다가 공학을 공부하겠다며 IIT에 들어온 인물이었다. RK 홀의 위계질서에 따르자면 샤르마지는 신입생에 불과했지만, 'A', 'B', 'C', 'D'보다 나이가 많았고 학생들의 존경을 받고 있었다. 샤르마지는 힌디 어 연극의 연출을 맡아 달라는 말을 듣고는 매우 놀라워했다. 10년 동안 무대에 서본 적이 없고, 연출은 〈현대판 드로나차르야(A Modern Dronacharya)〉 한 편이 전부였기 때문이었다. 우리는 샤르마지에게 그 연극을 잘 아느냐고 물었다. 그는 당연히 그렇다고 대답했다. 우리는 모두에게 "공연 작품은 〈현대판 드로나차르야〉이며 샤르마지가 연출을 맡는다"고 말했다.

여기저기에서 투덜거리는 소리가 나왔다. 기숙사 연극의 연출직은 학생 대부분이 신입생 시절부터 꿈꾸는 자리인데 갑자기 웬 이방인이 나타나서 그 자리를 차지해 버렸기 때문이었다. 그러나 샤르마지가 학생들에게 오디션에 나오라고 했을 때, 이를 거부하기는 난처했다. 샤르마지는 나이가 훨씬 많은 데다가 RK 홀에서 힌디 어 연극 로비에 관여하지 않은 유일한 인물이기 때문이었다.

리허설을 하는 2주 동안 학생들은 나에게 찾아와 샤르마지가 연출법에 대해 모른다느니, 등장인물을 잘못 해석한다느니 하며 불평을 늘어놓곤 했다. 그러면 나는 그들의 얘기를 참을성 있게 듣다가 화제를 바꾸곤 했다. 기숙사에 대한 충성심과 스프링페스트에서 우승해야 한다는 의욕이 이런 쓸데없는 말싸움보다 앞선다고 생각했던 것이다.

틸라크는 IIT에서 한 번도 보지 못한 공연을 하기로 마음먹었다. 콜카타에 있는 아메리칸 센터 도서관과 IIT 도서관을 며칠이고 뒤졌지만 흥미를 끌 만한 희곡을 찾기 어려웠다. 아울러 우리에게는 아주 심각한 결점이 있었다. 남자 기숙사였기 때문에 여성이 등장하는 희곡을 고를 수 없었다. 등장인물을 여성에서 남성으로 바꾸면 전혀 다른 작품이 될 터였다. 그러던 어느 날 밤 틸라크는 IIT 도서관의 한구석에서 영국의 연극 잡지를 발견했다. 잡지에는 카프카의 〈변신〉을 아주 전위적인 방식으로 개작한 작품의 대본 전체가 실려 있었다. 휑한 무대에 배우들이 모두 검은색 운동복을 입고 등장하는 방식이었다. 그레고르 삼사의 어머니와 여동생 역을 남학생이 맡더라도 무방할 터였다.

아린담은 벵골 어 연극으로 앤서니 섀퍼의 2인극인 〈탐정〉을 골랐다. 아린담과 내가 연기를 하기로 했다. 우리는 벵골 어 대본을 구하지 못했기 때문에 직접 번역을 해야 했다. 밤마다 아린담과 나는 섀퍼의 멋들어진 대사들을 벵골 어로 번역하면서 인도 문화에 맞게 개작했다.

스프링페스트가 다가오던 어느 날, 당혹스러운 소식이 들렸다. 어떻게 된 셈인지 네루 홀과 파텔 홀 모두 〈탐정〉을 공연한다는 것이었다. 다만 우리와 달리 영어로 한다고 했다. 몇 번의 토론 끝에 우리는 세 가지 이유에서 〈탐정〉을 그냥 밀고 나가기로 했다. 첫째, 이미 상당한 시간과 에너지를 쏟았다. 둘째, 지금 와서 작품을 바꾼다면 겁쟁이 취급을 당할지도 모른다. 셋째, 벵골 어 연극은 영어 연극보다 며칠 앞서 공연될 예정이므로 〈탐정〉 공연은 우리가 처음 하는 셈이다.

3개 국어 연극 모두 경쟁이 치열했다. 네루 홀의 벵골 어 연극은 조이데프 무케르제·아디트야 차테르지·수비르 고시·아비지트 사날로 구성된 4학년생 '드림 팀'이 맡았다. 지난 4년간 온갖 연극제에서 우승한 경력의 소유자들이었다. 거기에 신입생 두 명이 가세했는데, 그들의 실력 역시 선배들 못지않다는 것이었다. 1년 전 네루 홀은 이오네스코의 작품 〈목동의 카멜레온(The Shepherd's Chameleon)〉을 개작해 멋진 공연을 펼쳤었다. 이번 해에는 다리오 포의 〈어느 무정부주의자의 우연한 죽음〉을, 내가 2년 만에 무대에 오르게 된 〈탐정〉에 맞설 벵골 어 연극으로 준비하고 있었다.

네루 홀의 4인방은 힌디 어 연극도 맡았다. 작년에 했던 이오네스코의 작품을 힌디 어로 한다는 것이었다. 우리에게 유일한 희망이란 그 4인방의 힌디 어 실력이 형편없어서 공연 중에 대사를 더듬는 것이었다.

네루 홀의 영어 연극인 〈탐정〉에는 데바슈시 고시와 프라티프 다스티다르가 나오기로 했다. 둘 다 토론과 연기의 달인이었고 아이러니하게도 RK 홀에 살다가 사정이 있어 네루 홀로 옮긴 학생들이었다. 막대한 예산을 들여 준비한다는 네루 홀의 〈탐정〉은 '대작'이라는 소문이 나돌았다. 장식이 없는 무대와 복장, 신인 연출가, 그리고 검증되지 않은 배우들로 구성된 우리의 〈변신〉은 IIT 최대의 무대 장치와 출중한 배우 두 명으로 무장한 연극과 맞서게 된 셈이었다. 네루 홀의 4학년 스타들은 영광스러운 졸업을 원했기에 전력을 다했다.

〈변신〉에는 기술적인 문제도 있었다. 그레고르 역을 맡은 틸라크의 무게를 버틸 만한 대나무 우리를 만들어야 했다. 극 중 틸라크는 우리를 기어올라가 천장에 거꾸로 매달려야 했다. 무너지기라도 하면 연극을 망칠 뿐만 아니라 심각한 상처를 입을지도 모를 일이었다. 무엇보다 튼튼하게 만들어야 했다.

힌디 어 연극에서는 이기주의자들이 연극을 망치지 않도록 샤르마지가 수완을 발휘했다. 한 명이 연기를 한사코 거부하자 샤르마지는 그에게 조명, 음향, 받침대 등 기술 분야 일체를 맡겼다. 결과는 아주 성공적이었다.

그러나 〈탐정〉을 준비하던 아린담과 나는 공연 일주일을 앞두고 난감해했다. 무언가 잘못되기는 했는데, 문제가 정확히 무엇인지 집어낼 수 없었다. 아린담은 목소리가 굵고 살이 찐 편이었기 때문에 나이 많은 쪽을 담당했다. 영화에서 로렌스 올리비에가 맡았던 역할이다. 반면 나는 아린담보다 키가 크고 호리호리했기 때문에 올리비에의 아내를 유혹하는 젊은 마이클 케인 역을 맡았다. 그러나 우리 둘 다 연기가 제대로 되지 않는다는 사실을 깨닫고 있었다. 우리는 리허설을 마치고 기숙사 매점에서 찻잔을 거듭 비우면서 밤늦도록 고민했다.

디데이를 나흘인가 닷새 앞두고 아린담이 갑자기 배역을 바꾸는 게 어떻겠느냐고 제안했다. 외모 같은 건 무시한 채 나는 나이 든 인물이, 그리고 아린담은 팔팔한 젊은이가 됐다. 〈탐정〉은 2인극이었기에 우리는 상대방의 대사를 완벽하게 알고 있었다. 배역을 바꾸는 일은 어렵지 않았다. 배역을 바꾸자 어찌 된 일인지 연기가 제대로 됐다.

한 시간도 걸리지 않을 연극, 게다가 두 번 다시 공연하지 않을 연극을 위해, 우리가 2주일 이상 밤낮으로 연습하고 무대 장치를 만들고 학점이 위태로울 것을 알면서도 수업에 빠진 이유는 무엇이었을까? 당시에는 그 시간들이 최고의 시간이었다. 난단 닐레카니나 그 밖에 수많은 IIT 출신 유명 인사들도 그랬다. 기숙사의 '하룻밤' 영광을 위해 '성적 불량'이라는 위험을 무릅썼던 것이다.

그저 시간과 에너지를 엄청나게 낭비한 행동에 불과했을까? 기숙사에 남아서 공부에 집중했던 학생들에게는 그렇게 보였을 것이다. 아울러 이 활동에 전념하느라 학점에 문제가 생긴 학생도 있었다. 나처럼 과에서 하위 30퍼센트에 속했던 학생에게는 이미 주사위가 던져진 셈이었다. 'C'를 몇 개 더 받는다고 해서 크게 달라질 것은 없었기 때문이다. 사실 나 같은 학생들은 구직 신청을 할 때 학과 성적에서 모자란 부분을 과외 활동이나 학생회 경력으로 충당하려고 했다. 객관적인 수치로 입증하기 어려운 자질인 '리더십'이 우리에게 있다는 점을 보여 주기 위해서였다. 그러나 과외 활동에 시간을 할애하지 않았다면 1등을 했을 학생들도 있었다. 그들 대다수는 의식적으로 과외 활동에 참여했다. 학구적인 명예보다는 충실한 삶을 원했던 것이다.

만약 IIT를 다시 다니게 된다면 나는 공부하는 시간을 늘릴 것이다. 그렇다고 해서 과외 활동에 할애하는 시간을 줄이겠다는 것은 아니다. 과외 활동을 통해 팀을 관리하고 사람들을 이끄는 법을 배울 수 있기 때문이다.

나만 그렇게 생각하는 것은 아니다. 2002년 2월 나는 인포시스 테크놀로지스의 CEO이자 인도 기업의 성공 신화를 창조한 인물인 닐레카니를 만났다. 인포시스는 1981년 나라얀 무르티가 이끄는 일곱 명의 엔지니어들이 설립한 회사이다. 무르티는 IIT-칸푸르에서 석사 학위를 받았다(그는 IIT 학부 과정에 합격했지만 학교 교장으로 있던 부친이 IIT 학비를 낼 형편이 못 돼서 지방에 있는 공과대학에 입학했다). 2002년 10월 인포시스는 미국예탁증권(ADR) 가격을 기준으로 액센튜어(Accenture)에 이어 두 번째로 비싼 소프트웨어 서비스 업체로 자리 잡았다. 1993년부터 2002년까지 9년이라는 기간 동안 인포시스의 총거래액은 1억 5천만 루피에서 260억 루피로 무려 173배나 증가했다.

인포시스는 이렇듯 눈부시게 성장하는 과정에서 정직성·무결성·투명성·윤리적 기업 관행을 철두철미하게 지켰다. 아울러 인도 기업으로는 최초로 직원들에게 스톡 옵션을 제공했다. 당시만 해도 고용주가 직원들과 부를 공유한다는 사고방식은 거의 전무했다. 지난 몇 년간 인포시스는 '가장 존경받는 인도 기업'으로 뽑혔으며, 가까운 장래에도 그 이미지는 무너지지 않을 듯하다. 2003년 1월 〈파이낸셜타임스(Financial Times)〉와 프라이스워터하우스쿠퍼스(PriceWaterhouseCoopers)가 20여 개국의 기업 중역 1천 명을 대상으로 실시한 조사에서 닐레카니는 세계에서 가장 존경받는 기업 지도자 50인 중 한 사람으로 선정됐다.

사실 나는 방갈로르 외곽 6만여 평 부지에 건립된 인포시스를 방문하면서 약간 냉소적인 기분이었다. 회사의 탁월한 경영 방식과 직원 중심적인 정책이라며 언론에서 떠들어 대면 '실제로 그렇게 훌륭할까' 하는 생각이 들기 때문이다. 닐레카니와 약속한 시간보다 일찍 도착한 나는 회의실에 앉아서 멋들어진 전망을 구경했다.

한 직원이 다가와서는 음료수나 음식이 필요하냐고 물었다. 나는 괜찮다고 말하고는 그에게 간단히 얘기를 나누고 싶다고 말했다. "구내식당인가 보죠?"라고 나는 눈앞에 사람들 수십 명이 앉아서 식사하는 광경을 보면서 말했다. "회사 내에 있는 식당 세 곳 중 하나입니다. 북부 인도식, 남부 인도식, 그리고 중국 음식이 나옵니다. 아이스크림하고 피자를 파는 매점도 있습니다. 이 회사에서는 5천 명 정도가 일하는데 세 곳에서 식사를 함께합니다"라고 그가 말했다.

나는 앞에 놓인 전화기에 연결된 컴퓨터 마우스처럼 생긴 장치가 무엇이냐고 물었다. "일종의 스피커폰입니다. 첨단 기자재가 많이 있습니다" 하고 그 직원은 리모컨 버튼을 누르며 말했다. 그러자 벽 쪽에서 스크린이 내려오면서 펼쳐졌다. 다른 버튼을 누르자 머리 위에 있는 프로젝터가 작동하면서 화면이 나왔다. "프레젠테이션을 할 때 아주 유용합니다"라고 직원이 말했다. "정말 차나 커피 안 하셔도 되겠습니까? 비스킷은 어떻습니까?"라고 마지막으로 물으며 그가 방을 나설 무렵 인포시스에 대해 내가 품고 있던 냉소적인 감정은 자취를 감추었다.

닐레카니의 사무실에 들어서자 "무슨 책을 쓰고 있다고 했지요, 야르(친구)?" 하는 목소리가 나를 맞았다. 닐레카니는 대단히 느긋한 표정이었다. 옷차림 역시 편안한 바지에 샌들 차림이었다. 수천 명의 인포시온(인포시스 직원들을 부르는 공식 명칭이다)들이 소프트웨어를 개발하고 부를 창출하는, 세계 최대의 소프트웨어 서비스 업체의 CEO임에도 말이다.

"우리가 무드 인디고를 처음 시작했지요. 그리고 나는 행사 조직 위원회에서 일했습니다. 그런 일을 한번 하고 나면 경영에 대해 모조리 알게 됩니다. 최소한 경영과 리더십에 대해 '내'가 아는 것은 전부 무드 인디고에서 배웠습니다"라고 닐레카니가 자랑스럽게 말했다.

20
스프링페스트

*우리는 IIT 기숙사에서 대의를 위한 행동이
무엇인지, 그리고 진정한 열정이란 무엇인지를 배웠다.*

나에게 있어 IIT 학창 시절 중 가장 행복했던 때는 아마도 1983년 기숙사 대항 스프링페스트 기간이었을 것이다. 기숙사에 살던 우리는 모두 기분이 한껏 고조되어 스프링페스트를 준비했다. 나는 동양 음악, 서양 음악, 합창, 힌디 어·영어 연극 등의 리허설을 밤늦도록 보면서 박수를 치고 팀원들의 기운을 북돋아 줬다. 아울러 〈탐정〉의 공연 연습을 하고 무대 배경막을 만들고 〈변신〉에 사용할 대나무 우리가 튼튼한지 확인하는 등 아주 세세한 부분까지 계획하고 확인하기를 반복했다.

무대에서의 공연도 중요했지만 무대 밖 활동도 시곗바늘처럼 정확하게 돌아가야 했다. 연극의 경우, 〈탐정〉은 세 연극 중에서 무대 장치가 가장 많이 필요했다. 배경막을 네타지 홀로 옮겨서 설치하고, 무대 장치도 재빠르게 옮겨다가 무대 위에 설치해야 했다. 아울러 1막이 끝나고 2분 정도의 시간에 무대 장치를 2막에 맞게 다시금 정리해야 했다. 공연이 끝나면 일체의 무대 장치를 신속하게 해체해서 무대를 비워 놓아야 했다. 공연 시간을 포함해 60분 안에 이 모든 활동을 수행하지 못하면 감점이 됐다. 〈탐정〉의 예상 공연 시간은 52분이었다. 그러나 경험상으로 볼 때 49분 정도면 끝날 것 같았다. 그렇다고 여유 있게 시간을 잡을 수는 없었다. 기본적으로 무대 장치를 설치하고 해체하는 데 허용되는 시간을 정확히 8분으로 잡아야 했다.

우리 RK 홀은 무대 공연 외에 다른 전략도 세웠다. 기숙사생 서너 명으로 구성된 팀을 몇 개 만들어서 심사 위원석 뒤에 앉게 했다. 그들은 다른 기숙사의 공연을 관람하면서 심사 위원들에게 들리도록 일부러 큰 소리로 배우들의 실수(진위를 불문하고)를 꼬집어 내는 임무를 맡았다. 이들은 심사 위원들의 의심을 사지 않도록 교대로 작업을 수행했다. 파텔 홀의 공연이 끝나면 RK 홀 학생 세 명이 자리를 비우고 새로운 트집쟁이들이 들어와서 LLR 홀의 공연을 관람하는 식이었다. 어떤 팀은 공연 중인 기숙사 학생들인 것처럼 행세하는 '창의성'까지 발휘하기도 했다.

말하자면 스프링페스트는 일종의 전면전이었다. 모두들 각자가 맡은 역할을 완벽하게 수행해야 했다. RK 홀이 무대에 서기 두 시간 전 기숙사에는 폭풍 전야의 정적이 감돌았다. 이전에는 기숙사에서 얼굴 한 번 내밀지 않던 학생들도 이날만큼은 자원 봉사자로 돌변했다. 실제 공연에 나갈 학생들은 무언가를 중얼거리며 왔다 갔다 하면서 극도로 예민해져 있었다. 나는 아린담에게 "이 대사를 할 때는 등을 내 쪽으로 하는 편이 낫겠어" 하며 말을 걸었다. 그러나 아린담은 너무 긴장한 나머지 내 말이 들리지 않는 듯했다. 그는 먹구름이 자욱하게 일면서 금세 천둥 번개라도 칠 듯한 표정으로 앉아 있었다.

마침내 무대에 나설 시간이 됐다. 1학년생들은 환호를 받으며 배경막을 들고 네타지 홀로 들어섰다. 다른 무대 장치들도 손수레에 실린 채 들어왔다. RK 홀을 응원하는 고함 소리가 여기저기서 터져 나왔다. 한순간도 사기를 떨어뜨려서는 안 됐다.

다행히 연극은 순조롭게 진행됐다. 오랫동안 박수갈채가 이어졌다. 우리 RK 홀 학생들뿐만 아니라 다른 홀의 학생들도 기꺼이 박수를 쳤다. 나는 분장을 지우고 네타지 홀로 다시 들어오면서 네루 홀의 조이데프 무케르제와 마주쳤다. 이 IIT 최고의 배우는 한 시간 후에 무대에 설 예정이었다. "너희들 아주 잘하던데! 산디판, 네가 그렇게 잘하는 줄 몰랐어! 앞으로 더 많은 연극에 나가 보라고!"라고 그가 진심으로 나에게 말했다. 나는 자긍심으로 가슴이 부풀어 올랐다. 연극의 대가에게서 칭찬을 받다니!

그러나 우리 공연이 정말 괜찮았던 것일까? 두 시간 후 그 답은 명백해졌다. 아니었다. 조이데프의 〈어느 무정부주의자의 우연한 죽음〉은 연출이나 팀워크에 있어서 압도적이었을 뿐만 아니라 내용도 상당히 재미있었다. 참으로 대단한 공연이었다. 우리 팀의 완패였다.

RK 홀의 동양 음악 팀은 흠잡을 데 없는 공연을 펼쳤기에 우리 모두는 1등을 확신했다. 서양 음악 부문도 그럭저럭 예상대로 진행됐다. 최소한 3등은 될 듯했다. 힌디 어 연극도 괜찮았다. 지금까지는 다른 기숙사의 연극들보다 나았다. 그러나 네루 홀의 힌디 어 연극이 아직 남아 있었다. 조이데프·아디티야·수비르·아비지트 '4인방'이 힌디 어로 연극하기는 처음이었다. 아울러 네 명이 함께 무대에 오르는 것은 이번이 마지막이기도 했다. 말하자면 고별 공연인 셈이었다.

1년 전 그들이 벵골 어로 공연했던 이오네스코의 작품은 대성공이었다. 이번에도 과연 성공할 수 있을까? 극의 하이라이트는 마지막 부분이었다. 조이데프가 무대에 홀로 서서 독백을 길게 늘어놓는 부분이었다. 대사는 점점 열기를 더해 가다가 종국에는 전혀 알아들을 수 없는 지경에 이르렀다. 몇 마디를 더듬거나 숨이 차거나 대사를 잊어버리기라도 한다면 공연 전체를 망칠 것이었다. 우리는 앞줄에 앉아서 초조하게 지켜봤다.

실수는 없었다. 벵골 어 억양이 강한 힌디 어를 제외하고는 완벽한 공연이었다. 조이데프는 흡사 벵골 어로 하듯 마지막 독백을 멋들어지게 처리했다. 헝클어진 머리에 눈을 부릅뜬 조이데프는 3, 4분 동안 독백을 하다가 막이 내릴 무렵에는 거의 초인적인 속도로 말을 쏟아 냈다. 게다가 한 단어도 더듬지 않았다! 조이데프의 연극 팀이 보여 준 연기는 참으로 대단했다. 관객 모두가 자리에서 일어나서 박수갈채를 보냈다. 4인방의 마지막 공연에 모두가 넋을 잃어버린 것이었다.

우리는 기숙사에 돌아와 갖가지 우승 시나리오를 생각했다. 네루 홀이 벵골 어 연극과 힌디 어 연극에서 1등을 하고 우리가 2등을 한다면, 우리가 동양 음악에서 1등 하고 네루 홀이 3등을 한다면, 네루 홀이 서양 음악에서 2등 하고 우리가 3등을 한다면, 그리고 영어 연극에서⋯⋯.

합창에서는 우리가 1등 할 자신이 있었다. 문제는 영어 연극인 〈변신〉이었다. 작은 크기의 우리를 제외하고는 아무런 장치도 무대에 올리지 않는 〈변신〉은 IIT 역사상 최대의 비용을 들인 연극과 경쟁을 해야 했다. 〈변신〉은 대회 첫날, 그리고 〈탐정〉은 둘째 날에 상연될 예정이었다. 물론 파텔 홀도 〈탐정〉을 준비했지만 우리는 별로 신경 쓰지 않았다.

손수레에 대나무 우리를 싣고 기숙사를 나서면서 우리 모두는 긴장해 아무 말도 하지 않았다. 출연진 일곱 명 중에서 다섯은 1학년생이었는데, 그중에는 무대에 처음 서는 학생들도 있었다. 나머지 둘은 그레고르 삼사 역의 틸라크와 그레고르의 아버지 역을 맡은 5학년생 물리크였다. 〈변신〉팀은 우리 기숙사에서 가장 취약한 팀이었다.

나는 아직도 그 공연을 보지 못한 것을 아쉬워한다. 공연을 본 학생들은 모두들 그렇게 감동적인 연극은 없었다고 말했기 때문이다. 공연에서 보여 준 절제미가 머릿속을 떠나지 않는다는 것이었다. 나는 무대 뒤편에서 음향을 담당했기 때문에 공연을 볼 수 없었다. 더구나 내가 한 실수를 심사 위원들이 혁신적인 연출법이라며 칭찬했다는 것이다.

우리는 최선을 다해서 연극을 공연했다. 이제는 IIT 최고의 배우 두 명이 연기하는 네루 홀의 〈탐정〉을 기다리는 수밖에 없었다. 우리는 밤 늦게 체디스에 앉아서 〈변신〉의 성공을 자축했다. 아울러 네루 홀이 준비했다는 〈탐정〉의 무대 장치에 관해 얘기를 나누었다. 그러다 한 친구가 중요한 질문 하나를 던졌다.

"〈탐정〉의 무대 장치가 그렇게 대단하다면 무대 장치를 들여오고 공연을 하고 다시 무대 장치를 밖으로 내보내는 일을 어떻게 한 시간 만에 다 처리할 수 있지?"

우리는 〈탐정〉의 공연이 50분 이내에 끝나리라고는 생각하지 않았다. 10분 안에 무대 장치를 들이고 내보내야 하는 것은 쉬운 일이 아니라는 생각이 들었다. 60분 동안 빈 무대에서 시작해서 빈 무대로 끝내는 것이 규칙이었다. 이를 위반하면 감점이 됐다.

"네루 홀에서도 그 문제를 생각해 봤을 거야."

누군가가 말했다.

"남몰래 미리 들여놓는지 감시해야 해."

다음 날 저녁 우리는 〈탐정〉의 상연 시각보다 10분 일찍 네타지 홀에 도착했다. 그런데 분장실에서 고함 소리가 들렸다. RK 홀의 5학년생인 파르타 굽타와 회색 가발에 하얀 반다이크 수염으로 분장한 데바슈시 고시가 서로 주먹질이라도 벌일 기세였다. 아직 네루 홀의 차례가 아니기 때문에 분장실에 무대 장치를 들여올 수 없다는 것이 파르타의 주장이었다. 그러나 분장실에는 〈탐정〉 공연에 필요한 가구며 기타 무대 장치들이 이미 가득 들어서 있었다. 데바슈시는 분장실은 무대의 일부가 아니므로 규칙을 위반한 것이 아니라고 주장했다. 파르타는 해당 기숙사 차례가 오기 전까지는 무대 장치를 네타지 홀 건물 밖에 두어야 한다고 주장했다. 양 기숙사에서 온 학생들이 하나 둘 모여들면서 논쟁은 욕설로 발전했다. 우리가 파르타를 붙잡고 밖으로 나가는 동안 두 사람은 여전히 고함을 질러 댔다. 나는 어느 편이 옳은지 아직까지도 잘 모르겠다. 자기 차례가 올 때까지 네타지 홀 밖에서 무대 장치를 가지고 기다리는 것이 관례였고, 분장실이 무대의 일부가 아니라는 말도 틀린 것은 아니었다. 배우들은 자기 팀이 무대에 오르기 전부터 그곳에서 분장을 하곤 했다. 나는 파르타가 네루 홀이 정말로 규칙을 어겼다고 생각해서 소동을 일으켰는지, 아니면 연극이 시작되기 전에 데바슈시 고시를 흥분시키려고 했는지 잘 모르겠다.

파르타의 동기가 무엇이었든 간에 〈탐정〉은 예상했던 것보다 성공적이지 못했다. 분장실에서 다투었기 때문인지 데바슈시의 연기는 별로였다. 네루 홀 학생들은 우리가 데바슈시의 주의를 산만하게 하려고 일부러 소동을 피웠다고 생각했다.

다음 날인 일요일 저녁에는 합창 대회에 이어 최종 결과가 발표될 예정이었다. 합창만큼은 못해도 2등은 할 것이라는 자신감이 있었다. 우리가 스프링페스트에서 우승한다면 RK 홀 역사상 최대 규모로 '승리의 행진'을 벌일 것이었다.

일요일 오후 틸라크와 나는 심사 위원들의 의중을 떠볼 요량으로 심사 위원 한 사람 한 사람의 집을 방문했다. 별다른 성과 없이 날은 어두워져 갔다. 이윽고 영어 연극 심사 위원의 집에 이르렀다. 그분은 런던에서 〈변신〉을 각색한 공연을 봤지만 RK 홀의 공연이 더 훌륭했다고 말했다. 바로 우리가 듣고 싶었던 말이었다. 우리는 자전거를 미친 듯이 몰면서 기숙사로 돌아왔다. 그동안 학과 성적은 형편없이 떨어지고 잠도 못 자고 허리가 부서지도록 고생하면서 노력한 보람이 있었던 것이다. 합창에서 아주 이상한 사고만 생기지 않는다면 우승할 가능성이 있었다. 뛰어나게 잘할 필요도 없이, 그저 눈에 띄는 실수만 저지르지 않으면 됐던 것이다.

합창 대회에서 RK 홀은 마지막 순서로 나섰다. 노래마다 매끄럽게 흘러갔다. 마지막 노래를 시작하면서 우리 중 일부는 자리에서 나와 무대 가장자리에 앉았다. 이 마지막 노래를 실수 없이 부르기만 한다면……. 무대에 있는 모두가 자신만의 세계에 빠진 듯했다. 조이 센은 그 어느 때보다도 시타르를 빠르게 연주했다. 그가 머리를 흔들면 땀방울이 떨어졌다. 라비 다스굽타는 조이와 속도를 맞추느라 타블라를 연주하는 손가락이 눈에 보이지 않을 정도였다. 우리는 점점 숨이 가빠오는 것을 느꼈다. 음악이 최고조에 이르자 청중석에서는 정적만이 감돌았다. 무대 가장자리에 앉아 있던 우리는 주문이 깨질까 봐 감히 숨도 못 쉴 지경이었다. 목소리가 갈라지기라도 한다면? 시타르 줄이 끊어지기라도 한다면? 라비의 손에 땀이 너무 많이 차 제대로 연주를 못하기라도 한다면? 그러나 주문은 깨지지 않았다. 음악이 끝나자 RK 홀 학생 전원은 자리에서 일어나 미친 듯 환호했다.

우리는 우승했다. 작년에 당한 치욕을 만회한 것이다. RK 홀이 다시 1등이 됐다. 시상식이 진행되는 동안에도 네타지 홀 밖에서는 승리의 춤판이 벌어졌다.

책의 집필에 필요한 자료 조사차 IIT-카라그푸르를 방문했을 때, 영빈관에서 머물던 나는 새벽 2시에 일어나 RK 홀을 찾아가 보았다. '원시적인 화장실이며 툭하면 끊기던 물이며 끔찍한 음식이며……, 이 기숙사에 그토록 열광했던 이유가 무엇이었을까' 하고 생각했다. 그러나 수많은 세월이 흐른 지금 RK 홀 벽면에 걸린 역대 학생 회장 명단에서 내 이름을 발견한 나는 흥분을 감추지 못했다. 10년도 넘는 세월이 흐른 지금 RK 홀에서 생활하는 학생들은 우리를 무슨 왕족처럼 맞이했다. 우리가 그토록 위대한 전통의 선구자라는 사실을 알기 때문이었다. 우리는 기숙사의 기치를 드높이고자 땀과 눈물을 쏟아 가며 노력을 아끼지 않았다. 취직이나 경력에 직접 도움이 되지 않는 활동이었음에도 말이다. 우리는 IIT 기숙사에서 대의를 위한 행동이 무엇인지, 그리고 진정한 열정이란 무엇인지를 배웠다. 리더십과 정치적 통찰력, 그리고 삶의 지혜를 배웠다. 아울러 학과 공부 이외의 영역에서 경쟁하는 법을 배웠다. 또한 엄청난 스트레스를 감당하고 현실에 유동적으로 대처하는 법도 배웠다.

그러나 단지 내가 '그렇게 생각하고 싶은' 것은 아닐까? 그저 시간만 낭비한 것은 아닐까?

어떤 IIT 출신도 모를 일이다. 코네티컷 주 스탬퍼드에서 개최된 전 세계 IIT 동문 간부 회의 오찬에서 IIT-뭄바이 출신이자 시티그룹의 부회장인 빅터 메네제스는 다른 약속이 있어서 먼저 자리를 뜨겠다고 말했다. 그러자 IIT-뭄바이 동문이자 경영 컨설턴트인 제이 데사이와 난단 닐레카니가 메네제스를 붙들었다. 자리에 남아서 몇 분간 연설을 해 달라는 것이었다. 메네제스는 한사코 자리를 떠야 한다고 말했다. 그러자 데사이가 그의 팔을 잡으면서 "이봐, 빅터, 제8기숙사를 위해서야"라고 말했다. 그러자 세계 50대 은행가 중 한 명인 메네제스는 제8기숙사를 위해 자리에 남았다.

21
IIT 교육 제도의 문제점

IIT 교육 제도에는 어떤 탈출구가
있어야 한다.

학생들은 IIT에서 기묘한 체험을 한다. 부족의 일원으로서 충성심을 보이며 기숙사의 명예와 같은 대의에 광적으로 매달린다. 아울러 일부 학생들은 부정적인 영향을 받기도 한다. 그들은 학과 공부와는 담을 쌓은 채 학교에서 금기시하는 일에만 전념하는 학생들이다.

그러나 그들 중에서 최소한 몇 명 정도는 학과 성적도 출중했다. IIT-칸푸르 1976년도 졸업생이자 현재 리복에서 근무하는 무크테시 '미키' 판트가 기억하는 한 우등생 친구가 그 대표적인 예이다.

"그 시절에 캠퍼스에는 반체제적인 학생들이 많았습니다. 학교 당국을 전혀 두려워하지 않으면서 무슨 문제든지 제기했지요"라고 판트가 말했다.

미국의 베트남전 반대 운동과 히피 운동은 멀리 떨어진 인도의 젊은 이들에게도 영향을 미쳤다. 음악이 주요 매개체였다. 정치적 환멸감은 자야르프라카시 나라얀이 주도하는 반(反)인디라 간디 운동에서 '성난 젊은이(Angry Young Man)'에 이르기까지 다양한 방식으로 표출됐다. 아울러 이러한 감정은 영화에서 반체제 학생들이 영웅으로 형상화되는 경우도 많았다. 국내 최고의 두뇌들이 반역자가 될 수 있다는 사실은 어찌 보면 자연스러운 현상이었다.

"그 우등생은 잠자는 시간을 빼고는 대부분 대마초에 취해 있었지요. 한번은 그 친구가 실험 실습 시간에 대마초를 피웠습니다. 교수가 밖으로 나가라고 했지요. 그 친구는 문 쪽으로 걸어가다가 멈춰 서더니 교수를 향해 몸을 돌리며 대마초를 한 모금 빨았습니다. 그러자 교수가 '내가 분명 나가라고 말했을 텐데' 하며 소리를 질렀습니다. 그러자 그 우등생은 바닥을 가리키며 '지금 밖에 있는데요'라고 말했습니다. 실제로 그는 실험실 문 밖으로 5센티미터 정도 떨어진 곳에 서 있었습니다"라고 판트가 그 우등생에 관한 일화를 얘기했다.

아난트 라만은 IIT-마드라스 1986년도 졸업생이자 하버드대학 부교수이다. 그는 자기가 만난 가장 똑똑한 인물에 대해 얘기했다. 수레시(가명)는 입학시험에서 1등을 했지만 IIT-마드라스에 들어오자마자 문제가 생겼다. 수학에 관심이 많았던 수레시는 전공인 기계공학보다 수학 관련 수업을 더 많이 듣고자 했다. 심지어 마드라스에 있는 다른 수학대학에서 듣는 과목을 IIT에서 정식 학점으로 인정해 달라고 요청하기까지 했다. IIT는 수레시의 요청을 거절했다. 그는 5년 동안 IIT에서 불행한 시간을 보냈다. 학과 성적은 바닥이었다.

"그 친구는 졸업하고 나서 아프리카와 중동 지역을 전전하다가 결국 오클라호마로 가서 석사 과정을 밟았습니다."

아난트가 말했다.

"그러면서 서서히 상승 곡선을 탔지요. 미국의 대학 제도는 그 친구의 필요에 맞게 융통적이었습니다. 나중에는 하버드대학 교수가 됐고,

유연제조시스템(FMS)에 대한 연구로 우수 논문을 발표한 학자에게 주는 테일러 상을 받기도 했습니다. 지금은 세상을 떠났습니다. 문상을 하는 자리에서 한 친구가 어떻게 학과 꼴찌였던 학생이 기계공학자로서 최고의 영예를 누리게 됐는지를 얘기하더군요. IIT 교육 제도에 뭔가 문제가 있다는 말이지요."

1980년대 초 RK 홀에 들어오는 신입생들은 선배들에게서 대단한 '동문'에 대한 얘기를 들었다. 그의 이름을 편의상 크리슈나라 부르기로 하자. 나 역시 크리슈나에 대한 전설을 선배들에게서 들었다. 어떤 부분은 과장됐겠지만 대부분은 사실일 거라고 생각한다. IIT 입학시험에서 두 자리 등수에 들었던 크리슈나는 1974년 기계공학과에 입학했다. 천재적인 머리에 토론이나 작문 실력도 탁월했고 리더십도 있었던 크리슈나는 입학 초기부터 유명 인사였다. 선거에서도 낙선하는 법이 없었다. 그는 RK 홀의 학생 회장을 하기도 했다.

당시 IIT-카라그푸르의 학칙에 따르면 1학기에 낙제한 학생은 집에 돌아갔다가 다음 해에 1년 후배들과 함께 1학기를 다시 시작해야 했다. 크리슈나는 3학년 2학기에 낙제했다. 그러고는 줄곧 2학기만 되면 낙제를 했다. 6개월 동안이나 집에 머물기 싫어서였는지 모르겠다. 1학기를 통과하는 데 필요한 최소한의 노력만 기울이면 사랑스러운 캠퍼스에 계속 머물 수 있었던 것이다. 크리슈나는 3학년 2학기를 세 번이나 낙제했다.

기계공학과에서는 크리슈나를 결국 제적시킬 수밖에 없었다. 그는 IIT 졸업장을 받지 못하고 학교를 떠났다. 엄격히 따지면 크리슈나는 동문이 아니다. 그러나 모두들 그를 동문으로 여긴다. 크리슈나는 다른 대학에서 교양 과정을 속성으로 밟은 후 인도 유수의 잡지사에서 편집장이 됐다.

나와 크리슈나의 공통점(IIT-카라그푸르, 기숙사, 형편없는 학점, 직업)은 여기서 그치지 않는다. IIT를 졸업하고 IIM-콜카타에 들어갔을 때, 여러 선배들이 내가 IIT-카라그푸르 출신이라고 하자 크리슈나에 관한 얘기를 했다. 크리슈나는 내가 IIM에 입학하기 직전에 졸업했다는 것이다. IIM 역사상 전일제 근무를 하면서 MBA 과정을 완벽하게 소화해 낸 학생은 크리슈나가 유일했다고 한다. 그는 낮 시간에는 잡지사에서 근무를 하고 저녁에는 럼주 한 병을 들고 IIM 캠퍼스에 나타나 친구들과 함께 술병을 비우고 휴게실 탁구대에 누워 자곤 했다고 한다. 일단 잠자리에 들겠다고 결정하면 학생들이 탁구를 치든 말든 개의치 않았다고 한다.

몇 년 전 나는 크리슈나를 처음이자 마지막으로 만났다. 친구의 집에서였다. 당시 그는 술을 끊은 상태였다. 다른 친구들이 술에 취하는 동안 크리슈나는 망고 주스를 홀짝이며 저녁 시간을 보냈다.

내가 IIT에 입학한 1980년은 히피들이 미국 금융가에서 직장 생활을 하던 무렵이었다. 그레이트풀 데드, 크로스비, 스틸스, 내시, 영 등의 음악은 그저 재미로 들었다. 낙살라이트의 이상은 일부 시골 지역을 제외하고는 잊혀져 버렸다. 그러나 반항적인 젊은이들에게 반체제주의의 상징이라고 할 수 있는 마약만큼은 어느 캠퍼스에나 남아 있었다. 대마초에 잔뜩 취해 시험을 봤는데 전 과목 'A' 학점을 받았다는 학생들의 소문이 무성했다. 나는 그런 소문들이 어디까지가 사실인지 모른다. 내가 관찰한 바로는 두세 명 정도는 마약에 취해서도 스스로를 통제한 반면, 상당수는 마약에 통제당했다.

해를 거듭할수록 엔지니어나 의사가 돼야 한다는 압박감이 가중됐다. 정부에 대해 환멸을 느끼는 인도인이 늘어나면서 공무원 취직 열기는 식어만 갔다. 그 대신 공학과 의학이라는 두 분야가 각광을 받기 시작했다. 중산층에서는 자녀들이, 특히 남자 아이들이 인문학 대신 공학을 공부해야 한다는 의식이 확고했다. 인도에서 인문학을 전공하면 사무원이나 세일즈맨이 된다. 교직원의 봉급은 물가 상승률보다 더디게 증가했으며 사회적 지위 또한 급강하는 추세였다. 반면 엔지니어들은 좋은 회사에 취직했고 의사들은 돈을 많이 벌었다.

상황이 그렇다 보니 부모들은 자녀의 재능이 무엇인지에 대해 별로 신경 쓰지 않고 무조건 공학 분야로 진학하게 했다. 엔지니어나 의사가 될 수 있다면 생활이 윤택해질 거라는 생각에서였다. 순수 과학도 인문학과 같은 취급을 받았다. 봉급이 많지 않은 직장에 취직하는 것이 고작이기 때문이었다.

이러한 분위기는 IIT에서 학과를 선택할 때도 나타났다. 1980년 6월의 어느 아침 나는 IIT 입학시험 결과를 확인하러 갔다. 전국 218등이었다. IIT 어느 캠퍼스의 어떤 학과든지 다 들어갈 수 있는 수준이었다. 아버지는 내가 등수를 말하자 곧장 전자공학을 전공하라고 하셨다. 당시 전자공학이라고 하면 무언가 대단하고 첨단적인 이미지였다. JEE에서 상위권에 든 학생들은 '당연히' 전자공학과를 지원하는 식이었다. 그림에 소질이 있었던 나는 건축학과에 진학하고 싶었다. 그러나 내가 JEE 등수를 얘기한 후부터는 우리 가족 중 누구도 '건축학'이라는 단어를 꺼내지 않았다. 나는 기꺼이 아버지의 말씀에 따랐다.

1, 2학년 때 학점이 좋으면 학과를 바꾸는 것이 가능했다. 그렇다고 기계공학과 학생이 광업학과로 옮긴다거나 전자공학과 학생이 조선공학과로 과를 바꾸지는 않았다. 내 동기 중 한 명은 JEE 등수가 105등이었는데 토목공학과를 선택했다. 아버지의 건설회사를 물려받기 위해서였다. 그 친구는 처음에 전자공학과나 전산학과에 들어갔다가 2년 후에 토목공학과로 바꾸지 않은 것을 후회했다. 그 친구는 "토목공학

과에 들어왔으니 모두들 내가 JEE에서 1천 등 정도 했다고 생각할 거야!"라며 불만을 늘어놓곤 했다.

그런데 엔지니어가 돼야 한다는 중산층 부모들의 압력을 받고 JEE 등수에만 의존해서 학과를 무분별하게 선택한 IIT 출신들은 공학과는 무관한 직업을 선택하는 경우가 많았다. 이것이야말로 IIT 교육 제도가 가장 심한 비판을 받는 부분이다. 납세자들의 막대한 세금으로 교육을 받아 놓고 공학과는 무관한 경영·언론·영화·공직 분야에서 종사하기 때문이다. 비판 진영에서는 납세자들의 돈이 낭비되고 있다고 주장했다. 나는 이 문제에 대해 몇몇 성공한 IIT 출신들에게 의견을 구했다.

프라딥 굽타는 몇 년간 HCL컴퓨터 시스템부에서 근무하다가 인도 최대의 컴퓨터·통신 제품 생산 업체인 사이버 미디어를 설립했다. 나는 굽타에게 IIT 출신들이 진로를 바꿈으로써 납세자들의 돈을 낭비한 격이 되었느냐고 물었다. 그는 "학교 측은 졸업생들이 아주 다양한 분야에 진출했다는 사실을 자랑스러워해야 합니다. 이 정도로 동문들이 다양한 분야에서 성공을 거둔 대학도 없을 겁니다. 공학 교육을 받는 데 들어간 납세자들의 돈에 관해 얘기하자면, 나중에 사회에 훨씬 많은 액수로 갚아 줬다고 생각합니다"라고 반박했다.

아울러 굽타는 또 한 가지 중요한 부분을 지적했다. 인도에서는 소프트웨어 산업을 제외하고는 엔지니어들이 별로 대접을 받지 못한다는 사실이었다. "엔지니어들에게 경영자만큼 돈을 주지 않는다면 사람들은 공학 분야에 들어오지 않을 겁니다. 전산학 분야는 사람들이 돈을 많이 받고 도전할 만한 업무가 많기 때문에 몰려듭니다"라고 그가 어깨를 으쓱하며 말했다. 사우라브도 "국내 공학 분야에 기회가 많다면 해외로 나가는 IIT 출신들의 수는 줄어들 것입니다. 이런 엘리트 집단을 만들어 놓고도 성취감을 느낄 만한 일을 주지 않는 게 문제이지요"

라며 비슷한 말을 했다.

스리바스타바는 "사람들은 변합니다. IIT에서 학창 시절을 보내면서 스스로에 대해 더 잘 알게 되고 성장하는 법이지요"라며 그는 자신이 IIT에서 '성장했다'고 말했다. 스리바스타바는 일생토록 컴퓨터 분야에 매진했다. 사실 그는 졸업 무렵에 공학 전공을 포기하고 언론계에 들어갈까를 심각하게 고민했다고 한다. "IIT에서는 공학만 가르치는 게 아니지요. IIT에서는 기본적으로 지식을 연마하는 법을 가르칩니다. 그리고 경쟁력을 키우고 지적인 능력을 연마하고 열심히 일하는 법을 가르치지요. IIT 출신들이 공학 말고도 여러 분야에서 능력을 발휘한다는 사실은 IIT 교육에 있어서 아주 긍정적인 부분입니다. 진정한 교육이 무엇인지를 보여 준 셈이니까요. 지식을 연마하는 방법과 어떤 분야에서도 성공하는 법을 가르쳐 준 셈이니까요. 그리고 더 나은 세상을 만들 수만 있다면 그것이 공학이든 그림이든 무슨 상관이겠습니까?"라고 그가 말했다.

학창 시절에 '성장'해서 공학에 대한 사고방식을 바꾼 사람들이 있는 반면, 자이람 라메시 같은 인물은 JEE 시험을 보기 전부터 공학도의 길을 원하지 않았다고 한다. 라메시는 1990년대 인도 경제 개혁의 숨은 주역이다. 그는 전직 재무 장관 두 명의 충직한 부관이었고 현재는 국민회의당 경제분과위원장으로 TV에서 자주 얼굴을 볼 수 있는 인물이다. 현재 몸담고 있는 경제 분야와 거리가 먼 기계공학을 IIT-뭄바이에서 전공했다는 사실을 아는 사람은 거의 없다. "열네 살이 되면서 앞으로 뭐가 되고 싶은지 알게 됐지요. 델리에 있는 세인트스티븐스대학에서 경제학을 전공한 후에 로즈 장학금을 받고 영국으로 유학 가고 싶었습니다. 하지만 아버지가 IIT 교수로 계셨는데 내가 IIT에 가야 한다고 말씀하셨지요. 당시 경제적으로 독립한 상태가 아니었으니, 아버지 말씀을 따라야 했지요"라고 그가 말했다.

라메시는 2학년 때 도서관에서 노벨상 수상자인 폴 새뮤얼슨의 고전인 《경제학개론(*Economics : An Introductory Analysis*)》을 대출했다. "그때부터 빠져 들게 된 겁니다. 책장을 열자마자 열네 살 때의 내 생각이 옳았다는 것을 깨달았지요. 경제학을 공부하고 싶은 열망이 더 커진 것입니다"라며 자신이 어떻게 경제학을 선택하게 되었는지 말했다. 라메시는 전공인 기계공학에 전념하는 척하면서 경제학과 수학 과목을 최대한 많이 수강했다(그는 훌륭한 경제학자가 되려면 수학을 잘해야 한다고 판단했다). 라메시는 졸업장을 받자마자 경제학 분야로 뛰어들었다.

무크테시 판트도 세인트스티븐스대학에서 경제학을 전공하고 싶어 했지만 부친 때문에 IIT에 입학해야 했다. 판트는 졸업과 동시에 IIM에 입학해야겠다고 마음먹었다. IIM-아마다바드에 합격하여 첫 학기 등록금까지 낸 판트에게 힌두스탄 레버의 채용 담당관들이 찾아왔다. 판트는 채용 담당관들에게 IIM에 입학해 경영학을 공부할 계획이라며 취직할 수 없다고 말했다. 그러자 회사 측에서는 판트에게 전례 없는 제안을 했다. 회사에 들어와서 엔지니어 말고 경영자 연수를 받으라는 것이었다. 원하는 업무를 지금 할 수 있는데 2년이나 허비할 필요가 없다는 얘기였다. 결국 판트는 힌두스탄 레버에 입사했다.

한편 아난트 라만은 다음과 같이 간단명료하게 말했다.

"IIT에서 '무엇이든' 열정적으로 노력한다면 커다란 도움이 됩니다. IIT에서 할 수 있는 일은 많습니다."

그러나 라메시 같은 동문은 IIT 교육 제도에 어떤 조치를 취해야 한다고 주장했다.

"IIT 교육 제도에는 탈출구가 있어야 합니다. 3학년을 마치고 나서

진급하기 싫다면 기초 학위를 받고 자기가 원하는 길로 나아가게 해줘야 합니다. 학창 시절에 그런 제도가 있었다면 나도 당연히 그렇게 했을 겁니다. 마음에도 없는 공부를 5년 동안이나 한다는 것은 엄청난 시간 낭비지요. 엔지니어가 되고 싶지 않은 학생들이 많았습니다. 중간에 학교를 명예롭게 그만둘 장치가 마련돼야 합니다. IIT 입학 당시에는 나이가 너무 어린 데다 경제적으로 부모에게 의존하기 때문에 올바른 결정을 할 수 없습니다."

라메시의 얘기를 듣고 있노라니 15년 전 실롱에 갔던 일이 떠올랐다. 실롱은 영국인들이 '동양의 스코틀랜드'라고 불렀던 북동부 산악 지역에 자리 잡은 마을이다. 1987년 여름, 일 때문에 그곳에 갔던 나는 잠깐 시간을 내서 마을 여기저기를 둘러보러 다녔다. 나는 아름다운 워드 호수 쪽으로 걸어 내려갔다. 호수 주변에 풀밭이 펼쳐져 있었다. 근처 소나무 그늘에 자리를 잡고 앉았다. 갑자기 누군가가 내 앞에서 멈추어 섰다. 고개를 들어 보니 옛 동창 데이비드(가명)였다. 데이비드는 IIT 입학 초기부터 술과 마약에 절어 지내다가 낙제를 거듭하더니 어느 날 학교에서 자취를 감춰 버렸다. 그 후로 데이비드가 어떻게 됐는지 알 길이 없었다.

데이비드는 고향인 실롱으로 돌아와 새로운 삶을 살고 있었다. 장발에 헤비메탈 가수 같은 태도는 사라지고 없었다. 그는 주정부의 한 부서에서 서기로 근무하고 있었다. 자신의 생활에 대단히 만족하는 듯했다. "IIT에 대해서는 전혀 생각 안 해" 하고 그가 말했다.

"실수를 저지른 거야. 그 학교에 가지 말았어야 했어. 별 관심도 없었는데. 하긴 입학하기 전까지는 그것도 깨닫지 못했지. 하지만 내가 거기서 4년 동안 있으면서 뭘 '싫어하는지'는 알게 됐으니 하느님께 감사할 따름이야."

데이비드에게는 종교가 생겼다.

"내가 위기에 처할 때마다 하느님께 도와 달라고 부탁했어. 그러면 항상 도와주셨지. 한번은 아주 예쁜 아가씨를 알게 됐어. 결혼하고 싶었지. 그런데 여자 친구의 아버지가 날 싫어하셨어. 나를 집 밖으로 내쫓기까지 했지. 그래서 난 집에 돌아와서 하느님께 기도했어. '하느님, 저는 제 생명보다 그 여자를 사랑합니다. 그 여자도 저를 마음 깊이 사랑합니다. 우리 두 사람을 결혼하게 해주십시오' 하고 말이야. 그런데 산디판, 갑자기 내 방 벽에 어떤 날짜가 나타나는 거야. 벽에 걸린 그림만큼이나 뚜렷했어. '6월 22일'이라고 적혀 있었어. 그래서 난 여자 친구 아버지에게 찾아가서 이렇게 말했지. '어떻게 하시든 좋습니다. 하느님께서 우리가 6월 22일에 결혼한다고 알려 주셨습니다.' 결국 그날에 결혼했지."

나는 데이비드의 얘기를 들으면서 마지막으로 그를 보았던 날을 떠올렸다. 아자드 홀 기숙사에서였다. 그때 데이비드는 복도에 앉아서 기타 줄을 퉁기며 핑크 플로이드의 〈타임(Time)〉을 부르고 있었다. 기타 소리는 불규칙했고 노랫소리는 불분명했다.

결혼 후 데이비드는 어려운 시기를 몇 번 겪었다. 서기 일로는 생계를 유지하기가 어려웠다. 결혼 2년 만에 아기가 둘이나 태어났기 때문에 더욱 힘들었다. 데이비드는 자기 부친이나 장인에게서 도움을 받으려 하지 않았다. 마침내 집에 돈도 음식도 다 떨어졌다. 그날은 월급날이었는데 데이비드는 설사병으로 쇠약해진 데다가 탈수 증세까지 있어서 출근을 못하고 집에 누워 있었다. 사무실에 가서 봉급을 받아 오기 전까지는 꼼짝없이 굶어야 하는 상황이었다. "그래서 하느님께 기도했어. '하느님, 설사병을 겸허히 받아들이겠습니다. 하지만 두세 시간 동안만 설사가 멈춰서 월급을 가져올 수 있도록 해주십시오. 죄 없는 아기들이 굶고 있습니다.' 그러자 하느님께서 들어주셨어, 산디판! 하느님이 내 기도를 들어주신 거야. 갑자기 몸이 좋아지는 것 같은 거야. 집에서 나와 버스를 타고 사무실로 가서 돈을 받아 왔지. 집에 오자 설사가 다시 나오는 거야. 그러고는 다음 주까지 계속 아팠지. 하느님께서 들어주신 거야."

"심각한 문제가 생길 때마다 하느님께서 보여 주신 기적은 그것 말고도 많아. 너도 신앙을 가져야 해" 하고 데이비드가 말했다. 우리는 말없이 풀밭에 앉아 호수 쪽으로 눈길을 보냈다. 관광객으로 보이는 가족이 있었다. 한 꼬마가 진달래를 가리키며 "아빠, 저거 차나무예요?" 하고 부모를 향해 물었다. 논리와 이성은 IIT에서 공부하면서 중요하게 여긴 부분이지만, 그 자리에서 나는 데이비드가 얻은 평화를 결코 무시할 수 없다는 사실을 깨달았다. 그에게는 자신만의 논리와 이성이 있었던 것이다.

데이비드는 갑자기 내 손을 잡더니 "친구, 이만 갈게. 하지만 떠나기 전에 너를 위해서 기도해 줄게. 나도 그렇고 너도 죄인이야. 하지만 나는 길을 찾았어. 너도 길을 찾게 해달라고 기도할게"라고 말하고는 짧은 기도를 올렸다. 자신에게 빛을 보여 줬으니 나에게도 보여 달라고, 그리고 내가 잘못된 길로 들어선 우매한 죄인이니 내 죄를 용서해 달라고……. 옆에서 지나가던 관광객들이 이상한 눈으로 쳐다봤다. 남자 어른 둘이서 손을 잡고 있었으니 그도 그럴 것이다. 그러나 나는 개의치 않았다. 데이비드는 떠났다. 소나무 밑동에 기대앉아서 나는 데이비드에 대해서, 그의 변한 모습에 대해서 생각했다.

22
괴짜들의 천국 IIT

IIT에서 우리는 세상에는 별별 종류의 사람들이 있고
저마다 독자적인 세계가 있다는 것을 배웠다.

나는 이 책을 쓰기로 한 후 여러 IIT 친구들에게 메일을 보내 어떤 내용을 다뤘으면 좋겠느냐고 물었다. 그들이 보낸 답변에는 '별난 친구들에 대한 얘기를 쓰라'는 주문이 꽤 많았다.

다음은 시카고에 있는 패디 파드마나반이라는 친구가 보낸 답신이다.

우선 내가 IIT에서 뭘 얻었는지 얘기할게. 아니, 내가 뭘 얻지 못했는지 얘기하는 게 낫겠다. 열역학이나 열전달 같은 분야에서 천재가 되지 못했지. 하지만 나는 IIT에서 똑똑한 사람들을 만났고(비록 계량적인 기술을 무슨 대단한 분석적 기술로 오해하는 경우가 대부분이었지만) 지속적인 인간관계를 만들었어. 그리고 정확히 무엇에 대한 것인지는 모르겠지만 모종의 성취감도 얻었지. 네가 IIT에 대한 글을 쓴다면 자와할랄 네루가 인도의 미래를 위해 얼마나 멋진 학교를 만들었는지를 써야 할 거야. 유명한 동문들에 대해서, 그리고 IIT 출신들이 전 세계 경제계와 학

250

술계에 미친 영향에 대해 써보렴. 정말 대단한 인물들을 발견하게 될 거야. 아니면 일화 중심으로 글을 쓸 수도 있겠지. 평균적인(이런 표현이 가능하다면) IIT인들을 한 꺼풀 벗겨 보는 식으로 말이야. 출판사에서는 뭐라고 할지 모르겠다. 아무튼 나는 그런 책이 나온다면 틀림없이 사서 읽고 싶을 거야.

어떤 세대의 IIT 출신이라도 '별난' 친구들과 그들의 괴팍한 행동에 대한 추억이 있을 것이다. 고독한 수학 천재에서 온갖 종류의 망상가에 이르기까지 IIT는 가히 괴짜들의 천국이라고 할 수 있다. IIT 학생들은 이들에게 관대하기 그지없다. 유일하게 용서할 수 없는 것은 우매함이다. 나머지는 무엇이 어떻든 간에 상관없다. 옷을 벗고 돌아다니든 한밤중에 나무에 올라가든 모든 것이 무방하다. 사실상 모두가 나름대로 엉뚱한 면이 있다. 최소한 내가 인터뷰했던 IIT 출신 대부분과 나는 그렇게 기억하고 있다. 지난 몇 년간 IIT 입학 경쟁이 치열해지면서 IIT 학생들은 좀 더 평범하고 온건해졌는지도 모르겠다. 만약 사실이라면 유감스러운 일이다.

2002년 5월 뉴어크 공항에서 나는 17년 만에 산조이 폴을 만났다. 산조이는 새로운 환경에 놀랄 만큼 빠르게 적응하는 인물이다. 현재 루슨트에서 연구 본부장으로 재직 중이다. BMW에 몸을 싣고 그의 집으로 가면서 우리는 친구들에 대해 얘기를 나눴다.

부지불식간에 우리는 괴짜들에 대해 얘기를 하기 시작했다. 산조이는 기숙사 동기 중 하나인 핑크(가명)의 소식을 궁금해했다. 핑크는 IIT를 다니는 내내 고급 물리학을 공부하고 체스를 즐겨 했다. 그 밖의 활동에는 거의 관심을 보이지 않았다. 저녁 식사 시간에 우리들 대부분이 크리켓이나 영화, 기숙사 대항전에 대해 열띤 논쟁을 벌이고 있으면, 핑크는

'그런 진부한 문제에나 신경 쓰는 바보들이라니' 하며 경멸 어린 표정을 짓곤 했다. 그러고는 이따금 고개를 들고는 특유의 콧소리로 "문제가 있어" 하며 말했다. 누군가가 "무슨 문제인데?" 하고 대꾸하면 핑크는 "아, 별것 아니야. 공간이 왜 3차원인지 생각하는 중이야" 하며 어깨를 으쓱했다. 농담이 아니었다. 이 열아홉 살짜리는 기숙사 방에 홀로 앉아서 공간이 3차원인 이유를 탐구했던 것이다. 그는 우리보다 5배는 많이 알고 있었다.

한번은 산조이가 핑크에게 "핑크, 넌 여자 생각 안 하냐? 섹스 말이야" 하고 물었다. 핑크는 자신 있는 어조로 "안 해"라고 말했다. 이미 그 문제는 해결했기 때문이었다. 아이를 갖고 싶으면 자신의 정자를 보관해 둔 채 성전환 수술을 받고 여자가 돼서 자기 정자로 임신을 하고 나중에 다시 수술을 받아 남자로 돌아오면 된다는 것이었다. 종의 번식이 궁극적인 목적이라면 굳이 다른 사람과 접촉할 필요가 없다는 것이 핑크의 생각이었다(여러 해가 지난 후 나는 남자가 성전환 수술을 통해 여자로 바뀔 수 있다는 사실을 알았다. 그러나 이 새로운 '여성'에게는 난소가 없다. 결국 핑크의 계획은 실현 불가능한 것이었다).

핑크는 체스의 달인이었다. 기숙사 대항전이나 IIT 캠퍼스 대항전에 나가면 가볍게 우승을 했다. 그리고 방에 돌아와서는 시간을 낭비했다면서 투덜거렸다. 짐카나 학생회에서는 그가 졸업할 무렵 최고의 스포츠 상을 수여하려고 했다. 산조이는 기쁜 마음으로 그 사실을 핑크에게 알리면서 졸업생 환송식에 참석하라고 말했다. 그러나 핑크는 별 관심이 없었다. 그에게 상은 아무런 의미도 없었다. 산조이가 핑크에게 "하지만 핑크, 네가 이런 걸 싫어하는 줄은 알지만 일생에 한 번뿐인 경험이야! 사람들이 네 이름을 부르면 넌 단상에 올라가서 상을 받는 거야. 다시 오지 않을 기회잖아!"라며 상 받을 것을 권했다. 핑크는 "사람들이 내 이름을 부르면 난 거기에 없을 거야. 그런 기회도 다시 오지 않겠지"라고 단호히 말했다. 핑크는 끝내 환송식에 나타나지 않았다.

"그 친구 지금은 어디서 뭘 하는지 궁금하네" 하고 산조이가 말했다. 고속도로를 달리는 차는 카라그푸르의 추억에서 시공간적으로 한참 떨어져 있었다. "인도철강에 들어갔다는군. 그 친구를 아는 사람이 그러는데, 냉장고를 사서는 책장으로 쓴다더군" 하고 내가 말했다.

내가 5학년 때 저그(가명)라는 신입생이 우리 기숙사로 배정받았다. 우리는 저그의 약간 광기 어린 눈초리를 간파했어야 했다. 저그는 신입생 길들이기 기간이 끝난 후 첫 번째로 맞이한 주말을 집에서 보내려고 콜카타로 떠났다. 그사이 몇몇 학생들이 그의 기숙사 방에 들어가서 CG체인지를 했다. 아무것도 훔치지 않았지만 짐은 죄다 다락에 올려놓고 책상과 의자는 침대 위에 쌓아 놓았으며 방에 있던 음식은 모조리 먹어 치웠다. 그다음 주 금요일 우리들이 방에서 잡담하고 있는데 저그가 노크를 하고 들어와서는 "주말에 콜카타에 가요"라고 말했다. 그러고는 "제 방에서 CG체인지를 하는 건 좋아요. 같은 기숙사에 사니까요. 하지만 방에 있는 음식은 먹지 마세요"라고 말했다. 도대체 무슨 소리인지……? 그가 말을 이었다. "방에 사탕이랑 과자가 많이 있는데, 쥐약을 뿌려 놨어요. 같은 기숙사에 사는 사람들한테 문제가 생기면 안 되니까 말해 두는 거예요."

긴장으로 똘똘 뭉친 주말이었다. 48시간 내내 난봉꾼들에게서 저그의 방을 지켜야 했다.

그런데 CG체인지에도 '변화'가 생겼다. 한번은 방을 텅 비게 만든 CG체인지가 있었다. 아무 물건도 없는 방 안에 천장 선풍기에 매단 탁구공만이 눈높이에서 천천히 돌고 있었다. 방에 돌아온 학생은 그 광경을 보고 이마에 총이라도 맞은 듯 비틀거리며 뒷걸음쳤다. 그 모습을 지금도 잊을 수 없다.

CG체인지와 관련해서 이런 이야기를 들은 적이 있다. 'A'의 기숙사 옆방에 'B'가 살고 있었는데 한번은 두 사람이 집에서 주말을 보내고 돌아와 보니 'A'의 방이 'B'의 방으로, 그리고 'B'의 방이 'A'의 방으로 바뀌어 있었다. 각자의 방에 있던 물건이 그대로 옆방으로 옮겨져 있었던 것이다. 결국 'A'와 'B'는 서로 방을 바꾸는 수밖에 없었다. 최고의 CG체인지는 IIT–뭄바이 기숙사에서였다. 돈이 많다고 자랑하는 학생이 있었는데 주말에 집에 갔다 오니 기숙사 밖에 주차해 두었던 마루티 800 승용차가 완벽한 해체 과정을 거친 후 방에 재조립된 상태로 놓여 있었다는 것이다. 믿기 어려운 이야기이지만 꼭 불가능한 일도 아니다. CG체인지의 대가들은 혁신적인 비전을 지닌 채 자신의 목표를 완벽하게 달성하려고 하기 때문이다.

우리는 이후 저그에 대해 잘 알게 됐다. "어릴 때부터 난 세계 최고의 킬러가 되는 게 꿈이었어요. 1년에 작업 하나만 맡고 1백만 달러를 받을 거예요. 그리고 난 섬에서 살 거예요. 주변 바다에는 상어를 애완동물로 키우고 섬에서는 표범하고 매를 기를 거예요" 하고 저그는 우리에게 진지한 표정으로 말했다. 핑크가 자기 방에 틀어박혀서 물리학의 난제들과 씨름하는 동안 저그는 새롭고 독창적인 고문 방법에 골몰했다. 나는 저그가 고안한 고문술을 많이 알고 있지만 양심상 여기서 구체적으로 밝힐 수는 없다. 그러나 분명한 것은 모두 교묘하고 끔찍하며 효과적인 방법들이라는 사실이다. 현재 저그는 실리콘밸리에서 소프트웨어 엔지니어로 일하고 있다.

칸데카르(가명)라는 인물 역시 괴짜였다. RK 홀에서 같이 지낸 1년 선배인데, 내가 아는 사람 중에서 가장 투철한 책임 의식을 지닌 인물이었다. 그의 일과는 아주 단순하고 엄격했다. 칸데카르는 한 번도 수업에 결석하지 않았다. 오후에 수업이 끝나면 기숙사 방으로 돌아와 복습을 하고 실험 보고서를 쓰는 등 학과 수업과 관련된 모든 일을 처리했다. 아침에 일어나서 저녁 식사 때까지 열심히 공부하는 학생이었다. 어린애 같은 천진함과 진지함이 묻어나는 얼굴은 어떤 선생이나 부모라도 좋아할 만한 유형이었다. 그러나 저녁 식사가 끝나면 칸데카르의 생활 방식은 180도 달라졌다. 구할 수 있는 약물이란 약물은 모조리 입에 털어 넣고는 몇 시간 동안 완전히 넋을 잃은 상태로 지냈다. 칸데카르와 '완전히 맛이 간' 그의 친구들은 밤늦게 기숙사 매점으로 비틀거리며 가서는 엄청난 분량의 음식을 시켜 놓고 소란을 피우곤 했다.

한번은 학생처장이 밤에 기숙사를 기습 방문해서 학생들이 얌전히 자고 있는지 확인한다는 정보가 퍼졌다. 그날 밤 나의 절친한 친구인 파르타와 칸데카르는 매점에 앉아 있었다기보다는 침을 흘리며 축 늘어져 있었다. 그런 상태에서 학생처장에게 걸리면 한 학기 정학 처벌을 받을 것이 뻔했다. 실제로 상황은 아주 좋지 않았다. 당시 매점에 같이 있던 우리는 이 친구들을 위해 무언가를 해야 했다. 그러나 칸데카르와 파르타에게는 "학생처장이 올 거야", "어서 여기서 나가자", "너 이렇게 있으면 큰일 나" 따위의 말들이 전혀 먹혀들지 않았다. 마침내 칸데카르와 파르타가 우리 얘기를 알아들었다. 그런데 두 사람은 학생처장과 대면해서 자유라는 고결한 원칙과 기분을 전환시키는 약을 먹을 권리에 대해 논쟁하겠다고 나섰다. 학생처장의 눈에 띄지 않는 곳으로 가자고 했지만 두 사람은 막무가내였다. 그들은 "학생처장을 엿 먹이자"느니 "위선자들은 물러가라"며 마구 소리를 질렀다. 그러나 소리를 지르는 것도 힘든 일이었다. 그들은 몇 마디 하다가 졸고 다시 몇 마디 하다가 조는 식이었다. 어느새 학생처장은 매점 쪽으로 걸어오고 있었다.

우리는 두 사람의 몸을 붙들어 똑바로 앉아 있는 것처럼 보이게 했다. 두 사람의 입에서 불만이나 항의의 소리가 나오려고 할 때마다 손으로 막았다. 다행히 우리는 매점 앞뜰의 어두운 구석에 앉아 있었다. 우리 중 두 명이 학생처장에게 다가가 말을 걸면서 주의를 분산시켰다. 학생처장은 결국 문제아 둘을 눈치 채지 못한 채 떠났다. 학생처장의 모습이 완전히 사라진 후에도 칸데카르와 파르타는 학생처장을 쫓아가서 논쟁을 하려고 했다. 우리는 정신적인 수단과 물리적인 수단을 총동원해서 간신히 두 사람을 말렸다.

다음 날 아침 칸데카르는 아침을 먹고 목욕을 하고 양치질을 하고 말끔한 모습과 정신으로 여느 모범생처럼 신비로운 공학의 세계를 열심히 탐구했다. 그는 전날 밤에 무슨 일이 있었는지 기억하는 법이 없었다.

기말 시험을 일주일 앞두고 칸데카르는 약을 완전히 끊은 채 하루에 18시간씩 공부를 했다. 물론 성적은 최상이었다. 그러나 칸데카르는 시험장을 나선 지 채 몇 분이 지나지 않아 마약 몇 알을 다시 삼켰다. 기숙사 방에 도착해서는 48시간 동안 최고조의 기분을 향해 서서히 나아가면서 더 이상 먹지 못할 때까지 약을 먹다가 쓰러져 버렸다. 학교 측에서는 칸데카르의 지독한 약물 상용벽에 대해 알고 있었지만 쉽게 처벌을 할 수 없었다. 칸데카르를 가르치는 교수마다 한결같이 그가 한 번도 결석한 적이 없으며 아주 열심히 공부하는 학생이라고 평가했기 때문이었다. 나는 최근에 칸데카르가 인도 서부에 있는 한 엔지니어링 업체의 CEO로 있다는 소식을 들었다. 지금은 가벼운 술자리 정도만 즐긴다고 한다.

내가 아는 사람들 중에서 칸데카르만큼 의지력 강한 인물도 없다. 학과 공부를 등한시하고 학점이 나빠지면 무의미하게 시간을 낭비해 버리는 학생들이 많았기 때문이다.

그중 산도우(가명)라는 친구가 있다. 산도우는 약물에 지나치게 빠져 들어 성적이 바닥까지 떨어지면서 1년 이상을 허비했다. 몇 년 만에 졸업했는지 모르겠지만, 산도우는 나보다 2년 먼저 입학해서 내가 졸업할 때까지도 학교에 남아 있었다. 산도우는 거의 매일 밤 죽음을 넘나드는 행각을 벌였다. 술과 마약에 취한 그는 기숙사 3층 난간에서 잠들곤 했다. 벽돌로 만들어진 난간은 폭이 15센티미터 정도였다. 그 좁은 곳에 드러누워서 밤새 잠을 잤다. 잠결에 조금만 몸을 움직여도 딱딱한 콘크리트 바닥으로 떨어져 심하게 다칠지 모를 일이었다. 몸을 제대로 가누지도 못할 정도로 취해 있었지만 산도우는 한 번도 떨어지지 않았다.

산도우에 대한 또 한 가지 일화는 어떤 교수의 수업에 한 달 만에 모습을 드러냈을 때였다. 그는 교수의 눈에 띄지 않으려고 뒷줄에 앉았다. 전날의 무리로 머릿속은 아직도 오락가락했다. "그동안 어디 있었나?" 하고 교수가 물었다. 산도우는 흐리멍덩한 눈으로 자리에서 일어나 '집안일 때문에 콜카타에 다녀왔다'고 말하려고 했다. 그런데 갑자기 전날 밤 들이켰던 화학 물질의 잔여물이 머릿속에서 난동을 피웠는지 "저는 콜, 콜……" 하고 말을 더듬다가 그는 "콜(캘)리포니아에 다녀왔습니다"라고 말을 했다.

몇 년 전 만난 산도우는 행복한 기혼남이자 금주가가 돼 있었다. 상냥하고 멀쩡한 이 남자가 한때 엄청난 술고래였다는 사실은 아무도 상상하지 못할 모습이었다.

산도우는 3층에서 떨어진 적이 없지만 내 친구 파르타는 떨어진 적이 있다. 한밤중에 그는 자신의 친구이자 '공범'인 티푸의 얼굴에 수염을 그리고 싶은 마음이 굴뚝같아졌다. 지금까지도 나는 그것이 일종의 보복이었는지, 그러니까 티푸가 파르타의 얼굴에 수염을 그린 적이 있어서인지, 아니면 그저 즉흥적으로 생각해 낸 것인지 모른다. 아무튼 파르타는 검정 페인트를 묻힌 붓을 단검처럼 입에 물었다. 그는 상선(商船)

을 급습하는 해적처럼 자기 방과 티푸의 방을 연결하는 발코니 난간으로 걸어갔다. 발코니를 통해 들어가서 티푸의 얼굴에 예술 작품을 만들 의도였다. 그러나 파르타는 중간에 난간에서 발을 헛딛어 떨어지고 말았다. 10미터 아래의 콘크리트 바닥으로 떨어진 그는 도저히 설명하기 어려운 어떤 기분을 느낀 채 자리에서 일어섰다. 붓은 여전히 입에 물고 있었다. 그는 자기 방으로 돌아와 잠이 들었다. 다음 날 아침 파르타는 자기 목이 왜 피투성이고 뻣뻣한지 기억이 가물가물했다. 학교 병원에 찾아간 그는 곧장 입원 수속을 밟았다.

기숙사 사감을 맡고 계셨던 교수님은 온화하고 정이 많은 분이었다. 그는 병실에 누워 있는 파르타의 병문안을 갔다. 그런데 가지 않는 게 좋았다. 파르타는 칸데카르가 가져다준 마약을 먹고 몽롱한 정신으로 누워 있었기 때문이었다. 사감은 좋은 사람이었다. 병원에서 주는 음식이 괜찮으냐고 물었다. 파르타는 정말 형편없다고 솔직하게 대답했다. 교수는 집에서 만든 음식을 가져다주겠노라고 했다. 그 말이 파르타의 기운을 되살려 놓았다. "예, 음식을 갖다주세요. 하지만 채소 들어간 건 싫어요. 전 닭고기가 좋아요" 하고 혀가 약간 꼬인 소리로 파르타가 말했다. 마음씨 착한 교수는 그날 밤 아내가 만든 음식을 가지고 병원을 찾았다. "닭고기 어디 있어요? 저녁에 닭고기 먹고 싶다고 분명히 말했잖아요" 하고 여전히 약에 취해서 파르타가 말했다. "그게……, 내가 내일 갖다줄게" 하고 가련한 사감이 말했다. "꼭이오" 하고 파르타가 생선을 쑤셔 넣으면서 퉁명스럽게 말했다. "그리고 사모님한테 다음부터는 더 맵게 만들어 달라고 해주세요"라고 당부까지 했다.

나는 졸업반이 되자 기숙사 방을 2인실로 옮겼다. 직전까지 싱이 살던 방이었다. 싱은 여러 해 동안 쾌락과 나태에 젖어 지내다가 마침내 IIT를 졸업하기로 마음먹은 친구였다. 그 방에 대한 우리들의 추억은 각별하다. 거기서 처음으로 포르노 영화를 보았기 때문이다. 당시는 비디오가 널리 보급되기 전이었다. 싱은 콜카타에서 자그마한 영사기와 포르노 필름 통을 가져왔다. 영사막은 하얀 침대보를 벽에 거는 것으로 대신했다. 싱은 상영을 시작하기 전에 연설을 했다.

"친구들, 금년은 RK 홀 설립 25주년이야. 축하 행사는 계획됐지. 하지만 이 싱은 개인적으로 공헌하고 싶은 게 있어. 그래서 포르노 필름하고 영사기를 가져왔지. 캠퍼스에 있는 기숙사를 모두 돌면서 상영할 생각이야. 사람들은 요금을 내야 하지. 난 그 돈을 모아서 RK 홀 25주년 기금으로 기부할 거야. 그러면 축하 행사를 더 성대하게 치를 수 있겠지. RK 홀은 세상에서 제일 멋진 기숙사니까. 그런데 RK 홀 학생들한테는 무료로 상영할 거야⋯⋯."

연설의 나머지 부분은 싱을 칭송하는 환호와 휘파람 소리에 묻혀 듣지 못했다. 이내 불이 꺼지고 영화가 시작됐다.

다음 날 아침 포르노에 대한 소문은 캠퍼스 전체로 퍼졌다. 싱은 하룻밤 만에 유명 인사가 됐고 여러 학생들이 그를 찾았다. 싱이 다른 기숙사에서 영화를 상영한 후 계획대로 상영 요금을 받았는지는 모르겠다. 분명한 건 RK 홀 25주년 기금으로 싱이 돈을 내지는 않았다는 것이다.

싱에 대한 또 다른 재미있는 일화는 한낮에 일어나서는 느닷없이 수업에 들어가겠다고 나선 일이다. 몇 주 동안 강의실 근처에는 얼씬도 하지 않던 그가 수업 분위기를 파악하러 가겠다는 것이었다. 그는 양치질과 면도와 목욕을 하고 가장 좋은 옷으로 차려입었다. 그리고는 공책 한두 권을 집어 들고 기숙사를 나섰다. 그런데 갑자기 C동 2층에서 누군가가 "싱, 무크테시가 죽었다는 얘기 들었어?" 하고 소리쳤다. 위층의 친구는 유명한 가수인 무크테시가 죽었다고 알려 주었다. 싱은 "무크테시가 죽었는데 수업에나 들어갈 생각을 하다니! 난 아직 그렇게까지 타락하지는 않았어!"라고 소리치고는 방으로 되돌아갔다. 현재 싱은 부유한 기업가이다.

또 다른 괴짜는 내 기숙사 동료인 아지트였다. 그는 온갖 망상에 사로잡혀 있던 친구였다. 한번은 여름 방학을 보내고 학교로 돌아와 두 달 동안 어떻게들 지냈는지 얘기하는 자리에서였다. 아지트가 갑자기 "난 방학 동안 쇠고기를 먹고 면도를 했어"라고 말을 꺼냈다. 우리는 그를 멍하니 바라보았다. "피부가 좋아지고 싶은데, 쇠고기를 많이 먹고 면도를 자주 하면 된다고 하더라고. 그래서 아침마다 이슬람교도 식당에 가서 쇠고기 요리를 먹었어. 면도는 하루에 네 번씩 하고. 지금도 마찬가지야"라고 의기양양하게 말했다. 노력한 것에 비해 아지트의 피부는 별로 달라진 것이 없어 보였다.

우리는 아지트에 대해 별로 걱정하지 않았다. 어느 정도 시간이 흐르면 다른 망상으로 옮겨 갔기 때문이었다. 어느 날 그는 콜카타에서 전기 기타 2개를 사가지고 돌아왔다. 갑자기 기타를 왜 샀는지 모두가 궁금해했다. 아지트는 "리드 기타리스트가 될 거야"라고 말했다. 기타를 만져 본 적도 없고 그다지 음악적 재능이 있는 것 같지도 않았지만, 아무튼 그렇게 나쁜 망상은 아닌 것 같았다. "그런데 왜 2개를 샀어?" 하고 물었더니 아지트는 "에릭 클랩턴 같은 사람들은 기타가 수십 개는 될 거야. 그래서 난 2개부터 시작할 생각이야" 하고 거드름을 피우며 말했다. 며칠 후 아지트의 방 근처에 살던 학생이 그의 기타 소리 때문에 잠을 잘 수 없다며 방을 옮겨 달라고 요청했다. 그는 기숙사 록 밴드에 들어가고 싶어 했지만 번번이 거절당했다. 그때마다 아지트는 "난 이 기숙사에서 기타를 가장 빠르게 치는 사람이야. 아니, IIT에서 가장 빠르단 말이야!" 하고 격분해 소리쳤다. 맞는 말이었다. 그러나 아지트는 리듬 감각이 전혀 없었다. 우리가 그 점을 지적하면 아지트는 "리듬이라고? 무슨 놈의 리듬? 중요한 건 속도야. 내가 기숙사에서 가장 빠르단 말이야!" 하고 투덜거렸다.

1학년 2학기 우리들 대부분은 중간시험 수학 과목에서 형편없는 점수를 받았다. 기말 시험에서 만회하지 못하면 수학에서 낙제는 불을 보듯 뻔했다. 그런데 아지트는 모욕감까지 느끼는 것 같았다. 초등학교 시절부터 그는 항상 수학을 잘했다. 그런데 60점 만점에 12점을 받았으니 견디기 힘든 치욕이었다. 그는 이를 명예 문제로 생각했다. 학기 나머지 기간 동안 아지트는 수학을 파고들었다. 그리고 기말 시험이 다가왔을 무렵에는 자신만만해했다. 우리가 시험 문제를 놓고 끙끙거리는 동안 아지트는 세 시간짜리 시험을 한 시간 만에 끝내고 교실을 나갔다. 그는 최고점을 받았다.

2003년 1월 IIT-뭄바이 출신의 한 친구가 IIT 출신 '최고의 낙오자들'에 대한, 재미있는 메일을 나에게 보내왔다. 글을 쓴 사람은 IIT-카라그푸르 출신으로 루슨트에 근무한 사람인 듯한데, 정확히 누구인지는 모르겠다. 친구가 보낸 메일은 2000년 5월 〈아웃룩〉지에 실린 IIT 특집 기사를 패러디한 내용이었다. 이야기는 다음과 같이 시작한다.

"급진적인 생각이지만 충분히 고려할 가치가 있었다. 네루가 인도에 안겨 준 최고의 선물은 IIT이다."

최고의 낙오자들

완벽에 가까울 정도로 동기가 결여돼 있고 농땡이 치는 데에만 광적으로 집중하는 여러 IIT인들은 다른 친구들이 어떻게 성공했는지 궁금해한다.

네루가 인도에 안겨 준 최고의 선물은 무엇인가? 인디라 간디니 어린 이날이니 네루 모자(Nehru Cap) 따위는 잊어버리자. 급진적인 생각이지만, 일단 IIT를 거치기만 하면 평생 농땡이 치고 살 수 있다.

일부 인도인들이 마이크로소프트에 엄청난 돈에 팔리고 있다는 얘기는 신경 쓰지 말자. 여기서 소개하려는 IIT인들은 미국의 거의 모든 기업에서 들끓고 있는 낙오자들이다(미국으로 가지 못한 일부 머저리들은 인도의 대기업에서 찾아볼 수 있다).

솜나스 센(IIT-카라그푸르): 카라그푸르에서 대마초와 맥주로 4년을 보낸 후 워싱턴주립대학으로 갔다. 그곳에서 맥주와 싸구려 담배로 5년을 보낸 후 전산학 박사 학위를 받고 쫓겨났다. 현재 루슨트 벨 연구소 기술 스태프의 일원으로 근무 중이다. 승진 가능성은 없는 곳이다. 솜나스는 IIT-카라그푸르에서의 4년이 최고의 시기였다고 말한다. "뉴저지에서는 아무리 노력해도 대마초를 구하기 어렵더군요. 카라그푸르 같지가 않아요." 그는 한숨을 쉬고 나서 말을 이었다. "혹시 대마초를 숨겨 놓은 동문이 이 글을 읽는다면 나한테 이메일을 보내 주기 바랍니다."

나젠드라 팔(IIT-카라그푸르): 고등학교 시절 1등을 한 번도 놓치지 않던 그는 IIT-카라그푸르라는 지적인 공동체에 들어와 엄청난 충격을 받았다. "나 자신이 똑똑하다고 생각했는데, IIT 동기들을 보면서 금세 기가 죽었습니다. 3미터 떨어진 곳에 있는 공학 도면도 베끼지 못할 친구가 없었습니다. 우리 과 학생들이 제출하는 파스칼 언어 숙제가 전부 같은 프로그램에 변수만 바꾸고 문장에서 'while'을 'for'로 바꾸는 식이라는 사실은 아무도 눈치 채지 못할 겁니다. 대단한 팀워크이지요!" 나젠드라는 여러 해 동안 마이크로소프트에서 하급 프로그래머로 근무했다. 아울러 최근에는 윈도우즈95에서 전체 버그의 75퍼센트를 만들어 낸 공로를 인정받았다.

람나스 라오(IIT-마드라스) : 전형적인 IIT인이다. 평점 평균이 6.5임에도 어떻게든 미국에 가려고 했다. 오로지 참을성 하나만으로 버티면서 IIT-마드라스 GRE 문제집을 무허가로 만들어 냈다. 지금까지 출제된 GRE 문제를 모조리 수록한 책이었다. 수디파 다스(IIT-카라그푸르)가 운영하는 프린스턴 ETS는 예전에 출제한 문제들을 항상 재활용하기 때문에 람나스는 만점을 받았다(ETS에서 람나스의 사기 사건을 알게 된 때는 그가 이미 미국에 안착한 후였다). 그는 사우스일리노이대학을 4년간 다니면서 인터넷상에서 훔친 독일 논문으로 전기공학 명예 박사 학위를 받았다. 그는 1994년부터 루슨트의 한 모호한 사업부에서 기술 스태프로 있으면서 생활 보호를 받는 중이다.

수비르 더타(IIT-카라그푸르) : 학창 시절 네루 홀의 자바르 매점에서 여자 속옷으로 걸러 낸 차를 마시는 기이한 행동을 보였다. 그 커피에 익숙해져서인지 스타벅스 커피를 무척 싫어한다. 수비르는 간단한 소지품과 우등생 동기들에게서 얻은 공책이 담긴 가방을 들고 인도를 떠나 노스다코타주립대학에 도착했다. 그는 동기들의 공책이 생명의 은인이었다고 회상했다. "대학원 수업에서 무슨 문제가 제시되면 파르타의 공책을 보면서 답을 베꼈습니다." IIT에 다닐 때는 다음과 같은 변명을 늘어놓곤 했다. "자전거 짐칸에 실험 보고서를 뒀는데 소가 먹어 버렸습니다." 다른 여러 IIT 동기들과 마찬가지로 수비르는 영주권을 기다리며 '막다른 일자리'에 붙잡혀 있다. 그는 여가 시간에 근처 중고품 시장으로 여자 속옷을 구하러 다닌다.

한번은 우리 집에서 친구들과 저녁 식사를 함께한 일이 있었다. 참석한 손님들 중에서 틸라크와 JK(가명)만이 IIT 출신이었다. JK는 논쟁을 즐기는 인물이었다. JK는 누가 무슨 말만 하면 무조건 논쟁을 벌였다. 틸라크와 나는 즐거운 시간을 보냈지만 시간이 흐를수록 다른 손님들이 JK에게 품는 앙심은 커져만 갔다. 모두들 당장이라도 JK를 때려 눕히고 싶은 것을 애써 참고 있는 것 같았다. 사람들은 자리를 뜨면서 한결같이 JK를 욕했다. 그러고는 우리에게 어떻게 그런 녀석과 친구일 수 있느냐고 물었다.

　며칠 후 우리는 그 문제에 대해 얘기를 나누었는데, 해답은 간단했다. 틸라크의 말대로 우리는 IIT에서 괴상한 친구들을 너무 많이 보았기 때문에 어떤 종류의 인간이라도 너그럽게 받아들이는 것이다. 우리가 보기에 JK는 논쟁을 좋아하는 친구였고, 그것이 JK의 사는 방식이었다. 그저 우리와는 다른 부류의 재미있는 친구다. IIT에서 우리는 세상에는 별별 종류의 사람들이 있고 저마다 독자적인 세계가 있다는 사실을 배웠다. 누가 정상이고 누가 비정상인지 판단할 수 있는 사람이 과연 있을까?

23
인도의 과학 교육

"나는 아이들과 함께 일합니다.
아이들이 무언가를 스스로 하게 만드는 일,
그리고 아이들의 눈을 반짝이게 하는 일,
그게 내가 하는 일입니다."

"아르빈드 굽타를 만나 보세요."

헤어지는 자리에서 두누 로이가 나에게 말했다.

"어떤 사람입니까?"

"아, 정신 나간 사람이지요. 장난감을 만들거든요."

장난감? IIT 출신이 장난감을 만든다는 말인가? 장난감은 중국에서 만드는 것이 아니었던가? 며칠 후 나는 델리 남부에 있는 자그마한 공공 아파트로 전화를 걸었다. 이후 나는 이 책을 준비하며 보낸 수백 시간 중에서 가장 멋진 세 시간을 보냈다.

아르빈드 굽타는 장난감 만드는 일을 한다. 활달한 성격에 키가 크고 수염을 기른 이 신사는 우리가 쓸모없다고 버리는 물건으로 장난감을 만든다. 빈 음료수 팩, 필름 통, 낡은 자전거 튜브, 신문, 잉크가 떨어진 볼펜 심, 성냥개비 등 무엇이든 재료가 된다. 가난한 아이들이 스스로 장난감을 만드는 동시에 공기 역학·수력학·전자기학·음향학 등 과학의 원리를 익히도록 하기 위해서이다.

"이것 좀 보세요, 멋지지 않아요?" 하며 굽타는 거실 마루에 늘어놓은 온갖 잡동사니 중 하나를 집어 올렸다. 손에는 작은 발명품을 들고 있었다. 자세히 보니 손전등에 넣는 건전지였다. 양 끝에는 금속 띠가, 그리고 몸통에는 동전 모양의 자석이 부착되어 있고, 자석 위로는 에나멜 선 코일이 걸려 있었다. 코일의 지름을 따라 정반대 방향으로 빠져나온 두 선은 금속 띠에 뚫어 놓은 구멍에 각각 끼워 놓은 상태였다. "이게 뭐 같습니까?" 하고 굽타가 물었다.

"이건 세상에서 가장 값싼 직류 모터입니다!" 하고 굽타가 자랑스럽게 말하면서 코일을 가볍게 쳤다. 그러자 코일이 빠르게 회전하기 시작했다. 금속 띠는 에나멜 선 코일을 지탱할 뿐만 아니라 전류를 공급한다. 금속 띠를 통과하는 에나멜 선은 4개의 면으로 구분해서 그중 금속 띠와 접촉하는 바닥 부분만 남겨 놓고는 에나멜을 벗겨 낸 상태이다. 에나멜은 부도체이기 때문에 전류가 흐르지 않는다. 그러나 코일을 살짝 건드리면 벗겨진 구리 부분이 금속 띠와 닿는다. 그러면 전류가 흐르면서 코일은 일종의 전자석이 된다. 코일 전자석은 건전지에 부착된 영구 자석과 서로 밀고 당기면서 회전을 계속한다. 전자석의 N극이 영구 자석의 S극에, 혹은 전자석의 S극이 영구 자석의 N극에 맞춰지면서 에나멜 부분이 금속 띠와 다시 접촉하면 코일의 자기가 소거된다. 굽타는 모터를 만든 이유를 이렇게 설명했다.

"인도에서 아이들이 살 수 있는 전기 모터 중에서 가장 싼 게 150루피나 합니다. 구닥다리 디자인인데도 말이지요. 하지만 이 모터는 어떤 아이라도 손쉽게 만들 수 있습니다. 건전지하고 구리선하고 작은 자석만 있으면 되니까요. 금속 띠는 요리용 스토브에서 난 겁니다. 그리고 이런 모터를 만들면 여러 가지 실험을 할 수가 있지요. 전선의 길이를 늘리면 어떻게 될까, 더 두꺼운 전선을 사용하면 어떻게 될까, 건전지를 추가하면 어떻게 될까, 하는 식으로 말입니다. 이렇게 하다 보면 전기 모터에 대해 많은 걸 배우게 됩니다."

굽타는 빈 필름 통과 자전거 바퀴살과 빨대로 만든 수동 펌프를 보여 주었다. 또한 그가 만든 주판은 고무 슬리퍼 바닥에 연필 3개를 꽂고 각각의 연필에 고리 9개를 건 형태였다. 굽타의 어린아이 같은 열정은 전염성이 있었다. 나도 모르게 그의 장난감에 빠져 들었다. 연필에서 고리를 빼내고 고무 바닥을 굽혀서 오목 렌즈 모양을 만들면 연필들이 빛처럼 한 점에 수렴한다. 오목 거울의 원리를 알 수 있는 것이다. 반대쪽으로 굽히면 볼록 거울이 된다.

"피펫이나 뷰렛이 없으면 과학 교육이 불가능하다는 잘못된 생각들을 하고 있습니다" 하고 나에게 보여 줄 다른 물건들을 뒤적이면서 그가 말했다.

"아이들을 배려하지 않는 학교가 대부분입니다. 실험실 캐비닛은 자물쇠로 채워져 있고 탁자에는 먼지만 쌓입니다. 가장 좋은 방법은 아이들이 장난감을 부숴서 작동 원리를 아는 겁니다. 아이들한테 장난감을 부수라고 권장해야 한다는 얘깁니다!"

굽타는 성냥개비로 만든 모형을 꺼냈다. 자전거 밸브 관을 이용해서 성냥개비들을 연결해 놓았다. 밸브 관은 값이 아주 저렴하며, 자전거 가게에서 무게 단위로 판다. 굽타는 2차원 및 3차원 기하학 모형을 만들었다. 기본적인 형태는 삼각형이다. 굽타의 지적대로 삼각형은 유일하게 강체(强體)인 다각형이다(사각형을 세게 누르면 마름모가 되고, 오각형을 세게 누르면 배(船) 모양이 된다). 트러스나 다리, 송전탑 등은 휘어지지 않고 단단해야 하기 때문에 삼각형으로 구성돼 있다. 성냥개비로 정삼각형을 만들고 거기에 성냥개비 3개를 더 연결하면 정사면체를 만

들 수 있다. 삼각기둥을 만들려면 두 삼각형을 성냥개비 3개로 연결한
다. 삼각기둥을 성냥개비 정육면체 위에 놓으면 집 모양이 만들어진다.
이렇게 상상력을 발휘하여 재미있게 만들어 봄으로써 자연스레 3차원
기하학을 배우게 된다.

굽타가 성냥개비 모형에 대해 쓴 책은 십여 개 언어로 번역되었으며
50만 부가량이 팔렸다. 그는 인세를 전혀 받지 않았다.

"의식하는 사람들은 거의 없지만 종이는 원래 살아 있는 나무로 만든
겁니다. 리필용 볼펜 심이나 부서진 펜 같은 플라스틱이 석유로 만들어
졌다는 사실을 우리는 거의 의식하지 않습니다. 이런 사실을 인식하고
자원을 재활용하는 것이 지구에 대한 인간의 의무이지요. 신문지는 여
러 가지로 활용할 수 있습니다. 모자를 만들어서 아이들에게 주거나 상
자를 만들어서 물건을 넣어 두거나 선물 포장지로도 쓸 수 있습니다.
가위로 신문을 오려서 새, 물고기, 헬리콥터, 비행기 따위를 만들 수 있
지요. 가능성은 무궁무진합니다!"

1972년 당시 IIT-카라그푸르 전기공학과 학생이었던 굽타는 아닐
사드고팔이라는 교육 이론가의 강의를 들은 것이 계기가 되어 이 분야
에 눈을 뜨게 됐다. 사드고팔은 분자생물학자로서 칼테크에 유학 갔다
가 인도에 돌아와서 교육 분야에 뛰어들었다.

"혁명의 시대였지요. 낙살라이트 운동이 있었고, 자야프라카시 나라
얀(인도의 사회주의 지도자) 운동이 세력을 키우고 있었고, 교육받은 사
람들은 보다 인간적인 일을 찾아다녔지요."

굽타가 졸업할 무렵인 1975년에는 호샨가바드 지역을 중심으로 행
해지던 과학 교육 프로그램이 마디아프라데시 주에서 이미 펼쳐지고
있었다. 자원 봉사 단체 두 곳은 6학년에서 8학년에 이르는 학생들이
실험 활동에 바탕을 둔 과학 교육 프로그램을 받을 수 있게 해달라고

주정부 교육부에 청원했다. 대부분의 공립학교에는 도서관이나 실험실이나 기자재가 없었기 때문에 과학 교육은 미숙한 교사들이 아무런 실험도 없이 진행하는 식이었다. 학생들은 교과서를 가지고 판에 박은 수업을 받고 시험에 합격하거나 떨어졌다. 아울러 학생들이 수업 중에 질문을 못하게 했다. 규율을 유지한다는 명목이었다.

사드고팔 등은 이러한 분위기를 바꾸고자 했다. 실험을 통한 교육으로 학생들에게 과학을 올바르게 가르치자는 호샹가바드 프로그램은 얼마 지나지 않아 마디아프라데시 주 15개 지역 1천여 곳의 학교로 확산됐다. "과학 교육을 개선하자는 것이 목적이었지요. 기자재 유무를 불문하고 학교에서는 절름발이 교육을 했습니다. 일반적으로 서양식 개념과 서양식 장치로 가르쳤습니다. 그건 차별적인 교육일 뿐 아니라 돈도 많이 듭니다. 게다가 장치가 고장 난다거나 하는 식으로 문제가 생기면 대체할 만한 수단도 없지요. 하지만 이 프로그램에 따르면 주변에서 쉽게 구할 수 있는 물건으로도 얼마든지 과학을 가르칠 수 있습니다" 하고 굽타가 말했다.

굽타는 IIT를 졸업하고 푸나에 있는 텔코(Telco)에 입사하여 트럭을 만들었다. 1978년 그는 1년간 휴직을 했다. 이 기간에 굽타는 호샹가바드에서 아이들을 위해 과학 학습용 장난감과 실험 장치를 고안했다. 이후 그는 케랄라로 가서 로리 베이커라는 건축가와 함께 가난한 사람들에게 저렴한 주택을 공급하는 작업에 착수했다. 이후 그는 텔코에서 2년 더 근무했지만 자신의 소명을 깨닫고 직장을 그만두었다. 굽타는 샤돌에 도착해서 2년 동안 두누 로이와 함께 일했다.

1984년 델리에 돌아와 곤궁한 처지에 있던 굽타는 당시 SITE라는 위성방송 교육 프로젝트를 주도하던 야슈팔 교수에게 편지를 보냈다. 야슈팔은 기꺼이 굽타를 도와주었다. 그는 처녀작을 출간했고, 과학 관련 영화를 제작하기 시작했다. 또한 자신의 작업을 뒷받침할 연구비도 받았다. 지금까지 굽타는 영어와 힌디 어 책을 1백 권 가까이 집필했다.

"힌디 어는 내 모국어이지요. 그런데 아이들이 읽을 만한 좋은 책들 중에서 힌디 어로 된 것은 별로 없습니다. 그래서 번역을 시작한 것입니다. 실제로 날마다 다섯 시간 동안 번역을 합니다."

그는 자신이 번역한 셸 실버스타인의 《아낌없이 주는 나무(*The Giving Tree*)》를 보여 주었다.

"인터넷에는 여러 책이 올라와 있습니다. 인도에서 출판만 하면 되는 겁니다."

그는 마이클 패러데이의 《양초 한 자루에 담긴 화학이야기(*The Chemical History of a Candle*)》, 그리고 J. B. S. 홀데인이 쓴 유일한 아동 서적인 《내 친구 미스터 리키(*My Friend Mr. Leakey*)》를 보여 주었다. 아울러 굽타는 그동안 전 세계 1천여 개 학교의 교사와 학생들을 대상으로 워크숍을 진행했다.

그는 자신의 경험에 대해 얘기하면서 줄곧 장난감들을 보여 주었다. 이따금 "이것 좀 보세요! 대단하지 않습니까?" 하고 소리 높여 말했다. 나는 종이 새를 머리 위로 돌려 보기도 하고, 빗자루와 지우개를 재료로 만든 아이들이 원심력과 구심력의 원리를 배울 만한 물건들을 휘둘러보았다.

"일을 복잡하게 만드는 것은 어떤 바보라도 할 수 있습니다. 정말로 어려운 건 단순하게 만드는 일이지요" 하고 굽타가 말했다.

예컨대 굽타는 음료수 빨대와 실로 장난감을 만들어 냈다. 우선 빨대 하나를 삼등분했다. 첫 번째 부분은 그냥 버렸다. 두 번째 부분에는 구멍을 내고, 세 번째 부분은 한쪽 끝을 펜촉처럼 뾰족하게 잘랐다. 뾰족한 부분을 구멍에 꽂고 두 부분이 예각을 이루도록 한 뒤 스카치테이프로 고정했다. 구멍이 난 빨대에는 한쪽 끝에 실을 끼워 넣어 다른 쪽 끝으로 빼낸 후에 실의 양쪽 끝을 서로 묶고 매듭 부위를 조심스럽게 다듬었다. 굽타는 완성품을 나에게 건네주면서 뾰족하게 깎은 빨대의 끝 부분을 불어 보라고 했다. 굽타의 말대로 했더니 빨대를 통과한 실이 원을 그리며 회전했다. 만드는 시간이 5분 정도에 불과하고 돈도 들지 않는 이런 장난감은 어떤 아이라도 좋아할 것이다.

"델리는 먼지가 많아서 아이들이 천식에 걸리는 경우가 많습니다. 그래서 의사들은 아이들에게 빨대 같은 것을 자주 불게 합니다. 이 장난감을 사용하는 아이들은 재미도 느끼고 치료도 되는 셈이지요!" 하고 굽타가 말했다.

호샨가바드 과학 교육 프로그램은 시작한 지 29년 만인 2002년에 마디아프라데시 주정부에 의해 폐지되었다. 주정부에서는 전 지역에서 정부가 인정한 교과 과정과 교과서를 사용하고 호샨가바드 프로그램에서 사용하는 책과 실험은 보충 교재로 활용하라는 성명을 발표했지만, 실제로는 프로그램에 대한 사형 선고나 마찬가지였다. 정부가 그러한 조치를 취한 이유 중 하나는 호샨가바드 교육을 받는 학생들이 다른 지역 학생들보다 학력고사 성적이 좋지 않다는 것이었다.

자원 봉사 단체들은 호샨가바드 프로그램의 대상이 6학년생에서 8학년생으로 제한돼 있는 만큼 학력고사 성적은 판단의 근거가 되지 않는다고 항변했다. 아울러 학력고사에서는 과학에 대한 독창적인 이해력보다는 암기력을 주로 평가한다고 주장했다. 더구나 마디아프라데시주에서 호샨가바드 프로그램을 활용하지 않는 지역 학생들의 학력고사 성적이 상대적으로 형편없는 경우도 많다는 주장도 나왔다. 그러나 모든 것이 허사였다.

새로운 아이디어라면 늘 그렇듯 호샨가바드 프로그램은 갖가지 집단에게 적대감을 불러일으켰다. 여러 학부모들은 자녀들이 이상한 실험을 하면서 실험 쥐 취급을 받는 것이 아닌가 하고 걱정했다. 표준형 교과서를 출판하고 판매하는 진영은 초기부터 호샨가바드 프로그램과 분쟁을 일으켰다. 여러 교사들은 아이들이 과학 수업을 더 이상 받으려 하지 않는다면서 적대감을 드러냈다. 일부에서는 추가 수당도 없이 과학 수업을 더 열심히 준비해야 한다고 불평했다.

1992년 바라티야 자나타당(黨)이 이끌던 정부는 호샨가바드 프로그램을 전면적으로 폐지하려는 와중에 정권을 내주고 말았다. 2002년 인도 국민회의당이 이끄는 정부는 자신들이 그토록 반대하던 정당이 해내지 못한 일을 처리했다. 두 정당 모두 호샨가바드 프로그램이 좌익 세력의 모종의 음모라고 생각한 것이다. 참여했던 사람들 대다수가 실제로 좌파였는지는 모르겠지만, 프로그램의 내용은 가난하고 소외된 아이들에게 과학을 제대로 가르치기 위한 방법에만 초점을 맞추었다. 이러한 상황은 인도 교육 제도의 현실을 반영한 것이기도 하다. 개화된 프로그램을 통해 실험 실습 교육을 받고도 학생의 장래를 결정하는 학력고사 점수에 별다른 도움이 되지 않았기 때문이다.

"인도에서 학교 교육은 황무지 같아서 아무리 좋은 씨앗이라도 싹을 틔우기도 전에 죽어 버릴 겁니다. 나는 조금이나마 제대로 된 토양을 찾아서 씨앗에 양분을 주고 싶습니다" 하고 굽타가 말했다.

나는 굽타에게 호샨가바드 프로그램이 결국 어떻게 됐는지 물었다. 그는 미소를 지으며 간결하게 말했다.

"내 생각에는 정부가 교육 제도를 통제하고 싶었던 모양입니다."

굽타는 음료수 빨대로 만든 피리를 보여 주었다. 그는 피리를 불면서 빨대 끝을 가위로 조금씩 잘라 냈다. 그럴 때마다 소리가 달라졌다.

"아이들은 소리의 원리에 대해 이해하게 되지요. 나는 아이들과 함께 일합니다. 아이들이 무언가를 스스로 하게 만드는 일, 그리고 아이들의 눈을 반짝이게 하는 일, 그게 내가 하는 일입니다" 하고 그가 말했다.

24
IIT의 여학생들

IIT 학생 대다수는 'XY' 염색체였다.
소프트웨어 산업이 발전하기 이전의
인도에서는 공학이 여성에게
힘든 분야라는 사고방식이 만연했다.

IIT-카라그푸르를 졸업한 내 동기들 중에서 여학생 수는 지극히 적다. 남학생은 4백 명 정도인데 여학생은 12명에 불과하다. 그것도 과거에 비해 많이 증가한 수였다. 여학생들은 대부분 매력적이었다. 남학생들은 어떻게든 친해지려는 생각으로 여학생 기숙사 주위에 몰려들곤 했다.

사사건건 우리를 못살게 굴고 자존심 강하던 선배들이 여학생들의 관심을 끌기 위해 바보 같은 짓을 하는 모습은 정말이지 끔찍한 광경이었다. 선배들은 강의실 복도를 돌아다니며 새내기 여학생들에게 말을 걸 기회를 호시탐탐 노렸다. 여학생 기숙사에 찾아가 마음에 드는 여학생에게 함께 외식하자고 조르기도 했다. 여학생이 거절이라도 하면 하루 종일 끙끙대다가 다음 날 기숙사에 다시 찾아가 다른 여학생에게 데이트 신청을 했다. 같은 기숙사 친구들끼리 여학생을 차지하기 위해 경쟁을 하다 다툼이 일어나기도 했다. 아울러 우리 신입생들은 여학생의 동향, 기호, 취약점 등에 대해 선배들에게 자세히 보고해야 했다. 여학생들을 제대로 소개하지 못하면 심각한 신체적 위협을 받기도 했다.

서글픈 일이지만 사실이다. IIT 학생 대다수는 'XY' 염색체였다. 소프트웨어 산업이 발전하기 이전의 인도에서는 공학이 여성에게 힘든 분야라는 사고방식이 만연했다. 한번은 인디레산 교수에게 IIT에는 왜 여학생이 적은지 물어본 적이 있다. 그는 "문화적인 특성 때문에 여자 아이들은 IIT 입학에 필요한 경쟁심이 부족합니다. 그리고 학부모들도 별로 신경 쓰지 않습니다. 남자 아이가 열 살이나 열한 살이 되면 부모들은 그때부터 IIT에 대한 얘기를 꺼냅니다. 또래 남자 아이들 간의 경쟁심도 생기지요. 하지만 여자 아이들은 그렇지 않습니다. 그런데 이건 전 세계적인 추세입니다. 어느 나라나 과학기술 분야에는 여성보다 남성이 훨씬 많지요. 구소련만 빼고 말입니다"라고 대답했다.

1981년은 인도 역사상 최초의 여성 야금학자가 IIT를 졸업한 해이다. 신문에서는 그녀의 사진이 실린 기사를 게재했다. 같은 해 IIT 기계공학과에서는 처음으로 여성 신입생을 입학시켰다. 아직까지도 여학생이 한 번도 입학하지 못한 학과가 있을 것이다. 이러한 상황이 학생들에게 미치는 사회학적 영향은 매우 흥미롭다.

대부분의 IIT 캠퍼스는 도시에서 좀 떨어진 곳에 위치한다. 오늘날에는 인구 증가 때문에 델리, 뭄바이, 마드라스 등의 도시가 확장을 거듭함으로써 IIT 캠퍼스도 도시 경계선 안에 들어왔다. 그럼에도 IIT 캠퍼스는 여전히 외부의 영향을 받지 않는 자급자족적인 섬으로 남아 있다. 학생들은 개봉 영화를 보거나 옷을 사는 일을 제외하고는 학창 시절 내내 캠퍼스 안에서 지낸다. 아울러 열아홉 살 짜리 IIT 남학생이 며칠 동안 또래 여자를 구경도 못하는 상황도 가능하다.

이와 관련하여 IIT-카라그푸르는 가장 열악한 환경이다. 다른 캠퍼스에서는 최소한 버스를 타고 30분 거리에 도착하면 그래도 젊은 여성들을 볼 수 있다. 그러나 IIT-카라그푸르에서는 세 시간 동안 기차를 타고 콜카타에 가야 한다. IIM에 다닐 당시 샤카르 물라티(IIT-뭄바이 출신)라는 친구는 나에게 이렇게 말한 적이 있다.

"식당에서 등을 문 쪽으로 향하고 앉아 있어도 여학생이 들어오면 알아챌 수 있어. 카라그푸르 출신들이 죄다 고개를 여자 쪽으로 돌리니까."

지나치게 불균형적인 남녀 비율은 남학생과 여학생 모두에게 영향을 미친다. 졸업 후 몇 년간 여성을 대하기가 불편했다고 고백하는 IIT 출신들이 많다. 경험이 없기 때문이다. 유감스럽게도 지극히 남성 우월적인 사고방식에 사로잡히는 남학생들도 많다. 이성 친구가 없기 때문에 일종의 방어 기제가 생긴 것이다. 아울러 여학생들은 학창 시절에 남학생 수십 명의 숭배를 받으면서 콧대가 한없이 높아졌다가 졸업 후에 쓰디쓴 경험을 하는 경우도 많다.

아샤 토머스는 까무잡잡한 피부에 몸매가 날씬하고 초롱초롱한 눈동자에 입가에서 미소가 떠나지 않는 여성이다. 그녀는 방갈로르에 있는 인포시스 테크놀로지스의 중역으로 재직 중이다. 그녀는 자신의 학창 시절을 이렇게 이야기했다.

"우리 IIT-마드라스 동기 3백 명 중에서 여학생은 아홉 명이었어요. 그것도 많은 편이었다고 하네요! IIT에서 여학생들은 필요 이상으로 주목을 받아요. 처음에는 기분 좋은 아부처럼 느껴지다가 나중에는 귀찮아져요. 남학생이란 남학생은 죄다 말을 걸거나 데이트하고 싶어 하니까 미칠 지경이죠. 게다가 선배들은 선배라는 권위를 이용해 후배들을 누르고 여학생들에게 데이트 신청을 하고. 한심한 일이 많았어요."

소수의 남학생들이 여학생 기숙사 앞에 줄을 서서 자신의 운을 시험하는 반면 대다수는 그럴 용기도 내지 못해 체념하면서 결국 여학생들을 경멸하는 식으로 스스로를 합리화했다. "IIT 남학생들은 여학생들을 존중하지 않아요. 예컨대 '제3의 성'이라는 말을 많이 들었어요. 세상에는 세 가지 성이 있는데, '남자', '여자', 그리고 'IIT 여학생'이라는 거예요" 하고 아샤가 말했다.

나는 아샤에게 여학생들이 교수들에게서 어떤 특혜를 받지는 않았느냐고 물었다. 많은 남학생들이 그렇게 생각해서 여학생들을 더욱 적대적으로 대했기 때문이다.

"목공 실습 같은 일에서는 선생님들이 많이 도와줬어요. 우린 신체적으로 약했으니까요. 남학생들처럼 망치를 세게 내리치지 못했으니까요. 남학생들은 그게 못마땅했는지도 모르겠어요. 그리고 여학생들이 졸업 후에는 결국 시집가서 공학 분야를 깡그리 잊어버릴 텐데 괜히 자리만 축내고 있어서 애꿎은 남학생들만 입학하지 못한다고 생각했는지도 몰라요. 그래서 어떤 남학생들은 적대감을 드러내기도 하죠. 한번은 도면을 그리는 시간에 내가 어떤 남학생 옆 자리에 앉았는데, 그 남학생이 자기 물건을 챙겨 들고는 다른 자리에 가서 앉더라고요."

아울러 아샤는 IIT 여학생에게 불리한 또 한 가지 요소는 인간관계의 폭이 넓지 않다는 점이라고 지적했다. 어떤 프로젝트에 대해 남학생들은 서로 상의해서 문제를 해결할 수 있지만 여학생들의 경우는 거동에 제한을 받는다. 여학생은 남학생 기숙사에 들어갈 수 없고, 남학생은 여학생 기숙사에 들어갈 수 없다. 아울러 여학생은 기숙사 귀가 시간이 정해져 있다. 따라서 여학생끼리만 문제를 해결해야 한다. 유일한 예외는 IIT-칸푸르이다. 남학생들은 여학생 기숙사에 들어갈 수 있고, 여학생들은 기숙사 귀가 시간에 제약이 없다.

IIT를 다닐 때 매년 7월이면 연극제가 열렸는데, 새내기 여학생들과 친해질 수 있는 절호의 기회였다. 연극부에서 준비하는 영어·힌디어·벵골어 연극은 상급생들이 연출을 맡고 신입생들이 배우로 출연했다. 세 연극부는 가장 예쁜 신입생을 배우로 출연시키기 위해 경쟁을 벌였다. 리허설은 대개 저녁 식사 이후에 있었는데 길가에 있는 체디스 식당에서였다. 여러 남학생들은 연극에 대한 자신의 열정을 느닷없이 발견하고는 리허설에 참가하여 여학생들에게 연기를 향상시키는 방법을 늘어놓곤 했다. 짐카나의 연극 담당부장은 당시 아주 인기 있는 직책이었다. 세 연극반의 리허설을 모두 참관할 수 있었기 때문이다. 실제로 어떤 경우에는 새내기 여학생들과 만나려는 의도로 연극 담당부장 선거에 출마하는 학생들도 있었다.

문제는 여학생 기숙사에 찾아가서 벨을 누르고 기숙사 관리인에게 특정 여학생과 만나게 해달라고 부탁하는 모습을 다른 학생들에게 보이는 것을 창피하다고 생각하는 남학생들이 많다는 점이다. 한 IIT 출신 여성은 나에게 이렇게 말한 적이 있다.

"솔직히 멋있는 남학생들이 캠퍼스에 많았어요. 그런데 우리 기숙사에 찾아오거나 어떤 식으로든 우리를 만나려고 하지 않더라고요. 분위기가 참 부자연스러웠어요."

외모가 그런대로 되는 여학생들은 캠퍼스에 발을 내딛은 첫날부터 엄청난 수요에 시달린다. 고우리 라마찬드란은 IIT-마드라스 출신으로 캠퍼스에서 지금의 남편을 만났다. 나는 그녀에게 1970년대 중반 IIT의 남성 우월적인 세계에서 여성으로 어떤 기분이 들었느냐고 물었다. 그녀는 웃음을 터뜨리면서 대답했다.

"아주 좋았어요. 뒤꽁무니를 따라다니는 남학생들이 많았으니까요. 사실 아무리 못생긴 여학생도 남학생들이 많이 따랐어요. 물론 난 못생기진 않았지만요. 아주 재미있었어요. 학생 운동이나 공부에만 몰두하는 부류만 아니라면 IIT 남학생들도 괜찮다고 생각하는 여학생이 많았어요."

나와 IIT-카라그푸르 동기인 스미타 아난드도 비슷한 생각이다. 그녀는 1년 선배인 남편 로히트와 함께 워싱턴에서 건축 회사를 운영하고 있다. "아주 재미있었어요. 꽤 심각한 학교라고들 생각할지 모르지만 알고 보면 무척 재미있는 곳이에요. IIT 여학생들은 자만심이 대단했어요. 지금 생각해 보면 수가 적어서 그랬던 건데. 어쨌든 그런 걸 즐겼어요" 하고 그녀는 작고 깔끔한 사무실에서 로히트와 나와 함께 점심으로 피자를 먹으면서 말했다.

고우리도 IIT가 재미있는 부분이 많았다는 데 동의했다. 고우리와 그녀의 친구들은 IIT-마드라스에서 셔틀버스를 타고 아드야르 해변에 놀러 가서는 시내 식당에서 저녁을 먹곤 했다. 물론 고우리가 있던 사라유 여학생 기숙사는 귀가 시간이 오후 10시였지만 제대로 지켜지는 경우가 없었다. 귀가 시간보다 늦게 기숙사에 도착하면 지각부에 이름과 도착 시간을 적어야 했지만 어떤 처벌을 받지는 않았다. 박사 과정 학생 두세 명이 학생들의 귀가와 지각부 관리를 담당했지만 별로 신경 쓰지 않았다. "어쨌든 너무 늦으면 그날 밤 아예 기숙사에 들어가지 않고 아침에 돌아왔어요. 그런데 아무도 외박 사실을 몰랐죠" 하고 말하며 고우리가 어깨를 으쓱했다.

샤르마슈타 아드야는 비하르 주 신드리라는 작은 탄광촌에서 자라다가 IIT-카라그푸르에 입학했다. 나는 그녀가 근무하는 인포시스에서 면담을 했다. "IIT가 지금의 나를 만들었어요. IIT가 여러 면에서 나를 성장하게 만들었지요. 입학 전에는 의심을 품었을 법한 생각들을 관용적으로 받아들이게 됐어요. 그리고 자기 자신에게 의지하는 법을 배웠어요" 하고 그녀가 말했다. 통금 시간이나 기타 제약이 있었음에도 샤르마슈타는 어느 곳보다 IIT 캠퍼스에서 자유를 만끽했다고 말했다.

지나치게 진지한 남학생들에게 "아니요"라고 말하고 성격이 천차만별인 사람들과 접하는 경험은 그러한 성장 과정의 일환이다. 언젠가 스와가타가 한 대학원생에 대해 얘기해 준 적이 있다. 그 남학생은 여학생 기숙사에 찾아와 한 여학생을 불러내더니 단도직입적으로 이렇게 말했다고 한다.

"삼촌이 캐나다에서 잘나가는 사업체를 운영하고 있어요. 졸업하면 삼촌을 후견인으로 해서 캐나다 시민권을 받을 수 있어요. 당연히 내 아내도 시민권을 얻겠지요. 그러니까 나랑 결혼하는 게 어때요?"

그 대학원생은 밤이면 밤마다 여학생 기숙사에 찾아와서 매번 다른 여학생에게 똑같은 대사를 읊었다고 한다.

"찾아와서 우리를 괴롭혔던 이상한 남학생들 말이에요. 아, 그리고 어떤 남학생은 기숙사에 몰래 들어오려고까지 했어요. 지금 생각해 보면 나름대로 이유가 있어서 그렇게 행동하지 않았나 싶어요. 하지만 당시에는 정말 무서웠어요! 다루기 힘든 사람들이 주변에 너무 많았어요. 그래도 IIT에서 얻은 건 대단한 자신감이었다고 생각해요. 그리고 남학생들로 꽉 찬 복도를 당당하게 걷는 법도 배웠죠" 하고 아샤가 말했다.

IIT 출신 여성 상당수는 남학생들의 별난 행동을 우습고 가엾게 여겼다고 한다. 아샤는 "축제 때 다른 학교 여학생들이 우리 과 남학생들을 따라다니는 광경을 보면 우스웠어요. 우리는 '누가 저런 애를 따라다니고 싶어 할까' 하고 생각했어요. 같은 과에서 여러 해 동안 알고 지냈으니까요. 아무튼 우리는 남학생들에게 무슨 대단한 감동을 받거나 하지는 않았어요" 하고 말했다.

IIT-델리에는 '친목회'라는 전통이 있다. 남학생 기숙사에서는 한 학기에 한 번 여대생들을 초청해서 저녁 식사를 하고 춤을 춘다. 당연히 남학생들이 마른침을 삼키고 고대하는 행사이다. 친목회 날이 다가오면 갖가지 아름다운 상상에 빠져 든다. 나는 이에 관해서 넷스케이프 상무이사로 있는 마네시 디르에게 물었다. "그래요. 친목회는 학기 중에서 최고의 행사였습니다. 휴게실 내부에 온갖 장식을 했지요. 그리고 태어나서 한 번도 면도나 목욕을 안 했을 법한 인간들이 몰라보게 달라진 모습으로 나타나곤 했습니다" 하고 디르는 대답했다.

그런데 그날 밤 이후로 인연이 계속되었을까? 디르는 '실체보다는 환상'에 가까웠다고 말했다.

"그날 밤 이후에 실질적인 관계로 발전한 경우는 없는 것으로 기억합니다. 단 한 번도 말입니다. 일종의 사회적 실험으로는 재미있었지만, 장기적인 관계가 목표였다면 전혀 성공하지 못한 셈이었지요. 어쨌든 학기마다 항상 기다려지는 행사였습니다."

IIT 남학생의 '여자 친구 만들기' 성공률은 각 IIT 캠퍼스에서 진행하는 대학 축제에서도 역시 저조했다. 무드 인디고(IIT-뭄바이), 스프링 페스트(IIT-카라그푸르), 랑데부(IIT-델리) 등의 축제가 몇 주 앞으로 다가오면 남학생들은 다른 학교 여학생들의 관심을 끌기 위해 갖가지 정교한 계책을 마련했다. IIT-카라그푸르에서는 모두가 콜카타에 있는 로레토칼리지 여학생들이 축제에 오기를 노심초사하면서 기다렸다. IIT-델리에서는 레이디슈리람칼리지와 미란다 하우스, 그리고 IIT-뭄바이에서는 소피아칼리지의 여학생들을 기다렸다. 그러나 이들 여학생과 잘된 경우는 거의 없었다. 여학생에게 다가가서 대화를 시작하지 못하는 경우가 대부분이었다. 3, 4일의 축제 기간을 그저 동경하는 마음으로 바라만 보다가 허비해 버렸다. 그러고는 다음 해를 막연히 기약하는 식이었다.

정신 건강이나 자신감과 관련하여 그다지 바람직한 상황은 아니었다. 예컨대 여자 친구가 있는 IIT생은 학생회 선거에서 당선될 확률이 희박했다. 주변에 질투심과 상대적 박탈감이 만연하기 때문이었다. 적어도 내 학창 시절에는 분위기가 그랬다. 지금은 달라졌기를 진심으로 바란다.

나는 여자 친구가 학생회 선거에 미치는 영향을 일찍이 깨달았다. 선배들은 신입생인 나에게 학생회 리더로서의 자질이 있다고 말하곤 했다. 그래서 1학년 때부터 RK 홀 학생 회장이 되고자 마음먹었던 나는 여학생과 함께 있는 모습을 보이지 않기 위해 노력했다. 수도승 같은 이미지를 3년 동안 성실하게 유지한 나는 선거에 출마하여 마침내 학생 회장이 됐다. 지금 생각해 보면 참으로 괴상한 일이었지만, 당시에는 그것이 정석이었다.

나는 우리가 또래 여자 애들과 만날 기회가 전혀 없다느니, 졸업 후에도 우리 몫이 남아 있겠냐느니 하며 친구들과 우울한 대화를 나누었던 기억이 난다. 마음에 들 만한 여자는 다들 약혼하거나 결혼하지 않았을까? 콜카타에 가면 광장에 선남선녀들이 서로 바싹 달라붙은 채 돌아다니거나 거리에서 활기 넘치게 대화하는 모습을 볼 수 있었다. 그럴 때마다 우울한 기분에 더욱 어두워졌다.

다행스럽게도 나는 학생 회장이라는 야망을 달성한 후에 내가 예전부터 유일하게 관심을 품었던 여학생에게 아직 사귀는 사람이 없다는 사실을 알게 되었다. 그 여학생은 지금의 내 아내이다.

성별 문제와 관련하여 IIT 캠퍼스에서 상황이 어떻게 달라졌는지 정확하게 판단하기는 어렵다. 물론 여학생 수가 증가했지만 남녀 성비는 여전히 심각하게 불균형이다. IIT-카라그푸르의 경우 우리 동기의 남녀 성비가 40:1이었고 지금은 대략 24:1이다. 많이 개선됐다고는 하지만 지금의 학생들에게는 지극히 부당하게 보일 것이다.

50주년 동문회 기간 중에 예전의 기숙사에서 하룻밤을 보내게 되었는데 현 RK 홀 기숙사생 몇몇이 찾아와 아주 개인적이고 중요한 문제에 대한 해결책을 물었다.

"선배님, 어떻게 하면 여자 친구가 생길까요? 같은 IIT 출신하고 결혼하셨다고 들었는데, 제발 방법 좀 가르쳐 주십시오."

나는 틸라크를 가리키며 말했다.

"그런 문제라면 저 사람이 전문가야. 나보다 여학생 기숙사에 훨씬 오래 머물렀지. 저 친구한테 물어봐."

틸라크에게 물어보라고 한 것은 실수였다. 불쌍한 아이들에게 틸라크는 문제도 아니라며 얘기를 시작했다.

"당당하게 기숙사에 찾아가서 벨을 누르고 가장 마음에 드는 여학생을 불러내. 그리고 여학생이 나오면 이렇게 말하는 거야. '너를 사랑한다. 애인으로 지내자.' 여기서 최악의 상황은 여학생이 이렇게 대꾸하는 것이지. '가버려, 이 바보야!' 그래도 괜찮아. 자기가 어떤 위치에 있는지 알았으니까 시간이나 돈을 낭비하거나 쓸모없는 대화를 할 필요가 없어졌지. 그 여학생이 기숙사로 들어가면 다시 벨을 눌러서 두 번째로 마음에 드는 여학생을 불러내. 그리고 같은 말을 하는 거야. 제안에 응하는 여학생이 나오거나 아예 한 명도 남아 있지 않을 때까지 말이지. 결말이 어떻게 되더라도 잘된 거야. 누군가 고개를 끄덕거려 준다면 여자 친구가 생기는 셈이지. 모두가 거절한다면 IIT 여학생이 내 여자 친구가 될 가능성에 대해 생각할 필요가 없는 거야. 기회가 전혀 없다는 사실을 파악했으니까 말이야. 이제 다른 일에 신경을 쓰면 되는 거지."

학생들은 입을 쩍 벌리고 틸라크의 헛소리를 들었다.

"시간을 낭비하면 안 돼."

틸라크가 훈계조로 말했다.

"내일부터 당장 여자 기숙사로 찾아가 시작하는 거야. 이것도 일종의 경쟁이야. 다른 애들보다 먼저 시작해야지!"

학생들이 틸라크의 조언을 실천했는지는 모르겠다. 우리는 다음 날 아침 떠났기 때문이다. 만약 RK 홀 학생 십여 명이 선배의 충고를 그대로 받아들여 실천에 옮겼다면 캠퍼스에서 어떤 대소동이 벌어졌을지 상상만 될 따름이다.

25
IIT에서 여학생으로 지낸다는 것

IIT 출신 여자와 남자가 만나면 남자는
이미 그 여자에 대해 잘 아는데, 여자는
남자에 대해 전혀 모르는 경우가 많다.

워싱턴에서 히텐 고시의 집을 나선 나는 수전의 차에 올랐다. 우리는 이내 길을 잃어버렸다. 수전이 인쇄해 놓은 야후 지도에는 그녀가 근무하는 국립보건원에서 히텐의 집에 이르는 길이 표시돼 있었다. 이제는 방향을 되짚어서 그녀가 잘 아는 길로 들어서야 하는데, 차는 같은 자리만 맴돌 뿐이었다.

"내일 저녁 주빈으로 참석한다는 환영회는 어떤 자리야, 샌디? 동창회에서 메일을 받았는데 그 자리에서 네가 연설을 한다면서?"

어찌 된 셈인지 IIT-카라그푸르 여학생들은 항상 나를 샌디라고 불렀다. 사회에서 만난 사람들은 나를 한 번도 그렇게 부른 적이 없다. 학창 시절 수전은 스와가타의 기숙사 방문에 검은색으로 '해변(The Beach)'이라고 커다랗게 휘갈겨 놓았었다.

"약간 잘못된 정보인데. 다른 동창들이 연설할 텐데, 책 쓰는 데 도움이 될까 해서 가는 거야. 그런데 내 얘기도 듣고 싶어 하는 모양이지."

"IIT가 얼마나 대단한 학교인지에 대해 쓴다고 하던데 맞니?"

"글쎄, 그래야 사람들이 나에게 무슨 얘기를 해주지 않겠어?"

"예전엔 이런 동창 모임에 나가야겠다는 생각이 전혀 들지 않았는데. 만나고 싶은 IIT 출신들은 어떻게든 만나게 되니까……."

수전은 IIT 시절부터 스와가타와 절친한 친구였지만 나는 학창 시절 그녀를 잘 몰랐다. 수전 차코는 IIT-카라그푸르의 전설적인 인물이다. 비록 여자 친구가 없는 IIT 남학생들이 후한 점수를 주었다고는 해도 수전은 참으로 대단한 여학생이었다. 남학생들은 수전의 근처를 서성이면서 어떻게든 환심을 사려고 했다. 그녀에게 거절당한 친구들은 심각한 우울증에 걸리기도 했다. 수전은 남학생들의 영원한 화젯거리였다. 그녀는 5년 동안 IIT 남학생들의 지칠 줄 모르는 호기심의 대상이었다. 대다수 IIT 여학생들과 달리 수전은 남자 친구를 사귀지 않은 채 학교를 졸업했다. 그녀는 IIT-마드라스 출신이자 지금의 남편인 피시를 미국에서 만났다.

나중에 안 사실이지만 수전의 인기는 다른 IIT 캠퍼스에까지 퍼져 있었다. 졸업하고 3년 후 뭄바이에서 IIT-칸푸르 출신의 친구를 만났는데 그가 나에게 "그래, 맞아. 네 동기 중에서 수전 차코라고 있지?" 하고 아는 척을 했다. 수전을 한 번도 본 적이 없는 그 친구는 IIT-카라그푸르 출신 친구에게서 그녀에 대한 얘기를 들었다는 것이었다.

2002년 9월, 나는 뭄바이에서 스와가타, 카우시크와 함께 점심을 먹었다. 카우시크는 IIT 출신이 아니다. "나시크에서 친구를 만났는데 너희들을 안다고 하더라. IIT-카라그푸르 출신인데, 자기가 8, 9년 정도 후배라고 하더군" 하고 카우시크가 말했다.

"그런데 우리를 어떻게 알지?" 하고 내가 물었다.

"자기 아버지가 IIT 교수인데, 어릴 적에 캠퍼스에서 지낸 모양이야.

그러니까 너희가 학교에 다닐 때 그 친구는 7학년쯤 됐겠지. 산디판 너는 잘 기억 못하는데 스와가타하고 수전이라는 이름은 또렷하게 기억난다고 하더라" 하고 카우시크가 대답했다.

스와가타와 나는 한숨을 쉬었다. 그다지 놀랄 만한 일은 아니었다.

"스와가타하고 수전이 IIT 여학생으로는 처음으로 바지를 입고 다녔다고 하더군. 일종의 혁명 같은 일이었다던데."

우리는 다시금 한숨을 쉬었다. 사실이 아니었다. 그러나 진실을 밝히는 것은 무의미한 일이었다. 일면식도 없는 그 친구의 사춘기 추억을 망칠 이유가 어디에 있겠는가!

아무튼 IIT에서 여학생으로 지낸다는 것은? 나는 수전에게 IIT에서 여학생으로 지낸다는 것은 무얼 의미하느냐는 다소 진부한 질문을 했다.

"당시에는 별로 특이할 게 없었어. 비교할 대상이 없었으니까. 남학생들이 따라다니는 것하며, 전부 당연히 그런 줄만 알았지. 물론 지금 생각해 보면 엉뚱했지만……" 하고 그녀가 대답했다.

"SN 홀에서 프러포즈를 하던 괴짜들……."

"맞아, 괴짜들이었지. 그런데 지금 생각해 보면 좀 불쌍했다는 생각이 들어. 사교성이 전혀 없어서 괴짜가 된 거였으니까."

나는 수전에게 IIT-칸푸르 출신 친구에게 그녀에 대한 얘기를 들었다는 말을 해주었다.

"그런 점이 불편해. 덜 유명했더라면 좋았을 텐데. IIT 출신 남자들끼리는 만나면 서로의 학번이나 생활했던 기숙사를 물어보고는 금방 친해져. 그런데 IIT 출신 여자와 남자가 만나면 남자는 이미 그 여자에 대해 잘 아는데, 여자는 남자에 대해 전혀 모르는 거야. 그래서 별로 편한 기분이 들지 않아."

"IIT 출신 남자들이 이상하다고 생각하니?" 하고 나는 수전에게 물었다.

"아냐, 그렇지 않아. 내 주변엔 IIT 출신의 훌륭한 남자 친구들이 있어. 남편도 IIT 출신이고. 이상하다고 생각하지 않아. 미안해, 자세히 설명 못하겠어."

수전은 IIT를 졸업한 뒤에 다양한 분야에 흥미를 느꼈다. 그녀는 친구와 함께 느닷없이 남아시아 여성 네트워크인 소네트(SAWNET)를 결성했다. 남아시아 지역의 여성 문제에 관심을 둔 포럼이었다. 소네트는 1991년 회원 40명 정도로 구성된 메일링 리스트로 출범했다. 초창기에는 날마다 수집한 게시물을 회원 이메일 주소로 보내는 식이었다. 오늘날에는 회원 1천여 명을 보유하는 단체로 성장했다. 문맹, 여아 살해, 성 차별 없는 결혼식, 동성애 문제 등 남아시아 여성과 관련하여 지구상에 존재하는 어떤 사안이라도 다루는 중요한 정보 센터로 자리 잡았다. 이 책의 집필에 필요한 자료를 수집하느라 여태까지 만났던 IIT 출신들과 달리 수전은 참으로 풍부한 영혼의 소유자였다.

나는 수전에게 두 번째 진부한 질문을 했다.

"IIT에서 뭘 배웠니?"

"기술에 대해서 많이 배웠다고 생각해. 수학 공부를 열심히 했는데 졸업하고 나서 많은 도움이 됐어. 그리고 시험을 잘 치르는 법도 배웠어. IIT 출신이라면 누구나 시험 도사일 거야."

그녀가 대답했다.

나는 그녀가 강의실에서 무언가 유용한 것을 배웠다는 말을 한 극소수의 인물 중 하나라고 알려 주었다.

"강의실 밖에서는 뭘 배웠지?"

"자전거 타는 법을 배웠어. 다이빙도 배웠고. 여학생 수가 아주 적었기 때문에 수영 강사한테 그런 걸 가르쳐 달라고 할 수 있었어. 그리고 검소하게 사는 법도 배웠어.”

“IIT 교수들은 여학생들을 다르게 대했니?”

“별로 그렇진 않았어. 하지만 우리를 잘 인정하지 않았지. 동기 중에 아버지가 교수인 여학생들이 있었어. 캠퍼스 안에서 살았는데, 부모들이 SN 홀에는 가까이 가지 말라고 했대. 도무지 무슨 일이 벌어질지 모르는 곳이니까! 하지만 기숙사에는 10시 통금 시간 같은 규칙이 있었어. 남학생 기숙사처럼 스낵바가 있는 것도 아니었고. 그런데 SN 홀에 찾아와 정문 앞에서 벨을 누르는 행동이 자존심 상하는 일이라고 여겨 SN 홀에 올 생각을 못하는 남학생이 많았어. 때문에 여러 남학생들하고 친하게 지낼 수 없었지. 졸업하고 나서 만난 좋은 친구들 몇몇은 정확히 그런 부류였어. 그래, 50주년 행사 때문에 카라그푸르에 돌아와 보니 기분이 어땠어?”

“캠퍼스도 보기 좋았고, 건물마다 깔끔하게 페인트칠이 돼 있더군. 새 건물이 많이 들어섰더라. 여학생 기숙사는 지금 세 채나 있고.”

“세 채나 된다고?”

“응, 세 번째로 지은 건물의 이름은 ‘테레사 수녀 홀’이더라.”

수전은 내 얘기를 듣고 가만히 있지를 못했다.

“테레사 수녀라고? 여성 엔지니어나 과학자나 시인의 이름은 떠오르지 않더래? 에이, 농담하는 거지?”

“아냐, 정말이야.”

“말도 안 돼! 여학생들더러 무슨 수녀라도 되라는 얘기야? 다른 붙일 만한 이름은 없단 말이야?”

“분명히 있겠지. 그런데 지금 당장은 잘 안 떠오르네.”

“다른 이름으로 된 기숙사가 없으니 당연하지. SN 홀 하면 사로지니 나이두(인도의 시인이자 여성 해방 운동가)가 생각나잖아.”

수전은 지금 IIT를 다니는 학생들에 대해 매우 궁금해했다. 요즘에는 JEE를 통과하려면 4, 5년을 준비해야 하며 경쟁이 매우 치열하다고 얘기해 주었다. IIT에 입학하지 못했다고 날마다 잔소리하는 어머니를 살해한 열일곱 살짜리 남학생에 대한 얘기도 해주었다. 수전은 생각에 잠겼다.

"JEE에 떨어졌다고 자살한 남학생들 얘기를 많이 들었어. IIT에 들어가서도 견뎌 내지를 못하고 자살한 경우가 많았지. 20만 명이 응시해서 2천 명만 합격하니까, 경쟁률이 1백 대 1인가······."

그녀는 잠시 침묵하다가 말을 이었다.

"너라면 자살 확률이 1백 분의 1인 곳에 딸을 보내겠니?"

"요즘엔 자살이 많지 않대."

나는 방어적으로 말했다.

"내가 조사한 바로는 그래. 요즘 학생들은 적응들을 더 잘하는 것 같아. 우리 때처럼 학기마다 자살하거나 하지는 않아."

그녀는 다시 생각에 잠겼다.

"다시 태어난다면 IIT에 또 갈 거니?"

그녀가 물었다. 나에게가 아니라 스스로에게 묻는 듯했다.

"이따금 그런 생각을 해. 다른 IIT 캠퍼스나 아예 다른 대학에 갔더라면, 그리고 무언가 다른 일을 했더라면, 그것도 분명 재미있었을 거야."

"난 아마 IIT에 다시 들어갈 것 같아. 하지만 이번에는 다른 방식으로 시간을 보내겠지. 거기서 시간을 많이 낭비했거든."

내가 말했다.

"하지만 IIT에서는 시간을 낭비할 수 있다는 게 좋은 점 아니니?"

"글쎄, 다시 IIT에 간다면 다른 식으로 낭비하고 싶어."

"난 IIT 생활을 다른 식으로 한다는 게 감히 잡히지 않아. 선택의 여지는 거의 없는데, 하고 싶은 일은 너무나 많고······."

그녀가 말했다.

우리는 두 사람이 다 알고 있는 친구들에 대해 얘기했다.

"대통령 금메달을 받은 애들은 다 어떻게 됐는지 모르겠어."

그녀가 생각에 잠기며 말했다.

"나중에 엄청나게 성공했을까? 아니면 그냥 사라져 버렸을까?"

그녀는 말을 이었다.

"지금 생각해 보면 역사나 문학처럼 교양 과목이 더 많았더라면 좋았을 거야. 우린 과학 분야만 배웠잖아. 인문학 쪽을 좀 배웠더라면 시야를 더 넓힐 수 있었을 텐데."

맞는 말이었다. IIT를 졸업하고 IIM에 들어와서 인문 학도들과 처음으로 대면하게 됐는데, 예전에 품어 왔던 생각과는 달리 그들은 전혀 바보가 아니었다. 상당수가 우리만큼 똑똑했고, 세계관은 우리보다 더 복합적이었다.

시간이 꽤 흘렀다. 수전은 학교에서 아이들을 데려와야 했다.

"후배들한테 무슨 충고를 했어?"

나는 다시 히텐의 집 쪽으로 차를 운전하는 수전에게 물었다.

"아무 충고도 안 했어."

그녀가 웃으며 말했다.

"어쨌든 모두들 첫 두 달이 가기 전에 남자 친구가 생겼으니까. 그리고 다들 자리를 잡았지. 그러니 남자 친구에 대해 충고할 만한 게 없었어."

내가 차에서 막 내리려는데 수전이 말했다.

"하나 더 얘기하자면, 인상 깊었던 교수는 단 한 명도 없었어."

나는 수전과 작별한 후 그녀가 했던 얘기들에 대해 생각했다. 여태까지 만났던 IIT 동문 중에서 수전은 IIT 시절에 대해 가장 무덤덤하게 얘기했다. 그녀는 그 시절을 회상하면서 어깨를 으쓱거렸다. IIT 시절을 별로 좋게 생각하지 않는다는 생각이 들었다. 놀라운 일이었다. 보통 오래된 일을 회상하면 장밋빛 추억이 떠오르게 마련이었기 때문이다. 더욱 재미있는 것은 수전이 IIT 시절에 대해 많이 생각했음에도 별로 대단한 것은 없었고 눈물을 글썽일 만한 추억도 없다고 결론지었다는 사실이다.

몇 주 후 인도로 돌아온 나는 스와가타에게 IIT 시절을 별로 즐긴 것 같지 않은 인물로는 수전이 유일하다고 말했다. 스와가타는 놀라워하며 수전에게 메일을 보냈다.

며칠 후 수전에게서 다음과 같은 답신이 왔다.

친구야!

내가 카라그푸르를 좋아하지 않는다고 산디판이 말했니? 난 그런 뜻이 아니었는데, 산디판이 무슨 인상을 받았는지 모르겠네.

IIT 시절은 당연히 즐거웠지. 하지만 델리나 뭄바이에 있는 다른 대학에 있었어도 즐거웠으리라는 생각이 들었던 거야. 산디판 말로는 학과수업이 도움이 됐다고 말한 사람은 나밖에 없대. 카라그푸르에 대한 즐거운 추억들이 있지만, 다른 친구들하고는 달리 그때가 인생에서 가장 중요한 시기는 아니었어.

10시 통금 시간 같은 남녀 차별적인 규정에 대해서는 지금도 별로 기분이 좋지 않아(산디판에게 전해 주렴. 20년이 지난 지금도 나를 괴롭히는 규정이라고 말이야).

난 IIT 출신이 아니라도 좋은 친구들이 많다고 얘기했어. 그리고 IIT 출신이라고 해서 모두가 똑똑한 건 아니라고 했지(실제로 중년으로 접어들면서 무감각해지고 보수적이고 고리타분해지는 사람들이 많더라). 수학 실력은 빼놓고 말이야. IIT 출신이 아니지만 대단히 똑똑하고 재미있고 독창적인 사람들을 많이 만났다는 얘기를 산디판에게 해줬어.

우리가 문명과는 동떨어진 세상에서 살았다는 네 말에 동감해. 신문을 보거나 라디오를 들은 기억도 없을 정도니까. 난 정치에 관심이 전혀 없었는데, 넌 어땠니? 내 자신의 삶에 대한 생각은 있었겠지만, 외부 세계에 대해서는 무관심했어.

남학생들에게 주목받는 건 물론 기분 나쁘지 않았어. 하지만 대학원에 들어가서 무명인으로 지내니까 정말 좋더라. 주위를 신경 쓰지 않고도 하고 싶은 일을 맘껏 했으니까.

카라그푸르에서는 자전거를 타면 내가 모르는 남학생들이 그 사실을 죄다 아는 게 싫었어. 난 남학생들이 무슨 일을 하는지 전혀 모르는데 말이야. 그래서 내가 하고 싶었던 일의 절반 정도는 주위 시선 때문에 힘들게 결정해야 했어. 예컨대 별로 잘하지는 못하지만 난 지금 테니스 치는 걸 좋아해. 하지만 카라그푸르에서는 할 일 없는 남학생 수십 명이 몰려와 있는 자리에서 바보짓을 하는 셈이었지. 그저 재미 삼아 구경 온 애들도 있을 거고. 무슨 말인지 알지?

난 카라그푸르라는 현미경을 벗어나면서 '바보짓'을 훨씬 많이 할 수 있었어.

어때, 산디판이 나에 대해 올바르게 판단하는 것 같니? 그렇지 않다고 생각한다면 산디판에게 이 글을 읽게 해주렴.

수전

26
IIT의 환경 운동가

충분한 지식을 갖춘 상태에서 선택하라.
우리는 당신이 문제 해결 과정을
이해하도록 도울 따름이다.

    이 책의 집필에 필요한 자료를 조사하면서 IIT-뭄바이 출신 동문들에게서 자주 들은 이름은 두누 로이였다. 자이람 라메시는 나에게 로이를 꼭 만나 보라고 했다. 난단 닐레카니는 자신은 직접 로이를 만나 보지 못했지만 IIT인에 대한 책을 쓰는 사람이라면 반드시 그에 대해 알아야 한다고 말했다. 나라얀 무르티 IIT-뭄바이 교수는 워싱턴에서 만난 자리에서 내 책에 로이에 대한 이야기를 쓸 것을 적극 추천했다.

    인터넷 구글 검색을 통해 'IIT-뭄바이 자랑스러운 동문상' 웹 사이트에 들어가 보았다. 다음은 해당 사이트에 게재된 로이의 이력이다.

    아누브라타(두누) K. 로이.
    1967년 학사 졸업, 1969년 석사 졸업.
    화학공학자, 사회 운동가.

'두누 로이'로 알려진 아누브라타 K. 로이는 엔지니어로서 평범하지 않은 길을 걸었다. 그는 엔지니어가 기술적인 문제만 해결할 것이 아니라 사회적·문화적·환경적 문제 또한 관심을 가져야 한다는 사실을 몸소 보여 주었다. IIT 재학 당시에도 로이와 그의 동료들은 가난한 사람들을 위해 지식을 어떻게 활용해야 하는가를 고민했다. 그들은 뭄바이 근처에 위치한 마을들을 대상으로 활동을 시작했다. 로이가 사회 운동에 본격적으로 착수한 곳은 마디아프라데시 주의 샤돌이다. IIT-뭄바이 및 IIT-칸푸르 출신 학생들과 함께 샤돌 근교 암라이에 위치한 제지 공장이 주변 환경에 미치는 영향을 연구하기 위해 샤돌에 간 것이 계기가 되었다. 이후 안누푸르라는 소읍으로 활동 무대를 옮긴 로이는 지역 주민들과 교류하려는 일환으로 소규모 자동차 정비소를 운영했다. 이 정비소는 이후 '비두샤크 카르카나(Vidushak Karkhana)'라는 정비 회사로 성장했다. 로이의 활동에 몇몇 사람들이 참여하면서 '샤돌 집단'은 지역 사회생활 운동을 시작했다. 지역의 환경 계획에 대하여 샤돌 집단이 수행한 연구는 중대한 의미가 있다. 해당 지역의 역사와 자원과 문화 등을 아우르는 연구로서, 이후 본격적인 개발 계획으로 발전했다. 샤돌 집단은 관련 사안에 지적으로 접근하면서 핵심적인 역할을 담당했다. 인도뿐만 아니라 전 세계 학생·학자·운동가·언론인 등이 샤돌 집단을 방문했다. 샤돌 집단은 지적인 탐구와 사회 운동을 혁신적인 방식으로 추구하면서 인도에서 사회·환경·인간 중심적인 운동의 이정표로 자리 잡았다. 오늘날까지도 비두샤크 카르카나는 로이의 지도하에 활동을 계속하고 있다.

나는 로이의 아내 임라나 쾨디르 교수가 기거하는 자와할랄 네루대학 교직원 숙소에서 그를 만났다. 호리호리한 체격에 백발이 부드럽게

드리운 얼굴은 이목구비가 뚜렷했고 금세 미소라도 지을 표정이었다. 어떻게 해서 흔하지 않은 일을 선택했느냐는 질문에 로이는 "좀 특이한 취향이라고 할 수 있겠지요. 9시에 출근해서 5시에 퇴근하는 식으로 평범하게 살고 싶지는 않았습니다" 하고 간단하게 대답했다. 로이는 스스로를 '정치적 환경 운동가'라고 칭한다. 그가 운영하는 '위험 센터(Hazards Center)'는 지역 사회의 각종 단체를 지원하고 연구 조사 및 컨설팅 활동을 수행한다.

"각종 단체라 하면 판차야트(촌락 차원의 지방 자치 정부), 빈민가 지원 단체, 노동조합 등을 말합니다. 이들 단체는 갖가지 위험을 식별할 수 있도록 제대로 조직돼야 합니다. 우리는 연구 조사 활동이나 기술적인 부분, 그리고 해결책을 파악하는 일을 도와줍니다."

인도의 비정부기구(NGO) 부문에서 로이가 존경의 대상이 된 중요한 계기는 무엇보다 샤돌에서의 활동이었다. 인도 사회의 발전을 꿈꾸었던 이들이라면 누구나 로이와 그의 동료들이 17년간 머물렀던 샤돌을 거쳐 갔다. 샤돌은 일종의 학교였던 셈이다.

"두누 로이에게서 참 많은 것을 배웠습니다. 자기 관리가 대단한 분이었어요. 새벽 4시에 일어나 전날 저녁의 설거지를 한 뒤 아침 식사를 준비하고는 혁명가를 부르면서 우리들을 깨우곤 했습니다. 날마다 마을 사람들과 함께 일하고 책을 읽고 엽서를 최소한 열 통은 쓰고 비두샤크 카르카나에 네댓 시간을 할애했습니다. 인도에서 소외받는 계층들을 위해 일하고 싶은 사람들에게는 샤돌에서의 경험이 참으로 유익했습니다" 하고 한 '샤돌 세대'가 말했다.

그러나 샤돌 운동은 로이가 IIT에 있을 때 이미 정점에 있었다. 1960년대 중반 미국에서 성공을 거둔 인도계 미국인들은 조국을 위해 무언가를 하고자 했다. 그들은 인도 경제의 급성장을 도모하는 단체인 FREAI를 결성했다. 구성원 대부분이 과학기술자였기 때문에 과학기술을 통한 사회 변혁에 주력했다. 일부는 인도로 돌아와 여러 과학기술대학에 FREAI 지부를 설립했다. IIT-뭄바이에서 로이의 친구들은 토요일마다 모여서 할 일을 논의했다.

"말하자면 발목이 잡혔던 셈이지요. 내가 아주 적극적인 사람이어서 붙잡힌 모양입니다. 게다가 그해에는 짐카나 학생 회장도 맡고 있었으니 말입니다" 하고 로이가 웃으면서 당시를 이야기했다.

로이가 학부 과정을 마쳤을 때 그의 동기 대부분은 미국으로 떠났다. 그러나 로이와 친구 두 명은 인도에 남기로 했다. 로이는 IIT-뭄바이 석사 과정에 들어갔다. 미국으로 떠나려는 IIT 출신 FREAI 회원들은 로이에게 찾아와 앞으로 자신들이 어떻게 활동해야 하는지에 대해 물었다.

"토요일만 가지고는 안 된다고 말했지요. 뭔가를 하려면 시간을 죄다 쏟아야 한다고 했습니다. 그랬더니 '네가 해결책을 제시했으니, 너도 적극적으로 활동에 참여해야 한다'라고 하더군요. 그래서 이렇게 말했지요. '좋다. 2년 동안 해보자.'"

로이는 4년간 FREAI 활동에 참여했다.

로이와 IIT 학생들로 구성된 그의 팀은 소규모 단위로 활동하는 단체들이 겪는 문제점을 해결하고자 했다.

"대단히 교육적인 경험이었습니다. IIT 학생 대다수가 과학기술의 용도에 대해 잘못 생각하고 있다는 사실을 깨달았지요. 사람들을 도우려면 마음가짐을 180도 바꿔야 합니다. 예컨대 어떤 공장에서 찾아와서는 공장 바닥에 합성 수지를 칠했는데 잘 달라붙지 않더라고 말했습니다. 염기성 물질이 묻으면 녹아 버린다는 것이었지요. 우리 기술 팀이 알고 있는 것은 공장 바닥에 적용할 수 없거나, 설령 적용하더라도 비용이 너무 많이 드는 아이디어들이었습니다. 그런데 한 도급 일을 하는 사람이 석회를 발라 보라고 했습니다. 그 사람 말대로 했더니 정말 문제가 해결됐습니다. 게다가 비용도 아주 저렴했습니다.

IIT에서 공부하는 학생들은 최첨단 기술에만 집중하기 때문에, 열악한 시골 공장에서는 어떻게 해야 하는지 잘 모릅니다. 사회적·경제적인 여건에 맞게 기술을 활용해야지요. 기술은 무슨 외딴섬 같은 게 아닙니다. 시골 마을에서는 수동 펌프처럼 간단한 걸 설치할 때도 문제가 생깁니다. 수동 펌프의 관리는 어떻게 해야 하는가? 예비 부품들은 충분히 있는가? 그리고 카스트 제도도 고려해야 합니다. 뒷마당에 수동 펌프를 설치해 놓고는 자기보다 낮은 계급들은 사용하지 못하게 하는 경우도 있으니까요."

로이의 팀은 기술 관련 전문 지식을 사람들에게 제공하는 활동에서 사람들에게서 무언가를 배우는 활동으로 전환했다.

"우리 IIT 사람들이 노동자들을 돕고 가르친다기보다는 노동자들에게서 무언가를 배우는 게 낫다고 생각했지요. 한 작은 마을에서는 사람들이 바위를 뚫을 때 쓰는 드릴로 우물을 팠습니다. 우리는 어떻게 하는 것인지 전혀 몰랐지요. 그래서 그 마을에 2주일 동안 머물면서 배웠습니다. 단단한 바위가 걸리면 어떻게 하는지, 모래 부분이 나오면 어떻게 하는지, 어떤 지점에서 드릴 작업을 멈춰야 하는지 등 말입니다. 마침내 드릴 설명서를 힌디 어로 번역하는 작업이 우리가 그곳에서 할 수 있는 최상의 일이라고 결론을 내렸습니다. 아주 힘든 일이었지요. 우리는 대부분 영어로 교육을 받았는데, 기술 용어를 힌디 어로 옮기는 일에는 익숙하지 않았으니까요."

이쯤 되자 로이의 팀에게 지역적인 문제를 해결해 달라는 요청이 쇄도했다. 로이의 팀은 14개 지부를 구성했고 30명이 전일제로 근무했으며 수많은 자원 봉사자들이 참여했다. 로이는 일종의 조정자로 활동하면서 특정 문제의 성격에 따라 팀을 구성하고 파견했다.

1974년, 충분히 배웠다고 판단된 팀원 네 명이 본격적인 활동에 착수하기로 했다. "박사 과정이랑 비슷하지요. 우선 주제와 관련된 문헌 조사를 합니다. 그러고 나서 실제로 실험을 하는 겁니다. 4년 동안 문헌 조사를 충분히 했으니 이제는 앞으로 밀고 나가야 한다고 생각했지요. 그렇게 해서 샤돌 운동이 탄생한 겁니다"라고 로이가 말했다.

당시 일체의 개발 계획은 정부 기관, 기업의 후원을 받는 민간 단체, 자원 봉사 단체 등이 담당했다. '우리가 제일 잘 알고 있으니 시키는 대로 하라'는 것이 일반적인 방식이었다. 로이의 팀은 오리사 주 칼라한디에 가서 그곳 은행이 후원하는 프로젝트를 맡았다. 은행에서는 지역 주민들이 저축하지 않는 이유를 파악하고자 했다. 자사가 설정한 예금 목표액을 달성하지 못하고 있었던 것이다. 로이의 팀은 그곳에서 4주 동안 머물다가 마음에 상처를 입고 돌아왔다. 마을 사람들은 여러 날 동안 먹을 음식도 없이 지내는 경우가 많았다. 그러니 은행에 저금할 돈이 어디 있겠는가?

로이의 팀은 자체적으로 활동하기로 결정하면서 다음과 같은 문제를 제기했다. "특정 지역에 사는 사람들에게 스스로 무언가를 계획하도록 한다면 어떨까?" 로이의 팀은 4년 동안 1백여 개 지역을 돌아다녔다. 부족 지구, 비(非)부족 지구, 가뭄 지역, 홍수 피해를 입은 마을 등 안 다녀 본 곳이 없었다. 로이의 팀은 개발 계획과 관련하여 공업·농업·환경 등 갖가지 영역을 아우르는 '통일장 이론'을 구축하고자 했다. 그들은 주로 농촌 지역에 머물면서 데이터를 수집하고 동향을 파악하고 자료를 분석하면서 전국적으로 적용할 만한 결론에 도달하고자 했다.

로이의 팀은 그러한 '실험'을 진행할 장소로 샤돌을 선택했다. 일차적으로 샤돌은 부족 지구와 비(非)부족 지구가 모두 존재하며 과거에 자원 봉사 단체가 한 번도 진출한 적이 없는 곳이기 때문이었다.

우선 로이의 팀은 다음과 같은 3대 행동 원칙을 수립했다.

첫째, 공인된 기관이나 단체의 형식이어서는 안 된다.

"공인된 기관이 되는 순간 지역 주민들의 기대치가 올라갑니다. 우리는 문제 해결사 노릇을 하지 않기로 했습니다. 어디에도 속하지 않기로 한 겁니다. 그리고 우리가 머무는 곳에서 생계 문제는 스스로 해결하기로 정했습니다" 하고 로이가 말했다.

둘째, 지역 전체의 다양한 측면을 드러내는 데이터를 수집한다.

셋째, 포괄적인 데이터베이스를 활용하여 대안적인 개발 계획을 모색한다.

팀원 중 두 명은 농사를 짓기 시작했다. 한 명은 사진관을 열었다. 세 명은 비두샤크 카르카나를 운영하면서 펌프 부품, 모터, 기타 장비 등을 수리했다.

팀원 각자는 생계를 유지하는 데 많은 시간을 보냈다. 10년이 지나자 그들 자신이 일종의 교육 기관이 되었다. 펌프, 전기 모터, 농업, 사진 등의 분야에서 말이다.

로이의 팀은 처음 2년간 (주로 2차) 데이터를 수집하고 나머지 2년은 해결책의 개발에 할애하기로 했다. 2년째가 되자 팀원들은 공식적인 데이터의 상당 부분이 잘못됐다는 사실을 파악했다. 눈앞에 보이는 현실과는 너무도 다른 내용이었다. 1차 자료를 수집하는 방향으로 돌아서야 했다. 집집마다 방문하여 설문 조사와 사례 연구를 했다. 이러한 자료 수집 활동은 7년 동안 진행됐다.

"7년이 지났는데, 전형적인 IIT식 문제가 생겼지요. 여태껏 모아 놓은 데이터를 가지고 어떻게 해야 할지 모르겠더란 말입니다! 그래서 1년 동안 여러 대학을 돌아다니면서 개발 계획과 관련된 이론들을 익혔습니다" 하고 로이가 웃음을 터뜨리며 말했다.

1982년 로이의 팀은 샤돌에서의 경험을 바탕으로 《환경계획 (*Planning the Environment*)》이라는 책을 출간했다.

"책에서 말하는 요지는 우리가 사람들 대신 계획을 세워 주지 않아야 한다는 겁니다. 대신 계획을 수립하는 방법론을 만들어 냈습니다. 우리는 IIT에서 문제 푸는 방법을 배웠습니다. 문제를 여러 각도에서 바라보는 것입니다. 압력, 토크(torque), 허용 오차 등을 조사하고 이들 요소가 어떻게 상호 작용하는지 파악해야 합니다. 사회도 마찬가지이지요. 사회에는 사회 내적으로 발생하는 갈등, 사회와 자연 사이에 벌어지는 갈등 등 여러 갈등이 존재합니다. 문제는 이들 갈등을 통합적으로 다뤄야 한다는 점입니다. 그렇게 하려면 다양한 갈등이 서로 어떻게 연결돼 있는지를 파악해야 합니다. 한 가지 문제가 다른 문제에는 어떤 영향을 미치는지 알아야 합니다. 아주 역동적인 모형인 셈이지요."

이런 모형을 실제로 적용하려는 개발 운동가나 정부 기관 등은 농부에게 "이것이 당신의 문제이고, 이것이 문제의 해결책이다"라고 말할 것이 아니라, 문제를 규정하는 방법이 훨씬 중요하고 각각의 문제에는 다양한 해결책이 있으며 해결책마다 나름대로의 결과가 있기 때문에 문제를 올바르게 규정하면 올바른 해결책을 얻을 수 있다는 점을 주지시켜야 한다. 예컨대 병충해 문제로 골머리를 썩는 농부가 있다고 하자. 'A'라는 농약을 사용하면 병충해가 사라지겠지만 호박벌들도 죽게 되어 식물의 수분 작용에 지장이 생길 수 있다. 그렇기 때문에 개발 운동가의 메시지는 다음과 같은 형식이 되어야 한다.

"충분한 지식을 갖춘 상태에서 선택하라. 우리는 당신이 문제 해결 과정을 이해하도록 도울 따름이다."

"경제학자나 그 밖의 전문가들은 개발 계획을 수립하는 과정을 아주 신중하게 다룹니다. 하지만 그 과정을 이해하는 게 그렇게 어렵지만은 않습니다. 누구나 충분히 파악한 상태에서 실행에 옮길 수 있습니다" 라고 로이는 말한다.

이후 로이의 팀은 다양한 방법을 통해 자신들의 원칙을 샤돌 사람들에게 전달했다. 아울러 지역의 특징에 맞는 효과적인 방법을 파악하고자 했다. 로이는 자신들의 궁극적인 목표를 "기본적으로 우리가 했던 일은 '과학의 대중화'입니다. 더 정확히 말하자면 '과학의 탈신비화'였지요"라고 대답했다. 결국 그들의 활동은 공학 분야를 넘어 일체의 사회적·정치적 사안으로 확장됐다. 로이의 팀이 샤돌 사람들에게 전달하고자 했던 내용은 다음과 같다.

❖ 문제를 파악하는 방법
❖ 구체적인 기법
❖ 해당 기법을 숙지하면 타인에게 의존할 필요가 없다는 사실

로이는 모든 프로그램에는 객관적인 평가 기준이 필요하다고 말했다. "어떤 교육 프로그램이든 평가 방법이 마련돼야 합니다. 제대로 되고 있는지 파악해야 하기 때문입니다. 우리는 두 가지 기준을 만들었습니다. 첫째, 특정 사안을 다루는 조직이 없는 경우, 그러한 조직이 등장했는가? 둘째, 기존 조직이 있는 경우, 기존의 요구 사항을 더욱 구체적인 방향으로 다듬었는가? 예컨대 청년 실업 문제를 다루는 조직이 있다고 한다면, '더 많은 일자리가 필요하다'는 식의 요구 사항에서 '당신들이 이러이러한 조치를 취해 준다면 우리에게 일자리가 더 많이 생길 것'이라는 식으로 바뀌었느냐 하는 겁니다."

로이와 나는 오랫동안 대화를 나누었다. 로이의 말을 정신없이 공책에 받아 적느라 나는 의자 옆 탁자에 놓인 찻잔에는 입도 대지 못했다. 로이는 자신의 차를 한 모금 마셨다. 그는 찻잔을 탁자 위에 도로 놓고 웃으면서 말했다.

"솔직히 1990년이 되면서 우리는 기진맥진했지요. 아주 힘든 생활이었습니다. 사람들 일부는 떠나고, 일부는 새로 들어오고, 다시 일부가 떠나고……. 정말이지 쓰러지기 일보 직전이었지요. 우리는 많은 걸 배웠지만 사회에 타성이 존재한다는 점을 제대로 이해하지 못했습니다. 어떤 사안에 대해서는 사회가 앞으로 나아가면서 변합니다. 그런데 또 어떤 사안에 대해서는 변하려고 하지를 않습니다. 변화를 가로막는 엄청난 타성이지요.

샤돌에서 지낸 날들을 돌이켜 보면 그다지 대단한 성과를 거두지는 못한 것 같습니다. 결정적인 영향을 주지 못했지요. 그저 우리는 여러 가지를 배웠던 겁니다. 어떤 힘든 영역에서 나름대로 성과를 거둔다면 거기서 교훈을 얻어서 다른 영역에도 적용할 수 있다는 사실을 배웠지요. 나도 그렇고 많은 사람들이 배웠습니다. 지난 15년 동안 대략 5백 명 정도가 샤돌을 거쳐 가면서 배웠습니다. 당시 내가 배운 내용들을 지금은 더 넓은 범위로 적용하고 있습니다."

로이는 다른 사람들이 떠난 후에도 샤돌을 지켰다. 지금은 동료 두 명이 남아 있지만 농사를 지을 뿐 어떤 단체로 활동하지는 않는다. 로이가 샤돌을 떠나려고 하자 지역 청년들이 찾아와서는 비두샤크 카르카나를 넘겨줄 것을 요청했다. 로이가 이유를 묻자 청년들은 로이의 팀에 대해 신랄한 비판을 했다.

"첫째, 배우기에 나이가 너무 많은 사람들과 일을 시작했습니다. 일이 성공을 거두려면 초등학교 수준에서 시작해야 합니다. 둘째, 이 지역의 관용어를 배우지 못했습니다. 물론 이곳 방언은 배웠겠지만, 그것만으로는 충분하지 못합니다. 지역 사람들과 모든 걸 함께하지 못했습니다. 셋째, 배운 내용을 제대로 전달하지 못했습니다."

"그렇다면 비두샤크 카르카나를 맡아서 일을 추진해 보게" 하고 로이가 말했다. 비두샤크 카르카나는 대지가 3천 평 정도였기 때문에 유지하기가 쉽지 않았다. 로이는 청년들에게 일단 오두막 정도의 규모로 시작하라고 권했다. 그러나 청년들은 마을 아이들 모두가 오두막 같은 집에서 생활하는데 그 아이들의 마음을 열려면 넓은 공간이 필요하다고 말했다. 일부 청년들은 아직도 거기 머물면서 학교를 운영하고 있다.

나는 집에 돌아와서 샤돌 지역 웹 사이트에 들어가 보았다. 1991년 통계에 따르면 샤돌 지역의 비문맹률은 27.72퍼센트였다. 여성 비문맹률은 15.93퍼센트였다. 전체 비문맹률은 1981년의 19.5퍼센트에서 향상됐지만, 어찌 된 셈인지 같은 기간 동안 여성의 비문맹률은 3퍼센트 가까이 하락했다. 수치가 잘못 표기된 것인지도 모른다. 샤돌에서 태어난 아이들 중 10퍼센트 이상이 5세 이전에 사망한다. 이 지역 보건부에 따르면 전체 아이들 중 10퍼센트가 말라리아에 걸리고, 3, 4퍼센트는 결핵을 앓는다고 한다.

요즈음 로이는 '안전하게 살 권리' 문제로 분주하다. 환경 운동가들이 환경오염을 막기 위해 공장 문을 닫으라고 주문하는 상황에서 실질적으로 피해를 입는 쪽은 가난한 노동자들이다. 공장 소유주들은 공장을 폐쇄하고 다른 곳으로 옮기면 그만이지만 노동자들은 실직자로 전락하여 빈곤한 처지에 빠진다. 로이는 환경 문제와 노동권의 균형을 맞추려는 캠페인에 열심이다.

로이는 안전하게 살 권리를 세 가지 차원으로 규정했다. 첫째, 삶의 안정성이 확보돼야 한다. 다시 말해 일정한 근로 기간이 보장돼야 한다.

임의로 해고해서는 안 된다는 얘기이다. 둘째, 안전해야 한다. 노동자의 건강을 해치는 작업이어서는 안 된다. 아울러 작업장에 존재하는 물질·제품 공정이 작업장의 범위를 넘어 일반인들에게 해로운 영향을 미쳐서는 안 된다. 셋째, 지속 가능해야 한다. 안정성·지속 가능성에 바탕을 둔 삶을 멈추게 해서는 안 된다. 로이는 안전한 삶을 이러한 방식으로 규정함으로써 환경과 노동자를 모두 보호할 수 있다고 여긴다.

로이는 샤돌에서 세운 원칙에서 벗어나지 않았다. 안전하게 살 권리는 정부 기관이나 법적 조치를 통해서가 아니라 노동자 스스로의 행동으로 확보해야 한다는 것이 로이의 신념이다. 아울러 로이는 노동자들이 안전한 삶을 추구하는 과정에서 환경을 제대로 관리할 수 있다고 확신한다. 로이는 자신의 저서에 다음과 같이 썼다.

"입에 풀칠이나 할 정도의 돈을 벌려고 열악한 근로 조건으로 땅 밑에 깊숙이 묻힌 귀금속 원석을 파내는 현실, 부자들의 안락한 생활을 위해 모든 걸 바치면서 정작 자기 자신은 생필품도 부족한 현실, 그리고 사회 전체의 틀은 유지되면서 개인의 가족은 미래가 암담한 현실. 이러한 현실에서는 가장 대담한 부류만이 생각해 낼 수 있는 생존 기술이 필요하다. 감시하고 기획하고 관리하는 기술을 추가적으로 확보하고자 정신적·육체적 과정에서 급진적인 변화가 필요한 것은 아니다. 생산적인 작업의 전 과정에 내재하는 기존 재능을 다듬고 성장시키면 된다."

로이는 "여기저기에 기여하면서 즐거운 시간을 보내고 있습니다. 그런 활동들이 앞으로 언제 어디선가 하나로 합쳐져서 유용하게 활용됐으면 합니다" 하고 말하며 어깨를 으쓱했다.

로이와 나는 잠시 침묵했다. 이윽고 로이가 말문을 열었다.

"작년에 미국에 갔었지요. IIT 출신 7, 80명을 만났습니다. 지금까지 내가 해온 일을 존중하는 분위기여서 마음이 뿌듯해지더군요. 그 사람들은 기업을 운영하느라 내가 하는 일에 참여하지는 않지만 나한테 깊은 존경심을 보여 줬습니다. 그러니 IIT인들은 사라져 버린 게 아닙니다. 여전히 활력이 넘치는 인간들이지요."

27
IIT의 두뇌 유출

*두뇌 유출(Brain Drain)의 뜻은 '두뇌(Brain)가
시궁창(Drain)에 있는 편보다 낫다'이다.*

    IIT 출신은 세계 어디에서나 활기에 넘치는 인간들이라는 두두 로이의 판단이 옳든 그르든 간에, IIT 출신이 아닌 이들에게 'IIT'하면 연상되는 말이 무엇이냐고 묻는다면 십중팔구는 '두뇌 유출'이라고 답한다. 실제로 구루라즈 데슈판데, 비노드 코슬라, 비노드 굽타 등 커다란 성공을 거둔 인물들은 인도인의 자랑거리이지만, 또 한편으로는 두뇌 유출에 관한 논쟁을 새로운 국면으로 이끈 장본인들이기도 하다. 2003년 2월 나는 IIT-뭄바이 측에서 주최한 토론회에 참석했다. 그 자리에는 IIT-뭄바이 이사회 의장이자 전(前) 총리실 과학 고문인 메논 교수와 인도 정부 과학 수석 고문이자 전(前) 인도 핵개발 계획 부장인 치담바람 박사가 참석했다. '인도 과학기술의 미래와 두뇌 유출의 영향'이라는 토론 주제는 무겁기도 했거니와 다루는 분야도 광범위했다.

    우리 세 명의 토론자들은 두뇌 유출과 관련하여 어떤 기본적인 사안에 대해 공감했다. 첫째, 인도는 민주주의 국가이므로 IIT 졸업생이 해

외로 떠나고자 한다면 그를 억지로 붙잡아 두는 것은 올바르지 않다. 본인이 진정으로 고국을 떠나고 싶어 한다면 정부가 갖가지 법적 수단을 강구하더라도 어떻게 해서든지 떠날 것이기 때문이다. 자신의 의사에 반하여 고국에 머물도록 강요하는 일은 무의미하다. 둘째, IIT 졸업생 전원이 해외(미국)로 진출하도록 오히려 장려해야 한다. 시야를 넓히고 선진 기술 등을 접할 수 있기 때문이다. 그러나 3, 4년 후에 귀국하여 기왕에 축적한 지식을 국내에 적용한다면 국가적으로 유익할 것이다. 셋째, IIT 출신의 우수 인력이 인도에 머물게 하려면 더 나은 업무·연구 환경, 그리고 도전 과제를 제공해야 한다.

메논 교수는 인도 과학자들이 눈부신 업적을 이룩한 분야로 원자력 기술과 우주 항공 기술을 꼽았다. 한편 치담바람 박사는 두 분야와 관련하여 선진국에서 기술 공개를 거부했기 때문에 인도에서 독자적으로 개발할 수밖에 없었다고 지적했다. 그 결과 인도의 과학기술은 상당한 수준으로 발전했다. 따라서 인도는 다른 나라에서 접근을 허용하지 않는 기술 분야의 연구에 초점을 맞춰야 한다는 것이 치담바람 박사의 지론이었다. 오늘날 지정학적 전략에 있어서 기술 공개의 허용 여부는 중요한 수단으로 활용된다는 이유에서였다. 아울러 인도가 전력을 기울여야 할 또 다른 영역은 서방 세계가 인도를 도와주지 못하는 분야, 다시 말해 인도와 같은 개발도상국이 전형적으로 직면하는 문제들이라고 주장했다. 서방 과학자들이 개도국 문제를 해결하는 데 많은 시간을 할애하리라고 기대할 수 없다는 것이었다.

청중들은 토론자들에게 서면 질의를 했다. 토론자 전원에게 묻는 내용도 있었고 특정 토론자를 대상으로 한 질문도 있었다. 질문의 종류는 다양했지만 그 공통분모는 국내 연구 활동에 대한 비관론, 국내에 있는 유능한 엔지니어들의 장래, 그리고 인도 자체의 전망에 대해서였다. 우리 세 명은 국내의 긍정적인 상황에 대해 최대한 많은 사례를 제시하고자 했다. 학생 청중들에게 준준왈라 IIT-마드라스 교수가 진행하는 활동이며, 국내 자동차 업계에서 개발 중인 세계 수준의 제품들이며, 제약 업체에서 개발하는 신약이며, 생물공학과 유전공학 분야의 성과에 대해 설명했다. 우리가 청중의 사고방식을 조금이나마 바꾸어 놓았는지는 모르겠다. 최소한 한 명은 바뀐 듯했다. 한 학생이 나중에 나를 찾아와서는 준준왈라 교수의 프로젝트에 대해 자세히 알 수 없느냐고 물었다. 나는 그 학생에게 준준왈라 교수의 웹 사이트 주소를 가르쳐 주었다.

한편 특별히 나를 지목한 질문에는 몹시 불쾌한 기분이 들었다.

"국가 발전에 일익을 담당한다는 거창한 얘기 말고 나를 국내에 머물게 하려면 어떤 인센티브를 제공해야 하는 것 아닙니까? 그럴 수 있습니까?"

나는 청중들 틈에 숨어 있을 정체불명의 질문자를 향해 "떠나고 싶으면 떠나고, 남아야겠다고 생각한다면 남으시오"라고 말했다. 정답은 자기 안에 있으니 스스로 찾아야지, 다른 누군가가 도울 수는 없는 노릇이 아닌가.

나는 '인센티브'라는 말 때문에 화가 났다. 한편으로는 '인·허가 지배(License Raj)'라는 과거의 하향식 경제 개발 계획과 우는소리로 정부에게 끊임없이 손을 벌려 대는 국내 업계의 현실이 떠올랐다. 나에게 질문한 학생은 일반 납세자들의 세금으로 세계 수준의 교육을 받고 있었다. 그리고 젊은 나이에 벌써 사회에서 최고 인재로 인정받고 있었다. 자신에게 최상의 대접을 해주는 나라의 선택된 엘리트가 도대체 무슨 권리로 조국에 대해 불평한단 말인가? IIT인은 교육 제도에 대해 불평할 권리가 없다는 준준왈라 교수의 말이 떠올랐다. 질문자의 태도는 일종의 배은망덕처럼 느껴졌다. 나뿐만 아니라 치담바람 박사와 메논 교수도 비슷한 반응을 보였다.

그러나 '두뇌 유출'이라는 사안은 아주 복합적인 문제이며 IIT 교육 제도에 대한 논쟁이 있을 때면 늘 거론되는 문제이다. 한번은 아비드 후세인 전(前) 주미인도 대사가 다음과 같이 유명한 말을 했다.

"두뇌 유출(Brain Drain)의 뜻은 '두뇌(Brain)가 시궁창(Drain)에 있는 편보다 낫다'를 뜻한다!"

1980년대 중반 라지브 간디는 해외에 거주하는 인도인들에 대해 '두뇌 은행(Brain Bank)'이라는 표현을 썼다. 국가가 필요로 할 때마다 출금할 수 있다는 의미에서였다. 반면 1980년대 마셀카르 과학 산업 연구원장은 다음과 같이 말했다.

"두뇌 유출이 인도의 과학기술 연구에 미치는 악영향은 놀라울 정도이다. 실제로 우리는 최고의 재능을 지니고 최상의 교육을 받은 젊은 과학자들을 상당수 잃어버렸다."

내가 만나 본 IIT 출신들 대부분은 인도가 두뇌 유출로 인해 특별히 잃어버린 것은 없다는 의견이었다. "이렇게 생각해 보세요. 오늘날 인도에 존재하는 글로벌 브랜드는 'IIT'입니다. 전 세계로 진출해서 발군의 실력을 보인 IIT 출신들이 만들어 놓은 브랜드이지요" 하고 사우라브 스리바스타바가 말했다. 그는 IIT-칸푸르를 졸업하고 미국으로 갔지만 몇 년 후에 귀국하여 IIS 인포테크 그룹(현 샨사 그룹)을 설립했다.

한편 난단 닐레카니는 인도를 떠난 적이 없는 인물이다. "해외 유학에 필요한 각종 양식에 기입하고 교수들에게 추천서를 받고 자기소개서를 쓰는 일들이 너무 부담스럽더군요. 그 많은 걸 준비할 시간이 없었습니다" 하고 닐레카니는 말했다. 그러나 닐레카니는 두뇌 유출에 대해 스리바스타바와 의견이 같다.

"전 세계적으로 여러 IIT 출신들이 요직을 차지하게 되면 국가적으로도 상당한 이득이라고 생각합니다. 국제적인 성공 사례를 활용하여 브랜드 이미지를 구축하면 자선 사업에도 도움이 되니까요. 그러니까 IIT 출신들은 재학 중에 정부에서 받은 경제적 지원을 모두 갚고 있는 셈입니다."

아르준 말호트라는 이렇게 말했다.

"대차 대조표를 만들어 본다면 인도는 손해보다 이익이 더 많다고 생각합니다."

말호트라는 IIT를 졸업한 뒤 DCM 데이터 프로덕츠에 몸담았다가 몇 년 후 HCL 그룹을 공동으로 설립했다. 그는 시간이 훨씬 지난 후에야 미국으로 갔다. 처음에는 HCL 미국 지사를 관리하고자, 그리고 나중에는 실리콘밸리에 테크스팬을 설립하기 위해서였다.

그러나 말호트라에게도 우여곡절은 있었다.

"IIT 졸업 직후에 해외로 떠날 수도 있었지요. GRE 점수도 확보했고 입학 허가도 받았고 경제적인 지원도 보장된 상태였으니까요."

말호트라는 결혼 문제 때문에 떠나지 못했다. 장인이 될 어른이 말호트라에게 확실한 직장이 있어야만 딸을 내주겠다고 했기 때문이었다. 말호트라는 DCM 데이터 프로덕츠에서 일단 1년간 근무하며 결혼한 후에 미국으로 떠날 계획이었다. 경제적인 지원도 다시금 받을 수 있을 것이었다. 1971년 9월 14일 말호트라는 결혼 승낙을 받고 10월 8일에 결혼식을 올렸다. 당시 말호트라는 DCM 전자계산기 사업부에서 영업과 마케팅을 담당했다. 실질적으로 사업부 전체를 운영하는 위치였다. 일이 마음에 들었던 말호트라는 회사를 그만두고 미국 유학 길에 오르고 싶은 생각이 없어졌다.

IIT 출신들의 집단 이주 같은 문제에 대해 IIT 출신들이 어떻게 생각하든 간에 이 문제가 그렇게 단순하지만은 않다는 사실을 입증하는 경제적

증거가 많다. 인도계 하버드 경제학 교수인 미히르 데사이와 데베시 카푸르, 그리고 존 맥헤일 퀸스대학 교수가 공동으로 집필한 논문 〈고급 인력 이민의 경제적 영향: 미국으로 유입되는 인도인들(The Fiscal Impact of High−Skilled Emigration : Flows of Indians to the US)〉에서 저자들은 인도 태생의 미국인 1백 만 명이 인도 전체 인구의 0.1퍼센트에 불과하지만 인도 국민 총소득의 10퍼센트나 벌어들인다는 사실을 지적했다. 만일 그 1백만 명이 인도에 머물렀다면 현재보다 소득액은 줄었겠지만, 인도 정부에 냈을 소득세액은 현재 인도 개인 소득세 총액의 3분의 1에 해당한다고 추산했다. 아울러 인도 태생의 미국인들이 인도에 없음으로써 제외되는 비용을 어떻게 추산하느냐에 따라 이들과 결부된 재정적 손실은 2001년 인도 국내 총생산의 0.24퍼센트에서 0.58퍼센트에 해당한다고 지적했다.

유엔개발계획(UNDP)은 2001년 〈인간개발보고서〉를 통해 대부분 IIT 출신으로 구성된 소프트웨어 전문 인력의 이주로 말미암아 인도가 입은 손실의 최대 추정치가 20억 달러나 된다고 밝혔다. 1976년 컬럼비아대학 경제학과 교수인 자그디시 바그와티는 해외에 거주하는 전문 인력을 대상으로 일종의 '국제세(國際稅)'를 부과해야 한다는 급진적인 제안을 했다. 전문 인력이 거주하고 있는 국가에서 세금을 징수하여 출신국으로 송금해야 한다는 주장이었다. 이론상으로는 그럴듯해 보이지만 현실적으로는 지지 세력을 확보하기 어려운 제안이다. 바그와티의 권고에 따라 연 소득의 2퍼센트를 국제세로 부과하는 나라는 아프리카의 에리트레아가 유일하다.

그러나 해외에 있는 인도인들은 고국에 세금을 송금하지 않음으로써 인도의 구매력을 높이고 있지 않은가? 연구 조사에 따르면 IIT 출신들처럼 교육 수준이 높은 사람들은 가족과 함께 이주하여 새로운 사회에 신속하게 통합되기 때문에 고국에 송금할 가능성이 적다고 한다. 〈이코노미스트〉지 2002년 9월 28일자에 게재된 해외 이주 관련 특집 기사에서는 "기술 인력이 출신 국가에 송금하는 액수가 출신 국가의 지적 자본 손해액에 미치지 못한다"고 언급했다.

부유한 해외 거주자가 모국에 투자하는 액수와 관련하여 인도는 중국과 비교할 때 지극히 열악한 수준이다. 중국이 유치하는 외국인 직접 투자는 인도의 10배이며, 그중 50퍼센트 이상이 화교들의 투자로 이루어진다. 해외에 거주하는 인도인들은 모국에 대한 투자를 달가워하지 않는다. 설령 일부는 관심을 보이다가도 인도 관료제의 나태와 비효율성 때문에 고개를 돌려 버린다.

앞서 언급한 기사에서는 경제협력개발기구(OECD)가 1997년에 수행한 연구 조사 결과를 인용했다. 미국에 있는 인도인 학생의 80퍼센트가 미국에 계속 남을 계획이라는 내용이었다. 동 기사에서는 "똑똑한 사람들이 그렇게 많이 모국을 떠나 버려도 괜찮은가"라는 질문을 제기하고는 다음과 같은 답변을 실었다.

"범세계적인 차원에서는 똑똑한 사람들이 최고의 보상을 얻을 수 있는 곳에서 자신의 기량을 발휘하는 것이 당연하다. 그러나 교육받은 중산층 상당수를 잃어버린 개별 국가가 처한 상황과 범세계적인 상황은 엄연히 다르다."

교육을 받고 숙련된 기술이 있는 사람들은 다른 이들을 위해 새로운 일자리를 창출하기 때문이다. 아울러 개발도상국의 납세자들은 고국을 떠날 사람들의 교육을 위해 돈을 써 버린 셈이다. 이주민들이 해외에서 거액 납세자들의 대열에 동참하는 사이에 고국에서는 거액 납세자들이 줄어만 간다.

분명 미국으로 이주한 IIT 출신들은 미국 경제에 지대한 공헌을 했다. IIT를 다루었던 CBS 프로그램 〈60분〉에서 진행자인 레슬리 스탈은 비노드 코슬라에게 다음과 같이 물었다.

"미국의 기술 혁신에 미친 영향이 어느 정도라고 생각하나요?"

"대다수가 생각하는 것 이상이지요."

코슬라는 IIT 엔지니어들이 주도적인 역할을 하지 않은 주요 분야는 거의 없다고 말했다. 결국 미국인 소비자와 기업은 그 수혜자라는 것이었다.

프로그램 후반부에서 나라얀 무르티는 스탈에게 다음과 같이 말했다.

"물론 네루는 이들 젊은이들이 인도의 성공에 기여하기를 바랐습니다. 실제로 모종의 방식으로 기여하고 있습니다. 미국에서 인도인 전문 인력에 대한 평판은 1950년대에 비해 훨씬 높아졌으니까요."

더구나 성공한 전문 인력의 상당수는 자신이 속한 기업이 인도에서도 운영되도록 유도했다.

"하지만 여전히 미국으로선 남는 장사가 아닌가요?"

스탈이 코슬라에게 물었다.

코슬라는 직접적인 답변을 피했다.

"지난 15~20년 동안 실리콘밸리에 있는 인도인들이 얼마나 많은 일자리를 창출했을까요? 아마 수십만 개는 될 겁니다."

"이 나라를 위해서 말이지요?"

스탈이 끈질기게 물었다.

"이 나라를 위해서지요. 여기 미국이오."

코슬라가 대답했다.

28
고국을 그리워하는 IIT인들

*IIT인이라면 미국이나, 인도
어디에서 사는 게 더 나을까?*

IIT 설립 이후 얼마나 많은 동문들이 해외로 이주했는지 정확하게 말해 주는 통계 자료는 없지만, 한 추정에 의하면 현재 미국에 거주하는 IIT 출신 수는 3만 5천 명이라고 한다. 내가 알기로 가장 최근에 진행된 연구는 IIT-뭄바이의 수카트메 교수가 1994년에 출간한 저서《실질적 두뇌 유출(*Real Brain Drain*)》이다. 수카트메 교수가 내린 결론은 1990년대 초반과 마찬가지로 지금도 타당하다고 할 수 있다.

수카트메 교수는 연구를 진행하면서 1973년에서 1977년에 이르는 5년 동안 IIT-뭄바이를 졸업한 학생 전원(1262명)에게 편지를 보낸 결과 30.8퍼센트가 해외에 거주하고 있다는 사실을 알게 되었다. 이들 중 82.6퍼센트가 미국에 있다는 사실은 그리 놀랄 만한 일이 아니다. 5년 동안 IIT-뭄바이에서 배출한 전기공학도(당시 전기공학과는 최고 인기 학과였다) 중 42.8퍼센트나 되는 인원이 해외로 떠났다. 아울러 해외에 정착한 이들 중 10퍼센트는 IIT 입학 전부터 해외로 진출할 생각을 품었다고 한다. 35퍼센트는 IIT 재학 당시에 해외로 나갈 결정을 했고, 50퍼센트나 되는 인원이 IIT 졸업 직후 인도는 더 이상 머물 곳이 못 된다는 것을 확신했다고 한다. 이 마지막 부류야말로 인도의 정책 입안 자들이 현실적으로 우려해야 하는 범주이다.

IIT 출신 대대수에게는 한 가지 공통적인 불만 사항이 있다. 사우라브 스리바스타바는 다음과 같이 말했다.

"공학 분야의 엘리트 집단을 만들어 놓고 제대로 해볼 만한 일은 주지도 않으면서 외국에 나가지 말기를 바란단 말입니까?"

다음은 아르준 말호트라의 말이다.

"세계 최고의 공학 교육을 시키고는 정작 졸업할 때가 되면 만족스러운 기회나 도전 과제를 제공하지도 못하는데 뭘 기대하겠습니까?"

실제로 수카트메 교수의 표본 집단에서 해외에 영구적으로 거주하는 IIT 출신 중 대략 4분의 1은 일정 시기에 인도로 돌아왔지만 환멸을 느껴 다시 떠난 이들이다. 수카트메 교수가 접수한 불만 사항 중 대부분은 '조직의 무사 안일', '부정부패', '족벌주의' 등에 관한 내용이었다. 일부는 "민간 기업의 업무 내용이……, 직업적인 만족감을 얻기에는 너무 한심한 수준이고, 공공 부문에서는 물질적인 보상이 지나치게 불충분하다"는 것이었다.

심지어 인도에 남은 사람들 중에서도 27퍼센트는 해외로 떠나고 싶은 마음이 절실하다고 대답했다. 그들은 대개 장학금이나 기타 금전적인 지원을 받지 못했기 때문에 국내에 남아 있었다.

IIT-델리를 졸업한 아슈시 고얄은 전산학을 전공하고도 외국으로 떠나지 않은 흔치 않은 부류이다. 인도에서 활동하기로 결심한 고얄은 닷컴 기업가가 됐다. 학사 학위를 받은 지 7년이 지난 2002년 고얄은 워튼경영대학원 MBA 과정에 들어갔다. 고얄은 IIT 출신들이 해외에 나가는 문제에 대해 이렇게 말했다.

"해외 이주를 막고 싶은 사람들에게 묻고 싶은 게 있습니다. 그러면 세계 어디에 내놔도 손색없는 이 우수한 젊은이들을 어떻게 하고 싶으냐고 말입니다. IIT를 폐지해서 재능들을 썩히게 할까요? 아니면 IIT 출신들에게 인도에 남아서 특별히 머리 쓸 필요도 없는 국내 기업에서 일하라고 강요할까요? 소비자의 압력으로 혁신을 도모하려는 인도 기업이 몇 개나 있습니까? 하나도 없습니다. IIT 출신들이 경제적인 수익을 창출할 정도로 인도의 경제 환경이 건실합니까? 그렇지 않단 말입니다!"

수카트메 교수는 연구 조사 과정에서 흥미로운 사실을 하나 발견했다. 해외에 정착한 IIT-뭄바이 출신 중에서 76퍼센트나 되는 인원이 인도를 떠나 유학 길에 오를 당시에는 해외에 정착할 계획이 없었다는 사실이다. 상당수가 어쩌다 보니 계속 머물게 됐다는 것이다. 수카트메 교수는 다음과 같은 두 가지 '전형적인 의견'을 인용했다.

"공부를 마친 후에 나는 현장 실습도 할 겸 2년 정도 더 머무르기로 했다. 성장 기회가 무궁무진한 미국식 업무 환경에 서서히 익숙해졌다. 인도로 돌아가 모험을 하는 것은 신중하지 못한 처사라는 생각이 들었다. 영향력 있는 인물을 아는 것도 아니고 금전적인 뒷받침도 없는 상황이라면 미국에 있는 편이 낫겠다고 생각했다."

"나는 미국에 있는 IIT 출신들을 많이 안다. 아무도 여생을 미국에서 보내리라고 미리 계획하지는 않았다. 모두들 '살다 보니 그렇게 됐어'라는 식이다. 이것은 아주 점진적인 과정이다. 흥미를 느끼고 보수도 좋은 직장에서 열심히 일하면서 2년에 한 번씩 승진하고 사회에서 인정받으며 앞서 가는 인생이 된다. 살다 보니 그렇게 되는 것이다."

자신의 전문 지식을 활용하여 고국에 기여하려는 마음을 지녔던 이들이 대다수였다. 그중 82퍼센트는 컨설팅 일에, 그리고 74퍼센트는 단기적인 문제 해결 활동에 참여하고 싶다고 했다. 아울러 65퍼센트에 해당하는 사람들은 교육 기관에서 단기 과정을 이수할 수도 있다고 밝혔다. 심지어 45퍼센트는 '영구적으로' 귀국할 마음이 있다고 했다. 그들의 마음가짐만큼은 이런 식이었다.

"내가 귀국한 시점은 미국에서 이런저런 일들에 얽혀 있다고 생각했을 무렵입니다. 지금 떠나지 않으면 영영 떠나지 못하리라는 생각이 들었지요."

스리바스타바가 말했다. 그는 미국에서 몇 년간 머물다 인도로 돌아왔다.

"정치적인 캠페인이나 사회 문제에 관여하고 있었습니다. 당시 미국에서는 우드스톡이니 히피족이니 하는 아주 흥미로운 문제가 제기되던 시기였지요. 나는 젊었기 때문에 사회의 근본부터 문제 삼기 시작했습니다."

그렇다면 IIT 출신들을 미국에 정착하게 만든 미국 사회의 장점은 무엇인가? 수카트메 교수의 질문에 가장 중요한 이유로 꼽힌 답변은 '안락한 생활'이었다. 뒤이은 답변으로는 '최첨단 과학기술'과 '페어플레이 정신'이었다. IIT 출신들을 떠나게 만든 인도 사회의 단점으로는 '답답할 정도로 무감각한 관료 집단', '불결하고 사람들이 지나치게 많은 도시 환경', '수준 낮은 업무 환경' 등이었다. 한편 인도인들의 귀국을 유도할 만한 서방 세계의 부정적 측면으로는 '문화적 불일치', '자녀의 탈선 위험', '자녀의 정체성 혼돈' 등이 꼽혔다.

나는 스리바스타바에게 왜 인도로 돌아왔느냐고 물었다.

"몇 가지 이유가 있었지요. 우선 가족 문제가 있었습니다. 물론 나더러 미국에서 돌아오지 말라고들 했지만 편지를 읽어 보니 아무래도 나를 필요로 한다는 생각이 들더군요. 두 번째 이유로는 미국에서 제대로 성공하려면 엄청나게 운이 좋거나 특별한 사람이어야 한다고 생각해서였습니다. 괜찮은 직장에서 돈을 많이 벌 수는 있지만, 그 이상 뭐가 있습니까? 인도에는 기회가 아주 많습니다. 미국에서는 '나'라는 존재가 있든 없든 별 차이가 없지요. 하지만 인도에서는 그렇지 않을 거라고 판단했습니다. IIT하고 하버드 같은 명문대를 나왔고, 마침 IT 붐이 일던 시기였으니 기회가 무궁무진했지요. 그저 이름 없는 군중에 속하고 싶지 않았습니다. 특별하고 싶었습니다."

스리바스타바와 대화를 나눈 몇 달 후 미국을 여행하는 과정에서 나는 그의 말을 실감할 수 있었다. 어떤 대도시를 방문하더라도 IIT 출신 대다수는 고용주의 이익이나 손실에 별다른 영향을 미치지 못한 채 있는 듯 없는 듯 근무하고 있었다. 어떻게 보면 그들은 '대체 가능한' 인력이었다. 모두 똑똑하고 열심히 일하는 사람들이었지만 주변 환경을 바꿀 정도로 특별하지는 않았다. 일반적으로 'IIT 출신' 하면 세상을 정복한 라자트 굽타, 빅터 메네제스, 데시 데슈판데 등을 떠올리지만, 미국에 거주하는 IIT 출신 전체와 비교하자면 빙산의 일각에 불과하다. 내 생각이 틀렸는지도 모르겠지만 자신이 몸담은 기업에 더 많은 영향을 주는 사람들은 인도에 남은 IIT 출신들이 아닌가 한다.

나는 미국에서 돌아온 후에 두누 로이를 만났다. 로이는 몇 달 전 참석했던 IIT-뭄바이 동창회에 대해 얘기해 주었다.

"아는 사람들이 많았지요. 그런데 거의 모두가 인도에서 나름대로 활동하고 있더군요. 공장이나 회사를 설립하거나 컨설팅 사무소를 열었습니다. 그런데 자신들의 기여가 제대로 인정받지 못하고 있다며 대단히 불쾌해했습니다. IIT 출신에 대한 얘기가 나오면 보통 미국에 있는 이들만을 떠올립니다. 하지만 국내에 거주하는 사람들은 수라트나 푸나에 기업을 설립하여 수백 명에게 일자리를 제공했습니다. 조국을 위해 탄탄한 자산을 만들어 놓고 자랑스러워하는 사람들이지요. 미국으로 떠나는 IIT 출신에 대해 어떤 통념들을 갖고 있습니다. 하지만 빅터 메네제스 같은 인물보다 인도에서 무언가를 성취한 IIT 출신들이 10배는 더 많습니다. 건설 분야의 공기업에서 근무하거나 비누를 만들어 팔지요. 요란스럽지 않고 조용히 일하는 사람들입니다. 그런데 아무도 그 사람들을 주목하지 않습니다. 당연히 존경받아야 하는 이들인데도 말입니다. 그들은 미국으로 영영 떠날 수도 있었는데, 이 나라에 남아서 자기 할 일을 한 사람들입니다."

인디레산 교수는 "학생들은 모두 해외로 떠나야 합니다. 미국이든 독일이든 통북투(말리 중부에 있는 도시)든 어디든 말입니다. 그러고는 다시 돌아와야 합니다. 노벨상 수상자인 찬드라세카르(1983년 노벨 물리학상 수상)처럼 엄청나게 비상한 재능이 있어서 국내에서는 불가능한 일을 하고 싶은 게 아니라면 말입니다. 여행을 하면 시야가 넓어지고 새로운 눈으로 세상을 바라보게 됩니다. 여행은 전통적인 교육 방식입니다. 영국인들은 학업을 마치면 유럽 대륙 순회 여행길에 오릅니다. 인도에서는 힌두교 성지인 바라나시를 다녀와야만 완벽한 바라문 계급이 됩니다. 나는 학생들에게 이렇게 질문하곤 합니다. '살아가면서 무엇을 가장 하고 싶은가?' 그러면 학생들은 '도전하고 싶습니다'라고 대답합니다. 내가 '무엇이 도전인가' 하고 물으면, '무언가 어려운 것'이라고 대답합니다. 그러면 나는 학생들에게 '그러면 인도에 남아 있어야 한다. 인도에서는 사는 게 어려우니까'라고 말해 줍니다"라며 국내에 돌아와야 하는 이유에 대해 말했다.

미국에 사는 IIT 출신은 아무리 못살아도 도시 근교에 있는 앞뜰이 말끔한 잔디밭으로 된 2층짜리 집에 살며 자동차 2대 정도는 굴린다.

미국인의 생활 수준을 잘 모르는 인도인의 눈에는 이것이 부와 성공의 상징처럼 보일지도 모른다. 그러나 구매력, 자산, 생활 방식을 상대적으로 비교해 보면 인도에 거주하는 IIT 출신이 미국에 사는 평균적인 IIT 출신보다 부유하다고 볼 수 있다.

"상대적으로 IIT 교수들은 미국 대학의 교수들보다 많이 번다고 할 수 있습니다. 미국에서 교수 연봉은 대략 14만 달러인데, 미국 1인당 소득의 7배 정도 됩니다. 하지만 IIT 교수들은 인도 1인당 소득의 15배에서 20배 정도나 많이 법니다"라고 인디레산 교수가 말했다.

아울러 사회생활도 중요한 요소이다.

"인도에서는 여러 사람들과 만나 즐거운 시간을 보내면서 지적이고 사교적인 교류를 했습니다. 하지만 미국에서는 주로 인도 사람들이 모이는 자리에만 가게 됩니다. 그저 인도인이라는 이유에서입니다. 그것 말고는 별다른 공통점을 찾기가 어렵습니다. 나중에는 내가 시간을 낭비하고 있구나 하는 생각이 들었습니다. 사회적으로 볼 때 인도에서만큼 지내지는 못한 셈이지요. 내가 미국 사회의 구성원이라는 생각이 전혀 들지 않았으니까요. 퇴근하고 나서 함께 시간을 보낼 만한 좋은 친구를 만들지 못했습니다. 내가 미국 사회의 정점에 있다는 생각이 들지 않더군요"라고 스리바스타바가 말했다.

내 친구 틸라크는 미국에 유학 가서 석사 학위를 받은 후 인도로 돌아온 몇 안 되는 IIT 출신 중 하나이다. 틸라크는 IIT를 졸업한 후에 대형 석유개발회사인 ONGC에 입사했다가 1년 뒤 미국으로 떠났다. 1988년에 귀국한 틸라크는 통신 업계의 거물인 샘 피트로다의 '드림팀'에 합류하여 '기술 사업단'을 통해 인도를 변혁하려는 작업에 착수했다. 나는 이 장을 쓰는 과정에서 틸라크에게 메일을 보냈다.

IIT 출신의 두뇌 유출에 대해 쓰고 있어. 책 쓰는 데 필요해서 그러니 간단한 질문에 답 좀 해줄래?

왜 인도에 돌아왔지?

몇 시간 후 틸라크에게서 답신이 왔다.

두서없는 글이니 네가 필요한 부분만 발췌하렴.

나처럼 인도에서 첫 번째 직장이 마음에 든 상황에서 미국으로 떠난 사람은 별로 없을 거야. IIT를 졸업하자마자 미국으로 갔기 때문에 인도에서 직장 생활을 하는 게 좋은지 나쁜지 잘 모르는 사람들이 대부분이겠지. 나머지는 여러 직장에서 실망만 거듭하다가 미국으로 건너가서는 다시는 인도에 돌아오지 않겠다고 생각하는 사람들이고.

나는 운이 좋은 편이었어. 대기업에서 권력과 권위를 행사하는 게 어떤 건지 알게 됐으니까. 미국에 처음 갔을 때 만난 인도인들은 대부분 이름 없는 직장인이나 생활인에 불과했어. 상대적으로 비교가 되더라. 물론 그 사람들은 멋진 집도 있고 차도 있지만, 내가 보기에 그 넓은 외국 땅에서 그 사람들의 삶은 무명인의 삶이었어. 나는 그렇게 되고 싶지 않았어. 미국에 가는 일은 나중에도 가능하지만, 인도로 돌아가는 건 지금 결정하지 않으면 평생 못할 거라는 생각이 들었지.

석사 과정을 마친 사람들이 보통 그렇듯 박사 과정에 들어가기 전 방학 기간에 인도로 돌아왔어. 장기적으로 영향을 미칠, 무언가 중요한 일을 할 기회가 찾아왔지. 샘 피트로다가 '기술 사업단'에서 통신 분야 일을 맡아 보라고 하더군. 내 생각이 맞는지 틀리는지 잘 모르겠지만, 미국이나 그 밖의 다른 나라에서는 그런 기회를 얻을 수 없다는 생각이 들었어. 그래도 인도에서는 나름대로 내 이름을 남길 수 있겠구나 했지. 난 기술 사업단에서 팀과 함께 일하거나 단독으로 활동하면서 몇 번의 실패를 겪었어.

하지만 빠르게 전염되는 바이러스처럼 어떤 아이디어가 머릿속에서 순식간에 떠올랐어. STD-PCO(시내·시외 통화) 모델을 전국적인 통신망으로 구축한다는 아이디어였지. 샘은 그 계획을 밀고 나가기로 했어. 여기저기 문을 두드리면서 기존의 사고방식들을 바꾸는 데 주력했지. 결국 관료들은 두 손 들었어. 아이디어를 실행에 옮기게 된 거야. 그리고 그 결과는 확연하게 드러났지. 최고의 인물들과 함께 일을 추진한 결과 마침내 초타나그푸르 같은 작은 마을에서도 STD-PCO 모델이 구현되는 걸 보니 정말 가치 있는 일을 해냈다는 생각이 들더군.

이런 일은 내 조국인 인도였기에 가능했어. 마치 식당 종업원과 얘기하듯 총리와 자유롭게 대화를 나눴고 상황을 손쉽게 파악할 수 있었지. 인도의 관료주의가 마음에 들지 않고 일상생활이 불편하긴 하지만 인도에 돌아오기를 정말 잘했다는 생각이 들었어.

귀국 결정을 내렸을 때 내가 돈을 얼마나 버는가는 전혀 신경 쓰지 않았어. 어느 정도 품위를 유지하고 이따금 여자 친구들을 감동시킬 자그마한 사치품을 살 수 있는 정도면 됐으니까. 당시 인도로 돌아온다는 생각은 대단한 발상의 전환이었어. 아주 매력적인 생각이었지. 젊어서는 결과에 신경 쓰지 않고 생각나는 대로 자신 있게 밀어붙이게 되지.

아직도 난 젊어. 담보니 자동차 할부금이니 신용 대출 따위에 얽매일 나이는 아닌 것 같아.

하지만 틸라크가 운이 좋아 인도에서 그렇게 만족스러운 일자리를 얻었다고 주장하는 사람도 있을 것이다. 인도로 돌아와서 자신의 능력에 알맞은 일을 찾다가 결국 낙심한 채 떠나 버리는 사람들이 많기 때문이다.

물론 스리바스타바가 미국에 머물면서 인도에서와 같은 수준으로 생활하지 못한다고 생각했던 1960년대와는 상황이 많이 달라졌다. 세상에서 가장 국제적인 도시인 뉴욕, 실리콘밸리, MIT와 같은 대학의 캠퍼스 등지에서는 인도인들이 사회 구성원으로서 자기 몫을 제대로 하고 있다. 그러나 이들 영역을 제외하고는 여전히 인도인끼리만 어울리는 실정이다. IIT 출신 대다수는 특정 IIT 동문들하고만 친구로 지내는 듯하다. 미국에서 몇 년을 살았는가와 상관없이 새로운 친구를 별로 만들지 않는다.

이러한 판단은 남편의 직장 일 때문에 실리콘밸리에서 1년간 머물렀던 한 친구의 말이 뒷받침해 준다.

"난 정말 인도로 돌아가고 싶었어. 2주일에 한 번씩 토요일마다 인도 사람들끼리 모이는데, 만나는 사람들은 항상 그 인물이 그 인물이야. 그리고 무슨 동떨어진 세계에 사는 것처럼 남녀끼리 서로 떨어져 앉아. 남자들은 일 얘기를 하고, 여자들은 영화나 드라마 얘기를 하거나 애들 키우는 문제를 얘기해. 가끔씩 IIT 출신을 남편으로 둔 여자들은 커다란 보석을 두르고 나름대로 잘 차려입고 나오는데 그래 봤자 예전에 인도에서 쇼핑할 때 산 옷이라서 촌스럽기는 마찬가지야."

다른 한편으로는 사회생활이 고립적이고 직장에서의 위치가 변변치 않다고는 해도 물이나 전기 걱정은 하지 않아도 되고 기업이나 정부의 부정부패도 상대적으로 덜하다. 여객기도 제시간에 운항하여 안락한 생활을 즐길 수 있다. 인도에 사는 IIT 출신은 소득에 있어서 상위 2퍼센트에 속할지는 모르겠지만, 수돗물이나 전기 공급이 언제 끊어질지 모르지 않는가.

"미국은 생활하면서 생기는 문제들이 인도보다 적은 편이지요. 수돗물이나 전기나 법적인 문제나 모두 당연하게들 생각합니다. 인도는 지배 구조가 열악하다는 게 문제이지요. 인도는 부자 나라입니다. 자원이 엄청나게 많지 않습니까? 잘못된 지배 구조 때문에 문제가 생기는 겁니다. 게다가 서비스 수준도 너무 낮습니다. 기차표 판매원이든 전기 수리공이든 간에 말입니다" 하고 인디레산 교수가 말했다.

그렇다면 어디에서 사는 편이 더 나을까? IIT인이라면 살면서 언젠가는 이러한 질문에 답해야 할 것이다. 의식적이든 무의식적이든 간에 말이다.

29
인도를 살릴 IIT인들

*IIT 출신들은 고국으로 돌아와
반드시 지도자가 돼야 한다.*

5월의 어느 따뜻한 오후 나는 휴스턴에 있는 스타벅스에서 조지프 스레슈타와 함께 앉아 있었다. 스레슈타는 1972년 IIT-카라그푸르 조선학과를 졸업했다. 그는 조선 관련 분야의 일을 하다 개인 자산 관리 컨설팅 분야로 방향을 바꿨다. 현재는 노스웨스턴 뮤추얼 파이낸셜 네트워크(Northwestern Mutual Financial Network)의 금융 대리인으로서 7천5백만 달러 이상의 투자액과 7억 5천만 달러 규모의 보험 증권을 관리한다. 스레슈타는 몸집이 넉넉하고 쾌활한 성격에 다소 말이 많은 인물로 30년 가까이 휴스턴에서 살았다. 그는 양팔을 크게 벌리며 "여기가 '내'가 사는 마을입니다" 하고 말했다.

"정치에 관여하고 싶습니다. 이곳 교육 위원회에 들어가고 싶습니다. 해줄 수 있는 일이 많으니까요" 하고 자신이 하고 싶은 일에 관해 얘기를 꺼냈다. 스레슈타는 한 시간이 넘게 흥미로운 이야기를 늘어놓았다. 스레슈타의 견해가 어느 정도나 타당한지, 혹은 인도계 미국인에 대한 그의 판단이 옳은지 잘 모르겠다. 그러나 자세히 인용할 만큼 중요한 얘기였다는 점은 분명하다.

"휴스턴에 와서 지역 사회활동에 적극적으로 참여했습니다. 미국에 있는 IIT 출신들은 그런 활동에 별로 신경 쓰지 않습니다. 보통의 IIT 출신들이 그렇듯 자기가 최고라고 생각한다면, 그리고 자기가 리더라고 생각한다면 혼자 처박혀 있지 말아야 합니다. 나는 이곳에서 인도인 자선 단체 활동에도 참여했습니다. 프라탐이라는 NGO 단체가 있는데, 빈민가에 사는 아이들 20여 만 명에게 유치원 교육을 시킵니다. 작년에 나는 이 지역에서 50만 달러를 모금했습니다. 전 세계 어느 도시보다도 많은 액수였지요."

"그런데 IIT 출신들은 자선 만찬이나 그 밖에 지역 사회 활동에 무관심합니다. 사원에는 모습들을 보이면서 말입니다. 자기가 그렇게 대단한 인물이라면 지역 사회에 무언가를 환원해야지요. 이 사람들은 '우리는 섬 같은 존재니까 다른 문제는 신경 쓰지 않아도 된다'는 사고방식입니다."

"하지만 우리는 정치에 관여해야 합니다. 지방정부나 주정부나 연방정부에 우리 목소리를 들려줘야 하는 겁니다. 어려운 일이 아닙니다. 정치에서는 돈이 생명줄인데, IIT 출신들은 돈이 있으니까요. 의회에 진출하려는 정치인은 자금이 많이 필요합니다. 느닷없이 정치인에게 찾아가서 얘기를 들어 달라고 할 수는 없는 노릇입니다. 상원 의원이든 하원 의원이든 우리가 그 사람들에게 뭔가 해준 게 있어야 우리의 요구에 귀를 기울여 줄 것이 아닙니까."

"우리는 잘해 왔지만, 다음 세대는 성공하지 못할 수도 있습니다. 음주 운전같이 사소한 문제가 생기면 도움이 필요합니다. 미국에서는 권력 구조와 연결돼 있어야 합니다. 미국에 있는 유태인이 6백만 명입니다. 상원 의원도 12명이나 되지요. 이스라엘에서 재채기라도 할라치면 정치인들은 유태인들의 목소리에 귀 기울입니다. 인도에서 5만 명이 죽었습니다. 그런데 이 나라에서는 뉴스거리도 되지 않습니다. 왜 그럴까요?"

"게다가 IIT 출신들은 자기 모교에 대해서도 별로 해준 게 없습니다. 미국에 있는 IIT-카라그푸르 동문 수가 1만 명에서 1만 5천 명 정도 됩니다. 1년에 1인당 1백 달러에서 2백 달러 정도만 기부하더라도 모두 합하면 엄청난 액수가 됩니다. 각자가 자발적으로 노력하지 않으면 아무런 영향도 미치지 못합니다. 어떤 사람이 텍사스A&M대학을 졸업했다고 합시다. 그러면 그 사람은 텍사스A&M대학과 평생토록 맺어진 셈입니다. 그 사람이 죽으면 대학 깃발로 몸을 덮어 줄 겁니다. 아들이 다니는 대학에서는 돈을 기부하면 건물 벽돌에 이름을 새겨 준다고 합니다. 그러면 이름이 영원히 남게 되는 셈이지요. 벽돌 하나에 '니컬러스 스레슈타'라고 새겨지는 것이지요. IIT에서도 그렇게 할 수 있습니다. 동문 각자의 이름으로 명명된 기숙사 방을 만들게 하는 겁니다. 예컨대 아자드 홀 C206호가 있는데, 1천 달러를 기부하는 동문은 자기 이름을 C206호에 붙이는 겁니다. 사진도 걸고 잘난 업적도 적어 놓고 말입니다. 그게 바로 미국인들의 모금 방식입니다. 사람들의 '원초적 본능'에 호소하는 겁니다."

"적은 액수부터 시작하는 겁니다. 1년에 1백 달러 정도로 말입니다. 1천 달러부터 시작하는 건 무리지요. 인도인들은 '베푸는' 사람들이 아니니까요. 우리는 1년에 1백 달러를 내놓고는 최상의 교육을 받아야 한다고 요구합니다. 보험 업계에서 일하기 때문에 잘 아는데, 세금 환급액이 많습니다. 미국인 의사는 매년 1만 달러에서 2만 달러 정도를 자선 단체에 기부합니다. 그런데 매년 30만 달러에서 40만 달러 정도

버는 인도인 의사는 1년에 1천 달러만 기부하고는 자신이 성공했다고 만족스러워하면서 잠자리에 듭니다. 실리콘밸리에는 엄청난 액수의 돈을 번 IIT 출신들이 많습니다. 그런데 아르준 말호트라 같은 소수를 제외하고는 IIT를 위해 한 푼도 기부하지 않습니다. 대신 이자가 3퍼센트인 채권을 사들입니다."

"중요한 건 아주 이른 시기에, 그러니까 IIT 졸업 직후부터 이런 활동에 참여하도록 유도해야 한다는 점이지요. 말로만 떠들어 댈 것이 아니라 확실하게 해야 합니다. 그리고 참신한 아이디어가 있어야 합니다. 학창 시절에 생활했던 기숙사를 위해 온수 장치나 컴퓨터나 교과서를 기증하는 식으로 하면 자기 돈이 어떻게 사용되는지 정확히 알 수 있습니다. 자기 돈이 제대로 사용된다는 것을 확인시켜 줄 피드백이 필요합니다."

"미국으로 건너가 평범하게 변해 버린 IIT 출신들이 많습니다. 직장에 출퇴근하고 이따금 사원에 가고, 그게 전부이지요. IIT에서 전혀 가르치지 않은 것 하나가 있습니다. 바로 시민 의식이지요. 딸아이가 예일대에 다닙니다. 빈곤층 아이들을 가르쳤다느니 이런저런 모금 활동을 했다느니 하며 항상 자랑합니다. 학생들 모두가 아주 뛰어납니다. 학점이 좋아서가 아닙니다. 다른 사람들을 돕기 때문입니다."

"미국에서 엔지니어는 그다지 존경받는 신분이 아닙니다. 거기에 비하면 의사는 엄청난 대우를 받지요. 인도인끼리 모인 자리에 가면 엔지니어는 대우를 받지 못합니다. 그래서인지 사람들이 평범해지는 듯합니다. 항상 주눅이 드니까 자기만의 생활에 갇히는 겁니다. 실리콘밸리에서는 상황이 다르지만, 이곳 휴스턴에서는 그게 현실이지요. 엔지니어들은 그저 쓸모 있는 무리에 지나지 않습니다. 여기서 정말로 존경받으려면 기업주나 의사나 자영업자가 되어야 합니다."

"IIT 출신들이 더 많이 참여해서 인도인 지역 사회를 이끌어 갔으면 좋겠습니다. 미국에 사는 민족 중에서 인도인들이 가장 부유합니다. 그러면 어떻게 해야 합니까? 정치 분야를 보십시오. 우리는 아주 많은 후보들을 지원했습니다. 그런데도 아무것도 요구하지 않았습니다. 우리는 공학 위원회에 들어가지 못했습니다. 의료 검진 위원회에는 인도인이 한 명도 없습니다. 이 나라에 있는 의사 20명 중 한 명이 '인도인'인데도 말입니다!"

"우리가 빌 클린턴에게서 뭘 얻었습니까? 그 사람이 인도에 호의적인 정책을 펼 때 훨씬 많은 걸 얻어 냈어야 했습니다. 미국이 인도에 '항상' 호의적인 태도를 보이도록 만들어야 했습니다. 구자라트에 지진이 났을 때 미국은 구호 자금으로 5백만 달러를 냈습니다. 그런데 엘살바도르에 지진이 나서 5백 명이 죽었을 때는 1억 달러를 줬습니다. 이스라엘은 어떻습니까? 미국에서 공화당이 집권하든 민주당이 집권하든 상관하지 않습니다. 그저 자기 이익만 챙깁니다. 어째서 '우리'는 그렇게 못할까요? 인도인들은 개인적으로는 상당히 성공했지만, 집단적으로는 그렇지 못합니다."

"설령 인도인들이 정치인을 위해 모금 활동을 벌인다고 하더라도 문제가 있습니다. 정치인하고 같이 사진 찍었다고 좋아하고, 다음 날 신문에 그 사진이 실리면 오려서 액자에 넣고 벽에 걸어 놓습니다. 하지만 그 정치인에게 인도를 위해 표를 던지라고 주문하지 않습니다. 이민과 같이 도움이 필요한 문제가 많습니다. 상원이나 하원에 들어가는 이 정치인들이 우리를 대변해 줘야 합니다. 그런데 우리는 그 사람들에게 요구를 하지 않는 겁니다. IIT 출신들은 정치인들에게 접근할 수 있습니다. 하지만 그들이 지도자가 되도록 어떤 기여도 하지 않았습니다."

"조만간 휴스턴 식품 위원회에 들어갈 생각입니다. 거기서 여가 시간을 보낼 작정입니다. 하지만 먹고살려면 일도 해야 합니다. 그렇지만 부자들은 자기가 직접 참여하지 않더라도 사람들을 고용해서 정치인들에게 영향력을 발휘할 수 있습니다. 바지파이 총리가 미국을 방문한다면 이곳에 있는 인도인들이 NBC나 CBS 방송국에 전화를 걸어서 이렇게 말하는 겁니다. '세계 최대의 민주주의 국가의 총리에게 15분을 할애하라. 현재 인도와 파키스탄은 전쟁 직전이다. 어쩌면 핵전쟁이 일어날지도 모른다.' 하지만 현실은 어떻습니까? 미국 TV나 신문에서는 '실종됐던 찬드라 레비의 시체가 발견됐다'는 식의 보도만 나갑니다."

"우리 인도인들이 어떤 행사를 준비해서 정치인들에게 참석하라고 요청하면 보통 이렇게들 대답합니다. '초청장을 보내 주시오.' 그러고는 감감무소식이지요. 우리한테서 돈을 받는데도 말입니다. 그런데 유태인들이 행사를 개최하면 정치인들은 서로 연설을 하겠다며 줄을 섭니다."

"미국에 사는 인도인들은 항상 참여해야 합니다. 이따금 생각나서 참여하는 걸로는 부족합니다. 정치인들은 우리를 이용하면서 우리에게 아무것도 안 해주기 때문입니다."

"훨씬 많은 IIT 출신들이 앞장서야 합니다. 우리가 IIT에서 배웠던 내용을 확장하는 겁니다. 휴스턴에는 인도인이 10만 명 있습니다. 나는 누가 무슨 일을 하는지 죄다 알고 있습니다. 그런데 IIT 출신들은 도대체 활동을 하려고들 하지 않습니다. 한 정치인이 나한테 이렇게 말한 적이 있습니다. '자기 자신을 위해서 참여한다고 생각하지 마십시오. 손자 손녀들을 위해 참여하는 것입니다. 선생님 세대는 성공을 했지만, 손자 손녀 세대는 그렇지 못할 수도 있습니다. 범죄자나 마약 중독자가 될지도 모릅니다. 그리고 제일 좋은 직장이라는 게 청소부 일이 될 수도 있습니다.'"

"머지않아 인도인들은 스타벅스에서 일하는 저 사람들처럼 될지도 모릅니다. 주문을 받고 커피나 나르는 일 말입니다. 하버드나 예일에 못 들어갈지도 모릅니다. 미국에서 흑인이 마약을 하다가 걸리면 인생 망치는 겁니다. 하지만 백인이 걸리면 가벼운 처벌로 끝납니다. 머지않아 인도인에게도 적용되는 얘기가 될지 모릅니다. 무슨 뜻인지 아시겠지요? 우리 세대는 별 문제가 없습니다. 우리 아들딸들, 우리 손자 손녀들을 생각해야 합니다. 우리처럼 똑똑하지 못해 IBM 같은 괜찮은 직장에 못 들어갈 수도 있습니다. 최근에 휴스턴에서 민주당의 딕 게파트를 위한 기금 모금회가 있었습니다. 1인당 1천 달러씩이었지요. 휴스턴에 사는 인도인 10만 명 중에서 세 명만 참석했습니다. 단 세 명 말입니다!"

"이 미국이라는 나라는 인도보다 나에게 훨씬 많은 걸 줬습니다. 물론 우리는 인도인으로서의 가치관을 가져야 합니다. 하지만 미국인들이 맥주 여섯 병을 마신다거나 해변에서 바비큐 파티를 한다고 해서 그 사람들을 바보 같다고 해서는 안 됩니다."

"그런데 우리 인도인들은 가치관에 대한 얘기를 늘어놓으면서도 여기 미국에 있는 우리 아이들에게 언어와 문화를 가르칠 시스템은 만들지 않았습니다. 그저 사원이나 계속 짓는 우리들의 행위를 아이들은 이해 못합니다. 시간을 내서 우리가 하는 기도를 영어로 옮기면 얼마나 좋겠습니까? 하지만 더 큰 사원만 지으려고 합니다. 아이들은 사원이 왜 있는지 이해하지 못합니다. 왜 예배에 참석해야 하는지 이해하지 못합니다."

"이곳에는 미나크시 사원이 있습니다. 거기에 예식장이 있는데, 고기를 대접하거나 술을 마시지 못하게 돼 있습니다. 그래서 아이들이 미국인 친구들을 데려올 수 없기 때문에 아무도 예식장을 사용하지 않습니다. 그 예식장을 만든 사람은 자기 아이들을 다른 곳에서 결혼시키느라 2만 달러에서 4만 달러가량을 써야 했습니다. 우리가 생각하는 것을 아이들은 잘 이해 못합니다. 뒤편 테이블에 앉은 여자 애들 좀 보십시오. 미니스커트나 반바지 차림에 맨살이 다 드러나는 상의를 입고 입에 담배를 문 모습을 보십시오. 인도 애들도 언젠가는 저렇게 되겠지요. 안 될 게 뭐 있겠습니까? 애들한테는 이 나라가 조국이니까요. 미국식 생활 방식이 바로 자기들 생활 방식이니까요."

"IIT 출신들은 '반드시' 지도자가 돼야 합니다. 우리는 지도자가 될 '훈련'을 받았습니다."

스레슈타는 거의 한 시간 동안 얘기했다. 나는 그의 말을 공책에 정신없이 받아 적었다. 별로 할 말이 없었다. 스레슈타의 얘기에 어떤 의견을 내세울 만한 위치가 아니었다. 스레슈타는 나를 파르타 차테르지의 집까지 차로 데려다 주었다. 시간이 지난 후에도 스레슈타의 목소리가 내 귓전에 맴돌았다.

수카르트메 교수는 다음과 같이 언급했다.

"영구적으로 머물기로 결정했다고 해서 미국에서의 생활을 전적으로 만족한다는 의미는 아니다. 거북한 느낌이 여전히 남아 있다. 주로 문화적이고 사회적인 차이 때문에 생기는 느낌이다. 이러한 차이로 인해 동화되기가 어렵다. 아울러 민족이 다르다는 사실도 문제가 된다. 그러므로 이주민들의 사회생활이 익숙한 일부 사람들하고만 어울리는 식으로 제한되는 것도 놀랄 만한 일이 아니다. 문화적 불일치로 말미암아 동화하지 못하는 현상은 미국에서 성장하는 자녀와 관련하여 더욱 여실하게 드러난다. 자녀들에게 어떤 가치관을 심어 주어야 하는가? 인도에서 통용되는 행동 규범을 적용해야 하는가? 이는 간단하게 해결할 수 있는 문제가 아니다."

수카트메 교수가 데이터를 수집하고 분석하여 내린 결론은 다음과 같다. 한 개인이 고국과 점진적으로 멀어지지 않도록 대책을 마련한다면, 그리고 미국에서 학업을 마치고 돌아왔을 때 적절한 일자리를 고국에서 제공한다면 고국으로 돌아올 확률은 더 높아질 것이다.

그러나 학생들이 공대나 의대에 들어가기 전부터 정부가 최고의 과학 영재들을 발굴할 수 있다면 최상의 해결책이 될 것이다. 수카트메 교수는 전국 과학 경진 대회와 고등학교·대학교 입학시험 등을 통해 매년 과학 영재 1만 명의 명단을 작성할 수 있다고 주장했다. 정부에서는 이들 학생의 성적을 계속 주시하다가 졸업할 무렵이 되면 명단을 5백 명 선으로 압축한다. 이 학생들을 '국가 장학생'이라고 부르고 소수 정예 엘리트로 대우하면서 학업 중에 경제적인 어려움을 겪지 않도록 보장하는 것이다.

아마도 국가 장학생 중 90퍼센트는 해외 유학을 선택할 것이다. 어떤 식으로도 그들의 유학 길을 막지 말되, 정부나 유관 기관은 학생들과 연락을 계속 취함으로써 모국과 멀어진다는 느낌이 들지 않도록 해주어야 한다. 국가 장학생이 미국에서의 학업을 마치면 학생의 재능과 흥미에 맞는 안정된 일자리를 기업이나 대학, 그리고 연구소에 마련해 준다. 임금은 해당 분야에서 일하는 다른 사람들보다 약간 높게 책정한다. 그렇게 하면 상당수가 고국으로 돌아올 것이다. 수카트메 교수는 50퍼센트가량이 귀국하리라고 추정했다.

사실 수카트메 교수의 제안과 비슷한 프로그램이 이미 IIT-칸푸르에서 실행된 전례가 있다. 대학 측에서는 미국에 거주하는 인도계 교수 1백여 명에게 IIT에서 가르치라고 제의했다. 귀국 시 여행 경비와 이사 비용을 모두 학교 측에서 부담하고 훌륭한 숙소도 마련해 주기로 했다. 교수들 대다수가 학교 측의 제의에 응했다. 그리하여 IIT-칸푸르는 인도에 있는 공과대학들 중에서 최고의 교수진을 자랑하며 출범했다.

장기적으로 볼 때 개도국의 경제가 성장하기 시작하면 해외로 떠났던 이들이 상당수 귀국한다. 중국, 대만, 한국 등이 대표적인 예이다. 역사적으로 아일랜드인들은 많은 수가 고국을 등지고 다른 나라로 향했다. 그러나 오늘날에는 매년 나가는 사람들보다 들어오는 사람들이 더 많다. 타이베이 외곽에 있는 신추 공단에는 332개의 업체가 있는데, 그중 실리콘밸리에서 경험을 쌓은 대만인 엔지니어들이 설립한 업체는 113개나 된다. 그러나 지금과 같은 상황에서 인도는 아직도 갈 길이 멀기만 하다.

인도 정부는 다른 탁월한 아이디어들과 마찬가지로 수카트메 교수가 제안한 전략에 대해서도 아무런 일을 하지 않고 있다. 대신 해외로 나가지 않고 인도에서 연구하겠다는 IIT 졸업생에게 1백만 루피를 제공하겠다고 떠들어 대는 정치인들만 즐비하다. 자신들이 해결하려는 문제의 본질에 대해 눈곱만큼도 파악하지 못한 인간들이다.

30
IIT의 역할

*"IIT인들은 사회에 빚을 갚아야 합니다.
자신의 전문 지식과 부와 명성을 활용하여 인도를
강력한 국가로 만들고 경제를 활성화해야 합니다."*

'국가 건설에 있어서 IIT가 담당하는 역할'. IIT 설립 50주년 기념식의 일환으로 개최된 회의의 주제였다. 2월의 어느 아침 방갈로르에서 내 친구이자 IIT-뭄바이 출신인 쉐카르 물라티와 나는 회의장으로 출발했다. 쉐카르와 나는 "일요일 아침인데 제시간에 도착하는 사람이 몇 명이나 되겠어" 하며 다소 늦게 출발했다. 그러나 회의장에 도착해 보니 의장직을 맡은 자이람 라메시의 개회사가 이미 끝난 뒤였고(아울러 그는 연설 도중에 "산디판도 제 말을 지지할 것입니다……. 산디판, 산디판 어디 있지요? 회의장 어딘가에 있을 텐데 말입니다. 어제저녁에 같은 비행기를 타고 왔으니, 여기 어딘가에 있을 텐데요……" 하며 평생토록 나를 창피하게 만들 말을 했다고 한다), 첫 번째 연설자인 고팔라크리슈난이 'IIT의 브랜드성'에 대한 발표를 중간 정도 진행하고 있었다.

전체 회의는 다음과 같은 방식으로 구성됐다. 다섯 명의 저명한 IIT 출신들이 IIT와 관련된 특정 주제에 대해 각자 연설을 한다. IIT 캠퍼스를 각각 대표하는 이사장 두 명과 다른 두 캠퍼스를 대표하는 수석 교수 두 명은 질의응답 시간을 갖고 토론에 참여하며 각 캠퍼스의 현황에 대해 보고한다.

고팔라크리슈난의 발표가 끝나자 아쇼크 준준왈라 교수가 뒤를 이었다. 회의장에 모인 IIT 출신 5백여 명을 상대로 테넷의 사례 발표를 했다. 청중은 머리가 반백인 사람에서 갓 졸업한 동문에 이르기까지 다양했다. 기념식에 참석하고자 방콕이나 멜버른에서 온 동문들도 있었다. 인도에서 개최된 IIT 모임 중에서 가장 큰 규모였다. 이제는 서로의 등을 두드려 주고 과거를 성찰하고 미래를 진단할 때가 된 것이다.

"그저 잘하는 것만으로는 부족하다는 사실을 알아야 합니다. 우리는 기술 분야의 리더십을 확보해야 합니다. 기술 리더십을 확보하려면 비약적으로 성장해야 합니다" 하고 준준왈라 교수가 말했다.

다른 비슷한 모임과 마찬가지로 청중의 질문은 반드시 연설 내용과 관계될 필요는 없었다. 한 청중이 자리에서 일어나서는, 루르키 공과대학이 설립되면 IIT라는 브랜드가 희석되지 않겠느냐는 질문을 던졌다. "중국은 IIT와 비슷한 대학을 1백 개 정도 세울 계획입니다. 그런데 얄궂게도 이 엄청난 프로젝트를 맡은 컨설팅 회사가 매킨지입니다. 그곳은 여러분도 잘 아시다시피 전 세계에서 IIT 출신들이 가장 많이 모여드는 회사가 아닙니까. 이제는 소수 정예 엘리트보다는 대규모 엘리트라는 개념에 주목해야 한다고 생각합니다"라고 자이람이 반박했다. 청중들 대부분이 자이람의 말에 별로 동의하지 않는 분위기였다. 엘리트주의와 배타성이야말로 IIT의 성격을 규정하는 요소가 아닌가.

IIT-칸푸르 출신이자 인도과학대학 교수인 발라람은 세 가지 문제를 제기했다.

"50년 전에 기대했던 만큼 IIT인들이 국내에서 연구 성과를 충분히 거두었는가? 브랜드 자산과 학부 과정을 강조함으로써 연구 활동이 저해됐는가? 저명한 인물들이 모여서 IIT의 성공을 기념하는 일이 중요한가?"

발라람 교수는 지난 50년간 'IIT의 브랜드 자산'과 '연구 성과'가 어떻게 변했는가를 추적하는 그래프를 제시했다. 브랜드 자산을 가리키는 곡선은 몇십 년 동안 꾸준히 상승하면서 정점에 도달한 반면, 연구 성과를 나타내는 곡선은 20년 동안 상승하다가 점차 하강하는 모양새였다. IIT 교육 제도의 학술적 성과에 대한 평가로서 발라람 교수는 다음과 같은 세 가지를 들었다. 첫째, IIT는 학부 과정의 우수성에 있어서 독보적인 지위를 유지했다. 둘째, IIT 동문들은 국제적으로 대단한 성공을 거두었다. 셋째, IIT는 뛰어난 학생들을 유치했다. 한편 부정적인 측면으로는 '동문들의 지리적·분야적 이주', '대학원 교육 및 연구에 대한 주목 부족', '날로 심화되는 과학과 기술의 분리 현상' 등을 꼽았다. 분자생물학자인 발라람 교수는 다음과 같이 말했다.

"네루가 IIT를 세울 당시에는 과학과 기술을 전혀 구별하지 않았습니다. 그러나 시간이 흐르면서 IIT는 기초 연구라는 의무를 등한시하게 됐습니다."

아울러 발라람 교수는 해외 진출보다는 전공 분야의 이동에 따른 손실이 훨씬 크다는 견해를 피력했다. 다른 나라에 있더라도 학교에서 배운 내용을 여전히 활용하면 전공 분야의 발전에 일조할 수 있지만, 공학을 전공하고는 비누를 만들어 판다면 분명 해당 전공 분야에 있어서 손실이라는 주장이었다. (나는 왜 '비누 팔기'가 공학 전공자들에게 하찮은 일로 여겨지는지 궁금하다. 비누 역시 인간에게 중요한 물건이 아닌가? 더구나 비누는 화학공학과 상당한 관련이 있는 물건이다.)

IIT–뭄바이 이사장인 아쇼크 미스라 교수는 전공에서 이탈하는 현상이 그렇게 우려할 만한 일은 아니라고 말했다. 압둘 칼람 역시 전공을 바꾸고 인도 대통령이 되지 않았는가? 그리고 대학원 교육과 관련하여 미스라 교수는 IIT-뭄바이 학생의 60퍼센트가 대학원생이라고 설명했다. 다른 IIT 캠퍼스의 대표들 역시 갖가지 최첨단 연구 활동이 진행되고 있다고 언급했다. "IIT는 다양한 신기술을 개발해 왔습니다. 그런데 일부 기술은 공개되지 않습니다. 국방 분야에 속하는 기술이기 때문입니다. IIT는 경전투기 개발과 그 밖에 대외적으로 밝힐 수 없는 여러 국방 연구 분야에서 대단한 기여를 해왔습니다" 하고 미스라 교수가 말했다. 그러자 누군가가 자리에서 일어나 IIT 동문들이 기초 연구 센터에 재정 지원을 하지 않는 이유에 대해 물었다.

IIT-뭄바이 출신이자 고아 주(州) 주수상인 마노하르 파리카르가 연설할 차례가 됐다. 탄탄한 체격에 긴소매 셔츠와 바지 차림이었다. 파리카르가 연설을 시작하자 청중은 배꼽이 빠지도록 웃었다.

"정계에서 IIT 출신들이 주로 겪는 문제는 아무도 PJ(Poor Joke : IIT 학생들이 즐겨 하는 썰렁한 농담)를 이해 못한다는 겁니다. 정계에 들어와서 이따금 쓸 만한 PJ를 했는데 모두들 멍청한 표정을 짓더군요. 한번은 변호사들과 회의하는 자리에서였습니다. 그 자리에서 이렇게 말했습니다. '우리 고아 주 사람들과 변호사 여러분들 사이에는 공통점이 있습니다. 모두가 바('술집'과 '재판'이라는 뜻을 갖는 'bar'의 의미를 이용한 말장난)를 좋아한다는 점이지요.' 그런데 아무도 이해를 못하더군요."

이후 파리카르는 진지한 어조로 말했다. "사람들이 정치에 대해 불만을 품는 이유는 상황을 총체적으로 보지 못하는 무능한 정치인들 때문입니다. 중국을 보십시오. 인도 같은 민주 국가가 아니라는 사실을 잠시 제쳐 두고 말입니다. 중국의 지도자들에게는 장기적인 비전이 있습니다. 2년이나 5년짜리가 아니라는 얘기입니다. 유능한 사람들이 진지하게 참여하지 않는 한 인도의 정치는 발전하기 어렵습니다. IIT 출신들은 정치를 생명공학만큼이나 중요하게 생각해야 합니다."

이후 파리카르는 정치적으로 올바르지 않을지는 모르지만 흥미로운 이론을 제시했다.

"예전의 중산층들은 정치에 관심이 많았습니다. 고팔 고칼레나 발 틸라크 같은 지도자들은 교육받은 중산층 출신이었습니다. 당시 가난한 사람들은 날마다 먹고사는 일에 신경 쓰느라 정치에 눈 돌릴 여유가 없었습니다. 그런데 이 나라가 독립한 후에는 중산층이 정치 참여보다는 실리콘밸리행 티켓을 얻는 데 혼신의 힘을 다합니다. 저는 중산층이 정치에 참여하지 않으면 강력한 리더십을 확보할 수 없다고 생각합니다. IIT인은 인도 최고의 중산층입니다. 따라서 IIT인은 정계에 들어가서 이 나라가 필요로 하는 리더십을 보여 줘야 합니다."

그렇다면 IIT 졸업장은 정계에서 어떤 장점을 발휘하는가?

"IIT 교육은 자신이 성공하리라는 확고한 자신감을 심어 줍니다. 아울러 함께 일하는 다른 사람들도 자신감을 갖도록 만듭니다. 현실적으로 무엇을 어떻게 해야 할지 전혀 모르는 상황에서도 말입니다."

파리카르는 자신이 공학도 출신이기 때문에 주위 정치인들의 속셈을 잘 파악할 수 있다고 말했다. 아울러 파리카르는 졸업 평점이 5.5에서 7.5인 IIT인들이 훗날 성공하는 부류라고 언급했다.

파리카르의 뒤를 이은 연사는 닐레카니였다. 그는 회의의 주제인 '국가 건설에 있어서 IIT가 담당하는 역할'에 관해 열변을 토했다.

"IIT인들은 인도 최고의 시설에서 최고의 교육을 받았습니다. 따라서 IIT인들은 사회에 빚을 갚아야 합니다. 자신의 전문 지식과 부와 명성을 활용하여 인도를 강력한 국가로 만들고 경제를 활성화해야 합니다."

닐레카니는 IIT 설립자들을 '사회적 기업가'라고 표현했다. 졸업생 수천 명이 부를 창출하고 이에 따라 수백만 명이 혜택을 입는다는 이유에서였다. 그는 IIT인이라면 마땅히 사회 발전이라는 비전을 추진해야 한다고 역설했다.

한편 창업과 IIT의 관계에 대해 닐레카니는 스탠퍼드대학과 실리콘밸리 기업들의 사례처럼 IIT도 창업 환경을 제공해야 한다고 주장했다.

"실리콘밸리에 있는 어떤 회사라도 그 뿌리는 스탠퍼드대학에 있습니다. MIT도 마찬가지입니다. 보스턴 지역에 있는 어떤 기술 업체라도 MIT와 연결됩니다. 창업이 활성화되려면 대학이 일종의 모체가 돼야 합니다. 보육 센터나 지식 기반과 같은 인프라를 제공하면서 길잡이 역할을 담당해야 하는 것입니다. 바람직한 창업 환경을 지속적으로 유지하려면 IIT 주변에 기업을 많이 설립해야 합니다."

닐레카니는 IIT 출신들이 특히 창업에 적합한 부류라고 말했다.

"우리는 강의를 통해 많은 것을 배웠습니다. 하지만 기숙사 생활이나 학생 선거 등 강의실 밖에서도 아주 많은 것을 배웠습니다. 창업에 성공하기 위한 기술을 연마한 셈입니다. 저는 여러 IIT 출신들에게 학창 시절에 즐겨 찾던 장소를 물었습니다. 그랬더니 IIT-카라그푸르의 '체디스'처럼 캠퍼스마다 학생들이 대표적으로 찾는 식당이 있었습니다. 바로 이런 장소에서 미래의 기업가들이 만들어졌습니다."

청중석에는 질문할 때 사용하라고 여기저기 마이크가 설치돼 있었다. 닐레카니가 연설을 마치자 나중에 후회하리라는 사실은 상상도 못한 채 나는 마이크를 잡았다.

"IIT인에게 강의실 밖 학습이 얼마나 중요한가에 대한 내용 잘 들었습니다. 지난 1년간 저는 여러 IIT 캠퍼스를 방문했습니다. 최근 졸업한 동문을 제외하고 여기 참석한 동문 대부분은 모교를 방문한 지 오래

됐기 때문에 요즘 상황을 잘 모르리라 생각합니다. 대부분의 캠퍼스에서는 문화 활동을 저녁 10시까지 끝내야 합니다. 어떤 캠퍼스에서는 학생들이 담배를 피우다가 적발되면 벌금으로 5백 루피를 냅니다. 그리고 술을 마시다가 적발되면 최소한 한 학기 동안 정학 처분을 받기도 합니다. 대부분의 캠퍼스에서는 학생들이 주도하는 문화 행사의 수를 줄이려고 합니다. 현재 IIT 강의실 밖에서 어떤 일들이 벌어지는지 여러분은 아셔야 합니다."

잠시 침묵이 흘렀다. 그러다가 IIT-마드라스 이사장인 아난트 교수가 웃으며 말했다.

"이사장들도 잘 모르고 있었네요."

나는 즉시 대꾸하고픈 마음이 들었다. 아난트 교수에게 이렇게 말하고 싶었던 것이다.

'이사장님, 교수들이 소음에 방해받지 않고 잠을 잘 수 있도록 캠퍼스마다 문화 활동을 저녁 10시까지 끝내라고 했다는 사실을 잘 아실 텐데요. 금년에 열린 무드 인디고 행사에서 학생들은 찰리 채플린의 무성 영화를 10시 30분부터 상영하는 방식으로 금지령을 피해 갔습니다. 금년에 IIT-뭄바이에서는 문예 행사를 1년에 네 번까지만 허용하기로 했고요. 학생들이 주최하는 토론회나 웅변회의 개최 횟수를 도대체 왜 교수들이 결정해야 하는지 모르겠지만 말입니다. 그리고 IIT-카라그푸르에서는 록 그룹을 캠퍼스로 초청하지 못하게 한 지 벌써 여러 해가 됐습니다. 록 음악이 학생들의 정신을 타락시킨다는 이유로 말입니다. IIT-델리에서 제가 만난 학생들은 기숙사 복도에서 크리켓을 하다가 적발되면 5백 루피의 벌금을 낸다고 했습니다. 이사장님, 이런 사실들을 잘 모른다고 하신다면 지금부터라도 잘 아셔야 합니다. 조지 오웰의 소설에나 나올 법한 그런 전체주의적인 분위기에서는 창의적으로 생각

하는 사람이나 기업가가 나오기 어렵습니다.'

그러나 나는 아무 말도 하지 않고 자리에 앉았다. 이윽고 의장인 자이람이 말했다.

"캠퍼스 생활에 있어서 바람직한 활동에 대한 현황을 말씀해 주셨습니다."

마이크는 다른 사람에게로 넘어갔다. 나는 말할 걸 그랬다는 아쉬운 생각이 들었다.

그러나 10분 후에 회의장을 나서면서 나는 새 천 년을 맞이하는 시기에 IIT 교육 제도가 직면한 갖가지 문제점을 개괄적으로 파악했다는 생각이 들었다.

31
발전된 IIT를 위하여

세상을 바꾸어 놓을 뛰어난 동문들에게
IIT 시절에 대한 좋은 추억이 없다면 IIT라는
교육 제도에 전반적으로 악영향을 미치게 되어 있다.

IIT 학생들이 저녁 10시 이후에 연극 공연을 할 수 있는가의 여부를 놓고 도대체 왜 고민해야 하는가? 이런 일을 가지고 흥분하다니 좀 우습지 않은가? '국가 건설에 있어서 IIT가 담당하는 역할'이라는 거창한 주제를 논의하는 자리에서 내가 그런 얘기를 꺼낸 것에 대해 몇 시간 동안 바보가 된 기분이 들었다.

그러나 IIT 출신이라면 내가 왜 그렇게 흥분했는지 이해할 것이다. 아울러 이 부분까지 읽은 독자들 역시 캠퍼스 생활이 IIT 동문들의 인격 형성과 역량 구축에 상당한 영향을 미쳤다는 점에 공감할 것이다. 또한 개인의 자유라는 아주 중요한 원칙도 관련돼 있는 문제이다. 어쨌든 일단 말을 꺼냈으니, 이제부터 속 시원하게 털어놓고자 한다.

IIT 설립 50주년 기념식에 참석해서는 억압적인 학교 방침에 대해 아는 바 없다고 주장한 IIT 이사장들을 위해 내가 각 캠퍼스를 돌아다니면서 목도한 충격적인 사실들을 소개하고자 한다.

2002년 1월 IIT-카라그푸르 50주년 동문회에 다녀온 나는 같은 캠퍼스 출신 친구들에게 메일을 두 통씩 보냈다. 첫 번째는 학창 시절의 즐거운 추억에 관한 내용이었다. 두 번째는 우울한 내용이었다.

RK 홀에서 기숙사생 3백 명 중 25명만이 공부 외의 다른 것에 관심을 두고 있었어. 운동부, 서양 음악 밴드, 동양 음악부, 연극부, 토론 팀, 학생회 등의 활동은 이 친구들이 맡아서 하지. 이게 RK 홀만의 문제인지 알아보려고 LLR 홀도 확인해 봤어. 그런데 그 기숙사도 상황이 같더군. 275명의 기숙사생들은 서로 얘기도 별로 안 하고 지내더라고. 심지어 옆방에 누가 사는지도 모를 정도야. 그저 공부만 죽어라 해대는 모양이야. 다른 관심사는 전혀 없고.
지금부터는 그곳 학생들이 들려준 사실을 적어 볼게. 잘 믿어지지 않을 거야.
• 술을 마시다가 적발되면 최소 한 학기 정학 처분을 받는다. 담배를 피우다가 적발되면 5백 루피를 벌금으로 내야 한다.
• 자전거에 여학생을 태울 수 없다.
• 학교 측에서는 상급생들이 신입생들을 괴롭힐까 봐 신입생들에게 말을 걸지 못하게 한다. 신입생들은 모두 별도의 신입생 전용 기숙사에서 생활하다가 2학년이 되면 재배치된다. 새 기숙사에 들어갈 때 학생들은 임의로 기숙사 동을 선택하지 못한다. 지역주의를 조장할 소지가 있다는 이유에서이다. 따라서 입학 등록순으로 방을 배정받는다.
• 2002년도 스프링페스트가 오늘 시작한다. 그런데 어떤 프로그램이라도 저녁 10시까지 끝내야 한다.
• 스프링페스트 기간 중 록 그룹을 초청할 수 없다. 나쁜 영향을 미칠 수 있다는 이유에서이다.
• 매년 음주나 언어 폭력 등의 이유로 학생 예닐곱 명이 최소한 한 학기 정학 처분을 받는다.

• 기숙사마다 경비원 두 명이 24시간 근무하면서 학생들의 행동을 보고한다. 학교 측에서는 학생들에게 기숙사 동료의 비행을 밀고하라고 적극적으로 권한다.

선거권이 있는 청춘 남녀들이 비행 청소년 취급을 당하고 있어. 학생처장은 학생들이 담배를 피우거나 술을 마시는지 확인하려고 한밤중에 기숙사를 기습하기도 한다는군.

학생들한테서 그런 얘기를 듣고 나니까, 우리 동문들에게 파티를 열어 주려고 그날 밤 모인 기숙사생 25명의 행동이 정말 용감했다는 생각이 들었어. 물론 파티 때문에 학생들에게 무슨 불이익이 생기지는 않았겠지.

그 25명이 IIT-카라그푸르에 대해 어느 정도나 반감을 품고 있는지 알고는 깜짝 놀랐어.

JEE에 합격한 형제자매나 친척들한테 IIT-카라그푸르를 권하지 않는다는 거야. 그 25명은 나중에 부자가 되고 유명해진 후에 IIT 시절을 회상하면 아마도 분노밖에는 떠오르지 않을 거야.

친구들아, 악당들이 이겼다.

이후 이틀 동안 답장이 쇄도했다. 다음은 친구들이 보내온 편지이다.

그게 사실이야? IIT-카라그푸르를 무슨 군사 학교로 바꾸기라도 했단 말이야? 핑크 플로이드의 〈더 월(The Wall)〉에 나오는 내용이 아닌가? 나한테는 IIT가 여유를 갖고 자기 자신을 마음껏 개발하는 곳이었는데, 이제는 그렇지 않은 모양이네. 그리고 IIT에서는 자신감도 키울 수 있었다고 생각했는데. 지금 상황을 들으니 전혀 아니군. 정말 가슴 아픈 얘기다.

다음은 또 다른 친구의 답신이다.

학교 측에서 좋은 의도로 시작했을 텐데, 도가 지나쳐서 결국 살아 있는 학교의 생명력을 빨아먹어 버린 셈이 되었군. 여기서 좋은 의도란 '흡연, 음주, 신입생 괴롭히기 등의 악행을 척결하자'는 것이겠지. 선배들에게 지독하게 당한 적이 있기 때문에, 그런 행동이 캠퍼스 생활의 필수 요소라고 생각하지 않는 사람들에게는 공감을 얻을 수 있어. 이 문제에서 중요한 부분은 '기숙사생 25명'이야. 이 25명은 위험을 감수하는 행동을 감행함으로써 성숙해져 가는 반면, 나머지 학생들은 자유로워야 할 기숙사에서마저도 부모의 독재에 순응하는 듯하군. 고향을 떠나 학교 기숙사에서 스스로 생활하는 것도 교육의 일환인데 말이야. 그런데 네가 얘기한 대로 학생 대부분이 그런 식으로 행동한다면 자립적인 교육이라는 게 불가능하게 돼. 날개가 떨어져 버릴까 두려워서 날려고 하지 않는 새와 같잖아.

역설적이게도 그런 공포심을 조장한 건 부모들이야. 지나친 보호는 지나친 자유만큼이나 해롭지. 어렸을 때 내가 온실 속의 화초처럼 자라지 않았다면 훨씬 더 완벽한 인간이 됐을 거야. 그나마 IIT에서 생활한 게 큰 도움이 됐지. 늦더라도 아예 시작하지 않는 것보다는 나으니까. 부모가 아이들을 응석받이로 키우면서 아주 사소한 어려움도 겪지 않게 만들려는 모습을 보면 그 아이들이 제대로 자랄까 하는 생각이 들어. 캠퍼스 생활도 마찬가지야. 청소년에서 성인으로 넘어가는 관문이라고 할 수 있는 캠퍼스를 지나치게 깨끗하고 순응적인 분위기로 만들겠다는 발상은 잘못이기도 하지만 헛된 시도이기도 해. 캠퍼스 밖의 세상에서는 법률이 한 개인을 항상 보호하지는 못해. 그런 바깥세상보다 덜 위험한 캠퍼스에 그렇게 답답한 분위기를 조성할 필요가 있을까?

'25명 대 275명'이라는 이분법이 '300명 대 0명'으로 바뀌는 상황은 바라지 않아. 그 25명도 원치 않을 거야. 하지만 지금 같은 상황에서 '25명 대 275명'이 '10명 대 290명'으로 서서히 바뀐다면 그건 엄청난 비극이 될 거야.

미국에 사는 다른 한 친구는 이렇게 썼다.

법의 테두리 안에서 학교 측이 어떤 제한 규정을 정할 권리가 있다고 생각해. 언어적·신체적으로 괴롭히는 행위를 금지하고 심하게 처벌할 권리가 있지. (학교 만세!) 피해자가 구제 수단에 호소하지 못하는 상황에서는 누구라도 자신이 나이가 많다는 이유로 타인을 괴롭힐 권리가 없어. 하지만 기사도 정신을 발휘한 남학생이 여학생을 자전거에 태우지 못한다는 규정은 비논리적이야. 어떤 강요도 없이 여학생이 자전거에 자발적으로 타는 상황을 가정하고 하는 말이야. 도대체 학교 측에서는 뭘 걱정하는 걸까? 자전거를 몰면서 성폭행이라도 한다는 걸까? 또 한 가지 내가 염려하는 건 지금 IIT에 있는 학생들의 말 때문에 학교 이미지가 아주 나빠지지나 않을까 하는 점이야. 내 개인적인 명성이나 이미지나 경력은 'IIT'라는 브랜드가 뒷받침하지. 그런 브랜드의 자산 가치가 하락하는 걸 보고 싶지 않아. 오늘날에는 어떤 명문 대학이라도 최고의 인재들을 유치하느라 공격적인 마케팅을 벌이고 있어. 이런 상황에서 IIT는 엄청나게 어리석고 무식한 짓을 벌이고 있지 않나 싶어.

한 여성 동문은 수줍은 듯한 어조로 다음과 같이 물었다.

남학생이 여학생을 자전거에 태우지 못한다면,

여학생이 남학생을 태우는 건 괜찮다니?

몇 달 후 미국에서 나는 전 세계 IIT-카라그푸르 동문회인 'IIT재단'에서 자원 봉사자로 활동하는 한 젊은이를 만났다. 그와는 전부터 서로 연락을 취해 오던 터였다. 이 문제에 대한 그 친구의 반응은 남달랐다.

"우리 쪽에서 그런 문제를 제기하면 학교 측의 협조를 얻지 못합니다."

도무지 이해할 수 없는 논리였다. 동문들이 학교를 위해 돈을 기부하는데 학교 측의 기분을 배려해야 한다는 뜻인가?

이후 IIT-카라그푸르에는 새 이사장이 들어왔고 분위기가 상당히 개선됐다고 한다.

그러나 IIT-델리는 전혀 나아지지 않았다. 2002년 3월 아슈시 고얄과 나는 예전에 그가 살던 기숙사를 찾았다. 그곳 학생들은 기숙사 복도에서 크리켓을 하다가 적발되면 5백 루피의 벌금을 낸다고 알려 주었다. 다른 사람에게 방해가 됐거나 유리창을 깨뜨렸는가 등의 여부와 무관하게 그저 크리켓을 했다는 사실만으로 벌금을 문다는 것이었다. 복도에서 하는 크리켓 놀이는 기숙사생들의 대표적인 오락거리이다. 아울러 졸업 후 사회에서 성공하고 지극히 정상적으로 사는 IIT 출신 대다수가 아끼는 추억이기도 하다. 조지 오웰도 웃을 만한 상황이었다.

그뿐만이 아니었다. 나는 IIT-델리 전산과 학부생인 아슈시 라스토기의 홈페이지에 우연히 들어갔다. 그곳에는 자유의 억압에 대해 열정적이면서도 논리적으로 작성한 글이 있었다. 고맙게도 아슈시는 그 글의 상당 부분을 인용하도록 허락해 주었다. 나와는 달리 아슈시는 그렇게 이상한 제도의 직접적인 희생양이기 때문에 문제점을 훨씬 적확하게 설명했다.

이 글의 주제는 자유이다. 정확히 말하자면 '자유'라는 말의 범위를 파악하려는 시도이다. 자유가 핵심적이고 바람직한 인간 조건으로 인식된 것은 오래전부터이다. 수백 년 동안 국가와 사회는 다양한 수준과 형태로 자유를 추구했다. 웹스터 사전에서는 자유를 '노예 상태, 구속 또는 타인의 권력에서 해방되는 것'이라고 정의한다. 그러나 사전적 정의만으로는 자유라는 개념을 제대로 이해하기 어렵다.

IIT와 같은 최고의 교육 기관이 추구하는 목표는 우리를 진정한 지적 해방의 길로 인도하는 것이 아닐까 한다. 그러나 아이러니하게도 나는 IIT가 존재함으로 말미암아 자유와 관련된 문제를 제기하기에 이르렀다.

한 평범한 IIT 학생의 캠퍼스 생활을 따라가 보자. 자기 망상으로 인한 열정에 사로잡힌 채 입학했지만, 부담스러운 학습량과 엄격한 출석 규정 때문에 조금씩 망가져 간다. 이 순진한 신입생은 첫 두 학기를 캄캄한 실내를 더듬듯 보낸다. 이제는 출석 확인 때문에 강의를 들으러 갈 필요는 없다(대리 출석). 낙제를 면하고자 공부할 필요도 없다(팀워크). 그리고 학점을 잘 받으려고 모든 과제를 스스로 하지 않아도 된다(짜깁기). 2학년에 들어서면 안정적인 상태가 된다. IIT라는 교육 제도에 자기만의 방식으로 대처한다. 3학년이 되면 제도의 온갖 허점을 능수능란하게 다루는 경지에 도달한다. 이 시점에 이르면 다음과 같은 기준으로 수강 신청을 한다. '사람 좋은 교수인가?' '출석 확인을 하는가?' '최소한 B학점은 주는가?' 등 친절한 선배들에게 물려받은 정보를 활용한다. 이 학생도 나중에 후배들에게 전수하리라.

현 상황에서 IIT에는 몇 가지 진영이 존재한다. 첫 번째는 제도권 진영으로, 학생처장, 기숙사 사감, 교무 직원, 학과장 등 IIT를 운영하는 인물들로 구성되어 있다. 두 번째는 교수진으로, 어떠한 교육 기관에서나 핵심적인 부류이다. 지식의 전파라는 그들의 임무는 14주까지 모든 강의를 마치는 데 급급한 모습으로 변질되는 경우가 허다하다(비록 소수나마 탐구하고 학습하고 실험하고자 하는 교수들도 있다). 세 번째는 학생들이다. 제도권에서 지정한 방식으로 생활하는 진영이다. 규정을 만드는 사람들과 규정에 맞추어 생활하는 사람들 사이에는 상호 작용이 전혀 없다. 어떠한 형식이든 간에 이러한 상황은 불안 요소로 작용한다.

제도권 진영은 시대에 뒤떨어진 윤리관을 가지고 있다. 그들은 무엇이 옳고 그른지, 무엇이 허용되고 허용되지 않는지 명확하게 정하여 그 틀에 학생들을 억지로 맞추면 학생들을 효과적으로 계몽할 수 있다고 믿는다.

수도원처럼 엄격한 제도권 진영은 근시안적인 사고방식으로 말미암아 순전히 육체적인 제약을 가함으로써 '합리성'에 도전장을 던진다. 다음 사례를 살펴보자.

- ❖ 교수들은 IIT 문화 행사가 끝난 직후 학생들에게 시험을 치르게 한다. 학생들이 옆길로 새지 않고 학과 공부에 신경 쓰도록 유도하기 위해서이다.
- ❖ 여학생들은 엄격한 행동 규범을 지켜야 한다. (오늘날 인류에게 알려진 어떠한 계산기하학 알고리즘을 적용하더라도 여학생 기숙사는 남학생 기숙사에서 가장 먼 위치에 있다.) 남학생과 '장시간 신체적으로 접촉'(단순한 악수라도)하는 여학생은 엄중한 처벌을 받을 수 있다.
- ❖ 오전 9시 이후에는 기숙사에 수돗물이 나오지 않는다(오후에 다시 나온다). 학생들이 하루 종일 꾀죄죄한 몰골로 있지 않으려면 일찍 일어나서 강의에 출석할 거라는 계산에서이다.

제도권 진영은 무엇을 추구하는가? 그런 규정을 도입하면 남학생들이 여학생과 '장시간 신체적으로 접촉'하지 않으리라고 생각하는가? 아침 9시에 단수하면 학생들이 의욕적으로 수업에 출석하리라고 믿는가?

이렇듯 근시안적인 조치는 기껏해야 규정을 교묘하게 우회하는 학생들을 양산할 따름이다. 제도권의 종교로 학생들을 억지로 개종시킬 수 있다는 믿음은 불가사의할 정도이다. 제도권의 결점이 학생들의 사회적 생활 영역에만 존재한다면 그래도 설명이 가능하다. 우리나라는 근대성, 종교, 합리성, 정통성 등의 문제가 복잡하게 얽혀 있기 때문이다.

그러나 유감스럽게도 제도권의 모자람은 여기서 끝나지 않는다. 연구에 관심이 많은 학부생 중 이곳에서 석·박사 과정을 계속하려는 이들이 몇이나 되는가? 연구 활동에 대해 초기에 품었던 열정을 끝까지 유지하는 학생은 몇이나 되는가? 이들 질문에 대한 답이 '0'일 가능성이 큰 이유는 무엇인가? 4년이라는 교육 기간을 마친 IIT 학생은 어떤 인물이 되어 있는가?

규정이 미치는 영향을 간과하는 제도권과 학생들이 맺는 관계는 가식적이고 주변적일 수밖에 없다. 이로 말미암아 IIT 학생들의 유일한 관심사는 학점을 이수하여 졸업장을 받는 일이 된다. 학생들은 단 하루라도 필요 이상으로 학교에 머물지 않으려 한다. 제도권 진영과 무언가를 주고받으려 하지도 않는다. 학위 취득에 필요한 학점 이외에 단 1학점도 추가적으로 신청하지 않으려 한다. 이것이 교육인가?

이 글을 읽은 IIT 출신은 누구라도 끔찍한 기분이 들 것이다. 속 좁은 IIT 경영진은 상상할 수 없는 일을 현실로 만들어 버렸다. IIT 학생이 모교를 사랑하기는커녕 그저 '견뎌 내면서' 지옥 같은 캠퍼스에서 떠날 날만을 손꼽아 기다리게 만든 것이다.

학생들과 면담했던 IIT 캠퍼스 세 곳(카라그푸르·델리·뭄바이) 모두 학교 측에서 억압적인 규정을 적용하고 있었다. 학생들이 너무 즐거워한다면서 어느 특정 IIT 이사장만이 채찍을 들었을 리는 없다. 캠퍼스 간 어떤 담합이 있지 않았나 싶다. 아울러 이러한 분위기는 지난 2, 3년간 일제히 조성됐다. IIT-델리 1995년도 졸업생인 아슈시 고얄은 기숙사 후배들의 말을 듣고는 충격을 받았다.

지나친 확대 해석일지 모르겠지만, 1990년대 중반 전 세계적인 기술 붐으로 IIT 출신들이 세계 무대에서 급부상했다는 사실과 학교 측의 전체주의 사이에 어떤 연결 고리가 있는 것은 아닐까? 정글리닷컴이나 후웨어닷컴 등 1980년대 후반에 IIT를 졸업한 젊은이들이 이끄는 벤처 기업들이 전 세계 신문 지면을 장식하고 IIT 출신의 인기가 최고조에 이르던 무렵 각 캠퍼스에서는 이렇듯 새로운 방침을 적용하기 시작했다. 학교 측은 졸업생들의 성공에 묘한 위기감을 느낀 나머지 지금 있는 학생들을 달달 볶는 것은 아닐까? '너희들이 학교를 졸업한 후에 세상을 정복할지는 모르지만, 이곳에 있는 동안에는 우리 말을 무조건 따라야 한다'는 메시지를 전하려는 것은 아닐까?

지나친 망상인지도 모르겠다. 그러나 자유롭고 건설적인 분위기로 넘치던 캠퍼스가 어떻게 해서 경찰 국가로 돌변했는지, IIT 출신이라면 누구라도 의아해할 것이다. 나와 같은 평범한 IIT 출신들이 보기에 IIT 교수진의 질적 저하를 무엇보다도 분명하게 보여 주는 증거는 학생들의 자유를 억압하는 현실이 아닌가 한다. 자와할랄 네루, 아르데시르 달랄, 날리니 사르카르, 즈난 고시, B. C. 로이 등 'IIT'라고 하는 국보(國寶)를 꿈꾸었던 인물들이 현재의 상황을 목도한다면 실망감과 혐오감을 감추지 못할 것이다.

나는 스리 쿠마르 카르나타카 주의 경찰국장이 1995년 IIT-마드라스 25주년 기념식에 참석하고자 모교를 방문했을 때 겪은 일이라면서 들려주었던 얘기가 떠올랐다. 스리 쿠마르는 기숙사 환경이 너무 열악하다고 생각해서 이사장에게 사정을 얘기했다. 그러자 이사장은 학부생들이 졸업 후에 모두 해외로 떠나 버리기 때문에 학부생들에게 별로 관심이 가지 않는다고 대답했다. 결국 학부생 기숙사 환경을 개선하지 않겠다는 얘기였다. 이사장은 미국으로 떠나지 않는 석·박사 과정 학생들만 신경 썼다. 스리 쿠마르는 경악했다.

"학부생들은 캠퍼스에서 4, 5년 동안의 성장 과정을 겪기 때문에 대학원생들보다 학교에 대한 애착이 강합니다. 25주년 기념식이라고 해서 학부 졸업생들이 전 세계에서 찾아왔습니다. 그런데 어떻게 그렇게 말씀하실 수 있습니까?" 하고 스리 쿠마르가 이사장에게 따졌다.

스리 쿠마르는 30분 동안 논쟁을 하다가 결국 씁쓸한 기분으로 자리를 떠야만 했다.

최고 영재들은 자신들의 풋풋한 생명력을 빨아들이는 JEE 시험을 치르기 위해 미친 듯이 몰려드는가 하면, 캠퍼스에는 전체주의가 도사리고 있다. 분명 지금은 IIT의 미래 세대에게 미칠 영향에 대해 우려해야 할 때이다. 세상을 바꾸어 놓을 뛰어난 동문들에게 IIT 시절에 대한 좋은 추억이 없다면 IIT라는 교육 제도에 전반적으로 악영향을 미치게 되어 있다. 모교를 위한 동문들의 기부나 기타 협력 활동, 자랑스러운 '브랜드 대사'로서 전 세계를 누비는 동문들의 입지, 온 세상이 바라보는 IIT의 이미지 등이 심각한 타격을 입을 수 있다.

나는 이 문제의 해결책이 무엇인지 모른다. IIT에서 나타나는 여러 곤혹스러운 증상들과 연결된 듯한 문제이기 때문이다.

32
IIT의 교수들

유능한 교수들을 유치하는 일이야말로
IIT가 현재 직면한 가장 중요한 문제이다.

2000년 12월 매킨지는 아탈 비하리 바지파이 인도 총리에게 〈인도의 지식 경제 구축 : 기술 교육을 위한 국가적 사업 구축의 필요성〉이라는 제목의 보고서를 제출했다.

매킨지는 연구 조사 활동의 일환으로 IIT 이사장, 학생처장, 교수진, 인적자원부 관료들, 테크노크라트, IIT 동문 등과 면담을 진행했고, 대학원생 2백 명과 교수 임용을 앞둔 50명을 대상으로 설문 조사를 실시했다.

연구 조사 초기부터 인도에서 양성되는 기술 전문가의 수가 실제 필요에 훨씬 못 미친다는 사실이 드러났다. IT 분야만 보더라도 2000년의 경우 30여 만 명, 그리고 2005년에는 대략 80만 명의 전문가가 필요하다고 판단했다. 아울러 이러한 인력 수요를 충족하려면 기술 교육의 규모가 지금보다 최소 3배는 커져야 한다고 내다보았다. 또한 필요한 수의 엔지니어들을 양산하려면 IIT와 각 지역의 다른 공과대학에 4천5백~5천 명의 교수진이 증원돼야 한다고 추정했다.

매킨지가 작성한 보고서에서는 유능한 교수들을 유치하는 일이야말로 IIT가 현재 직면한 가장 중요한 문제라고 결론지었다. IIT-델리의 경우 전체 교수진의 30퍼센트(371명 중 115명)가 2007년 이내에 퇴직할 예정이다. 반면 1995년에서 2000년 사이 IIT-델리에서 신규로 임용된 공학 교수는 40명에 불과하다.

연구 결과물은 교수의 자질을 드러내는 주요 척도이다. 유감스럽게도 IIT는 연구 결과물과 관련하여 국제적인 수준에 이르지 못하는 실정이다. 1993년부터 1998년까지 교수 1인당 인용된 논문의 수(논문의 질적 우수성을 드러냄)는 MIT가 45편이었고 스탠퍼드 공과대학이 52편이었다. 그러나 IIT는 2, 3편에 불과했다. 1996년과 1997년 MIT 교수와 학생들은 102건의 특허를 받은 반면, IIT는 3~6건에 불과했다.

매킨지는 IIT가 시대에 뒤처지는 이유 중 하나가 '경영 관행과 지배 구조가 열악한 수준'이기 때문이라고 지적했다. 연구 조사가 진행되던 당시 IIT 국가 위원회는 2년 동안 단 한 번도 회의를 소집하지 않았다. IIT 이사회는 대부분의 시간을 일반 행정 업무를 처리하는 데 낭비했다.

한 노교수는 매킨지 연구 조사팀에게 다음과 같이 말했다.

"근무 시간 중 30퍼센트는 감사 보고서를 작성하거나 관리 문제를 처리하는 데 써 버립니다. 전구를 교체하거나 물이 새는 곳을 수리하는 일 같은 잡무 말입니다."

한 IIT 이사회 의장은 다음과 같이 말했다.

"지난번 이사회에서는 청소 직원들의 차(茶) 수당을 2루피 인상할 것인가의 여부를 놓고 45분 동안 토론했습니다."

이사회는 학교 운영에 대한 책임을 의식하지 못했다. 아울러 '주인 의식의 부재'라는 문제가 제기됐다. 관리하고 이끌어 나가야 할 학교에 대해 신경 쓰는 이가 아무도 없는 듯했다.

매킨지에서는 이사장의 선출 과정이 실적에 근거해서 이루어지지 않고 있다고 지적했다. 아울러 이사장들이 '자치권을 부적절하게 이용'하는 경우가 흔하면서도 재정이나 인사 문제와 같이 핵심적인 영역에서는 자치권이 결여돼 있다고 진단했다. 한 IIT 이사장은 다음과 같이 말했다.

"작년에 어떤 협의회에 참석하지 못했습니다. 관계 부처에서 허가증을 제때에 발급해 주지 않아서입니다. 내가 하는 여행을 왜 정부 부처가 승인해야 합니까?"

한편 다음과 같이 불편한 심기를 드러낸 이사장도 있었다.

"서류상으로는 실적이 부진한 교수를 내가 해임할 수 있습니다. 하지만 현실적으로는 거의 불가능합니다."

교수진 상당수는 내향적인 태도였고 세계 수준의 연구 업적을 달성하려는 열의가 부족해 보였다.

중국이 야심만만하게 추진하는 '21세기 과학기술 교육 프로젝트'를 감안한다면 IIT가 직면한 문제의 심각성은 더욱 두드러진다. 아직까지 인도가 중국보다 앞선 분야가 있다면 IIT나 인도과학대학 같은 교육 기관이 주도하는 최고 수준의 과학기술 교육이라고 할 수 있다. 중국의 '21세기 프로젝트'는 이러한 차이를 극복하고 인도보다 훨씬 앞서겠다는 목표를 설정했다. 이를 위해 중국 정부는 각 대학에 2억 달러 이상을 지원할 계획이다. 반면 IIT가 매년 정부에게서 받는 액수는 1천만 달러 정도이다. 중국의 대학들은 세계적인 다국적 기업들과 제휴하여 기금과 연구 시설을 지원받는다. 아울러 미국 유수의 대학들과 학술적인 협력 관계도 유지한다.

예컨대 상하이 자오퉁〔交通〕대학은 기술공학과의 구조 조정을 단행하고자 미국 미시간대학과 파트너 협약을 체결했다. 미시간대학의 교수들은 자오퉁대학에서 강의를 진행하기로 했다. 아울러 자오퉁대학의 상급생 중 우수한 학생들은 마지막 학년을 미시간대학에서 보내기로 했다. 첨단 연구 분야에서 두 대학 교수진이 협력하기로 함으로써 중국의 교수들은 선진 과학기술을 접할 수 있다.

중국의 대학들은 교수들의 임금을 상당한 수준으로 인상하고 있지만 실적에 기반을 둔다. 아울러 서방 세계에 정착한 우수한 중국계 학자들을 고국에 유치하고자 25만 달러에 이르는 연구비를 지원한다. 인도인으로서 '21세기 프로젝트'에 대한 얘기를 들으면 경각심을 느끼지 않을 수 없다. 중국은 사업을 벌이고 있다. 그것도 올바른 전략과 눈부신 속도로 공격적인 사업을 벌이는 것이다.

인도가 중국과 제대로 경쟁하려면 기술 교육 분야를 본격적으로 개선하여 질적·양적인 성장을 도모하는 길밖에 없다. 이와 관련하여 매킨지에서 권고한 사항은 다음과 같다.

❖ 인도는 IIT와 관련하여 야심만만한 비전을 채택해야 한다. IIT의 규모는 3배로 커져야 한다. 박사 과정 프로그램을 확대하고 연구의 질을 개선해야 한다.

❖ IIT 이사장들에게는 책임 의식이 결부된 자율권을 더 많이 부여해야 한다. 각종 절차를 간소화함으로써 이사장들이 적극적으로 업무를 추진하도록 지원한다.

❖ IIT에 책정되는 예산은 증가해야 한다. 그러나 상당 부분은 정부가 지원하지 않아야 한다. 동문들의 기부금, 기업과 정부가 후원하는 연구 활동, 수업료 인상(효과적인 학자금 대출 제도와 연계하여), 학생을 채용하려는 기업이 지불하는 수수료 등을 통해 충당해야 한다.

❖ IIT 교수들의 임금은 공무원 임금 체계에서 탈피하여 경쟁력 있는 수준으로 인상돼야 하며, 실적에 기반을 두어야 한다. 아울러 교수들이 기업으로부터 무제한적이고 직접적으로 보수를 받을 수 있도록 허용해야 한다. 그리고 인

프라의 질을 개선함으로써 교수들의 사적인 생활 여건을 향상시켜야 한다. 또한 IIT는 실적이 미비한 교수들을 퇴출시킬 수 있어야 한다.

❖ 정부는 '국가 기술 교육 사업단'을 설립하고 막강한 권한을 부여하여 일련의 과정에 필요한 전략과 지침을 제시하도록 한다.

위에 언급한 내용이야말로 인도가 해야 할 일이라고 누구나 생각할 것이다. 그러나 과연 실행될 것인가? 정부는 IIT 교수들의 급여에 공무원 임금 체계를 적용하지 않을 것인가? 현재 IIT 교수가 받는 연봉은 해당 교수가 업계에서 근무할 경우 받는 액수의 6분의 1에 불과하다. 현재 IIT는 양질의 교수진을 보유하기 위해, 테네시 윌리엄스의 명구를 빌리자면 '이방인의 친절'에 의존하는 실정이다. 탁월한 이상주의자이면서 돈 걱정이 없는 사람들에게 매달린다는 얘기이다. 이 같은 상황은 지속 가능하지 않다. 어떤 사회가 발전하려면 규칙의 예외에 의존해서는 안 된다. 미국에서도 교수들이 기업에서 근무하는 사람들보다 보수가 적지만 6분의 1이나 7분의 1 정도의 차이는 아니다.

매킨지 보고서가 IIT의 현황에 대해 실시한 최초의 연구는 아니다. 그러나 초창기 관련 위원회와 컨설턴트들이 권고한 내용 중 실행에 옮겨진 부분은 거의 없다.

1995년 인도 정부는 기업 경영자인 비나이 모디를 의장으로 하는 위원회를 구성하여 IIT와 인도 기업의 시너지 효과에 대해 검토하고 산학 모두가 성장할 수 있는 방안을 제시하도록 했다. 다음은 위원회 보고서의 첫 번째 단락이다.

지나친 통제로 말미암아 IIT의 유연성이 약화되었다. 그 결과 '고객'의 필요에 신속하게 대응하는 능력이 저하되었다. 현 상황을 개선하려면 무엇보다 운영상의 자율권을 보장하여야 한다. 한편 IIT는 캠퍼스마다 고립된 방식으로 운영되기 때문에 자원을 최적의 방식으로 활용하지 못하는 실정이다. 예산상의 지원 감축이라는 새로운 현실은 학생, 교수진, 기업 등 일체의 이해 당사자가 인식하여야 한다. 자원 창출 수단의 대안을 발견함으로써 IIT의 생존과 지속적인 역량 강화를 도모할 수 있다. 학생들은 자신들이 받는 고등 기술 교육이 정부 보조금과 아울러 초등 교육에서 절실하게 필요로 하는 국가적 자원을 상당량 투입함으로써 이루어진다는 사실을 인식하여야 한다. 교수진은 교육 기관 간 연계를 강화하여 수익을 증대함으로써 더욱 중요한 역할을 담당하여야 한다. 한편 기업은 우수한 교육 기관들이 그 우수성을 유지할 수 있도록 투자를 확대하여야 한다.

위원회에서는 기업이 IIT 운영상의 지분을 확보하고 자사의 인력을 객원 교수로 파견해야 한다고 제안했다. 기업의 참여가 확대되면서 정부의 예산 지원은 축소되고 IIT는 궁극적으로 자급자족적인 교육 기관이 된다. 예컨대 학부생들은 한 학기 동안 기업의 특정 프로젝트 업무를 수행하고, 학교 측은 학생이 받는 보수의 50퍼센트를 수수료로 받는다. 또한 IIT에서 '첨단 기술 단지'를 조성하면 기업들이 관련 학과와 협력하여 R&D 활동을 진행할 수 있다.

이것은 결코 새로운 발상이 아니다. IIT는 이미 캠퍼스마다 과학기술 창업 단지를 조성하여 보육 센터, 검사·측정 장비, 정밀 기계실, 제품 원형 제작소, 도서관, 사무실, 통신 설비 등을 제공했다. 그러나 지금까지 창업 단지의 성과는 미미한 편이다. 자이람 라메시는 다음과 같이 말했다.

"IIT는 전방적인 연계가 탄탄합니다. 졸업생들은 최고의 기업에 취직하거나 전 세계 명문 대학에서 연구합니다. 하지만 후방적인 연계는 신통치 않습니다. IIT-뭄바이가 그 지역 화학 산업을 위해서 한 일이 있습니까? IIT-칸푸르가 칸푸르 지역의 엔지니어링 산업을 위해서 한 일이 있습니까? 지리적으로 가까운 분야와도 단절된 채 섬처럼 운영되고 있는 겁니다."

연구 프로젝트를 IIT와 함께 수행했던 한 다국적 기업의 중역은 IIT가 업계의 현실을 너무 모르는 것이 문제라고 지적했다.

"내가 만난 교수들은 기업이 어떻게 돌아가고 있는지 전혀 모르고 있었습니다. 미국의 교수들은 업계의 필요를 파악하고 산업 발전에 필요한 활동을 하려는 경우에만 연구 기금을 신청할 수 있습니다. 미국의 대학들은 교수와 학생들이 기업을 설립하도록 장려합니다. 보육 센터를 마련해 주는가 하면, 사업 계획서를 작성하는 일도 도와줍니다. 그런데 IIT에는 이런 환경이 전무합니다."

그렇다고 전망이 아주 어두운 것은 아니다. IIT-델리에 설립된 IBM연구소는 첨단 분야의 연구를 진행하면서 이미 서너 건의 특허를 받았다. IIT-카라그푸르의 초대규모집적회로(VLSI) 연구소는 미국 내셔널 세미컨덕터가 설립했고 동문 네 명이 자금을 지원한다. VLSI 연구소에서는 학생들이 칩을 설계하고 제작하고 검사한다. 모토롤라와 텍사스 인스트루먼츠도 IIT-카라그푸르에 연구소를 설립했다. 또한 IIT-마드라스는 아쇼크 준준왈라 교수가 세계 유수의 기술 업체들을 끈질기게 설득하여 자금 지원을 받고 있다.

그러나 이것만으로는 부족했다. 이들 프로젝트를 이끌었던 이들은 타성에 젖은 교수진과 열악한 업무 환경이라는 난관을 힘겹게 헤쳐 나가야 했다. 2002년 델리를 출발하여 방갈로르로 향하는 여객기에서 나는 IIT에서 연구소를 운영하는 한 기업인의 옆 자리에 우연히 앉게 됐다. 그 기업인은 프로젝트 추진에 따르는 애로 사항에 대해 말해 주었다. 세 학과가 프로젝트에 참여할 계획이었는데, 어떤 학과의 교수도 다른 학과의 교수와 만나려고 하지 않았다는 것이다. 그래서 그 기업인은 프로젝트와 무관한 제4의 학과에 연구소를 설립했다고 한다.

그 기업인은 제안서를 가지고 IIT 이사장을 만나러 갔는데, 자기에게 허락된 면담 시간이 딱 30분이었다고 한다(그는 IIT를 위해 무언가를 하고 싶었고 이사장과 문제를 논의하기 위해 멀리 미국에서 온 것이다). 그는 제 시각에 이사장실에 도착했다.

"사무실이 엄청나게 크더군요. 비서들도 엄청나게 많고. 한 사람이 유급 비서를 그렇게나 많이 둘 필요가 있는지 이해가 안 되더군요."

이사장은 15분 늦게 왔고, 면담은 10분 만에 끝났다고 한다.

"내가 무슨 말을 하든 간에 그 이사장은 이미 다 처리했다고 말하더군요. 그러면서 자기를 찾아온 건 반가운 일이지만, 자기가 모든 일을 이미 처리했고 결과에 만족하기 때문에 특별히 도와줄 일이 없다고 하더군요. 내가 충격을 받은 표정을 짓자 그가 웃으며 나더러 IIT를 1년에 한 번이 아니라 2년에 한 번씩 올 수 없느냐고 묻더군요. 내가 올 때마다 '영향'을 미친다나요."

그는 가까스로 이사장을 설득하여 연구소를 설립했다. 연구 활동에 참여하는 교수들은 임금에 맞먹는 보수를 추가적으로 받았다. 동료 교수들보다 수입이 2배나 많은 셈이었다. 이 때문에 새로운 문제가 생겼다. 미국의 교수들은 자금 유치력을 바탕으로 승진한다. 자신의 연구 활동을 위해 기금을 끌어들일 능력이 있다면 어떤 연구를 하더라도 그 가치를 세계적으로 입증할 수 있기 때문이다.

"하지만 IIT에서는 시장 제도를 이해하는 교수들이 거의 없어요."

옆 자리에 앉은 기업인이 말했다.

"사실 이해하려고 하지도 않지요. 심지어는 경멸하기도 합니다. 한 노교수가 나에게 동료들에게 시달린다면서 프로젝트의 보수를 받지 않겠다고 하더군요. 돈에 굶주렸다면서 비난한다는 겁니다. 어떤 교수가 나보다 2배 많이 벌면, '나도 경쟁력을 키워야겠구나' 하고 생각하기는 커녕, 오히려 부당하다고들 생각하는 게 문제입니다. 그리고 부당하다는 처사를 받아들이면서 자신들이 품은 의혹이 틀리지 않다고 자족하는 겁니다. 교수들이 받는 보수는 업계와 비교해 해마다 줄어드는 추세인데, 교수들 대부분이 무언가 해보려고 노력하지는 않고 현실을 그냥 받아들입니다. 우리 방갈로르 연구소에 갓 들어온 IIT 대학원생은 연봉으로 50만 루피를 받습니다. IIT 교수보다 3분의 2나 많이 받으면서 일을 시작하는 셈이지요. 그런데 교수들은 기회가 눈앞에 있는데도 아무것도 안 하려고들 합니다. 자기만의 작은 세상에서 권력을 휘두르는 일에만 관심이 있어 보이더군요. 학생들을 함부로 대하고 온갖 쓸데없는 일을 시킵니다. 그리고 학생들의 운명을 좌우할 권력이 있습니다. 언제라도 악용할 수 있는 권력 말입니다."

어쩌면 일부 교수들은 학생들이 눈부시게 성공하는 모습에 배가 아픈 것인지도 모르겠다.

33
IIT 대가족

*IIT는 세상에서 가장 똑똑하고 성공적인
인도인들에게서 갖가지 아이디어를 얻을 수 있다.*

IIT 교수들이 가지고 있는 문제의 해결을 위해서는 IIT를 자율적인
교육 기관으로 운영하고 교직원의 책임 의식과 성과 기준을 강화하며
투명한 상벌 체계를 구축해야 한다. 그렇게 하려면 IIT가 정부 보조금
이라는 예속에서 벗어나야 한다. 1995년 위원회는 다음과 같이 언급
했다.

"자원을 가장 효과적으로 활용하려면 대학의 자율권이 전반적으로
보장되어야 한다. 이는 IIT가 자급자족적인 체계를 구축하거나 최소한
정부의 지원에 대한 의존도를 낮추는 경우에만 가능하다. IIT가 경제
적으로 자립하면 의사 결정의 독립성을 확보함은 물론, 여타의 혁신적
인 제안에 대한 반응 시간을 줄일 수 있다."

위원회에서는 IIT가 정부 지원금에 대한 의존율을 향후 3년 동안 75퍼
센트에서 30퍼센트 이내로 낮추고 2000년 말까지 완벽한 자급자족을 구
현하는 방향으로 나아가야 한다고 종용했다. 지금은 2000년에서 3년이

지난 시기이다. 정부 기금에 대한 의존도는 상당히 줄어들었지만, 여전히 65퍼센트 대에 머물고 있다.

정부의 IIT 보조금 문제는 인도에서 논란의 대상이다. 그러나 미국의 대학을 포함하여 전 세계 어디에서나 고등 교육은 정부의 보조금 지원을 받는 것이 현실이다. 인디레산 교수가 지적한 바와 같이 미국에서 공학을 전공하는 학생이 연간 지불하는 학비는 미국의 1인당 국민 소득에 맞먹는 액수이다. 그러나 인도에서 IIT 교육에 소요되는 연간 비용은 인도 1인당 국민 소득의 10배 정도이다. 정부 보조금 혜택이 사라진다면 IIT에 다닐 여력이 있는 학생은 극소수가 될 것이 분명하다.

"정부가 여러 부문에서 물러나면 모두가 만족할 겁니다. 하지만 정부가 핵심적인 역할을 하는 세 가지 분야가 있습니다. 인프라, 교육, 보건 분야입니다."

사우라브 스리바스타바가 말했다.

"이들 분야에서 정부가 물러나면 안 됩니다. 특히 교육 분야에서는 정부가 경제적으로 어려운 사람들을 지원해야 합니다. IIT에는 가정 형편이 어려운 학생들이 많습니다. 이런 학생들 중 상당수가 졸업한 뒤에 크게 성공해서 가족과 고향 사람들의 삶과 미래를 바꿀 수 있습니다. IIT만큼이나 우수한 지방 공과대학이 1백 개 정도 있다면 IIT에 보조금을 주지 않아도 됩니다. 하지만 그렇게 뛰어난 대학들이 현실적으로 몇 개나 됩니까?"

그러나 IIT가 정부 보조금을 필요로 하지 않을 정도로 경제적으로 자립한다면 정부 보조금은 다른 공과대학을 설립하는 데 사용할 수 있다. 스리바스타바는 "IIT 교수들의 임금은 정부 부처의 승인을 받아야 합니다. 그러니 공무원 봉급보다 더 많이 받도록 허용하겠습니까? IIT는 지금보다 훨씬 많은 기금을 모아야 합니다. 캠퍼스마다 예산으로 1억 달러를 확보할 수만 있다면 IIT가 못할 일이 어디 있겠습니까?"라고 말했다.

내가 면담했던 여러 IIT 출신들이나 IIT 교육 제도를 연구했던 여러 전문 위원회와 마찬가지로 스리바스타바는 IIT가 진정한 자율권을 확보하기 위해 '무슨' 일이든 해야 한다는 입장이다. "IIT가 자율권을 완벽하게 확보한다면 정부는 어떻게 나올까요? IIT에 대한 인정을 철회할까요? 알 게 뭡니까? 전 인도 기술 교육 위원회가 IIT를 더 이상 인정하지 않는다고 발표한다면 기업들이 IIT 학생들의 채용을 중단하겠습니까? MIT나 하버드가 IIT 학생들에 대한 장학금 지급을 중단하겠습니까? 전 인도 기술 교육 위원회라는 이름은 몰라도 IIT는 잘 아는 사람들인데 말입니다."

물론 IIT가 확보할 수 있는 기금의 주요 공급원은 동문들이다. 따라서 IIT 캠퍼스 대다수가 동문들의 기부금을 받고자 적극적인 태도를 보인다. 그러나 초창기에는 모종의 망설임도 있었다. 스리바스타바가 말했다.

"여러 해 전에 한 IIT 모임에서 우리는 '동문들을 찾아가서 기금을 모아라'라고 말했습니다. 그러자 '그렇게 구걸하듯 찾아갈 수는 없다'고 대답하더군요. 하지만 구걸하러 가는 게 아니란 말입니다! 돈이 필요하다고 얘기한다고 해서 잘못될 것은 하나도 없습니다. 결벽증을 가질 필요가 없다는 말입니다. 아무도 그렇게 생각하지 않습니다. 하버드에서는 구걸이라고 여기지 않습니다. 하버드 동문들도 자기 모교가 구걸한다고 생각하지 않습니다. 해마다 하버드에서 나한테 메일을 보내 오는데, 나더러 무언가 기여하고 싶은 생각이 없냐고 묻는 내용입니다. 아직까지 1달러도 낸 적이 없지만 항상 메일을 보내 옵니다. 심지어는 유언장을 작성할 때 하버드도 염두에 두라고 하더군요."

IIT 캠퍼스 중에서 동문과 관계를 가장 적절히 유지하는 곳은 IIT-뭄바이이다. 2002년 5월 코네티컷 주 스탬퍼드에서 개최한 IIT 동문회 자리에서 발표된 자료에 따르면, 미국에 거주하는 IIT-뭄바이 동문들은 모교를 위해 2002년 현재 1천5백만 달러를 모금했다고 한다. 다음은 IIT-카라그푸르(약 1천만 달러), IIT-마드라스 및 IIT-칸푸르(약 5백만 달러), IIT-델리(1백만 달러 미만) 순(그러나 2003년 1월 비노드 코슬라가 IIT-델리에 5백만 달러를 기부함으로써 상황이 역전됐다)이었다. 이들 기부금은 경영대학원, 캠퍼스 네트워크, 연구소, 기술 특화 센터, 강당, 스포츠 시설 등을 구축하는 데 사용됐다.

그러나 IIT-뭄바이가 동문들의 기금을 성공적으로 유치한 것은 무엇보다도 1975년도 졸업생들의 공로가 컸다. 이는 기부금 전체를 동문 네댓 명이 도맡는 IIT-카라그푸르와는 상당히 대조적이다. 비노드 굽타가 IIT-카라그푸르에 경영대학원을 설립함으로써 모교에 기부하는 최초의 IIT 동문이 됐다는 사실을 감안한다면 일종의 아이러니이다.

6월의 어느 오후, 팔로알토에 있는 팁코 소프트웨어 건물 회의실에서 IIT-뭄바이 헤리티지재단 이사장이자 1975년도 졸업생인 아닐 크슈르사가르는 기부 활동이 어떻게 시작됐는지 얘기해 주었다.

"우리는 모교를 위해 최선을 다하고 싶었지요. 그래서 1980년대 초 교수들에게 편지를 보냈습니다. 학교에서 기자재가 필요하다면 기업에서 사용하던 중고품을 보내 줄 수 있다는 내용이었지요. 그런데 기자재가 충분하다는 답장이 왔습니다. 그리고 1992년에 부이사장을 이곳에 초청했는데, 정부 보조금이 현재 수준으로 동결됐다고 하더군요. 1993년하고 1994년에 라즈 마슈루왈라하고 나는 비영리 재단 설립을 추진했는데 성공하지 못했습니다. 국세청에서는 일종의 사교 모임으로 간주했습니다. 그러니까 비영리 단체이긴 하지만 기부금은 세금 공제 대상이 아니라는 것이지요."

1995년 7월 1975년도 졸업생들은 케이프 코드에서 20주년 기념 모임을 가졌다. 연회가 끝나고 가족들을 극장에 보낸 뒤 35명의 동문들은 자리에 앉아서 IIT를 위해 무슨 일을 할 것인지를 의논했다. 그들은 헤리티지재단이 단지 사교적인 모임이 아니라는 설명을 첨부하여 다시금 국세청에 신청했는데, 이번에는 인정을 받았다.

이후 1975년도 졸업생들은 지부를 설립하기 시작했다. 크슈르사가르는 각 지역을 돌아다니면서 해당 도시에 거주하는 동문들과 전화 연락을 했고 지부를 설립했다. 그러나 최초의 후원자는 칸왈 레키라고 할 수 있다. 1998년에 이르러 인도는 IT 분야의 선두에 나섰고 실리콘밸리에 있는 IIT 출신의 위세는 하늘 높은 줄 몰랐다. 레키는 모교에 기여할 가치 있는 프로젝트를 모색하고 있던 중, IIT-뭄바이에서 IT대학원을 설립하자고 제안하자 1백만 달러를 선뜻 기부했다. 아울러 다른 동문들의 협조도 이끌어 내겠다고 약속했다. 대략 2천 명의 동문 데이터베이스를 보유하고 있던 당시의 동문회에서는 레키가 모교에 기부했다는 사실을 널리 알렸다. 이에 따라 전체 동문 중 10~12퍼센트가 기부에 나섬으로써 15만 달러를 모금할 수 있었다. 간부들은 거의 매주 팁코 소프트웨어에 모였고 전국 각지를 전화로 연결하여 회의를 진행했고, IIT와의 협력, 지부 설립, 동문 데이터베이스 구축 등 다양한 활동을 전개했다.

처음부터 크슈르사가르와 동료들은 기부금을 단 한 푼도 건드리지 않기로 했다. 기금 모금 활동은 좋아서 하는 일이었고, 일체의 기부금이 IIT로 흘러가게 하기 위한 것이었다. 크슈르사가르는 모금 활동이 성공하려면 무엇보다 청렴해야 한다고 생각했다. 그러나 시간이 흐르면서 본격적인 활동을 위해서는 일을 진행할 전문 인력의 확보가 필요하다는 사실을 깨달았다. 그리하여 2002년에는 기금 모금 전문가를 채용하여 재단 전무이사로 임명했다.

"1999년 시카고에서 처음으로 동문 귀빈 모임을 열었는데, 동문들은 기부금 2천5백만 달러를 내기로 약속했습니다. 물론 당시는 아주 여유 있는 시기였지요. 어떤 약속은 지켜지지 않았지만, 1천3백만~1천4백만 달러가 모였습니다. 현재 IIT-뭄바이에는 IT대학원, 경영대학원, 생명과학대학원이 있습니다. 교수들한테만 맡겼다면 세워지지 않았을 겁니다. 교수들은 자발적으로 일을 추진할 동기가 없으니까요. 나이 쉰에 안정된 직장이 있는데 뭣 하러 골치 아픈 일을 하느냐는 식입니다" 하고 크슈르사가르가 말했다. 어떤 교수는 크슈르사가르에게 "IIT를 세계적인 수준으로 만들겠다는 이유가 뭡니까?"라고까지 말했다고 한다.

"미국 대학의 동문회는 동문들을 해마다 들볶습니다. 동문 소식지와 대학 신문을 보내면서 동문들의 근황이나 졸업생들의 이력에 대한 정보를 알려 줍니다."

크슈르사가르가 말했다.

"이에 비하면 우리는 아직 시작에 불과합니다. 스탠퍼드 경영대학원은 규모가 IIT 정도 됩니다. 하지만 거기에는 동문 관련 업무를 전담하는 직원이 20명이나 됩니다. 여러 나라, 여러 지역에 사는 동문들을 갖가지 행사에 초청합니다. 보유한 데이터베이스의 규모도 엄청나지요. 성명, 거주지, 배우자 성명, 자녀, 취미, 즐겨 찾는 여행지 같은 정보를 다 파악하고 있습니다. 그렇기 때문에 모금 활동을 손쉽게 할 수 있습니다. 우리는 아직 시작에 불과합니다."

현재 크슈르사가르는 IIT 관련 업무를 처리하느라 일주일에 10~12시간을 할애하고 있다.

IIT-뭄바이의 성공 사례는 다른 캠퍼스 출신들을 자극하여 더욱 조직적이고 적극적으로 활동하도록 유도했다. 실제로 각 캠퍼스 동문회는 모교를 위해 어느 동문회가 더 많은 기금을 모금하는가를 놓고 경쟁을 벌이고 있다. 2003년 2월 3일 전 세계 IIT-카라그푸르 동문회인 IIT재단은 '비전 2020'을 선언했다. IIT-카라그푸르가 기술 교육, 연구, 혁신 등의 분야에서 글로벌 리더십을 유지하도록 2020년까지 2억 달러를 모금하자는 내용이었다.

"IIT-카라그푸르 동문들이 모교에 무언가를 환원하자는 전통은 오래됐습니다."

IIT재단장이자 스탠퍼드 의대 미디어·정보기술 연구소장인 파르바티 데브가 말했다.

"주목할 만한 활동으로는 경영대학원이나 세계 수준의 VLSI 연구소를 신설하고 기숙사 방마다 초고속 인터넷을 설치한 사례 등이 있지요. IIT-카라그푸르 동문들은 '비전 2020'을 통해 모교에 대한 기여도를 훨씬 높일 수 있습니다."

이에 대해 '비전 2020'의 회장을 맡은 아르준 말호트라는 다음과 같이 말했다.

"전 세계 동문들과 나에게 IIT-카라그푸르는 아주 각별한 의미가 있습니다. 미래를 생각하면 동문들의 기부 활동이 아주 중요하다는 사실을 깨닫게 됩니다. 동문들의 기금은 IIT-카라그푸르를 위한 보험 역할을 할 뿐만 아니라 학교가 신속하게 발전할 수 있는 촉매제가 됩니다."

설립한 지 52년이 지난 지금 'IIT'를 올바른 길로 나아가게 하는 일은 실제로 동문들의 임무이다. 어떤 IIT 캠퍼스라도 가장 뛰어난 부류는 학부생들이다. IIT에서 최대의 혜택을 입었고 졸업 후 가장 성공한 학생들인 것이다. 그러니 모교에 대해 감사하는 마음을 품는 것은 당연한 일이다. 자신의 인격을 형성시키고 세상을 정복할 자신감을 고취시킨

학교에 무언가를 돌려주고자 하는 것이다. 여러 동문들은 기부 활동을 통해 모교 경영진을 상대로 막강한 권력을 행사할 수 있다. 아울러 인도 정부의 정책에 영향을 미칠 만한 지위도 확보할 수 있다.

2003년 2월 방갈로르에서 개최된 IIT 50주년 기념식에서 고팔라크리슈난은 'IIT'라는 브랜드를 성장시킬 전략을 개괄적으로 제시했다. 그는 IIT의 성공 사례를 평가하기 위한 브랜드 관련 항목 다섯 가지 중에서 '리더십', '범주', '집중도'라는 세 항목은 성공적이었다고 말했다. 고팔라크리슈난은 '리더십'의 경우 "IIT가 다른 어떠한 대학보다도 앞서 나갔고 최고의 리더십을 확보했다"고 평가했다. 아울러 IIT는 인도 최고의 기업 리더십 개발 기관으로서 새로운 '범주'를 만들었다고 했다. 또한 '집중도'와 관련해서는 "학생들의 마음속에 IIT가 뚜렷하게 '각인' 됐다"는 평가를 내렸다. 그러나 나머지 두 항목인 '인지도'와 '자원'은 여전히 미해결 과제라고 지적했다.

"이제 IIT는 단일한 로고, 넥타이, 배지, 교가 등이 있어야 합니다. 인도의 역사는 2천5백 년이나 되지만 그중 2천 년간은 문화와 교역으로만 연결된 여러 왕국들로 분리돼 있었습니다. 마우리아 왕조와 굽타 왕조라는 짧은 기간, 이후 무굴 제국과 영국의 식민 통치 기간, 그리고 1947년 이후에야 '인도'라는 단일한 브랜드가 나오게 됐습니다. 통일에는 그에 따른 상징이 있어야 합니다. 이제는 IIT에 단일한 정체성을 부여해야 할 시기라고 생각합니다" 하고 고팔라크리슈난이 말했다.

고팔라크리슈난은 '브랜드를 전파하는 동문들과 유대를 맺는 과정에서 기존의 선순환 구조'를 강화해야 한다고 역설했다. 그는 하버드나 프린스턴처럼 IIT 각 캠퍼스도 대외협력처장을 임명할 필요성이 있다고 말했다. 아울러 동문들과의 관계를 구축하는 과정에서 카리스마를 발휘할 인물이 이상적이라고 주장했다. 이러한 대외협력처장은 순가치가 높은 동문들에 대한 데이터베이스를 구축해야 한다. 그는 이어 "학부 출신 동문들의 정서적인 유대감이 제일 강합니다. 감수성이 가장 예민한 시기에 아마도 처음으로 고향을 떠나 IIT에 들어왔기 때문입니다. 그리고 캠퍼스에서 다양한 활동을 하고 공동체를 구축하면서 서로 각별한 관계를 맺었기 때문입니다. 대외협력처장으로 근무하는 사람은 이런 점을 늘 염두에 둬야 합니다" 하고 대외협력처장의 자세에 대해 이야기했다.

고팔라크리슈난은 방위 산업체, 정부 부처, 법조계 등 한때 영예를 누렸던 분야의 대부분이 쇠퇴 일로를 걷는 상황이라고 언급했다.

"IIT는 여전히 '넘버원'의 자리를 지키고 있습니다. IIT에 입학을 꿈꾸는 학생들이 갈수록 늘어나는 추세입니다. 여기에 필적할 만한 것이라고는 돈과 섹스밖에 없겠지요. 인도는 독립 이후 전 세계적으로 인정받는 상징이나 제도를 만들지 못했습니다. 하지만 그런 상황에서도 아주 중요한 세 가지 상징이 있습니다. 'I'와 'IT'와 'IIT'입니다. 여기서 'I'는 마헤시 요기, 라비 샹카르, 셰카르 카푸르 같은 인물로 상징되는 인도 문화(Indiculture)를 의미합니다. 내가 알기로 이들 상징에 힘을 실어 준 것은 산업계, 정부의 불간섭, 그리고 실력주의였습니다."

IIT는 동문들에게 금전 이상의 도움을 요청하는 것이 바람직하다. 이 사회에 동문들이 참여하여 IIT 운영에 대한 발언권을 행사하도록 유도해야 한다. 이러한 동문들이야말로 경쟁적인 환경에서 대기업을 운영했고 수많은 사람들을 이끌면서 동기를 부여했으며 세계 각지를 돌아다니면서 최고의 기업 관행과 연구 관행을 목도한 사람들이 아니겠는가? 이들 동문들의 돈도 돈이지만, 가장 중요한 자원인 그들의 마음을 활용해야 한다.

IIT는 세상에서 가장 똑똑하고 성공적인 인도인들에게서 갖가지 아이디어를 얻을 수 있다. 게다가 이들은 IIT에게 자신의 두뇌를 공짜로 제공하려고 하지 않는가. IIT '대가족'이 해결하지 못할 문제가 어디에 있겠는가?

물론 동문들은 이러한 사안에 대해 여러 해 동안 검토해 왔다. 2002년 동문들은 일차적으로는 자신들의 모교를 위해 기여해야 하겠지만, 캠퍼스 간 연계를 강화하여 전체 IIT가 혜택을 누리는 것도 대단히 중요하다는 결론에 도달했다. 동문들의 활동을 통합적으로 전개하면 업무 관리가 일원화되어 운영 비용이 절감돼 규모의 경제를 구축할 수 있다. 아울러 더욱 효과적인 방식으로 경험과 지식을 활용하고 IIT의 운명을 결정하는 인물들에게 더욱 강력한 영향력을 발휘할 수 있다.

다시 말해 IIT 캠퍼스를 대표하는 여러 동문 네트워크가 협력적으로 경쟁해야 할 시점이다. 우리는 이미 캠퍼스 생활을 통해 협력적으로 경쟁하는 법을 배우지 않았는가?

34

자정에 태어난 신(新)브라만 계급

*1947년 8월 15일 자정 인도에서
한 교육 기관이 운명적으로 탄생했다.
새로운 브라만 계급, 새로운 엘리트들을
만들겠다는 구체적인 목표에서 말이다.*

이제 이 책의 마지막 장이다. '내가 사랑하고 지금의 나를 만들어 준 IIT에 관한 이야기를 어떻게 마무리해야 할 것인가?' 이는 나에게 무척이나 고민스러운 일이었다.

궁극적으로 IIT 교육을 통해 얻을 수 있는 것은 무엇인가? 유명하건 유명하지 않건 수십 명의 동문들에게 물어본 질문이다. 강의실에서는 기술 발전에 대처할 수 있도록 기본적인 공학 지식을 습득한다. 더욱 포괄적으로 얘기하자면 '배우는 방법'을 익히는 것이다. 한편 캠퍼스 생활을 통해 주위 환경과 자기 삶을 관리하는 능력을 기른다. 무엇보다도 IIT는 두려워하지 않는 법을 가르쳐 준다. 진정한 IIT인은 어떤 도전 과제도 대단치 않게 여기며 세상에 불가능한 일은 없다고 확신한다.

IIT는 학생들에게 이 모든 것을 헌신적으로 가르친다. 아울러 학생들이 이를 바탕으로 더욱 성장하기를 바란다. IIT가 유일하게 요구하는 대가는 그저 자신이 어디 출신인가를 잊지 말라는 주문이다. 하나의 마을과도 같은 캠퍼스, 평등주의를 지향하는 동료 의식, 형편없는 음식, 지성의 숭상, 페어플레이 정신 등을 잊지 말라는 것이다.

인도에서 그다지 낯설지 않은 개념인 페어플레이 정신은 IIT 교육 제도 전반에 있어서 가장 중요한 요소라 할 수 있다. IIT는 인도인들이 전적으로 신뢰하는 몇 안 되는 기관 중 하나이다. IIT는 50여 년 동안 계층에 상관없이 수백만 가족의 삶을 바꾸어 놓음으로써 이러한 신뢰에 보답했다. 'IIT 입학'이 일반 가정에게 어떤 희망의 메시지를 주는지, 인도인이 아니라면 짐작하기 어렵다.

사례를 하나 들어 보자. 나는 환경 때문에 자신의 잠재력을 제대로 발휘하지 못한 사람을 알고 있다. 편의상 그의 이름을 'D'라고 부르자. 방글라데시의 실헷에서 태어난 D는 두 살 때 모친을 여의었다. 부친은 영국 점령하의 인도에서 산림 관리관으로 근무하면서 여러 해 동안 타지 생활을 했다. 양육비는 모두 부친이 부담하는 가운데 D는 숙부와 숙모의 손에서 자랐다. D는 주(州) 학력고사에서 전체 4등을 했다. 그 정도 성적이면 콜카타에 있는 프레지던시칼리지나 다른 명문 대학에 충분히 들어갈 수 있었다. 그러나 부친은 D의 사촌들이 모두 실헷에서 학교를 다니는데 자기 아들만 교육비를 더 많이 들여 가며 콜카타에 보내는 것은 부당하다고 판단했다. D는 실헷 지역에 있는 이류 대학에서 콜카타에 있는 대학의 교수들보다 실력이 떨어지는 교수들의 강의를 듣다가 졸업했다. 결국 D의 잠재력은 약화되고 말았다.

벵골 지역이 분할될 가능성이 갈수록 확실해지는 상황에서 D는 일자리를 구하러 콜카타로 떠났다. 그는 전부터 관심을 가져 왔던 역사나 문학 분야의 교수가 되고 싶었다. 그러나 소요가 일기 시작하고 분할 통치가 임박해 오면서 당장의 수입이 있어야 한다는 중압감은 커져만 갔다. 그래서 D는 첫 번째로 제의가 들어온 인도중앙은행에 입사했다.

자신의 흥미나 능력과는 전혀 상관없는 무미건조한 일이었다. 그러나 막강한 정치 세력 때문에 조국의 일부가 조만간 외국이 될 상황에서 선택의 여지가 없었다.

실헷은 파키스탄 동부에 편입됐다. 그의 아버지가 지은 집이며 은행 예금 등이 모두 사라져 버렸다.

D는 중앙은행에서 통상적인 승진 경로를 밟았다. 여가 시간에는 여러 잡지사에 관심 분야에 관한 글을 기고했다. 그러나 해를 거듭할수록 업무 부하가 커지고 비관적인 생각이 들면서 D의 잠재력은 더욱 약화되다가 마침내 소멸돼 버렸다. 가장 행복했던 순간은 좋아하는 문학 작품을 읽거나 인도의 역사에 대해 토론하던 때였다. 그러나 현실에 돌아오면 D는 상상력을 파괴하는 거대한 기계의 부속품에 불과했다.

1976년 D가 근무하던 부서는 중앙은행에서 떨어져 나와 새로 설립된 개발은행에 합병됐다. 신설 은행에서 D는 전문성이라는 평가 기준에 따라 기존의 직급보다 낮은 간부로 좌천됐다. 전문성 평가는 서류 장난에 불과했다. 만약 D의 친구가 신설 은행의 고위급 간부였다면 서류에 적힌 평가 내용이 달라졌을 것이다. 그는 직장 생활 내내 자신보다 어리고 무능한 직원들이 먼저 승진하는 모멸감을 느껴야 했다.

물론 D는 도중에 사표를 내고 다른 직장을 구할 수도 있었다. 그러나 용기가 없었다. 지금까지 인생의 중요한 시기마다 부당한 대우를 받았기에 중년에 접어들면서는 새로운 기회를 모색할 자신감이 사라져 버렸는지도 모른다.

D는 퇴직 후 17년 동안의 여생을 책 읽기와 글쓰기로 보냈다. 그러나 나는 D가 자신의 운명과 화해했다고 생각하지 않는다. 그의 마음 한가운데에는 짙은 슬픔이 독사처럼 똬리를 틀고 있었다.

D의 이야기는 유별나지 않다. 이름 없고 얼굴 없는 인도인 수십만

명이 자신의 통제를 벗어난 삶을 왜소하고 무의미하게 살았다. 그들은 꿈을 이루지 못한 실패자요, 가까운 두세 명에게만 기억되는 존재이다. D의 삶은 결코 특별하지 않았다. 이 자리에서 D의 이야기를 한 이유는 바로 나의 아버지이기 때문이다.

내가 한 살인가 두 살이었을 때 아버지는 타고르의 동시를 자장가처럼 들려주며 나를 살살 흔들어 재웠다. 그것이 내 첫 기억이다. 나는 아주 어릴 때부터 아버지에게서 문학과 미술과 영화라는 정신적인 영양분을 섭취하며 자랐다. 아버지는 고전 작품을 큰 소리로 읽어 주곤 했다. 아버지와 함께 간 영화관에서 나는 진 켈리의 〈삼총사〉, 제임스 메이슨이 네모 선장으로 나오는 〈해저 2만 리〉, 스튜어트 그레인저가 검을 휘두르는 〈스카라무슈〉, 찰턴 헤스턴의 〈벤허〉 등의 영화를 보았다. 그리고 찰스 디킨스의 원작을 뮤지컬로 각색한 캐럴 리드의 〈올리버〉도 잊을 수 없다. 나는 아버지의 유일한 투자 대상이었다. 일말의 가능성을 잠깐 보여 주었다가 영원히 문을 닫아 버린 운명의 장난이 아들에게도 반복되는 것을 원하지 않았다. 이때 최상의 해결책으로 떠오른 것이 IIT였다. 아버지는 내가 그 신성한 캠퍼스에 들어갈 수 있도록 나를 끊임없이 떠밀었다. 우리 아버지 같은 사람들이 수천 명은 될 것이다. 가혹한 운명 앞에 무너지고 체제에 환멸을 느낀 이들은 자기 아들이 난관을 뚫고 잠재력을 최대한 발휘할 수 있는 유일한 길이 IIT에 있다고 믿은 것이다.

IIT는 그들의 기대를 저버리지 않았다. 스스로의 힘으로 운명을 개척하도록 했다. 자신만의 운명을 만들 수 있는 힘을 부여했다.

성공한 IIT 출신들마다 나에게 하는 얘기가 있다.

"IIT 입학에도 성공했는데 내가 성공하지 못할 일이 어디 있겠는가."

IIT가 학생들에게 제공하는 최고의 선물은 바로 이러한 자신감과 용기이다.

내가 학교 측의 억압적인 방침에 대단히 곤혹스러워하는 것이 바로 이런 이유 때문이다. 진정한 능력을 발견하고 꿈을 추구할 자유가 없었다면 다양한 분야에서 많은 동문이 성공하지 못했을 것이다. 내가 만난 IIT 출신들 대부분이 이러한 생각에 동의했다. 엄격한 규율이 들어선 이유는 두 가지로 생각해 볼 수 있다. 첫째, 학생들이 지나치게 난폭해져서 24시간 내내 감시하지 않으면 캠퍼스 내의 질서가 붕괴될 위험이 있어서이다. 둘째, 현재 IIT를 운영하는 인물들은 이들 남녀 학생들이 인도 사회에서 존경받는다는 사실을 감당하지 못하며, 4년 동안만이라도 학생들의 콧대를 꺾어 놓아야 한다고 생각해서이다. 둘 중 어떤 이유가 더욱 그럴듯한가?

자료를 조사하고 이 책을 집필하는 일은 대단한 여정이었다. 나는 IIT 출신임을 항상 자랑스럽게 생각해 왔지만, 솔직히 그것이 무엇을 의미하는지에 대해서는 생각해 본 적이 없었다. 졸업한 뒤 모교를 찾은 적이 거의 없었다. 동창 모임에도 나가지 않았다. IIT-카라그푸르 웹 사이트에 이름을 등록하지도 않았다.

'감감무소식'으로 지내는 일은 그다지 유별난 행동이 아니었다. 모교와 접촉하지 않는 IIT 출신들이 대다수이다. 물론 전 세계적인 동문 네트워크를 구축하고자 일부 IIT 출신들이 헌신적으로 활동하고 있기 때문에 지금은 상황이 많이 달라졌다. 아울러 인터넷이 발달하면서 네트워크 구축은 더욱 용이해졌다. 이제는 웹 사이트에 들어가면 언제든 모교에 대한 소식을 접할 수 있다. 모교를 방문하거나 기부 행사에 직접 참여하지 못하더라도 최소한 모교나 동문들의 현황 파악은 가능하다. 그러나 지난 16년 동안 나는 현황에도 별 관심이 없었다.

사실 나는 출판사에서 이 책의 집필 제의를 받았을 때 별로 내키지 않았다. 돌이켜 생각해 보면 내가 집필을 주저한 가장 큰 이유는 독자들에게 나 자신을 너무 드러내지 않을까 하는 염려 때문이었다. 'IIT'는 나에게 지극히 개인적인 주제였다. 그러나 나는 IIT에 관한 책이 나와야 한다면 IIT 출신이 써야 한다고 생각해 왔다. 게다가 직업이 글쓰기인 만큼 내가 맡는 편이 낫겠다고 판단했다.

14개월 동안 이 책에 매달려 인도와 미국 각지를 여행하는 과정에서 내 삶은 여러 측면에서 변했다. 내 마음의 고향을 다시 찾았고, 모교를 위해 무언가를 해야겠다고 마음을 다잡았으며, 행복했던 순간들을 다시 체험했고, 한동안 연락이 끊겼던 친구들과 다시 만날 수 있었다. 어느 겨울날 아침 나는 IIT-카라그푸르 캠퍼스의 나무 아래에 앉아서 스와가타에게 전화를 걸었다. 그곳은 17년 전 스와가타가 내 프러포즈를 받아들였던 장소이다. 겨울 햇살이 내 주변을 온통 상록의 빛깔로 물들였다. 한없이 평화로운 기분이 들었다. 그 순간 내 삶은 자그마한 동그라미를 완성한 듯했다.

이제 책을 거의 다 썼으니 내일부터는 빈둥거리며 지낼 것이다. 아울러 또 다른 집착거리가 필요할 것이다. 무언가에 집착할 때만 가장 행복하도록 IIT가 내 두뇌 회로를 영구적으로 바꾸어 놓지 않았나 싶다. 나만 그런 것이 아니다. 비슷한 증상을 보이는 IIT 출신들이 많다. IIT에서 익히는 것 중 하나가 바로 열정이다. 그것도 엄청난 열정이다. 기숙사, 친구, IIT, 그리고 자기 일에 대한 열정이다.

그 밖에 우리는 무엇을 배웠는가? IIT에서 나는 무엇에 대해 배웠는가? 바로 IIT인에 대해 배우지 않았나 싶다. 지적으로 탁월한 4백 명의 남학생과 12명의 여학생 동기들에 대해 배웠던 것이다. 시골 학교 출신이지만 지적 능력에 있어서는 도시의 사립학교 출신들보다 훨씬 앞선 학생들이 있었다. 밤낮으로 공부에만 매달리거나 강의실 맨 앞줄에 앉아서 교수들을 비웃던 학생들도 있었다. 한편 강의실 밖에서만 분주하게 활동하던 학생들도 있었다. 내 친구들 중에는 공부를 하지 않아도 성적이 좋았던 이들이 있었다. 공학 지식이 들어 있는 유전자를 지니고 태어나지 않았나 여겨질 정도였다. 학기 내내 약물에 취해 지내다가 시험을 며칠 앞두고 멀쩡한 정신으로 돌아와 시험을 통과하고는 다시 약물에 빠지는 친구들도 있었다. 다른 학생들은 그런 자기 통제력이 없었다. 앨런 긴즈버그('비트제너레이션'의 지도적인 미국 시인)처럼 나 역시 최고의 영혼을 소유한 또래들이 광기로 인해 파멸하는 모습을 목도했다. 일부는 학교를 중퇴했고 일부는 자살했다. 그러나 우리 대부분은 살아남았다. 나는 우리가 더욱 강해지고 성숙하고 영리해졌으며 스스로의 문제점을 더욱 명확히 파악하게 됐다고 생각한다.

우리는 함께 식사하고 함께 생활했다. 함께 협력하고 함께 경쟁하면서 기쁨과 슬픔을 공유했다.

우리는 서로의 사고방식을 비교하면서 자신만의 가치 체계를 점진적으로 구축해 갔다. IIT 생활만큼 젊은 사람들끼리 강력한 유대를 맺는 기회도 없을 것이다. 졸업 후 한 번도 만나지 못한 기숙사 동기를 내가 길거리에서 만난다면 우리는 그동안 아무것도 변하지 않았다는 듯이 대화를 나눌 것이다. 실제로 아무것도 변하지 않았다. 몇 년 전 내가 근무하는 잡지사에서 펴낸 잡지 표지에 인간의 착시 현상을 이용한 그림이 실렸었다. 내가 제안한 아이디어였다. 여러 해 동안 서로 연락을 못 하고 지내던 한 절친한 IIT 친구가 싱가포르에서 나에게 전화를 걸어 "표지 디자인 제작에 다른 이름도 있긴 하지만, 그거 네가 생각한 아이디어 맞지? 네 머릿속을 내가 꿰뚫고 있단 말이야" 하고 말했다. 이런 친구들처럼 나를 잘 아는 사람들도 없다.

아울러 IIT는 복합적이고 완벽한 하나의 섬이었고, 우리는 그곳에서 선택받은 백성이었다. 외부 세계와 접촉할 필요가 전혀 없을 정도로 충만한 생활을 했다. 정치나 그 밖의 '심각한 사안'에는 완전히 무관심한 채 운동장이나 연극 무대에서 다른 기숙사생 혹은 대학생들과 함께 치열하게 경쟁하며 즐거워했다. 반면 물질적인 쾌락은 거의 전무했다. 생활 방식은 스파르타인처럼 간소했고, 음식은 형편없었다. 남학생 대다수는 여학생과 전혀 사귀지 못했다. 여학생들의 생활은 다소 특이했다. 한편으로는 남학생 수십 명이 여학생들 뒤꽁무니를 따라다녔지만, 다른 한편으로는 대다수 남학생들이 여학생들에게 걸핏하면 적대감을 보였다. 입에 발린 칭찬을 듣거나 공짜 점심을 얻어먹을 자격이 없는 여학생들이라고 생각한 것이다.

졸업 후 우리는 굉장한 자신감과 'IIT인'이라는 종족에 대한 충심 어린 애정을 품은 채 세상으로 나갔다. 세월이 흐르면서 자신감의 정도는 조금씩 낮아졌고, IIT 출신이 아니더라도 우리처럼 똑똑하거나 심지어 우리보다 더 똑똑한 사람이 있다는 사실을 깨닫고는 '겸손'이라는 것을 배우기도 했다. 우리는 사랑스러운 캠퍼스보다 못한 세상을 인정하게 됐다. 일부는 더 나아가 세상을 아예 정복해 버렸다.

물론 우리 대부분은 세상을 정복하지 못했다.

여기서 두 가지 중요한 질문을 제기하고자 한다.

첫째, IIT 출신들은 자기 나라와 세계를 얼마나 바꾸어 놓았는가?

둘째, 우리 중 얼마나 많은 사람들이 자신의 잠재력을 충분히 발휘했는가?

IIT 50주년 기념식에 참석하고자 방갈로르로 향하는 길에 나는 델리 공항에서 자이람 라메시를 만났다. 알고 보니 같은 비행기를 예약해 놓은 것이었다. 내가 책을 얼마만큼 썼는지 얘기해 주자 그가 말했다.

"제목을 '자정에 태어난 신(新)브라만 계급'이라고 하지 그래요? IIT인을 가리키기에 알맞지 않습니까? 1947년 8월 15일 자정에 인도에서 한 교육 기관이 운명적으로 탄생했지요. 새로운 브라만 계급, 그러니까 새로운 엘리트들을 만들겠다는 구체적인 목표를 가지고 말입니다. 물론 경전을 읽는 사람들이 아니라 테크노크라트를 양성하겠다는 것이었지요."

자정에 태어난 신브라만 계급. IIT인들은 사회에서 실제 브라만 계급과 비슷한 존경을 받았다. 그러나 IIT인이 브라만 계급과 공유하는 또 다른 특성들이 있는가? 브라만 계급은 지식을 추구하기는 했지만 사회에 전파하지는 않았다. IIT인 역시 설립자들의 기대를 저버린 채 국가를 위해 자신의 능력과 전문 지식을 사용하지 않는다고 비난받아야 하는가?

이 질문에 그렇다고 대답한다면 너무 단순한 사고방식이라는 생각이 든다. 오늘날 '미국주식회사'에서 막강한 위치에 있거나 세계 유수의 연구소에서 최첨단 분야를 연구하는 거물들에 대해서는 잠시 잊어버리자. 라자트 굽타, 빅터 메네제스, 비노드 코슬라, 데시 데슈판데 같은 인물이 인도에 머물렀다면 어떤 업적을 이루었을까에 대해 생각하는 것은 무의미한 일이다. 그 대신 인도에서 살기로 작정한 무수히 많은 IIT 출신들을 주목하자. 대다수는 언론에서 전혀 언급하지 않는 사람들이다. 자신들이 근무하는 회사 밖에서는 전혀 이름이 알려지지 않은 사람들이다. 그러나 이들 각자는 일자리를 창출했고 부를 창출했다. 우리는 IIT 출신들에 대해 얘기할 때 수천 명의 삶을 단 한 번에 바꾸어 놓은, 화려한 경력의 소유자들만 떠올리는 경향이 있다. 아울러 이러한 인물들이 소수에 불과하다는 사실을 망각한다. 우리는 푸나나 히데라바드 지역에 검사 장비나 펌프 세트 제조 공장을 설립하고 사람들에게 생계 수단을 제공하는 이들에 대해서는 별로 생각하지 않는다. 엔지니어링 분야의 공기업에 입사하여 도로나 운동장을 건설함으로써 우리가 차를 운전하거나 크리켓 경기를 즐길 수 있도록 한 사람들에 대해서도 별로 생각하지 않는다.

이렇듯 평범하고 눈에 띄지 않는 IIT인들은 일생토록 인도의 경제 성장에 묵묵히 기여해 왔다. IIT인이 인도에 미친 영향에 대해 얘기할 때 우리는 이렇듯 겉보기에는 대단치 않은 사람들을 잊어버리는 경향이 있다. 그들은 최고 수준의 교육을 통해 얻은 지식을 겸손하게 사용하여 실제로 사람들의 삶을 바꾸어 놓았다. 나는 그들이 수백만 명의 삶을 바꾸어 놓았다고 생각한다.

IIT가 배출한 브라만 계급이 인도인의 삶을 충분히 바꾸었는가의 여부는 대략적인 추측만 가능할 따름이다. 비노드 코슬라나 데시 데슈판데가 세계 무대에서 얻은 명성과, 만일 그들이 인도에 머물면서 인도인의 삶을 변화시킴으로써 거두었을 성과 중 어느 쪽의 비중이 더 큰지를 측정하기란 어려운 일이다. 아직까지 그 누구도 이런 추상적인 항목에 대한 환산표를 만들지 못했고, 앞으로도 불가능할 것이다.

그러나 IIT인이 빠져 있는 극도의 우월 의식과 끝 모를 자화자찬은 그들이 실제로 사회와 국가에 미친 영향에 비해 지나친 것이 아닐까? 지금처럼 갈수록 경쟁이 치열해지는 글로벌 시대에 인도가 뒤처지지 않으려면 IIT인들은 자신의 역량을 최대한 발휘하여 국가에 공헌해야 한다. 언젠가 자이람 라메시는 나에게 이렇게 말한 적이 있다.

"우리는 이제 서로의 등을 두드려 주는 일은 좀 줄이고 스스로에 대해 성찰하는 시간을 더 많이 가져야 합니다."

이제는 두 번째 질문에 대해 검토해 보자.

"자신의 잠재력을 충분히 발휘한 IIT인은 얼마나 되는가?"

먼지가 자욱한 시골 오지에서 씨앗을 뿌리거나 거대한 수송관을 손보며 마을 주점에서 술병을 기울이는 사람들은 몇이나 되는가? 천부적인 재능을 의도적으로 무시한 채 그 누구의 삶에도 영향을 미치지 않는, 안전하고 따분한 일자리에 안주한 이들은 몇이나 되는가? 편견을 배제한 채 합리적으로 생각하도록 훈련받았음에도 불구하고 인도 기업 내부의 미묘한 정치적 역학 관계를 파악하지 못해서 한직으로 밀려난 사람들은 몇이나 되는가? '아메리칸 드림'에 집착한 나머지 미국의 이류 대학에 머물면서 영주권이 나오기를 기다리다가 별 볼일 없는 직장에서 근무하는 이들은 몇이나 되는가?

이제는 다른 각도에서 바라보자. 엔지니어로서 인도에 머물겠다고 결심하고 미국이나 IIM의 유혹을 외면한 채 인도 기업에 입사했는데, 기술 설계도를 죄다 외국에서 만들었기 때문에 결함이 있어도 변경이 불가능하고 자기가 엔지니어로서 할 수 있는 일이라고는 유지 보수밖에 없다는 사실을 깨닫고는 일상에 안주하거나, 미국 또는 IIM으로 떠나 버리는 사람들은 몇이나 되는가?

물론 IIT 출신 대부분의 직장과 삶은 결코 휘황찬란하지 않다. 그러나 이들은 자신이 나아갈 방향에 대한 선택의 여지가 다른 대학 출신들보다 훨씬 크다. IIT만큼이나 엘리트주의로 무장한 IIM을 제외하고는 말이다. IIT는 이들 모두에게 (최소한 이론적으로) 거의 무한한 선택권을 제공했다. 그러한 선택권을 어떻게 활용하느냐는 바로 자신의 몫이었다.

백만장자가 되거나 사람들의 삶을 바꾸지 못한 채 익명의 무리 속으로 사라져 버린 IIT 출신들도 무수히 많다. 우리 중 일부에게는 1987년이라는 연도와 그들이 살았던 기숙사만이 의미가 있을 것이다. 물론 곤혹스러운 사실이기는 하지만 이해가 된다. 그렇기에 어떻다고 판단하지는 않겠다. 일부에게는 IIT 시절이 자기 생애에 있어서 전성기이다. 그냥 그렇게 생각하도록 놔두자. IIT 출신 모두에게는 캠퍼스 생활을 하면서 서로 좋아하고 미워하고 싸우고 경쟁하고 빈둥거렸던 나날들이 가장 즐거웠던 시절일 것이다.

아울러 우리가 비록 세상을 정복하기는커녕 조금도 바꾸어 놓지 못했더라도 우리만의 평범한 방식으로 행복하게 살 기회가 있다. 남은 생을 무엇을 하며 보내든 간에 우리는 지난 50여 년간 놀랄 만한 영향력을 발휘해 온 비전의 일부로서 몇 년을 함께했기 때문이다. 우리는 그러한 비전을 실현하기 위해 나름대로의 역할을 했다. 우리는 IIT라는 샘에서 나오는 물을 마셨다. 청소년에서 성년으로 넘어가는 과도기에 우리는 IIT에 있었기에 행운아였다. 우리는 앞으로 행복하게 살 것이다. 아울러 세계를 정복한 동문들과 우리들 사이의 유대 관계는 변하지 않을 것이다. IIT인이라는 자부심으로 맺어진 관계이기 때문이다. 이러한 자부심은 결코 사라지지 않을 것이다.

사라질 수가 없다.

옮긴이의 글

국내 유수의 대형 서점들이 운영하는 인터넷 사이트에 들어가서 제목에 'MIT'라는 단어가 들어간 국내 도서를 검색하면 쉽사리 몇 권을 발견할 수 있다. 반면 검색 창에 'IIT'라고 치면 '검색된 도서가 없습니다'라는 메시지가 뜬다.

물론 인도의 경제·사회·과학기술을 총체적으로 다루면서 IIT를 언급하는 책이 있기는 하다. 그러나 전반적으로 MIT의 압승이 확실하다 (사실 '카이스트'에 관한 책도 그리 많지 않다. 그나마 있는 것도 수학 공부 방법론에 관한 내용이다).

국내 출판 시장의 현황이 이렇기 때문에 IIT를 집중적으로 조명한 이 책은 일단 '신선함'이라는 가산점을 얻는다. 나머지 점수는 독자의 취향과 판단에 달렸다.

공과대학을 다니지 않았더라도 이 책에서 언급하는 학창 시절의 갖가지 추억들에 대해 머리를 끄덕이는 독자들도 있을 것이다. 기숙사 생활, 대학 축제, 학생회 활동, 선후배 관계, 애정 문제 등에 관한 일화들을 접하노라면, 인도라는 나라는 낯설지만 그곳 대학생들의 생활은 친숙하게 느껴지리라 생각한다.

한편 브릭스(BRICs : 브라질·러시아·인도·중국) 국가에 속하면서 미국의 실리콘밸리를 '식민지'로 만들어 버린 인도의 과학기술 교육에 경각심을 느끼고 관심 목록에서 중국에 이어 인도를 추가하는 독자도 있을 것이다.

두뇌 유출이나 대학의 자율성 및 민영화에 대한 부분에서는 국내의 이공계 기피 현상이나 얼마 전 화제가 됐던 카이스트 신임 총장과 교수들 간의 '사립화 논쟁'을 떠올리는 독자도 있을 것이다.

어떤 독자는 책 전편에 흐르는 IIT 출신들의 '잘난 체'에 넌더리가 난다는 표정을 지을 수 있을 것이다. 그러면서도 가난하고 못 배운 사람들에게 봉사하자는 이들의 책임 의식만큼은 인정하리라는 생각이 든다. '노블리스 오블리제'라는 표현이 진부할지는 몰라도 우리에게 절실한 의식이 아닐는지…….

옮긴이 차영준

서울대학교 노어노문학과와 한국외국어대학교 통역번역대학원 한영과를 졸업했다.
현재 한국외국어대학교 통역번역센터의 번역 프리랜서(외교통상부, 문화관광부, 캐나
다 대사관, 필립 모리스 코리아 등) 및 통역번역대학원 강사로 활동 중이다. 번역서로
는《MIT 경영의 미래》,《100% 인생을 사는 긍정의 힘》등이 있다.

IIT 사람들

초판 1쇄 인쇄일 · 2005년 9월 5일
초판 1쇄 발행일 · 2005년 9월 10일
지은이 · 산디판 데브
옮긴이 · 차영준
펴낸이 · 임성규
펴낸곳 · 문이당

등록 · 1988. 11. 5. 제 1-832호
주소 · 서울시 성북구 동소문동 4가 111번지
전화 · 928-8741~3(영) 927-4990~2(편)
팩스 · 925-5406
ⓒ 산디판 데브, 2005

홈페이지 http://www.munidang.com
전자우편 webmaster@munidang.com

ISBN 89-7456-288-X 03890